TOUTE À TOI

ANNA CHASTEL

TOUTE À TOI

Éditions A Addictives

TABLE

À ma petite sœur Camille,
qui a été une source d'inspiration merveilleuse
pour l'écriture de cette aventure.

I

LE DÉBUT D'UN RÊVE

1
TIMOTHY BERESFORD

La foule se presse dans l'aéroport de Munich. Derrière moi j'entends ma meilleure amie Blanche se bagarrer avec sa valise à roulettes. Deux fauteuils laissés libres.

Le Graal !

Tout en tentant de ne pas renverser mon café, je joue des coudes pour les atteindre. Je m'y effondre et m'installe confortablement dans un de ces drôles de sièges ronds et suspendus. Blanche me rejoint, ayant réussi à faire entendre raison à son bagage récalcitrant. Elle s'affale à son tour dans les coussins moelleux et soupire de soulagement. Le concept de cette salle d'attente est amusant : au beau milieu du terminal, un espace de repos a été aménagé un peu à l'écart de la cohue. Une curieuse série de sofas maintenus par des câbles à quelques centimètres du sol tourne doucement sur eux-mêmes.

Il nous reste un bon quart d'heure avant l'embarquement ; je suis ravie de profiter de cet endroit original. J'enlève discrètement mes talons hauts. Mes pieds me font un peu souffrir. Le départ en catastrophe de l'hôtel à Vienne, la course effrénée pour ne pas manquer le dernier avion et maintenant cette correspondance en Allemagne avant d'enfin rejoindre Paris ! Je suis épuisée. Et je m'en veux. C'est ma faute si Blanche doit aussi écourter ses vacances.

– Pardon, Blanche. Je sais que tu tenais vraiment à visiter l'opéra demain. À cause de moi, tu as manqué l'occasion !

Au lieu de me faire des reproches, mon amie me tire la langue.

– Arrête, Mila ! L'opéra n'a pas bougé depuis 1869, il ne se volatilisera pas comme ça ! Vienne n'est pas sur une faille sismique, les moulures ne risquent rien. J'ai toute la vie pour les admirer. Ce dossier sur lequel ton patron t'envoie est bien plus important ! D'après ce que tu m'as dit, c'est un gros contrat pour ton cabinet. C'est une super opportunité, tu ne peux pas la manquer !

Elle a raison. Ce client qu'on me confie est même plus qu'une opportunité, il s'agit presque d'une promotion. À seulement 23 ans, même si j'en aurai très bientôt 24, c'est assez impressionnant. Blanche me taquine :

– Allez, la star des avocates, lis-moi au moins le texto de ton chef, maintenant qu'on est là !

Je sors mon portable et parcours à nouveau avec un vrai plaisir le message de mon supérieur, Frédéric Bharte, reçu ce matin.

[Mademoiselle Wieser, navré de perturber vos vacances. La société B. International réclame vos services en urgence. Pourriez-vous rentrer immédiatement ? Vous avez été demandée en personne pour ce dossier. Félicitations.]

En personne ! Je n'aurais jamais pensé que qui que ce soit ait pu avoir vent de mon nom ! J'ai été réclamée en personne !

Blanche me pousse du coude.

– Tu vois ! Ces gens te voulaient toi et personne d'autre ! Tu vas devenir la plus jeune associée de ton cabinet ; tu seras riche comme Crésus. Et pour te faire pardonner d'avoir fichu en l'air notre semaine entre copines, tu me payeras un voyage de luxe à Vienne pour que je puisse voir mon opéra.
– Promis !

Je me prends au jeu et me laisse aller :

– Je nous offrirai même la suite grand luxe du plus bel hôtel et toutes nos journées commenceront par une bonne heure à mariner dans le jacuzzi du spa !

C'est à ce moment que je tourne machinalement la tête vers l'un des fauteuils qui se balancent en face du mien.

J'avais bien senti qu'on m'observait. Deux yeux noirs sont braqués sur moi. Un regard incroyablement intense. L'homme auquel il appartient ne me lâche pas des yeux, ne se souciant pas du trouble qu'il provoque chez moi. Il devrait se détourner poliment pour ne pas me mettre mal à l'aise, mais on dirait qu'il n'envisage pas une seconde cette option.

Pourquoi me fixe-t-il ?

Je détaille les personnes assises autour afin de m'assurer que c'est bien moi qui attire son attention. Je dois faire erreur : il apprécie sûrement le physique incroyable de Blanche. Cette belle blonde d'un mètre soixante-quinze fait tourner toutes les têtes !

Non. C'est bien moi.

Il est extrêmement beau : une mâchoire carrée ombrée par une légère barbe brune, un nez aquilin, la peau mate. Même assis, il semble très grand.

Vite, me concentrer sur autre chose. Il va bien finir par regarder ailleurs.

J'empoigne un peu maladroitement les journaux glissés dans mon sac. Blanche, elle, n'a rien vu. Elle s'est plongée dans la lecture d'un magazine people, toujours à l'affût du moindre potin.

Je tente de comprendre un article et déguster quelques gorgées de café sans avaler de travers, malgré ma nervosité. Impossible de canaliser ma réflexion sur autre chose que sur ce bel inconnu : je ne peux m'empêcher de jeter de brefs coups d'œil dans sa direction. Les yeux noirs sont toujours fixés sur moi, de plus en plus réjouis à chaque fois qu'ils capturent les miens en flagrant délit d'observation. Il se dégage de toute sa personne une aura intensément attirante. Je ne sais quoi de très viril, très sexy.

Est-ce qu'il se moque ?

Nos quinze minutes de pause s'achèvent. Je vais devoir rassembler mes affaires et me relever du fauteuil instable sous ce regard attentif. Les gestes les plus anodins me paraissent subitement pleins de dangers. Et si je renversais le fond de mon café sur mon chemisier ? Et si je trébuchais ? Me ridiculiser devant cet homme séduisant devient soudain la pire chose qui puisse m'arriver en ce bas monde.

Blanche saute déjà sur ses pieds. Elle s'étire, agite ses boucles brillantes. Et moi qui n'ai pris que le temps d'un démêlage éclair de mes longs cheveux châtains !

Quelle horreur ! Je ne ressemble à rien ! Pourquoi n'admire-t-il pas mon amie ? Elle est bien plus jolie que moi aujourd'hui !

Je suis tétanisée.

Je ne vais quand même pas prendre le risque de rater mon avion à cause des yeux d'un étranger énigmatique, aussi intimidant soit-il !

Blanche, déjà debout, se tourne vers moi un peu étonnée.

– Qu'est-ce que tu fais ? Tu as décidé de planter ta tente ici, ou quoi ?

Alors que je me décide à attraper mon sac, le mystérieux observateur se lève également et se dirige, sans hésiter, lui, vers les portes d'embarquement.

Problème résolu !

Même si je suis un peu vexée qu'il ne m'ait pas accordé une dernière œillade.

Tu ne sais pas ce que tu veux, Mila ! Quand il s'intéresse à toi, tu le trouves malpoli et la seconde d'après ton ego souffre qu'il ait osé reprendre le cours normal de son existence !

Je me glisse dans la file d'attente pour accéder à l'avion aux côtés de Blanche, encombrée par les différents journaux et le gobelet vide que j'ai oublié de jeter. Je fouille mes poches à la recherche de ma carte d'embarquement, tout un challenge tant je suis chargée.

Empêtrée dans ma veste, je bouscule par accident le passager debout devant moi. Il se retourne. C'est lui ! Le ténébreux inconnu ! Il prend le même vol que moi ! Mon cœur bat fort tout à coup.

Il me sourit. Un sourire éclatant.

Mila, ne deviens pas toute rouge !

Pas facile ! Je ne suis pas aidée par Blanche. Celle-ci a repéré qu'il se passe quelque chose et elle me regarde en coin, une grimace coquine figée sur les lèvres.

À cause de la cohue, l'homme se tient très près de moi. Quelques centimètres seulement nous séparent. Je reste muette, la main coincée, toujours à la recherche de mes papiers. Il a dû remarquer mon trouble car son sourire s'agrandit encore. Comme les mots restent coincés dans ma gorge, il prend le parti de s'adresser à moi en premier :

– J'étais persuadé que vous vous rendiez également à Paris. Vous sembliez collectionner les journaux en français.

Voix grave, profonde et douce. Il ne m'aide pas ! Si seulement il avait eu une voix de fausset ! J'aurais été moins troublée.

Je ne parviens qu'à balbutier :

– Je ne trouve plus ma carte d'embarquement.

Pourquoi lui ai-je dit ça ? Pourquoi ne lui ai-je pas plutôt répondu quelque chose de drôle et de spirituel ? Pourquoi ne me suis-je même pas tout simplement excusée de l'avoir bousculé ? Qu'est-ce qui me prend ?

Amusé par ma réponse, il enchaîne :

– Normal ! C'est toujours au moment de les présenter que ces maudites cartes décident de disparaître. Je soupçonne un complot.

Le pourpre me monte aux joues. Blanche pouffe de rire. Je lui envoie un regard noir. Heureusement mes doigts finissent par atteindre le fameux document. Je l'extrais des profondeurs de ma veste, l'agite en l'air, soulagée :

– Sauvée !

L'homme rit doucement. Ses yeux deviennent-ils tendres ? Ou bien je me l'imagine seulement ? Je ne saurais dire. Quelle que soit la réalité, cette pensée augmente encore mon malaise. Lui ne dit plus un mot. Il jette un coup d'œil par-dessus son épaule. C'est à son tour de passer le contrôle des billets. Il s'approche de l'hôtesse et lui tend ses papiers. Avant de s'engouffrer dans le sas menant à notre avion, il me considère encore. Ses yeux se posent subrepticement sur mes jambes et ma bouche. Un regard brûlant. Mon corps réagit instantanément, y répond comme il répondrait à une caresse légère. L'homme semble regretter de m'abandonner là. Moi non plus je ne veux pas briser cette atmosphère qui s'est installée entre nous : déroutante mais agréable, même si cela peut paraître incompatible.

À peine a-t-il tourné le dos que Blanche me tombe dessus en me taquinant.

– Tu ne t'embêtes pas toi ! Ça t'arrive souvent de profiter des files d'attente pour séduire de magnifiques spécimens d'êtres humains dans ce genre-là ?
– Attention, mademoiselle ! Votre gentil Antoine serait fâché de savoir que vous louchez sur les conquêtes de vos copines !

Blanche me pousse du coude en grimaçant. Je plaisante, bien sûr, car jamais mon amie ne prendrait le risque de perdre celui qui partage sa vie depuis deux ans. Ils forment tous les deux un couple qui les comble parfaitement et que souvent j'envie.

C'est à notre tour d'embarquer. Dans l'avion, je repère mon bel inconnu. Il est assis en première classe. Nous échangeons un sourire rapide pendant qu'il boucle sa ceinture. Blanche et moi sommes assises une rangée derrière lui. Ces places offertes par mon employeur sont un luxe appréciable.

L'avion décolle enfin. J'essaye de m'empêcher d'admirer la nuque brune et musclée qui est devant moi. À intervalles réguliers, il masse son cou d'une main large et sexy. Spectacle hypnotisant… Heureusement mon amie vient à mon secours en m'asticotant encore à propos de ces mystérieux clients qui veulent me rencontrer si précipitamment.

– Quand même, Mila ! Ça ne t'impressionne pas de savoir que ces gens-là ne veulent travailler qu'avec toi ?

– Si, évidemment ! Surtout que je me demande bien pourquoi moi et personne d'autre ! Je suis une jeune avocate, j'ai encore si peu d'expérience ! Quelle compétence si recherchée suis-je la seule à détenir ? Mystère !

– Peut-être que tu les connais !

– B. International, ça ne me dit rien. Je sais juste que c'est une très grosse société qui s'occupe de placements financiers partout dans le monde.

– Tu vas probablement travailler avec le grand chef !

Je rentre dans son jeu, en pouffant.

– J'ai déjà vu passer un dossier concernant le type avec qui je vais être en lien au cabinet. Timothy quelque chose. Je suis sûre que c'est un vieux croulant désagréable, tout ridé.

– Avec une mauvaise haleine ! Il doit passer son temps scotché à ses écrans pour vérifier ses profits et du coup il n'a plus le temps de se brosser les dents !

Nous ricanons. Mais sous cape, car je vois bien que l'inconnu devant tend l'oreille et écoute notre conversation.

Le vol s'achève vite. Blanche dort un peu et je regarde par le hublot les paysages défiler, minuscules.

À l'aéroport, l'attente pour récupérer les valises est longue. Le beau ténébreux est à quelques mètres. Je ne peux m'empêcher de le contempler. Il me rend regard pour regard.

Blanche, qui a repéré notre manège, me pousse régulièrement du coude. Je ne sais plus où me mettre ! Il se passe quelque chose entre lui et moi. Quelque chose d'électrique et de très agréable. Une chaleur tenace qui parcourt mon corps et accélère ma respiration. Je n'ai pas envie que cela cesse. Je n'ai pas envie qu'il disparaisse dans la foule et que nos chemins se séparent définitivement. Mais que faire ? Je n'aurai jamais le courage de lui transmettre mon numéro. Et lui ne vient pas non plus me donner le sien.

Il se contente de me fixer, comme à Munich, plongé dans des pensées qui ont toutes un rapport assez évident avec la fente de ma jupe et la couleur de mon rouge à lèvres. Mon cœur bat à tout rompre.

Il faut bien que cette situation prenne fin : son bagage est délivré de la soute de l'avion, suivi de peu par les nôtres. Nous nous suivons à quelques pas de distance dans les couloirs menant aux stations de taxis… sans nous quitter vraiment des yeux. Je n'ai jamais connu d'échange aussi intense avec un homme alors même que nous ne prononçons pas un mot. Peut-être justement parce que nous ne prononçons pas un mot.

L'air frais parisien me fouette le visage. Il n'y a pas foule à cette heure tardive. Les lumières de Charles-de-Gaulle scintillent sous le ballet des Airbus en partance pour des destinations lointaines. J'ai toujours aimé cette ambiance. Mais à l'instant, elle se teinte de tristesse. Il va prendre un taxi, nous le nôtre, et je ne le reverrai plus. C'est trop stupide que ce lien se brise brutalement ; je ne vois aucune échappatoire.

L'inconnu hèle une grosse Laguna. Je lui trouve une classe folle. Chacun de ses gestes dégage une virilité séduisante. Il doit être bon, pour une femme, de se blottir contre ce grand torse solide, entre ses longs bras fermes.

Alors que je m'attends à le voir grimper dans la voiture arrêtée, il se tourne galamment vers nous.

– Votre chauffeur, mesdemoiselles.

Quelle galanterie !

Je n'en reviens pas de cette marque d'attention. À tel point que j'hésite à me diriger vers le véhicule. Blanche, elle, n'attend pas une seconde. Jetant un œil à la longue file de voyageurs patientant pour un taxi, elle le remercie avec un grand sourire émerveillé, empoigne nos valises à toutes les deux et s'éclipse. Non sans m'avoir pincé le bras et jeté un regard entendu. Pour un peu, elle clignerait de l'œil.

Bonjour la discrétion !

L'inconnu s'approche. Il se penche. J'ai soudain le sentiment d'être une lilliputienne. Pourtant mes talons n'ont rien perdu de leurs huit centimètres. Sa valise à roulettes légère est un obstacle entre nous. Je le vois hésiter à l'écarter, mais il se ravise, semblant juger que cet acte provoquerait une intimité difficilement soutenable pour lui comme pour moi. Heureusement, car je n'aurais pas supporté ce rapprochement. Trop d'émotions. L'attraction que j'éprouve pour cet homme est aussi puissante qu'incompréhensible. Je retiens mon souffle pour empêcher ma respiration de trembler.

Faites qu'il ne remarque rien !

Ses doigts se crispent un peu sur la poignée de sa mallette. Les jointures blanchissent. Lui aussi fait un effort sur lui-même.

Il s'adresse à moi si doucement qu'il me faut un temps pour réaliser qu'il me parle :

– Il ne me reste plus qu'à vous souhaiter une excellente soirée, mademoiselle.

C'est vrai que je ne lui ai même pas donné mon nom ! Quelle impolie !

– Wieser. Mila Wieser.

Je lui tends la main. Il la saisit, ne la secoue pas, se contente de garder mes doigts prisonniers. Sa peau est chaude.

– Ce n'était pas une question : je connais déjà votre nom. Et nous aurons l'occasion de nous revoir dès demain. C'est à moi de me présenter : Timothy Beresford, de B. International. Je suis la personne qui a exigé que vous travailliez pour ma société.

Catastrophe ! Le client ! C'est lui !

Toutes les moqueries que nous avons échangées avec Blanche pendant le vol me reviennent en mémoire.

Il a tout entendu ! Quelle honte !

Comment rattraper cette énorme bourde ? Il doit déjà regretter son choix. Je ne sais pas quoi dire. Peut-être parce qu'il n'y a rien à dire. J'ai tout gâché. Il me déteste et va demander à ce que je sois remplacée.

Peut-être comprend-il le cheminement de ma réflexion car il sourit gentiment.

– Oui, je suis le vieux croulant blafard.

– Je suis désolée, pardon, je n'avais aucune idée de qui vous étiez.

– Ne vous inquiétez pas pour ça. La plupart du temps, ce sont d'autres qualificatifs qu'on m'attribue, dit-il en grimaçant. Vous m'avez surtout beaucoup diverti. C'est un peu ma faute, je n'avais pas à espionner vos propos. Sans rancune, donc ?

J'acquiesce, profondément soulagée.

Quelle chance !

Lui m'adresse un salut de la tête et s'éloigne, d'une démarche souple vers sa voiture personnelle, une grosse Mercedes, au volant de laquelle son chauffeur l'attend.

Quand a-t-il lâché ma main ?

Je suis abasourdie. Il me faut un moment pour revenir à moi.

Timothy Beresford.

Je m'engouffre dans la voiture aux côtés de Blanche. Je dois avoir l'air halluciné car elle s'inquiète alors que nous démarrons.

– Que t'arrive-t-il ? Je te laisse avec un homme magnifique et on dirait que tu as vu un fantôme !
– L'homme magnifique en question, c'est Timothy Beresford.

Blanche a un hoquet de surprise.

– Timothy Beresford ? Le riche héritier ? Comment ne l'ai-je pas reconnu !

Elle ne percute pas, ne fait pas le lien avec notre conversation dans l'avion dont j'ai tellement honte maintenant… Mais manifestement son nom ne lui est pas du tout inconnu !

– Tu le connais ? lui lancé-je, abasourdie.

En tant que pro des potins, Blanche me sort les infos qu'elle a emmagasinées à son sujet.

– En vrai, non, bien sûr ! Il est à la tête d'une des plus grosses fortunes mondiales ! Et son histoire est incroyable.

Son père, Bob Beresford, est américain. Il a construit un véritable empire de la finance il y a plus de trente ans. Mais il n'a pas été très présent pour son fils. Je crois qu'il l'a un peu abandonné après la mort de sa mère : Clarisse Barberin, je crois. Elle était peintre. Assez connue. Comme tous les enfants de célébrités, Timothy Beresford a été traqué par les médias, jusqu'à son adolescence. Là, il disparaît des radars pendant deux ans ! Personne ne sait ce qu'il est devenu pendant ces années de silence. Lorsqu'il a refait surface, il a accepté de reprendre les rênes de l'entreprise familiale, mais je crois que son père reste un peu présent. Timothy Beresford donne beaucoup aux associations humanitaires. Il a la réputation d'être quelqu'un de bien. Pas de petite amie officielle, ce qui est très surprenant.

– Et ce riche héritier est aussi le Timothy de B. International…

Blanche arrondit ses grands yeux.

– Mais alors…

– Alors oui, c'est mon nouveau client. Nous avons passé une bonne partie du vol à nous moquer de lui ! Il a tout entendu. Miraculeusement, au lieu de se vexer, il a trouvé notre échange amusant. Enfin, c'est ce qu'il m'a dit…

Mon amie soupire de soulagement. Aussitôt qu'elle réalise que la gaffe irréparable a été évitée, un sourire malin se dessine sur son visage.

– Mais alors, si Timothy Beresford est ton client et que ton client n'est pas fâché, ça veut dire que tu vas le voir tous les jours !

Je n'avais pas pensé à ça !

2
PREMIER JOUR

Le lendemain, j'arrive tôt. Premier jour.

Timothy Beresford : le client le plus sexy du monde ! Et je vais le revoir.

Mon cœur s'emballe. Ce qui est idiot. Lui ne doit pas avoir très envie de croiser à nouveau mon chemin après les propos que j'ai tenus la veille. Et je ne sais rien de lui. À peine quelques bribes d'une histoire familiale énigmatique. Quoi qu'il arrive, nos relations seront professionnelles, il ne saurait en être autrement. Je devrais arrêter tout de suite avec mes divagations ridicules.

Le soleil matinal me cueille à la sortie de la station de métro. Quartier chic. Immeubles immenses aux façades décorées de sculptures travaillées dans le plus pur style parisien. Ces rues sont faites pour épater les touristes et accueillir les promenades désabusées de femmes habillées par les grands couturiers.

Je m'arrête devant un portail noir ouvragé. C'est ici. Une cour aux parterres verts soigneusement tondus mène à une double porte immense. J'entre, impressionnée par les volumes lumineux. Le hall a la même surface que mon appartement tout entier, qui n'est pourtant pas si petit pour la capitale. Un large escalier recouvert d'un moelleux tapis rouge grimpe à l'étage. Mais avant de pénétrer dans les locaux de l'entreprise B. International, il faut montrer patte blanche à l'accueil.

Derrière un bureau allongé en verre poli, une jeune femme en tailleur très classe attend les visiteurs. Elle me regarde avec un grand sourire, me laissant le temps de me remettre du choc causé par l'imposant luxe du bâtiment.

– Bonjour. Mila Wieser. J'ai rendez-vous avec M. Timothy Beresford.

La simple prononciation de ce nom me précipite dans un état de nervosité incroyable.

J'ai chaud.

L'hôtesse consulte un grand registre.

– Oui, vous êtes attendue, mademoiselle Wieser. Vous pouvez monter, je signale votre arrivée.

Le tapis s'enfonce sous mes talons fins.

L'étage est à l'image du rez-de-chaussée : luxueux. Une enfilade de bureaux clairs, séparés du couloir uniquement par des murs vitrés. Moulures travaillées au plafond, meubles sobres mais design.

Je n'ai pas le temps de m'attarder sur le palier car un jeune homme roux vient à ma rencontre.

– Mademoiselle Wieser ? Je suis Matthieu Caron, l'assistant de M. Beresford. Il vous attend, veuillez me suivre.

Croiser à nouveau celui qui m'a mise en émoi dans ce cadre impeccable est loin de me mettre à l'aise. Celui qui m'accompagne pousse une porte devant moi, dévoilant le bureau de mon nouveau client.

Il est là.

Timothy Beresford est encore plus séduisant que la veille. Je ne l'aurais pas cru possible. Un costume sombre met en valeur ses épaules larges. Il est assis négligemment au bord de son bureau, plongé dans une conversation animée avec un homme du même âge au visage rond et avenant. Il ne porte pas de cravate et le col de sa chemise est dégrafé. Le haut de son torse bronzé apparaît.

Je me glisse sur la pointe des pieds dans la pièce. Les deux hommes ne me remarquent pas tout de suite et je n'ose pas les interrompre. L'attitude de M. Beresford dégage une assurance et une décontraction dingue.

Je vais bafouiller et il me prendra pour une gourde. Courage, Mila ! Tu ne sais pas pourquoi tu as été choisie, mais ce n'est pas un hasard !

À cet instant, une plaisanterie de son interlocuteur le fait rire aux éclats. Il tourne la tête, et ses yeux tombent sur moi. Son rire reste suspendu. Ses prunelles d'un brun chaud s'adoucissent. Il ne prononce pas un mot, prend le temps de me regarder. Je reste piégée par ce regard troublant d'homme.

Quel magnétisme !

Plantée là, devant eux qui me regardent, je songe à prendre mes jambes à mon cou. Enfin Timothy Beresford abandonne sa contemplation et me fait signe d'approcher avec un sourire accueillant.

– Nils, je te présente Mlle Mila Wieser. Une jeune et brillante juriste qui vient nous donner un petit coup de main pour démêler un casse-tête juridique. Mademoiselle Wieser, Nils, mon ami le plus proche.

Le fameux Nils me salue, bienveillant.

– Enchanté, mademoiselle. Tim m'a parlé de vous. Il ne tarit pas d'éloges sur les qualités professionnelles qu'il vous prête. Je vous souhaite bon courage : il vous faudra supporter cet incorrigible dictateur dans les semaines qui viennent. Ne le laissez pas vous noyer sous le travail : il a tendance à oublier que le commun des mortels n'a pas son don pour gérer un nombre exponentiel de dossiers sans se mélanger les pinceaux. Je vous laisse, moi aussi j'ai une société à gérer ! Tu n'es pas le seul, vieux frère !

Le blond rubicond quitte la pièce après un ultime salut. Avant de refermer la porte, il adresse un clin d'œil appuyé à Timothy. Celui-ci fait mine de lui jeter un dossier.

Il semble qu'une information m'ait échappé.

Il a parlé de moi ? Mais comment ? Pourquoi ? En se basant sur quelle affaire ou contact ?

Je suis seule face à Timothy qui m'observe à nouveau en silence. Je le trouve si élégant. Un charisme naturel stupéfiant. Il m'intimide. Lui me sourit, prend le temps de détailler ma tenue. Je sens comme hier ses yeux sur moi. Ils s'accrochent quelques secondes à mes lèvres.

Quel toupet !

Le même frisson que la veille me secoue, tout aussi agréable. Il est plus puissant que la gêne. Peut-être est-ce la raison pour laquelle je le laisse faire.

Alors que j'ai définitivement oublié le but de ma présence, ses yeux s'assombrissent soudain.

– Mademoiselle Wieser, puis-je vous faire confiance ?

Je ne m'attendais pas à une telle question.

– Bien sûr. Je suis tenue au secret professionnel, rien ne filtrera de nos échanges, je peux vous l'assurer…

– Je ne vous parle pas du secret professionnel froid et impersonnel, me coupe-t-il. Je vous parle de confiance. Puis-je avoir confiance en vous, en tant que femme ?

Où veut-il en venir ? Mais la réponse est évidente pour moi.

– Je vous donne ma parole. Je suis quelqu'un sur qui on peut compter.

– Je le sais. J'en suis certain. Je voulais juste l'entendre de votre bouche. C'est la raison pour laquelle j'ai souhaité faire appel à vous.

Je trouve qu'il semble en savoir beaucoup sur moi et cela ne cesse de m'étonner. Mais je ne veux pas le questionner. Pas maintenant. La tension dans cette pièce me pousse à penser que Timothy Beresford est sur le point de me révéler quelque chose d'absolument essentiel. Peut-être même difficile à admettre. Je ne peux pas prendre le risque de le braquer avec mes interrogations. Je me promets intérieurement de percer un jour ce mystère.

Timothy passe derrière son bureau et me fait signe de l'y rejoindre. Je pensais m'installer en face de lui, mais il souhaite m'avoir à ses côtés. Il m'attire près de lui. Nos épaules sont en contact. Je sens la chaleur de son bras contre le mien à travers le tissu de sa veste. Cette proximité me fait chavirer. Lui ne paraît pas y songer ; il est penché sur un dossier ouvert.

– Ce que vous voyez là, mademoiselle Wieser, il vous faut n'en parler à personne. Le montage juridique pour lequel j'ai fait appel à votre cabinet n'existe pas en réalité.

Il relève la tête et me fixe. Je suis stupéfaite. Pourquoi suis-je donc là ? Timothy semble me sonder, à la recherche d'une information essentielle pour lui. Le rouge me monte aux joues. Il le remarque et un instant mon trouble semble le gagner. Il se détourne brusquement, reprend ses explications comme si de rien n'était.

– Quelqu'un utilise ma société pour des activités illicites. Il s'agit d'un de mes proches. J'en suis persuadé.

Timothy me tend le dossier, enfermé dans une pochette rouge vif.

– Vous trouverez là-dedans quelques notes que j'ai prises. Il y a une pièce aménagée au bout du couloir, je veux que vous vous y installiez. Trouvez d'où viennent ces malversations. Je veux tout savoir, comment on s'y est pris, quel mécanisme a été imaginé. Et surtout, je veux être sûr de l'identité de celui ou celle qui m'a trahi. Méfiez-vous de tous, agissez dans le plus grand secret. Les archives comptables et juridiques de la société vous attendent déjà dans votre nouveau bureau.

Je prends un coup : la tâche est loin d'être aisée. Je sens surtout le poids de la confiance que cet homme effectivement place en moi. Elle crée un lien ; un secret que nous partageons. Il peut maintenant me faire part de ses doutes. Je veux lui montrer qu'il peut compter sur moi. Je saisis le dossier fermement :

– Je comprends. Enfin, je crois. J'aurai probablement des questions après la lecture de ce dossier.

Et surtout celle-ci : pourquoi a-t-il choisi de me faire confiance pour cette tâche ?

Mais je n'ose pas la poser. Je ne voudrais pas qu'il interprète cela comme une hésitation de ma part.

– J'ai conscience que ce que je vous demande est difficile. Je n'ai quasiment aucune information à vous donner pour vous aiguiller. La seule chose que je peux vous transmettre est cette conversation que j'ai surprise il y a quelques semaines. Il était question de transferts de fonds vers l'étranger, alors que je n'ai donné aucun ordre de ce type récemment. C'est là que j'ai compris qu'il se passait quelque chose.

Ce qu'il vient de m'avouer est grave. Juridiquement parlant. Pourtant il n'a pas l'air inquiet, plutôt bouleversé selon moi. Il n'est plus du tout l'homme détendu qui m'a accueillie en riant avec son ami Nils. Ni l'homme au regard de braise. Son front s'est plissé, soucieux, attristé.

– Mademoiselle Wieser, ne mettez aucune piste de côté. Absolument aucune.

– Ne vous inquiétez plus de rien. Je trouverai ce que vous cherchez et sans qu'un seul de vos employés ne se doute de quoi que ce soit.

Mon affirmation semble trouver écho en lui. Il faut dire que sur le plan professionnel, je suis sûre de moi, je sais ce que je fais ! En dehors du travail, je suis un peu émotive, et il faut bien l'avouer, il m'arrive d'être bordélique… Mais quand il s'agit de mon travail, je suis quelqu'un de carré. Impulsivement, il saisit mes mains et les serre dans les siennes.

Il faut qu'il arrête de faire ça. Son contact est presque insoutenable.

– Merci. Votre présence m'est infiniment précieuse.

Mes yeux s'écarquillent. Est-ce que c'est moi, ou bien cette formulation est bien trop intime ?

Il n'a pas dit « votre aide m'est précieuse » ou bien « vos compétences me sont précieuses », mais bien « votre présence m'est précieuse ».

Non. J'extrapole. Nous venons à peine de nous rencontrer. Il est juste perturbé. Bien sûr, il n'y a aucune intention autre que professionnelle dans ses propos.

Timothy me raccompagne à la porte de son bureau. Mais avant que je ne le quitte, il me retient par le coude. C'est incroyable comme chaque pression de ses doigts me bouleverse. Un silence s'installe. Il ne dit plus rien, se contente de plonger à nouveau ses yeux dans les miens. Profondément. Un regard indéchiffrable. Il est si près de moi. Il me retient toujours par le coude et ne semble pas décidé à me lâcher. Je suis bien obligée de reconnaître que je n'ai pas le moins du monde envie de bouger, malgré mon embarras. Un instant, l'envie de me blottir contre lui me traverse.

Qu'est-ce qui te prend, tu es folle ? C'est ton client ! TON CLIENT !

Je ne me suis jamais retrouvée dans une telle situation. C'est dans un état de confusion mentale totale que je finis par m'arracher à cette tension pour gagner le couloir.

Mon nouveau bureau est donc tout au fond. Je m'y rends, les jambes en coton. Je dois faire un effort pour avancer en ligne droite. J'arrive au niveau du mur en verre le séparant du couloir… et reste pétrifiée. Quelqu'un sort de mon bureau. Une femme blonde longiligne. Ses cheveux brillants sont noués en une queue-de-cheval parfaitement lisse qui suit docilement chacun de ses mouvements, caressant son dos dans un ondoyant éclair doré. Un chemisier noir et une jupe crayon de la même couleur épousent ses formes. Une tenue impeccable, mettant en valeur son corps parfait, complétée par une paire de stilettos absolument splendides.

Que faisait-elle là ?

Ma visiteuse lève le nez… et un sourcil dédaigneux. À l'aise, elle n'a visiblement pas l'intention de s'excuser ou de m'expliquer ce qu'elle faisait dans mon bureau.

Il faudra que je pense à le fermer à clef.

Un petit sourire méprisant se dessine sur son visage. Un visage bien connu. Des pages de magazines me reviennent comme des flashs. J'ai en face de moi Holly Dickinson, l'actrice montante dont tout le monde parle. Je l'ai assez vue ces derniers temps sur les plateaux des émissions les plus suivies pour la reconnaître. Je crois me souvenir de l'y avoir entendue évoquer son parcours : elle travaillait dans le secteur humanitaire lorsqu'elle a été repérée par un agent. Après quelques succès cinématographiques, elle a décidé récemment de mettre entre parenthèses sa carrière pour s'impliquer à nouveau dans des causes qui lui tiennent à cœur. Je ne pensais pas qu'elle le faisait pour B. International ! Amusée par ma stupéfaction, elle ondule vers moi.

– Mademoiselle Mila Wieser, n'est-ce pas ? Notre nouvelle juriste, paraît-il !

Son français est impeccable, à peine teinté d'un charmant accent anglais.

– Effectivement. Puis-je vous aider ?

J'adopte un ton distant pour lui signifier à la fois qu'elle est fort impolie de pénétrer dans mon bureau quand je n'y suis pas. Et surtout que je ne suis pas impressionnée par les inflexions ironiques de ses propos. Elle s'en fiche royalement et poursuit sur la même lancée.

– Vous êtes bien jeune.

Elle me dévisage avec dédain.

Je ne pourrai pas compter sur elle comme amie ici !

Je n'ai pas le temps de la renvoyer dans les cordes ; elle commence déjà à s'éloigner en soupirant ostensiblement.

– Enfin. Nous nous reverrons souvent : je suis la porte-parole de la fondation caritative de B. International. Je ne m'intéresse pas aux poussiéreuses questions juridiques. Je ne veux rien savoir de ce contrat dont vous vous occupez pour B. International. Mais si cela a un quelconque rapport avec le service caritatif de l'entreprise, pas de déclarations intempestives. Tout passe par moi !

Sans rien ajouter, elle me tourne définitivement le dos et disparaît dans le couloir.

Quelle peste !

Je m'affale dans le fauteuil derrière le large bureau en bois encore vierge de dossiers et de papiers couverts de chiffres et de textes de lois.

Débuts en fanfare !

J'observe la paroi vitrée qui sépare mon bureau du couloir. Pas idéal, vu la confidentialité du dossier dont j'ai la charge. Impossible de demander à changer cela, à moi de ne pas prendre le risque d'éveiller les soupçons du coupable que je dois traquer. Il faudra que je fasse bien attention à garder l'écran de mon ordinateur dos à cette cloison transparente.

Je m'occupe immédiatement d'empêcher l'accès à mon réseau informatique depuis la connexion Internet de l'immeuble. Une petite manipulation et une clé 3G, et le tour est joué. Je suis comme invisible !

À peine le temps de déballer quelques lourds cartons remplis de vieux contrats : mon téléphone se met à gazouiller. La sonnerie annonçant un message de ma sœur Camille.

[Alors, tu as revu le beau gosse ? Toujours aussi séduisant ?]

Je lui ai raconté mes aventures de la veille. Elle n'a pas attendu longtemps avant de venir aux nouvelles. Je trouve son franc-parler si drôle et son dynamisme est à toute épreuve. Elle n'hésite pas, elle, à aborder les garçons qui lui plaisent… et à en changer aussi souvent que l'envie lui en prend !

[Toujours aussi beau. Mais il est absolument exclu qu'il s'intéresse à moi ! Devine qui est une de ses proches collaboratrices ?]

Elle me répond aussitôt, poussée par sa curiosité légendaire.

[Qui, qui, qui ? Tant que ce n'est pas Gemma Ward, tu as toutes tes chances !]

Elle n'est pas si loin de la réalité !

[Tu brûles !]

Une demi-seconde plus tard :

[Mais encore ?]

Je soupire en pensant à la silhouette sans défaut de l'actrice.

[Holly Dickinson ! Je l'ai trouvée en train de fouiner dans mon bureau !]

Cette fois, il lui faut un temps pour digérer la nouvelle.

[Sans rire ? Si elle se sent obligée de mettre le nez dans tes affaires, c'est que tu es une rivale sérieuse !]

J'aime son optimisme.

Suffit de perdre du temps, j'ai une tonne de recherches à effectuer.

Je me plonge dans la masse de documents étalés sur mon bureau. Rien d'anormal pour l'instant. Explorer ces archives sans fin me permet surtout de me vider l'esprit des visions parfaitement déplacées qui me traversent. Toutes ont pour unique objet Timothy Beresford. Timothy Beresford, la chemise légèrement ouverte sur sa peau ambrée et lisse, mes lèvres qui s'y posent et descendent vers les premiers boutons restés fermés.

Stop!

C'est une vraie torture. Moi qui suis si timide habituellement! L'audace de ces fantasmes me sidère!

Que m'arrive-t-il?

Mes collaborateurs apprécient le professionnalisme dont je fais preuve en toutes circonstances! Lorsqu'on est une jeune femme dans ce milieu, mieux vaut être prête à tenir les hommes à distance. Le travail d'un côté, les affinités de l'autre. Ne jamais mélanger les deux. Mon credo. Ces pensées qui me donnent chaud ne me ressemblent pas. Surtout qu'elles deviennent réellement obsédantes.

Ma concentration a heureusement pris le pas sur mes rêves contemplatifs. À midi, j'ai pris un sandwich sur le pouce, et il doit être 19 heures lorsqu'une petite femme boulotte passe la tête dans mon bureau :

– Mila?

Je lève le nez d'une pile impressionnante de contrats froissés.

– Oui, c'est moi.

– Enchantée, je suis Sara, je travaille au service marketing. Il y a une tradition ici : le vendredi soir, nous nous retrouvons tous après le boulot dans un bar pas loin. Histoire de se changer un peu les idées avant le week-end. Il y a toujours une super ambiance. Ce serait sympa que vous veniez ! Vous pourriez rencontrer vos nouveaux collègues !

– Avec plaisir ! Excellente idée ! Je n'en peux plus de ces chiffres et de ces conditions légales !

– Bonne nouvelle ! À dans dix minutes en bas ! Et ne vous laissez pas impressionner si M. Beresford est là ! C'est rare, mais ça lui est déjà arrivé de venir.

Heureusement que Sara a déjà quitté la pièce, sinon elle me verrait la bouche entrouverte, surprise. Je ne me sens absolument pas capable de revoir Timothy Beresford maintenant. Me retrouver à proximité de lui me rend bien trop nerveuse. Je serais bien capable de lui renverser mon verre dessus en trébuchant maladroitement ou de provoquer un incident irréparable dont je suis la spécialiste quand je me sens scrutée. Et les deux fois où nous avons été en contact, il n'a cessé de m'observer ! Je ne tiendrais pas le choc. Mais j'ai promis ! Me voilà coincée. Un instant je songe à m'éclipser : l'idée de passer pour une pimbêche pendant toute la durée de ma présence au sein de cette société ne m'enchante guère. J'ai dit oui, je ne peux pas me défiler.

C'est donc en traînant des pieds que je suis Sara jusqu'au coin de la rue pour retrouver mes voisins de bureau. Sous mon bras, mon ordinateur portable et quelques dossiers qu'il m'a semblé préférable de ne pas laisser traîner. À surveiller de près. Quand je pousse la porte, une vingtaine de personnes, certaines sont installées confortablement autour d'une table, d'autres restent debout près du bar, un cocktail à la main, passionnées par une discussion animée.

Quelques rires fusent. Matthieu Caron, l'assistant de Timothy Beresford, fait partie de ce groupe. Il est visiblement à l'origine de la bonne humeur de ses collègues. Amusant. Je ne l'aurais pas imaginé en clown de la boîte. Sara m'entraîne vers une des tables et m'y installe à ses côtés. Elle me présente à un groupe de jeunes femmes :

– Mila, voici Madeleine, Cécile et Véronica. Les filles, voici Mila. Elle est juriste et nous rejoint pour une mission de quelques mois. De quelques mois ? Quelques semaines ? demande-t-elle, en se tournant vers moi.

Je hausse les épaules :

– Le temps qu'il faudra ?

Sara me sourit amicalement :

– Alors bienvenue pour… le temps qu'il faudra. On se tutoie, Mila, n'est-ce pas ? C'est plus simple. C'est ce que tout le monde fait à B. International.

Timothy n'est pas là.

Holly non plus, ce qui est un sacré soulagement !

Je commande un verre de chardonnay et écoute la conversation des quatre jeunes femmes assises à proximité. Il n'est question que de mon client sexy !

– C'est sûr qu'il se passe quelque chose avec Holly, lance Cécile, une grande brune mince aux yeux verts.

– J'ai entendu dire qu'on les avait vus ensemble à toute une série de vernissages la semaine dernière ! S'exclame Sara. Je suis sûre qu'ils ont une liaison. En fait, tout le monde en est persuadé ! Tu penses, un homme aussi séduisant que lui et Holly ! Holly Dickinson ! Il n'allait quand même pas sortir avec l'une d'entre nous quand il peut l'avoir, elle !

Je fais la moue, dépitée.

Un petit pincement au cœur, tiens !

Sara a évidemment raison. À quoi ai-je bien pu songer ? Mes doutes de l'après-midi se confirment : la place est déjà prise. Et en même temps, je n'aurais jamais eu le courage de me battre pour la prendre… Holly et ses longues jambes parfaites, Timothy et ses épaules carrées, son sourire étincelant, ses cheveux soyeux, son menton dessiné, son…

Je dois vraiment cesser d'y penser.

Attristée par ce que je viens d'entendre, je me renfrogne sur ma chaise. Je passe pour une fille désagréable, tant pis, mais je n'ai plus la force de me mêler à la conversation. Alors même que mes voisines viennent de détruire les minces espoirs que j'avais pu stupidement conserver intacts dans un coin de ma tête, je ne peux pas m'empêcher de jeter malgré tout des coups d'œil vers la porte toutes les trente secondes. Mon cœur bat à chaque fois qu'un inconnu pénètre dans le bar, rêvant d'apercevoir la longue silhouette brune de Timothy.

Voilà ce qui m'attend, trembler d'émotion en reluquant de loin l'inatteignable Timothy Beresford. Une vraie midinette. Je m'en veux d'être aussi cruche. Les potins à côté vont bon train. Cette fois, leur cible est le père de Timothy, le fondateur de la société. Je ne l'ai pas encore rencontré, mais à ce que je comprends, c'est un bel homme lui aussi, un vrai coureur de jupons. Il vient juste, malgré son âge, de briser le cœur d'une jeune stagiaire de la comptabilité après une histoire mouvementée de quelques semaines qui a alimenté les cancans de la totalité de la boîte. Je n'ouvre toujours pas la bouche. Sara, adorable, et tenant absolument à m'intégrer au groupe, se tourne vers moi :

– Alors, Mila, qu'est-ce que tu penses de ça, toi ? Tu dois te dire que nous sommes toutes folles, mais la vie intime des Beresford est un vrai feuilleton !

J'ouvre la bouche pour répondre quand mon téléphone vibre. Un message. Je m'excuse poliment et consulte le texto.

[Je veux vous voir devant le musée Jacquemart-André dans une demi-heure. Cordialement. T. Beresford.]

Mes yeux s'écarquillent. Pourquoi veut-il me voir maintenant ? Il est tard ! Et pourquoi devant un musée fermé ? Le ton du message est très froid. Il a dû revenir sur sa décision, me trouve trop empotée pour travailler pour lui et souhaite me signifier mon congé. Mais il pouvait aussi bien le faire au bureau toute la journée ! Je n'arrive pas à me remettre de ce message. Mes voisines reprennent leur échange :

– Comme c'est drôle ! Le boss n'a pas l'air de vouloir montrer son nez ce soir ! ironise la brune aux yeux verts.

– Il doit être avec Holly ! bougonne Sara. Passer du temps avec ses employés, c'était bon lorsqu'il était célibataire, mais maintenant, il a mieux à faire. Enfin, il n'est passé qu'une ou deux fois dernièrement. N'en faisons pas une généralité.

Non, Timothy n'est pas avec Holly. Il est devant le musée Jacquemart-André et il veut me voir moi. Enfin, si je décolle de ce siège où la surprise m'a clouée. Je ramasse précipitamment mes affaires et adresse un signe à la cantonade.

– Désolée, il faut que je vous quitte.
– Mais tu n'as même pas eu le temps de tremper tes lèvres dans ton verre ! s'insurge Sara.
– Eh bien, finis-le pour moi, Sara. Je suis navrée, je ne veux pas vous paraître impolie, mais j'ai une urgence !

Je fais une moue impuissante. Je ne leur révélerai pour rien au monde qui est à l'origine de ma précipitation. Sinon je serai sans aucun doute au cœur des potins pendant les six prochains mois !

Alors qu'il n'y a aucune raison valable. J'en suis sûre. J'en suis sûre ? Dommage.

Non, je n'ai pas pensé ça. Je n'ai pas pensé « dommage ». J'ai pensé « tant mieux ». Du moins faut-il que je m'en persuade.

Je suis là pour travailler et pas pour fantasmer sur mon client dès le premier jour.

Je me jette dans un taxi. Le boulevard dans lequel se situe le musée est désert. Il fait chaud et moite. Ce mois de juin promet un été caniculaire. Alors que la voiture se gare, je repère un homme de haute stature. Mon cœur fait un bond. Il est là, à faire les cent pas. Il a retiré sa veste à cause de la chaleur et sa chemise claire dessine ses épaules musclées et ses bras puissants.

Voilà que je recommence !

Il m'attend. Je me dépêche de payer le taxi et vais à sa rencontre en croisant les doigts pour ne pas être la cause de sa mauvaise humeur. Lorsqu'il m'aperçoit, il semble un instant surpris que je sois effectivement venue. J'ai l'impression qu'il est étonné de me trouver là, face à lui, sur ce morceau de trottoir parisien. Je lui souris en espérant que cela le déridera. Peine perdue. Après m'avoir fixée un moment, l'air pensif, il me fait signe de le suivre.

– Venez, c'est par ici.

Timothy se dirige vers l'établissement… et en pousse la porte. Tout simplement. Le musée est ouvert.

À cette heure-ci ?

Vu son air rêveur, je garde mes questions pour moi. Mais lorsque nous gravissons la courte allée, je comprends rapidement que nous sommes seuls. Pourtant, toutes les lumières de ce magnifique hôtel particulier sont allumées. La demeure du XIXe siècle scintille dans le noir comme un joyau au milieu de son petit écrin de verdure.

Timothy ouvre la double porte : il n'agirait pas différemment s'il était chez lui. Comme je traîne un peu, émerveillée, il attire mon attention avec un léger sourire.

– Mademoiselle Wieser ? Suivez-moi, je vous prie.

Je n'essaye même pas de conjecturer sur les raisons de ma présence. Je serais bien incapable de deviner dans quel objectif absurde ce nouveau client pour le moins étrange m'a attirée ici ce soir.

J'obéis et entre dans le bâtiment. À côté de l'accueil désert, dans la jolie pièce qui sert de hall aux visiteurs la journée, un grand panneau rouge signale la tenue d'une vente aux enchères d'art éthiopien. Le bénéficiaire des fonds : l'association Enfance Sauvée.

Mais c'est l'association auprès de laquelle je suis engagée depuis des années !

Je relève la tête et cherche du regard Timothy Beresford. Mais il a disparu. Un bruit de pas fait grincer le parquet dans une des salles d'exposition à gauche. Je m'y glisse. Timothy est là, debout dans la lumière poudrée si particulière aux lustres de cristal. Sa haute taille paraît encore plus impressionnante. Je regrette de ne pas avoir mis des talons plus hauts aujourd'hui, je me sens si petite près de cet homme-là.

Il est en train d'arranger un magnifique collier artisanal afin qu'il soit bien mis en valeur. Il n'est plus le même, il s'est détendu.

– Pardon de vous avoir un peu pressée : j'avais hâte de voir dans quel état était l'exposition. Il nous manque encore des pièces, mais l'essentiel est là. Je tenais absolument à ce que vous voyiez ça en avant-première.

Il me rejoint et me saisit doucement le coude pour m'entraîner au centre de la pièce. Le contact de sa main sur ma peau me fait frissonner.

Je commence à m'y habituer.

L'autorité naturelle et tendre avec laquelle il me conduit là où il veut est si agréable. Comme il doit être bon de se plier aux volontés de ces grandes mains, pour un peu je me laisserais tenter... pas mon genre pourtant de me laisser faire aussi facilement. Gentiment, calmement, presque en chuchotant, il m'éclaire enfin sur le pourquoi de ma présence en ces lieux à une heure aussi tardive.

– Je vous présente l'exposition-vente aux enchères d'art éthiopien au profit d'Enfance Sauvée. J'en suis un des principaux donateurs depuis des années ; j'ai fait des pieds et des mains pour que ce lieu magnifique soit mis à disposition. J'espère que les fonds récoltés seront utiles à cette très belle association... que vous connaissez bien, n'est-ce pas ?

Il observe ma réaction avec des yeux malicieux. Et il est servi, je n'en reviens pas. Un vague vertige me déstabilise un moment. Lui, un soutien financier d'Enfance Sauvée ? Lorsque je me remets un peu de cette nouvelle suffocante, je me sens rougir sous la douceur du regard qui ne me quitte pas. Je n'avais jamais eu l'occasion d'être si proche de lui et je suis troublée par la profondeur de ses iris brodés de longs cils noirs. Je sens le pourpre me monter encore plus aux joues. Je me détourne pour lui échapper et détaille les magnifiques pièces assemblées autour de moi.

– C'est impressionnant, ne puis-je m'empêcher de souffler.

Timothy se redresse. Il a l'air tout à fait ravi de l'effet que sa surprise a sur moi. Il est tout sourire. Un sourire éclatant et enveloppant. Mes jambes sont sur le point de se dérober. Je m'assieds prudemment sur un des fauteuils placés au centre de la salle et permettant d'admirer les œuvres.

Trop d'émotions pour moi aujourd'hui.

Mon client sexy et définitivement déroutant se promène tranquillement, redressant un cadre ici, caressant doucement les courbes d'une statue de femme, là.

Être effleurée moi aussi de cette manière-là ! Évocation stupide puisque rien jusqu'à maintenant ne m'a laissé penser qu'il pourrait d'une quelconque manière s'intéresser à moi. Bien au contraire. Je ne peux me fier à la simple interprétation que je fais de ses œillades, même si celles-ci sont particulièrement intenses.

Je suis happée par des pensées toutes plus contradictoires les unes que les autres quand je me rends compte qu'il m'observe de loin. Un air grave sur le visage, mais un sourire que j'aurais envie, moi, de qualifier d'attendri. Une nouvelle fois, je ne sais plus où me mettre et reste un peu tétanisée par cette attention fixe qui semble vouloir scruter mon âme… Lui aussi s'en aperçoit. Il se secoue. Essaye de regarder ailleurs. Mais il a du mal à empêcher ses yeux de remonter lentement le long de mes jambes nues.

Je tire nerveusement sur l'ourlet de ma jupe. Peine perdue, elle ne cache pas grand-chose de mes cuisses !

Cette manie des jupes courtes !

Timothy Beresford me rejoint sur le vaste fauteuil en velours et s'assied près de moi. Tout près de moi. Trop près de moi. Son parfum est grisant, viril et direct. Menthe, poivre, mais aussi une odeur plus intime, celle de sa peau. Des effluves chauds s'échappent de l'ouverture de sa chemise. Je sens des fourmillements monter dans mon ventre. Un trouble qui ressemble à du désir. Il se penche encore un peu plus. Jusqu'à ce que nos épaules se touchent. À travers le tissu fin de ses vêtements, je le sens brûlant. J'ai retiré mon chemisier en début d'après-midi lorsque la température a sérieusement dépassé les 26 degrés et je ne porte qu'un simple débardeur noir. Je jette un coup d'œil à mon bras découvert pressé contre le sien. Cette vision me semble soudain particulièrement inconvenante.

Est-ce normal de se retrouver dans cette position avec un client qu'on connaît à peine ?

– Mila ?

Je suis tirée de mon engourdissement.

Il m'a appelée par mon prénom.

Sa voix est un feulement rauque. Il est si proche. Je pourrais presque compter les multitudes de rayons sombres tissant ses iris.

– Mila, vous vous sentez bien ? Vous ne dites rien.

Je me rends compte que mon attitude est au moins impolie, au pire, elle traduit si clairement les sensations qui me traversent que j'en serai gênée pour le restant de mes jours. Je me secoue et force mon esprit égaré à reprendre possession de lui-même.

– Pardon. Il y a beaucoup de nouvelles à digérer d'un coup. J'avais entendu parler de cet événement, mais j'ignorais que vous en étiez à l'origine.

Il rit doucement. Ses yeux pétillent.

– Mila, puis-je vous faire un aveu ?

Chaque fois qu'il prononce mon nom, je tressaille. Ces quatre petites lettres dans sa bouche se métamorphosent en caresse. Je hoche la tête, muette à nouveau.

– En réalité, nous nous sommes déjà vus à de nombreuses reprises.

Je hausse les sourcils.

Comment aurais-je pu croiser un tel homme sans lui prêter attention ?

Il poursuit son explication.

– Je me rends souvent sur les chantiers de l'association Enfance Sauvée. J'admire particulièrement le travail que vous faites tous auprès des plus jeunes et j'aime être en contact avec les équipes sur le terrain. Je vous y ai aperçue à de nombreuses reprises. Vous ne m'avez pas vu ; vous étiez tellement absorbée par ce que vous faisiez. J'ai demandé qui pouvait bien être cette belle jeune femme dynamique qui menait tout un chantier à la baguette.

Je pique un fard, touchée par le compliment.

Il s'est rendu sur nos chantiers ?

Il continue sur le même ton.

– J'ai pu vous observer au Mexique l'été dernier, au Venezuela et en Russie. Vous étiez à chaque fois si pleine d'énergie ! Sur place vos amis m'ont tous vanté les mérites de la juriste talentueuse que vous êtes. Quelqu'un de droit, qui n'hésite pas à remonter ses manches pour participer à la réalisation concrète des projets. On m'a assuré que vous étiez quelqu'un de loyal, de franc et de profondément honnête. C'est pourquoi lorsqu'il a été clair pour moi que les malversations au sein de ma société étaient bien réelles, j'ai immédiatement pensé à vous. Je n'aurais fait confiance à personne d'autre.

Je laisse mes yeux se perdre dans les siens, fais un effort pour ne pas me détourner. Je suis profondément émue par ces révélations.

– Mila, m'en voulez-vous de ne pas vous avoir tout expliqué lors de notre rencontre à l'aéroport ? Lorsque je vous ai vue, assise à Munich, je voulais venir vous trouver, mais votre conversation avec votre amie était si charmante que je n'ai pas eu le courage de l'interrompre.

Il me sourit. Je fonds.

– Bien sûr que non, je ne vous en veux pas ! J'ai juste eu très peur de vous avoir vexé et que vous me renvoyiez.
– Vous renvoyer ? Il en est hors de question ! J'ai trop besoin de vous.

Encore cette formulation. Trop intime pour une relation entre une avocate et son client.

Surtout si le client en question est incroyablement attirant… Tu es idiote. Il a besoin de tes compétences. Point.

Timothy se relève et me tend la main. Veut-il que je la saisisse ? Je ne peux pas. Je n'en suis pas capable.

JE NE DOIS PAS LE FAIRE ! Je n'en ai pas le droit. Cet homme est mon client !

Je me contente donc de le suivre. Un bref instant je vois un petit éclair de déception troubler l'expression joyeuse de son visage. Il baisse sa main à regret.

Timothy Beresford me précède et ouvre pour moi les portes de l'exposition. Les œuvres sont toutes plus magnifiques les unes que les autres. Arrivé au bout de l'aile ouest, il écarte les deux battants de la dernière pièce.

– Oh !

La stupéfaction m'a prise de court. Sous la lumière d'un petit projecteur rond, un collier en or traditionnel scintille. Un travail exceptionnel, rare, décoré de pierres précieuses. J'ai rarement eu le loisir de contempler un aussi bel objet.

À mes côtés, Timothy rit silencieusement.

Se moque-t-il ?

Il a les yeux baissés. Je suis son regard… et comprends les raisons de son amusement. Ma main est agrippée à sa manche. Dans la stupéfaction, je me suis accrochée à ce qu'il y avait de plus proche. Et ce qu'il y avait de plus proche à cet instant, c'était lui. Je lève mon visage vers le sien. Quelque chose a changé dans l'air. Nous nous regardons en silence. Ce moment est si tendre. Un trouble familier s'empare une nouvelle fois de moi, mais avec violence cette fois. J'ai l'impression que mon corps entier est parcouru d'un frisson électrique. Alors que le moment s'éternise, j'ai le sentiment de plus en plus évident qu'il va se pencher sur moi pour m'embrasser. Mon cœur cogne dans ma poitrine.

Mais il n'en fait rien. Une crispation légère contracte ses sourcils. Une seconde seulement. À peine assez longtemps pour que je le remarque. Et après un temps infini, il se dégage, comme à regret, et s'écarte.

Dans le taxi me ramenant chez moi, je ne sais plus quoi penser. Il y a Holly, il y a l'exposition, les compliments de Timothy, la confiance qu'il place en moi et cette satisfaction incroyable de savoir qu'il m'a choisie, réellement choisie, après m'avoir vue à l'œuvre. Surtout, il y a ce rapprochement, cette tension sur son visage lorsqu'il me regarde, la douceur que je crois déceler dans ses yeux. Pourtant, cet homme est un mystère insondable. Quelque chose, je ne sais quoi, qui, alors qu'il s'approche de moi, le tire à nouveau au loin.

Et surtout, il est beau à en tomber à la renverse.

3
« AI-JE TOUT INVENTÉ ? »

Lundi matin. Deux jours se sont écoulés depuis la soirée au musée. Deux jours à penser à lui. Croiser Timothy Beresford dans les couloirs, craquant, chemise légèrement ouverte, manches relevées sur ses avant-bras. Les muscles roulent sous la peau bronzée… Le souvenir de ses mains chaudes, les larges paumes douces posées sur mes bras. Ses yeux me scrutent, sans un mot. Il a l'air perdu. Je revis en boucle mes souvenirs.

En arrivant ce matin, j'aurais pensé que le rapprochement évident qu'il y a eu entre nous justifierait des échanges au moins amicaux au travail. Il n'en est rien. Bien au contraire. Il est à la limite du cordial. Il ne m'adresse pas la parole. Il se contente d'un hochement de tête lointain, un sourire triste accroché aux lèvres. Il ne traverse pas la pièce ou le couloir pour me saluer personnellement. Parfois je sens qu'il hésite, mais quelque chose le pousse à faire machine arrière.

J'ai juste reçu aujourd'hui un mail laconique :

Avez-vous pu avancer sur votre affaire ?

Mais je n'ai pas encore trouvé grand-chose : une succession de mails internes au service juridique m'avait fait tiquer. Les dates ne semblaient pas correspondre aux tâches validées par le chef de service. Mais après vérifications, il s'agissait simplement d'un retard pris dans le planning à cause d'un jeune juriste encore en formation. Voilà tout ce que j'ai pu débusquer jusqu'à maintenant. On m'engage pour démasquer le responsable de détournements de fonds et je dévoile au grand jour une lacune dans le travail d'un stagiaire.

Je m'en voulais déjà, cet échange lapidaire en rajoute et me fait mal.

Aucune connivence entre Timothy Beresford et moi, aucune allusion à notre visite nocturne si agréable. Absolument rien. Une part de moi en est soulagée. Nos relations resteront neutres. Parfait. Le pire qui puisse m'arriver en ce moment est de déraper sur le plan sentimental avec un client.

Exit la promotion au sein du cabinet, bonjour la réputation qui colle à la peau pour le reste de ma carrière.

Et pourtant, j'ai un pincement au cœur en y pensant. Cet homme me plaît vraiment. Il y a quelque chose qui m'attire irrésistiblement chez lui ; son charisme, ce secret obscur que je devine. Toutes ses facettes me plaisent. J'aime son côté détendu lorsque je l'ai surpris avec son ami Nils. J'ai été bouleversée quand j'ai découvert son implication au sein de l'association, son énergie à vouloir récolter des fonds pour une cause en laquelle il croit. Il n'est pas un riche héritier coupé de la réalité, enfermé dans son monde doré. Il veut utiliser sa position sociale et financière pour aider ceux qui en ont besoin. Je l'admire pour ça.

Même s'il est évident qu'il ne doit rien se passer entre nous, je ne peux m'empêcher d'espérer… je ne sais quoi au juste. Peut-être simplement retrouver la complicité troublante du moment partagé l'autre soir.

Ce qui ne risque pas d'arriver s'il continue sur ce registre.

Dire qu'il m'évite ne serait pas complètement juste. Car si nous n'échangeons plus une parole, il semble être toujours dans la pièce où je me trouve, occupé auprès d'un de ses employés. Immanquablement, je sens son regard posé sur moi. Je me laisse faire, je laisse ses yeux glisser où ils le souhaitent. Puis je tourne la tête vers lui. Il se détourne rapidement et son regard m'échappe. Si bien que je ne peux pas être sûre qu'il était effectivement en train de m'observer.

N'est-ce qu'une impression ? Mon propre désir ?

Une fois cependant, je l'ai surpris à me détailler des pieds à la tête, sérieux, un peu étonné, la main agrippée à ses cheveux épais et brillants, l'air décontenancé. Il était charmant. Et ses splendides yeux noirs attachés à moi m'ont fait rougir. Inévitablement, nos prunelles enflammées se sont croisées. Réaction inattendue : il sort de la salle brutalement, contrarié.

C'est moi qui devrais l'être !

Je devrais être outrée qu'il se permette ce genre de comportement. Mais au contraire, cette attention braquée sur moi me flatte. Et malgré la gêne, j'éprouve un plaisir vif à le sentir apprécier la moindre courbe de mon corps.

Devant mes dossiers, j'ai du mal à me concentrer et je ressasse chaque instant, décrypte chaque œillade pour tenter de deviner ce qui se trame dans la belle tête de Timothy Beresford.

Je rédige mollement quelques extraits du faux contrat d'association entre B. International et une filiale. Mon alibi : le dossier à propos duquel mon cabinet a été engagé. Laisser traîner bien en évidence ces papiers brouillera les pistes en cas de soupçons. Je progresse lentement : la tête n'y est pas.

J'ai besoin du secours de personnes extérieures. Des filles compétentes. Je convoque Camille et Blanche dans une brasserie proche du bureau.

Un déjeuner entre copines avant de retourner au boulot, voilà ce dont j'ai besoin.

Je leur expose la situation. Fidèle à son habitude, Camille s'exclame :

– Plaque-le contre le mur et arrache sa chemise !

Je ris.

– Et la plainte pour harcèlement sexuel ? Ça dopera ma carrière, tu crois ?

Elle balaye ma remarque de la main. Elle me trouve prude. Elle se serait déjà jetée sur l'homme offert en pâture à ses charmes. Elle traverse actuellement une sorte d'aventure compliquée avec un photo-reporter connu.

– C'est juste pour le sexe, affirme-t-elle avant d'embrayer à nouveau sur mon « cas » qu'elle juge désespéré, forcément.

Blanche hausse les épaules :

– Bien sûr que tu lui plais. Il ne te connaît pas. Ou que de réputation. Et il te sort le grand jeu avec visite privée au musée, il ne te quitte pas des yeux…
– Attends ! C'est mon sentiment uniquement, ça ! Peut-être que c'est moi qui le regarde tout le temps et lui qui se demande ce qui me prend de le fixer ainsi.
– N'importe quoi. Tu viens de nous dire qu'il t'avait clairement reluquée au moins une fois ! lance ma sœur.

Blanche renchérit :

– Il te touche ! Tu sais bien que quand le courant passe entre deux personnes, elles ne peuvent pas s'empêcher d'avoir un contact physique !

Je reste songeuse, à nouveau envahie par les sensations de l'autre soir, son torse à portée de regard, son odeur incroyable.

Suffit les fantasmes.

Car oui, à partir du moment où je me demande ce qui se serait passé si j'avais osé juste approcher un peu mes lèvres de cette peau lisse, il s'agit bien de fantasmes.

Je soupire.

– Les filles, vous ne m'aidez pas beaucoup !

Camille saisit son téléphone portable.

– Attends, on va faire quelques recherches.

Elle pianote rapidement. Quand les résultats apparaissent sur son écran, elle siffle entre les dents.

– Dis donc ! Il intéresse la presse, ton Timothy.

Je grogne.

– Ce n'est pas « mon » Timothy.

Il ne sera jamais mon Timothy. J'ai rêvé, j'ai tout inventé, point à la ligne.

Camille, comme pour appuyer mes pensées, secoue la tête.

– Il a un sacré pedigree ton beau client ! Ce n'est pas un coureur de jupons, mais on ne lui connaît aucune relation longue durée. Quelques histoires avec des filles de son milieu, grandes, blondes…

Holly Dickinson.

Comme si j'avais réfléchi à voix haute, les deux s'exclament en cœur :

– Holly Dickinson !

Les jambes interminables de la jeune femme glaciale qui m'a accueillie la semaine dernière me reviennent en mémoire.

Évidemment.

Camille m'adresse un clin d'œil.

– Cette fois, je crois que si tu ne te lances pas dans la bataille, tu n'obtiendras rien. La concurrence est sérieuse !

Blanche s'insurge :

– Hors de question de s'avouer vaincue ! Mila est magnifique ! Et si ce Timothy ne s'est pas encore fixé avec une de ces nanas superficielles qu'il a l'habitude de fréquenter, c'est peut-être justement parce qu'elles ne lui conviennent pas. Il va avoir 30 ans, il a dû comprendre, maintenant, que ces histoires ne riment à rien. Il cherche autre chose. Il cherche Mila !

L'enthousiasme à toute épreuve de mon amie me tire une grimace dubitative. S'il me cherche, moi, il ne s'en est pas encore rendu compte lui-même, alors. Pas un mot en plus de 48 heures, lorsqu'on est censé être séduit par quelqu'un, c'est un très très long silence !

Mon téléphone vibre. L'attention de Camille et Blanche se focalise immédiatement sur mon portable, des points d'interrogation dans les yeux.

– C'est lui ?

Je regarde le nom qui s'affiche et souris avec tendresse, heureuse de voir qui a besoin de moi.

– Du calme les filles. C'est Valentin.

Valentin, mon meilleur ami. Indéfectible. Celui qui a toujours cru en moi, celui qui me pousse à progresser toujours, à viser la Lune. Je le connais depuis que j'ai commencé à apporter mon aide à Enfance Sauvée. Il y travaille à temps plein en tant que médecin coordinateur de projet. 31 ans, toujours prêt à voler au secours des autres à l'autre bout du monde. Probablement l'homme le plus adorable qu'il m'ait été donné de rencontrer. Un calme à toute épreuve.

Je lis le message.

[Salut, ma belle ! Est-ce que je peux passer à ton nouveau bureau pour te parler de l'assoc' ?]

Bien sûr ! Avec plaisir !

***

Valentin frappe contre la paroi de verre fermant mon bureau en tout début d'après-midi. Je lui saute au cou, trop heureuse de sa présence. Un peu surpris par tant d'enthousiasme, il m'accueille néanmoins contre lui et me serre dans ses bras. Cette étreinte rassurante me fait du bien. J'ébouriffe ses épais cheveux blonds, dorés par le soleil.

– Alors, qu'est-ce que tu me veux ?

Il s'effondre sur un siège entre deux piles de cartons. Je n'ai toujours pas eu le temps de ranger.

– Minute petite libellule ! Je viens à peine de poser le pied sur le sol français.

Il jette un œil autour de lui et m'adresse une moue approbative.

– Dis donc, chapeau l'artiste ! En voilà un grand bureau très classe ! Tu restes ici combien de temps ?

– Aucune idée. Quelques mois probablement.

– C'est une grosse affaire qu'on t'a confiée, cette fois-ci ! En solo, en plus. Ça sent la promotion à plein nez si tu veux mon avis, ma petite.

– Si seulement.

– Je parie là-dessus.

Je soupire :

– Ne me fais pas trop rêver, s'il te plaît ! Dis-moi plutôt ce qui t'amène dans ce quartier ultra-chic. Tu n'y fiches jamais les pieds !

– Ah, oui, tu sais, moi, si tu me sors des grands espaces, des dunes de sable et de la brousse, je ne vaux plus rien ! Le macadam me blesse les pieds.

Il m'adresse un clin d'œil.

– Revenons à nos moutons, Mila. Ton nouveau client, Beresford fils, m'a promis il y a de ça quelques mois des fonds pour lancer un projet en faveur des enfants défavorisés de New York.

– Loin des grands espaces et des dunes de sable, donc !

Il lève les yeux au ciel et je lui tire la langue.

– Valentin ? Tu connais Timothy Beresford ?

– Non, je l'ai croisé une fois. Il était avec une grande blonde.

– Holly Dickinson ?
– Peut-être.

Je ris.

– Pourtant, difficile de ne pas lui prêter attention !

Valentin me regarde, songeur.

– Tu sais, les blondes, ce n'est pas mon truc.

Il secoue la tête.

– Bref. Je suis venu à propos de la subvention.
– Tu veux que je rappelle la promesse faite si je comprends bien.
– Exactement ! Seulement si ça ne te met pas dans l'embarras. Si ça doit te causer le moindre souci, je me débrouillerai autrement.
– Tu sais que je ferai tout pour toi, Valentin. Tu es comme mon frère.

J'ai vaguement le sentiment que cette phrase pourtant pleine de tendresse ne lui fait pas plaisir. Il se gratte la gorge, se lève un peu trop vite et se cogne. Je le regarde, étonnée. Il se reprend et me sourit largement.

– Alors je compte sur toi ! Je file !

Il m'embrasse rapidement sur la joue :

– Tu sais ce que c'est ! Le monde à sauver !

Nouveau clin d'œil et l'ouragan s'est évaporé.

Quel dommage ! J'aurais bien aimé qu'il reste encore un peu.

Je lui aurais raconté mes déboires avec le patron sexy de B. International. Il aurait pu me traduire ce que tout cela signifie en langage d'homme.

Timothy passe en coup de vent devant mon bureau. Sans un regard, comme si la pièce était vide. Je mets quelques secondes à me remettre de son apparition soudaine. Puis je me jette dans le couloir.

– Monsieur Beresford ?

Il stoppe net. Étrangement, il s'écoule un instant avant qu'il ne se retourne.

Réfléchissait-il à poursuivre son chemin en faisant mine de ne pas m'avoir entendue ?

Ses yeux se posent sur moi, si distants que j'en ai froid dans le dos. Qu'ai-je donc fait pour mériter cette inimitié soudaine ?

– Mademoiselle Wieser ?

A-t-il oublié mon prénom ? Pourquoi me donne-t-il du « Mademoiselle » protocolaire alors qu'il m'appelait Mila quelques jours plus tôt ?

Je me reprends. Il ne veut pas faire allusion à la soirée que nous avons passée au musée ? Très bien. Je peux moi aussi être froidement professionnelle. Je le toise.

Pour qui me prend-il ?

– Pardon de vous déranger, monsieur Beresford.

J'appuie sur la formulation polie et le « Monsieur ». Il fronce les sourcils. Est-ce un éclair de tristesse que j'ai aperçu ? A-t-il compris que son changement d'attitude m'avait blessée ? Peu importe au fond. Valentin m'a confié une mission.

– Mes amis de l'association Enfance Sauvée m'ont parlé d'un projet en faveur des enfants de New York que vous aviez proposé de financer…
– Oui, je vois de quoi vous parlez.

Il s'est rapproché de moi pour mieux m'entendre, mais ne me regarde pas en face. Je suis pourtant absolument convaincue qu'il n'est pas insensible à ce rapprochement. Quelques hommes en costume-cravate nous croisent et le saluent avec déférence. Il leur répond d'un hochement de tête bref. Il n'est pas concentré sur eux. Il l'est sur notre proximité physique. Mais il s'en défend : j'en ai la certitude. D'ailleurs instinctivement, il a saisi mon bras pour m'écarter du passage et m'éviter d'être heurtée par ses employés pressés. Timothy se rend compte de son geste protecteur et il me lâche immédiatement. On pourrait croire que me toucher l'a brûlé tant il a retiré sa main hâtivement. Son visage se crispe. Et c'est en prenant soin de fixer ses yeux dans le vide qu'il me répond :

– Allez donc voir Holly. Elle arrangera tout. Mais tentez de ne pas perdre trop de temps avec ça. Si vous voulez bien m'excuser…

Aussitôt, il me tourne le dos et s'éloigne, me plantant là.

Il l'appelle Holly et moi j'ai droit à un « mademoiselle Wieser » froid et distant !

De la jalousie ? Ça ne me ressemble pas !

Il ne m'a même pas regardée. Finalement il m'a à peine accordé une seconde d'attention. La soirée au musée a-t-elle bien eu lieu ? Est-ce là l'homme charmant et attentionné, presque tendre, que j'ai côtoyé il y a à peine quelques jours ? Cette indifférence qu'il s'applique à me témoigner n'est qu'une façade, j'en mettrais ma main au feu.

Mes pas m'ont menée tous seuls dans le bureau de l'actrice. Elle est encore plus belle que la fois précédente. Elle rayonne littéralement dans une robe noire qui épouse ses formes, ses cheveux dorés lâchés sur ses épaules. Elle contemple un énorme bouquet de lys frais. Je reste plantée, interdite, sur le pas de sa porte. Ses sourcils impeccablement dessinés se contractent.

– Mila Wieser. Que me voulez-vous ?

Je franchis l'espace qui me sépare d'elle. Son ton est on ne peut plus sec, mais je n'y prête guère attention. J'ai du mal à me concentrer car ma curiosité me ramène sans arrêt aux fleurs.

Est-ce Timothy qui les lui a envoyées ?

Holly Dickinson ne manque pas cette belle occasion :

– Elles sont splendides, n'est-ce pas ?

Il y a quelque chose de mauvais dans sa voix. J'essaye malgré tout d'en savoir plus. Si le bouquet est un cadeau de Timothy, elle me le dira, rien que pour me faire mal. J'ai bien compris qu'il se jouait un jeu de cet ordre-là entre elle et moi.

– Oui, elles sont vraiment époustouflantes. Seul un gentleman sincèrement amoureux peut envoyer des lys pareils !

Son visage s'éclaire.

Ma parole ! Elle est fière !

– N'est-ce pas ?

Pourquoi suis-je ici, déjà ?

La subvention de Valentin !

– M. Beresford m'envoie vous trouver concernant la subvention du projet d'Enfance Sauvée à New York. Il veut que nous voyions ensemble les détails.

Holly m'examine, cherchant à découvrir je ne sais quelle révélation. Ses yeux se rétrécissent en deux fentes :

– Il ne s'en occupe donc pas lui-même ?

Cette fois, c'est elle qui va à la pêche aux informations. Je baisse la tête, obligée de reconnaître ma défaite.

Oui, Holly, il est à toi, non je ne suis pas une menace pour tes plans visant à conquérir l'un des meilleurs partis de la planète.

– Pour lui, c'est vous qui êtes en charge du dossier.

Mais alors que je pensais réellement qu'elle prendrait ce renvoi sans appel qu'il m'a opposé comme une victoire personnelle, elle est au contraire particulièrement agacée :

– Je connais Tim depuis des années, il s'occupe toujours en personne…

Elle laisse sa phrase en suspens. Son animosité a encore gagné un cran. Sans le vouloir, je l'ai mise en colère. Elle siffle.

– Désolée, Mila, mais je ne peux rien pour vous. Nous avons d'autres priorités en ce moment.

J'ouvre la bouche pour protester, mais Holly ne s'intéresse plus à moi. Ou plutôt, elle fait un effort colossal pour me faire comprendre que je ferais mieux de décamper dans la seconde. Je n'ai qu'à me retirer. Je ne comprends rien à tout ça. Timothy ne délègue jamais les dossiers de subventions ? Pourquoi alors refuse-t-il de s'occuper de celui-ci ? Et pourquoi cela contrarie-t-il Holly ? N'est-ce pas la preuve que M. Beresford m'a prise en grippe, qu'il est même prêt à changer ses habitudes pour me côtoyer le moins possible ?

Tant pis ! Je ferais mieux de ne pas penser au comportement étrange de ces gens.

Peut-être pour y parvenir pourrais-je me lancer dans le tri de tous ces dossiers. J'y verrai un peu plus clair. Il y a tant de contrats à l'international qu'il m'est impossible de mettre le doigt sur celui qui n'émane pas de Timothy sans y passer des semaines entières. Je dois impérativement trouver un moyen de gagner du temps.

Il me faut des heures pour trier les documents en les classant par secteurs d'activités. Le soleil se couche. Quelques rayons traînent sur la moquette moelleuse du bureau sur laquelle j'ai étalé les feuilles. Le sol est entièrement recouvert de papiers et je suis à quatre pattes au milieu, tentant de démêler ce fatras d'informations et retracer les mouvements financiers.

Une curieuse impression. Celle de ne pas être seule. Je me retourne. Dans le couloir, de l'autre côté du mur vitré, Timothy Beresford. Il est planté là, penché sur un dossier auquel il ne prête en réalité aucune attention, car c'est moi qu'il dévore des yeux discrètement.

Dans quelle position suis-je ! Ça ne fait pas pro du tout !

Je me relève, baisse ma jupe remontée jusqu'aux cuisses et lisse mon chemisier. Lui, s'extirpe de ce qui me semblait bien être une contemplation profonde. Après une seconde d'hésitation, il entre dans le bureau.

– Vous dînez avec moi ce soir.

Faut-il que je réponde quelque chose ?

Il m'a donné un ordre, là ! Sur un ton brutal, qui plus est.

Je reste interdite. Que cet homme est étrange ! Je ne sais si j'ai envie de l'envoyer balader ou de le suivre sans discuter.

Il attend une réaction, mais je ne peux que garder les yeux écarquillés de surprise. Lui-même prend soudain conscience de l'inflexion de sa phrase. Il adopte une voix plus douce.

– Excusez-moi, mademoiselle Wieser.

Il me tourne le dos et quitte la pièce sans que j'aie eu le temps de reprendre mes esprits.

Non ! Reviens ! Je veux dîner avec toi !

Pourquoi ne lui ai-je pas simplement répondu oui ? Ma sœur a raison, je suis un cas désespéré.

Je soupire et m'agenouille au milieu des dossiers, prête à reprendre mon travail. Un petit toussotement m'en empêche. Timothy est à nouveau là, appuyé au chambranle de la porte, un sourire malicieux sur les lèvres.

– Bonjour, mademoiselle Wieser, comment allez-vous aujourd'hui ?

Je comprends son petit jeu. Il recommence la scène que nous venons de vivre en y mettant cette fois les formes. Un soulagement immense me libère de l'angoisse qui m'étreignait.

– Bonjour, monsieur Beresford, très bien, merci, et vous ?

Le fait que je plaisante également étire ses lèvres en un magnifique sourire. Son regard devient chaleureux.

La température de la pièce a-t-elle subitement grimpé ?

– Mademoiselle Wieser, il se fait tard. Je pensais aller dîner. Souhaiteriez-vous m'accompagner ?

Je lui rends pleinement son sourire.

– Avec grand plaisir.

Il me présente son bras pour que je le saisisse. Je me relève, empoigne mon sac à main et le suis dans le couloir. Mais lorsque la plante de mes pieds rencontre le parquet, je réalise que je n'ai pas de chaussures.

Il me trouble tant que ça ?

Je baisse les yeux vers mes pieds nus. Timothy rit franchement.

– Une seconde s'il vous plaît.
– Je vous en prie, prenez votre temps. Sortir sans chaussures… C'est tout à fait inhabituel chez mes collaborateurs.

Tim me sourit et ajoute :

– Vous êtes rafraîchissante, Mila. Peut-être devrais-je imposer à tout le monde ici de faire comme vous : errer pieds nus dans les locaux !

Je regagne mon bureau et ramasse mes talons. Je sens bien qu'il étudie chacun de mes gestes tandis que je les remets. J'ai le sentiment d'offrir à ses yeux un spectacle très intime. J'en suis troublée, mais ce n'est pas désagréable de l'imaginer en train d'assister à ça.

Nous descendons les Champs-Élysées. Il garde mon bras serré sous le sien. Le rythme de nos pas rapproche nos corps, qui se heurtent à intervalles réguliers. Je sens contre moi ce grand homme solide. Son odeur, comme il y a quelques jours, toujours aussi enivrante. Sa présence à mes côtés me fait légèrement tourner la tête.

Il m'entraîne vers le Fouquet's.

Blanche va en être verte de jalousie.

L'ambiance à l'intérieur est feutrée et luxueuse, entre le rouge et le doré. Un serveur impeccable nous installe à une table pour deux dans un coin reculé. Nous sommes seuls au monde. Ballet feutré des serveurs, ballets des saveurs. Le repas est exquis. Timothy choisit une succession de vins qui s'accordent idéalement avec ce que nous dégustons.

Cette soirée est absolument parfaite.

Il parle peu de lui, ce que je regrette, mais me bombarde de questions. Mes parents, mes amies, ma sœur, mes goûts, il semble vouloir tout savoir. Une énième question me trouve la bouche remplie d'un délicieux fondant au chocolat. Je pouffe en lui montrant mes joues avec un signe d'impuissance.

– Pardon, Mila.

J'adore quand il prononce mon prénom.

– Pardon, je ne vous laisse même pas dîner tranquille.

J'avale ma bouchée.

– Aucun souci. Je n'ai juste pas l'habitude qu'on s'intéresse autant à ma petite vie.
– Si personne ne l'a fait avant, c'est une grosse erreur.

Cette phrase a été prononcée sur un ton si doux que mon visage devient immédiatement sérieux et attentif.

Je sais bien ce qu'il a sous-entendu.

Désarçonnée, je me plonge dans la contemplation de mon assiette. Cette légère déclaration a dû lui échapper car il se reprend. Il a dit tout haut une pensée qu'il aurait souhaité conserver pour lui. Ses sourcils se froncent. Il brise le silence embarrassé qui s'est installé entre nous.

– Je vous demandais donc pour quel journal travaillait votre sœur ?

Le charme est rompu.

– Aucun. C'est une journaliste indépendante. Si *Le Monde* ou *Libération* décidait de lui proposer un contrat en or, elle le refuserait sans hésiter. Elle tient trop à ne pas avoir de comptes à rendre. Avez-vous des frères et sœurs ?

Timothy se crispe subitement. Je comprends instinctivement que j'ai abordé un sujet douloureux. Il ouvre la bouche pour répondre quelque chose, semble essayer de toutes ses forces, mais les mots ne viennent pas. Opportunément, un serveur diligent s'approche de nous.

– Vous désirez autre chose ?

Timothy lui répond, un peu sèchement à mon goût.

– Non merci. L'addition, s'il vous plaît.

Oui, l'enchantement est bien parti en fumée.

Je m'en veux. L'atmosphère était si… J'aurais souhaité que cela ne cesse jamais. Mais comment pouvais-je deviner que la famille était un terrain glissant à n'aborder sous aucun prétexte ? Ce n'est pas maintenant que je surmonterai mes appréhensions pour le lui demander.

L'air moite nous enveloppe à la sortie du restaurant. Timothy adresse un signe à son chauffeur. La Mercedes se range à notre hauteur. Il m'ouvre galamment la porte. Il n'a pas prononcé une parole depuis ma bévue. Je ne sais plus sur quel pied danser. Que puis-je faire pour réparer mon erreur involontaire ? Heureusement, installé à côté de moi, il se déride, ayant visiblement chassé les réflexions tristes qui s'étaient emparées de lui.

– Je vous dépose, Mila.

Il est si proche que le vertige s'empare encore de moi. Je ne peux m'empêcher d'admirer à la dérobée ses poignets larges, ses doigts longs et fins, ses épaules musclées qui tendent le tissu de sa chemise, son cou, son menton carré. Il me contemple également ! Je viens juste d'intercepter ses yeux errant sur mes cheveux.

– Pardon, Mila. Je vous fixe tout le temps. C'est excessivement malpoli.

– Non !

Cette exclamation murmurée s'est échappée de mes lèvres. Je sens mes joues se colorer. Timothy me considère, amusé. Il plonge ses yeux dans les miens, longtemps, tendrement. Sa main s'avance et saisit doucement une mèche de mes cheveux retombée en travers de mon front. Mon cœur bat si fort dans ma poitrine que le bord de mon chemisier en répercute les coups.

Je tremble ! Je n'ai jamais été dans un tel état.

Je vois ses lèvres se rapprocher des miennes. Ses merveilleuses lèvres pleines.

Il va m'embrasser.

Instinctivement, je ferme à demi les yeux pour mieux profiter des sensations de sa bouche sur la mienne. Son souffle parcourt mes joues. Il ne m'embrasse pas directement, saisit mon visage entre ses mains immenses. J'ai l'impression de disparaître entièrement dans ses paumes. Timothy couvre de légers baisers mon front, mes tempes où il fait naître des frissons. Enfin, il revient vers ma bouche. Je l'entrouvre, attendant enfin le dénouement de ses caresses. Mais il s'écarte un peu. Il sourit, me regarde de ses yeux magnifiques.

Non, je n'aurai pas ce que je désire si facilement.

Lentement, il caresse mes lèvres avec les siennes. Elles sont brûlantes. Ce contact provoque des tremblements le long de ma colonne vertébrale. Un gémissement m'échappe.

Je ne tiens plus. Il faut qu'il m'embrasse maintenant.

Sa bouche fond sur la mienne et s'y presse. Légèrement puis de plus en plus intensément. Sa langue se fraye un passage, écarte mes dents. Mon corps se dérobe. Au creux de mon ventre naît une exigence que je sens impérieuse. Je ne savais même pas qu'il était possible d'embrasser ainsi. Après un temps infini, nos lèvres s'éloignent. À regret. Alors qu'il tient toujours mon visage serré dans ses mains, nous nous regardons, éblouis.

Tous les deux éblouis.

Timothy s'écarte. Il a l'air dérouté. Sans voix, il semble ne pas comprendre ce qui lui est arrivé. Je suis dans le même état. Le chauffeur freine en se garant devant ma porte et nous ramène à la réalité. Une ombre indéchiffrable passe sur le visage de Timothy Beresford.

***

Il ne faut pas plus d'un quart d'heure à Blanche et Camille pour être installées dans mon salon, un thé fumant devant elles, ébahies, écoutant bouche bée le récit de la soirée.

– Je ne sais plus quoi penser. Ce rapprochement au musée, puis ce froid toute la journée. Ensuite ce dîner et ce baiser ! Je n'ai aucune idée de ce qu'il peut avoir en tête.

Blanche, candide, me rassure.

– Il n'a tout simplement pas voulu éveiller les soupçons de ses employés. Toi-même, tu ne voudrais pas que ton attirance pour un client soit découverte, c'est normal !

Elle a raison, tout le monde penserait que si j'ai été demandée pour ce contrat, c'est uniquement parce que je plais à Timothy Beresford et non pour mes compétences.

Camille, elle, est plus sceptique.

– Fais attention quand même. C'est un homme extrêmement séduisant et immensément riche. Concernant les femmes, il n'a que l'embarras du choix. Tu le connais à peine. Pour l'instant, ne t'emballe pas et attends de voir ce que ça donne.
– Oui, mais tu verrais la façon qu'il a de me regarder ! Tout est si fort ! J'en ai encore des frissons rien que d'y penser.

Blanche intervient :

– Ou peut-être qu'il est lui-même surpris par ce que tu fais naître en lui…

Camille a une moue dubitative pendant que j'essaye d'évaluer la possibilité que cet homme si sûr de lui soit dérouté par ma présence.

Les chances sont minimes.

Blanche, tout sourire, revient sur la partie de l'aventure qui l'intéresse le plus :

– Et ce baiser, alors ? Il était vraiment bien ?
– C'était la perfection. Le meilleur baiser de ma vie.

4
LES FLEURS

Timothy est là. Beau à en tomber par terre. Sa chemise bleu pâle est légèrement ouverte, sans cravate, comme d'habitude. Je ne peux m'empêcher de noter que cette couleur lui va particulièrement bien.

En même temps, qu'est-ce qui n'irait pas à cet homme ?

Il est de l'autre côté du couloir lorsque j'arrive. Il est occupé avec un groupe de femmes et d'hommes et semble être en rendez-vous d'affaires. Je ne veux pas le perturber et me contente de lui adresser un salut amical de loin. Il me répond immédiatement avec un sourire immense. Ses yeux tendres ne me lâchent pas pendant que je traverse l'espace pour me rendre dans mon bureau. Cette attention me réchauffe. Je la sens posée sur ma nuque, mes épaules et mes reins.

Incroyable ce que la façon qu'il a de me regarder me brûle.

Et malgré le malaise que cela ne manque pas de faire naître en moi, je ne m'en passerais pour rien au monde.

Toute la journée se déroule ainsi : lui très occupé mais constamment dans mon sillage, un sourire aux lèvres. Il est toujours accompagné et s'il ne peut se lancer dans une longue discussion, il ne manque jamais de m'adresser un mot gentil. Dans ces moments, il me frôle de la main ou du bras. Le contact électrique de sa peau sur la mienne est bouleversant.

J'aimerais tellement qu'il trouve un instant à partager avec moi ! Nos discussions ont été si vivantes jusqu'à maintenant.

Son attitude d'aujourd'hui me rassure. Blanche avait raison : il ne voulait tout simplement pas que notre attirance se devine dans le cadre du travail.

J'envoie un message à mon amie :

[Timothy splendide et particulièrement aimable aujourd'hui. Journée magnifique :-)]

La réponse ne tarde pas à arriver.

[Yeah ! J'en étais sûre ! Miss Dickinson n'a qu'à bien se tenir !]

Mince ! Holly ! Je l'avais oubliée !

En pensant aux longues jambes terminées par des talons brillants, mon cœur se contracte.

Mais quelques instants seulement, car à la sortie de la pause déjeuner, un immense bouquet m'attend posé sur mon bureau. Des roses immaculées. Je me précipite à la recherche d'une carte. Rien. Tant pis. Je n'ai pas besoin d'indications, je sais qui les a envoyées. Elles sentent délicieusement bon.

Il pense à moi, et si nous n'avons pas pu nous voir en privé, il ne m'a pas oubliée.

J'envoie un texto à Camille pour la narguer et lui prouver qu'elle a tort.

[Bouquet sur mon bureau !]

Sonnerie enthousiaste :

[;) Gentleman ! Clone-le !]

Je ris tout haut. Un rire interrompu par l'irruption soudaine de Holly dans mon dos.

– Mila !

Je me retourne, immédiatement sur la défensive. Un sourire carnassier étire les lèvres fardées de rouge de Holly Dickinson. Mutine, ironique, elle ajoute :

– La subvention pour Enfance Sauvée, c'est bon ! Amenez-moi les contrats tout de suite.
– Merci Holly, je suis étonnée ! Vous m'aviez dit…
– C'est oublié.

Son sourire s'agrandit encore, ce qui m'inquiète plus que cela ne me rassure :

– Je signe avec plaisir !

Je ne comprends pas le sens caché de ses propos. Peu importe. Je ne m'attarde pas sur ce revirement incompréhensible. Je me jette sur mon bureau et m'empresse de rédiger les contrats. Il ne faut pas plus d'un quart d'heure pour que les documents soient en règle. Valentin va être aux anges. Je quitte le bureau de Holly au moins rassérénée sur ce point.

Timothy est dans le couloir. Seul. Il m'aperçoit et son visage se transforme instantanément, prend cette expression de douceur qui me fait craquer. Je le rejoins.

Silence.

Ni lui ni moi ne parlons. Dans ma tête défilent les images du baiser d'hier soir.

Comme j'aimerais qu'il recommence et m'embrasse là, maintenant, au milieu du couloir.

Timothy doit avoir la même idée car il semble attaché à mes lèvres. Je pense aux fleurs. Je ne l'ai même pas remercié ! Je murmure :

– Les fleurs sont magnifiques.

Il ne percute pas et me répond, rêveur, les yeux toujours fixés sur ma bouche :

– Quelles fleurs, Mila ?
– Les roses que vous avez fait déposer sur mon bureau ! Elles me plaisent beaucoup. Merci.

Pourquoi se ferme-t-il comme une huître ? Ce n'est pas la réaction à laquelle je m'attendais, loin de là. Il a repris ce masque qui m'a déjà fait mal et déroutée. Cassant, il m'assène :

– Je ne vous ai pas offert de roses, Mila. Ce n'est pas moi. Je ne sais pas ce que vous vous imaginez.
– Timothy, est-ce que… ?

Je suis crucifiée sur place : il ne me laisse pas finir ma question et ajoute, froidement :

– Je vous laisse. Nous avons tous du travail il me semble. Et j'attends des nouvelles de vos avancées d'ici peu.

Un reproche en plus !

Désarçonnée, je ne peux que le laisser s'éloigner à grandes enjambées.

De retour dans mon bureau je tombe lourdement dans mon fauteuil. À quoi me fier ? Sa tendresse à mon égard s'envole si vite ! Il me semble commettre chaque jour un impair qui brise net les émotions qui nous lient si fort à certains moments.

Qu'ai-je bien donc pu dire de travers ?

Quand même ! Il exagère ! S'il m'expliquait, au moins. Et de qui sont les fleurs ? Je fouille le bouquet, mais décidément, il n'y a aucun indice. Cette fois il n'y aura plus rien entre Timothy et moi. J'ai commis une bourde terrible, même si j'ignore laquelle. Le souvenir de son visage soudain malheureux me torture.

Qu'est-ce qui a bien pu appuyer une nouvelle fois sur la corde sensible ?

Travailler pour oublier.

Justement, un contrat étrange attire mon attention. Il s'agit d'une commande apparemment anodine de poutres en bois. Une commande trop minuscule pour construire des puits dans des villages du Sahel : un projet financé par l'œuvre caritative dont Holly est la porte-parole. Il y a si peu de planches et de poutres, qu'il y a à peine de quoi bâtir un gros baquet en bois. Je me remémore les manœuvres des bénévoles de l'association Enfance Sauvée dans le cadre de projet de chantiers similaires menés il y a deux ans au Mali. Il y avait bien plus de matériel que ça ! Peut-être qu'une commande antérieure insuffisante avait été passée et que celle-ci vient en complément pour permettre d'achever les travaux.

Plausible, probable même, mais cela vaut le coup de vérifier.

Mes recherches sont interrompues par la sonnerie de mon portable. Un texto. Il est de Timothy. Mon cœur se met à battre la chamade instantanément. Je tremble tandis que le message charge.

[Rentrez chez vous. Je passe vous chercher à 19 heures précises.]

Énigmatique. Que me veut-il ? Pas un mot sur ce qu'il a prévu. S'agit-il d'un rendez-vous professionnel ? Est-ce en rapport avec notre affaire ou avec l'association ?

Serons-nous seuls ?

Après l'incident de l'après-midi et la façon dont il m'a rabrouée, je ne peux pas imaginer que nous puissions passer un agréable moment ressemblant à celui de la veille. Quoi qu'il en soit, si je veux être prête, il faut que je m'enfuie d'ici dans la seconde. Je réunis mes recherches, les fourre dans un tiroir que j'ai équipé d'un cadenas. Réflexe : avant de partir, je ferme la porte du bureau à double tour. Je souris intérieurement de la paranoïa que j'ai développée depuis le début de ma carrière professionnelle. Pour un peu, je ferais comme lorsque j'étais enfant.

Camille et moi jouions aux espions. Après avoir quitté ma chambre, je collais un cheveu sur la porte avec un peu de salive : une extrémité sur le panneau de bois, une extrémité sur le chambranle. Si à mon retour la fibre était cassée, quelqu'un avait pénétré dans mon royaume en mon absence. Infaillible et invisible. Peut-être devrais-je recycler cette vieille habitude ici !

Je me dépêche de regagner mon appartement. À peine la porte passée, la concierge se précipite hors de sa loge et se plante sur mon passage. J'adore cette femme toujours soucieuse du bien-être des locataires de l'immeuble, mais ce n'est vraiment pas le moment ! Je suis pressée. Je tiens à être époustouflante. Je veux l'impressionner. Je veux qu'il regrette sa froideur. Et je me promets intérieurement de ne rien laisser paraître de mon désarroi. Je ferai comme s'il n'y avait jamais eu de baiser, comme si le contact de nos peaux et de nos lèvres n'était pas si incroyablement bon.

Je vais me répéter cette résolution en boucle afin de tenter de m'en persuader.

Je resterai distante toute la soirée. Je vais lui rendre la pareille. Puisqu'il fait volte-face en l'espace d'une seconde, je ferai de même.

– Bonjour, madame Targuerai ! Je suis navrée, je dois me dépêcher !

– Attendez, ma jolie ! J'ai un colis pour vous ! J'ai promis de vous le remettre en main propre dès que vous seriez rentrée, je ne vous laisserai pas vous envoler sans !

Aussitôt, elle disparaît dans sa loge. Je consulte nerveusement ma montre, mais la curiosité l'emporte.

Des fleurs encore ? Un colis ?

La concierge réapparaît encombrée d'une longue boîte blanche. Interloquée, je me précipite chez moi pour l'ouvrir. Et je lâche un cri émerveillé. Soigneusement pliée, une robe en soie noire repose dans le carton.

Cette fois, il y a un mot.

Je déplie la carte très sobre.

« Je regrette de n'avoir pas pensé le premier à vous envoyer ces roses. Pour me faire pardonner, voici un cadeau que vous pourrez porter ce soir. »

La signature en bas fait manquer un battement à mon cœur : le mot est de la main de Timothy Beresford.

Je suis du bout des doigts son écriture nette et claire. Sa plume n'a pas hésité en traçant ces quelques phrases. Je caresse la robe. Le tissu glisse. Ce n'est pas de la soie. C'est de la soie sauvage. Une vraie merveille. Je la déplie. Elle est parfaite : simple et élégante. Une longue bande couleur crème sur le devant, froncée en un décolleté carré. Les côtés et le dos sont noirs pour allonger la silhouette. Les fines bretelles courent jusque sous la poitrine où elles rejoignent un ruban mat brodé de perles sombres et de cristaux. Je reconnais le modèle. Il s'agit d'une robe de la collection été Max Azria, un de mes couturiers préférés.

Après une douche longue et relaxante, j'enfile ce petit trésor. La soie sur ma peau est si agréable qu'elle provoque un long frisson. J'imagine les mains de Timothy me parcourant ainsi. Cette idée me fait rougir, seule devant mon miroir.

À 19 heures, je suis prête.

À l'heure pile, une longue Mercedes argentée se range à ma hauteur sur le trottoir. La vitre côté passager descend. Je me penche, m'attendant à découvrir le visage de Timothy.

– Mademoiselle Wieser ?

Déception. C'est un chauffeur.

– Montez, mademoiselle. M. Beresford m'a demandé de vous accompagner.

Je grimpe, un peu déçue qu'il ne soit pas venu lui-même. Mais la curiosité l'emporte : m'accompagner où ? La vitre séparant la confortable banquette arrière du conducteur est levée. Je ne peux poser de questions. Je me plonge dans la contemplation des paysages parisiens illuminés qui défilent de l'autre côté de la fenêtre.

Comment ne pas être tendue ? Je ne sais pas où on m'emmène. Je n'ai aucune idée de ce qui m'attend.

D'autant plus que nous quittons Paris. La voiture s'engage sur l'autoroute. Je vois défiler les panneaux, sans que cela ne me donne une quelconque indication sur notre destination. La Mercedes sort enfin.

Versailles !

La ville royale est magnifique dans le soleil couchant. Une lumière dorée s'accroche aux pierres blanches des monuments historiques parsemant les rues. Le château de Louis XIV se dresse dans une lumière éclatante, derrière une place aux dimensions impressionnantes sur laquelle débouchent trois larges avenues bordées d'immenses arbres. Nous bifurquons sur la droite et roulons boulevard de la Reine. Il y a tout au bout un des accès au parc : celui qui donne non loin du Petit Trianon, la demeure privée de Marie-Antoinette. J'aime cette partie de la ville que je connais un peu. Elle semble plus intime, les allées s'y rétrécissent jusqu'à l'entrée des jardins du palais. L'été on y trouve un peu de fraîcheur sous les feuillages touffus, dans l'ombre verte épaisse.

La voiture prend une contre-allée en direction d'une haute grille en fer forgé noire. Le chauffeur baisse la vitre de séparation :

– Vous voilà arrivée, mademoiselle Wieser. Nous sommes au Trianon Palace.

Le Trianon Palace ?

Je suis passée devant, parfois, mais je n'ai jamais osé pénétrer dans un lieu aussi chic. La Mercedes longe un parking accueillant, entre des bosquets impeccablement taillés, où sont garées plusieurs voitures luxueuses. Sur la droite, une pelouse plantée de marronniers centenaires. Le chauffeur s'arrête devant l'entrée. Je descends tout en prenant garde de ne pas froisser le bas de ma robe. Je grimpe les quelques marches du perron. Un portier en tenue à boutons dorés pousse pour moi les portes d'entrée. Le hall est époustouflant. Non pas en raison de ses dimensions, raisonnables, mais à cause du luxe sobre qui s'en dégage.

À l'accueil, une jeune femme en tailleur noir me souhaite la bienvenue.

– Vous êtes attendue, mademoiselle ?
– Oui. Enfin je crois. M. Beresford m'a demandé de le rejoindre. Je suis Mila Wieser.

Je suis presque persuadée que cette information ne signifie rien pour elle tant il me semble incroyable d'être ici.

– Bien sûr, veuillez me suivre.

Elle m'entraîne à sa suite. Nous traversons un long couloir en marbre. Sur la droite, la terrasse, sur la gauche, un restaurant. Nous les dépassons et elle pousse une porte qui dévoile une grande pièce ronde aux murs tendus d'un tissu bleu roi satiné.

Timothy est là.

Mes jambes se dérobent à sa vue. Il est vêtu d'une veste cintrée noire. Sa silhouette est parfaitement mise en valeur. Le col Mao allonge son torse puissant. Dessous, une chemise rose pâle. Le contraste illumine sa peau. Je ne connais toujours pas la raison de ma présence en ces lieux magiques et j'hésite donc : dois-je lui sourire ou garder une attitude plus distante ? Mais je ne peux empêcher mon cœur de frôler la tachycardie quand nos yeux entrent en contact. Il a l'air inquiet. Je sais immédiatement que l'homme que j'ai en face de moi est le Timothy attentionné qui me touche. Il me tend la main. Je la regarde un instant, indécise.

Si je la prends, pourrai-je pourtant oublier ses volte-face ? Pourrai-je oublier ce ton sec qu'il a employé pas plus tard que cet après-midi ?

Puis quelque chose cède en moi et dans la sienne je glisse ma main. Elle a l'air minuscule. Mes doigts disparaissent presque entre les siens. Timothy me sourit, soulagé.

– Bonsoir, Mila, vous êtes magnifique. Venez.
– Merci pour la robe, dis-je en le suivant vers une table dressée pour deux.

Nous allons donc dîner en tête-à-tête dans ce salon privatisé. En voyant que je n'éprouve pas d'animosité à son égard, Timothy se détend. Il s'emploie à me faire rire. Nous discutons agréablement et je ne peux m'empêcher de me demander pourquoi il ne me dit pas les choses simplement quand il ne va pas bien. Pourquoi ne m'explique-t-il pas ce qui ne tourne pas rond, ce qui le rend soudain sombre ?

Je me sens si bien en sa compagnie que je m'imagine parfois que nous sommes intimes. Mais ce n'est pas le cas ! La réalité est que nous nous connaissons à peine !

À quoi je pense ! Bien sûr qu'il ne partage pas avec moi ses secrets.

Et de mon côté, je ne devrais pas me poser autant de questions, tout ça ne me regarde pas. Je me remémore le message que m'a envoyé Camille lorsque je l'ai prévenue que j'annulais notre dîner entre sœurs à cause de celui avec mon client sexy et incompréhensible.

[Ne te triture pas les méninges ! Arrête de réfléchir et PROFITE !]

Elle a raison. Je me relâche et apprécie enfin pleinement le dîner. Les plats sont excellents. Tous plus surprenants les uns que les autres. Cet œuf brouillé aux truffes est divin, cette caille au vin rouge parfaitement cuite. Je dois avoir un air gourmand, car Timothy s'exclame en me regardant :

– Je crois deviner que la cuisine du chef vous plaît !

Ses yeux pétillent. Je hoche la tête, la bouche pleine. Il rit. Il est si attirant. Je m'efforce de soutenir son regard. Il y a eu un imperceptible changement au fond de ses prunelles. J'y devine des pensées qui me font frémir d'envie. Timothy hésite un instant, puis me saisit la main à nouveau.

– Je veux que vous me disiez tout. Ne me cachez jamais rien.

Son ton s'est fait autoritaire. Étrangement, j'aime ça. Des tremblements de désir parcourent mon ventre. Je me sens bien. Subitement très à l'aise. Je prends le parti de le taquiner :

– Est-ce un ordre, monsieur Beresford ?

Il devient très sérieux, sourit quand même, amusé par le ton railleur de ma question :

– Oui. C'est un ordre.

Nouveau tremblement de désir. Que cette conversation est excitante. Me livrer à lui ? Pourquoi pas… Un mouvement vient perturber cette tension quasiment insoutenable.

Il s'agit du chef, qui vient nous saluer.

– Timothy ! Comment trouves-tu ce menu ? Quand j'ai su que tu venais nous rendre visite, j'ai mis de côté pour toi nos meilleurs produits.
– Chef ! Ta cuisine est impeccable, comme d'habitude.
– Tu verras, je t'ai réservé une surprise pour le dessert. Une idée que j'ai eue tout à l'heure. Rien que pour toi et ton amie. Passez-vous un bon moment, mademoiselle ?

Je soupire de contentement.

– Je n'ai jamais rien goûté d'aussi bon !

Mon air gourmet fait rire les deux hommes. Le chef nous laisse. Nous sommes à nouveau seuls, Timothy et moi. Il attire ma main à lui, impérieusement.

– Vous êtes une jeune femme surprenante, mademoiselle Wieser.

Je ne vois pas pourquoi.

Et je n'ai aucunement l'intention de lui demander, car sans me quitter des yeux, ses lèvres se sont posées à l'intérieur de mon poignet. Sa bouche glisse sur ma peau, force mes doigts à s'écarter. Il parcourt ma paume de baisers appuyés. Le désir monte en moi. J'ai envie de détourner les yeux, trop timide pour offrir à sa vue les sensations qui doivent se lire immanquablement sur mon visage. Mais je me souviens de son ordre.

Ne rien lui cacher.

Je le laisse alors observer ce qu'il veut. Me soumettre ainsi à son regard envahissant décuple les frissons qui montent en moi et me secouent maintenant tout entière. Un soupir m'échappe.

Comment fait-il pour provoquer des sensations aussi fortes avec de simples baisers légers ?

Ses lèvres s'étirent. Mais c'est qu'il a l'air satisfait ! Je suis au bord du supportable quand la sonnerie de son portable retentit. Il lâche mon bras avec une moue charmante. Timothy jette un œil au texto qu'il vient de recevoir. Immédiatement, ses sourcils se froncent. Il ne répond pas et éloigne l'appareil.

Que se passe-t-il donc encore pour le faire passer de ce que nous venons de vivre à une attitude aussi inquiète ?

Il fait visiblement un effort sur lui pour surmonter ce qui ressemble à de la colère.

– Mila, parlez-moi de vous. Racontez-moi comment vous en êtes arrivée à travailler pour l'association Enfance Sauvée.

Il est à nouveau directif. Ce revirement me heurte dans un premier temps. Mais le ton n'est pas désagréable. Il est ferme, mais tendre. Je suis obligée de m'avouer que ces petites tendances autoritaires, aussi soudaines que brèves, le rendent encore plus séduisant. Je plie.

– J'étais étudiante. En master. J'avais besoin de me sentir utile et…

Le téléphone. Encore. Cette fois, il ne regarde même pas et se contente d'actionner le mode silencieux :

– Je vous écoute.

L'effort qu'il fait sur lui en cet instant semble lui coûter. Et les choses ne s'améliorent pas quand son portable commence à vibrer de manière quasi ininterrompue.

Qui peut bien tenter de le joindre avec autant d'insistance, et pourquoi ne décroche-t-il pas ?

Le téléphone est là, posé entre nous. Timothy lui jette un regard douloureux. Instinctivement, mes yeux se portent sur l'écran qui clignote.

Appel anonyme.

La porte s'ouvre. Un serveur silencieux nous apporte le fameux dessert inédit. Mais Timothy n'y prête aucune attention. Il s'empare du portable qui vibre toujours et s'excuse en quittant la pièce.

– Mila, je suis navré, il faut absolument que je m'occupe de ceci.

– Prenez votre temps.

Je suis certaine que « ceci » ne concerne pas le travail. Il n'aurait pas l'air aussi tourmenté.

Qui est-ce ? Holly Dickinson ?

Abandonnée, je chipote tristement le succulent fondant au chocolat déposé sur une sculpture fine en glace yuzu. Un régal pour les yeux et le palais. Mais ne pouvoir le partager avec cet homme-là, avoir l'impression qu'il m'échappe à nouveau brident l'extase que l'explosion de saveurs aurait dû provoquer.

Au bout d'un quart d'heure, Timothy n'a pas reparu. Je commence à m'inquiéter, à m'ennuyer et à me demander quoi faire de moi-même. Je vais prendre le temps de me rafraîchir.

Et s'il revient pendant mon absence ? Eh bien, il attendra à son tour.

Je suis le couloir en marbre. L'espace réservé aux femmes est fidèle au reste du bâtiment : délicat et classieux. Alors que je me repoudre le nez, une voix attire mon attention.

C'est celle de Timothy.

Une belle voix dont l'intonation profonde résonne dans mes reins. Une voix un peu rauque. Je me rapproche de la fenêtre ouverte. Il est dans le jardin. Et si j'en profitais ? C'est mal. Mais il est si secret ! Comment résister à la tentation d'en apprendre peut-être enfin un peu plus ! Je tends une oreille indiscrète.

– … Non je ne sais pas quel est le petit crétin qui… comment Nils ? Je t'entends mal… Oui… les appels anonymes et les textos vides ont commencé il y a une semaine ou deux. Toujours le même schéma : d'abord un, puis un second à quelques minutes d'intervalle. Ensuite mon téléphone n'arrête pas de sonner pendant une heure, parfois deux. Quand j'éteins mon portable, le rallumer ensuite est un calvaire, mon répondeur et ma boîte de réception de textos sont encombrés. Ma ligne est totalement inaccessible pendant un bon moment. Je ne supporte plus ce harcèlement.

Un silence suit pendant que son interlocuteur lui répond.

– … Nils, c'est toi le juriste ! Tu connais le procureur personnellement. Penses-tu pouvoir faire quelque chose ?

Nouvelle pause. Je suis atterrée par ce que je découvre.

Pas étonnant qu'il ait pu paraître soucieux !

Cela explique certaines sautes d'humeur, mais sûrement pas toutes. Je n'ai toujours aucune piste concernant ce qui a bien pu causer son agacement lorsque j'ai posé des questions sur sa famille ou mentionné le bouquet de roses reçu.

Son harceleur pourrait-il être celui-là même qui m'a fait parvenir des fleurs ?

Dehors, la conversation reprend.

– Je dîne à l'extérieur avec quelqu'un. Un ami. Je pars tout de suite et je te rejoins. Je veux que nous mettions au point une stratégie immédiatement. Je ne te cache pas que je suis à bout.

Je regagne rapidement notre salon privé. Un nombre incalculable d'émotions contradictoires se disputent mon cœur. Je suis profondément désolée de ce qui lui arrive. Je voudrais pouvoir l'épauler, le rassurer, qu'il ne soit pas seul. Mais je suis aussi blessée. « Un ami » ? Il exagère ! A-t-il si peur qu'on imagine qu'il puisse simplement partager un dîner avec une femme ? Avec moi ? Je ne suis pas un top model, mais quand même ! Pourquoi tient-il tant à ce qu'on ignore qu'il fréquente quelqu'un ?

Ma gorge se serre quand Timothy me rejoint. Il ne s'assied même pas.

– Mila, il faut que nous partions maintenant. J'ai malheureusement une urgence. Je ne sais que dire pour me faire pardonner.

C'est tout ? Ce moment, que j'ai pensé un temps à part et magique pour nous deux, il l'interrompt comme s'il n'avait aucune importance. Je retiens les larmes qui montent. Je suis si déçue.

Ne pas le montrer.

Sans dire un mot, je récupère mon sac accroché à l'accoudoir de mon fauteuil. Nous regagnons la Mercedes. Le chauffeur nous attend. Timothy s'installe à l'arrière à mes côtés. Mais contrairement à la soirée au Fouquet's, il se tient éloigné, collé à la portière, visiblement ailleurs.

Il ne m'adresse pas un regard.

Soit il évite soigneusement tout contact avec moi, soit il m'a tout bonnement oubliée. Une bataille se livre au fond de moi. Oui, il s'est excusé pour ce changement de programme. Mais il n'a pas pris la peine de me donner une explication. Ce qui aurait été la moindre des politesses. Je décide intérieurement que s'il ne m'en dit pas plus, je n'accepterai pas d'autres rendez-vous hors du cadre professionnel. Bien que je doute de ma capacité à tenir cet engagement. Le trajet se déroule en silence. La voiture se gare en bas de mon immeuble.

Allons-nous nous quitter si froidement ?

Je n'aurai pas le courage de briser cette atmosphère. Mais quel gâchis si nous en restons là ! Un poids douloureux dans ma poitrine me permet de réaliser à quel point je me suis déjà attachée à la présence de cet homme. Je lui jette un coup d'œil à la dérobée. Il est tellement beau ! Ces longues jambes qu'on devine musclées, cette poitrine sculpturale contre laquelle j'aurais tant voulu pouvoir me blottir un jour, ces mains fortes et douces dont je connais déjà l'étreinte. Comme mes yeux remontent vers son visage, je m'aperçois qu'il est en train de me fixer avec une tristesse si profonde que j'en suis bouleversée. Je voudrais le prendre contre moi.

Faut-il que je le fasse ? Dois-je dire quelque chose ?

Je n'ai pas le temps de pousser ma réflexion plus loin car il me parle soudain :

– Mila. Vous avez le droit de recevoir des fleurs, vous êtes une belle femme, ce serait même surprenant qu'on ne vous gâte pas.
– Pourquoi ce bouquet vous a-t-il tant contrarié ?

Il hésite à me répondre, puis choisit de balayer cette interrogation de la main.

– C'est oublié. C'était idiot de ma part. J'étais en colère contre moi-même de m'être fait devancer. Et je m'en voulais déjà à propos de ça, voilà que j'en rajoute. Je vous laisse seule et j'écourte notre soirée sans explication… Et je ne peux pas vous en fournir plus…

Il se rapproche, saisit ma main. J'ai tout de même l'impression qu'il ne me dit pas tout. Je voudrais le rassurer, lui dire que je n'ai rien à faire de ces fleurs. Si elles ne sont pas de lui, je n'en veux pas. Je ne veux même pas savoir qui est réellement l'auteur de ce cadeau. Les mots restent coincés dans ma gorge nouée par l'émotion.

– Je vous demande de me faire confiance : je n'ai pas d'autres choix ce soir.

J'ouvre la bouche pour répondre. Je n'en ai pas le temps. Sans attendre, il s'est jeté sur moi et ses lèvres sont sur les miennes. Un instant surprise, je m'abandonne à l'étourdissant plaisir de sentir sa bouche maltraiter la mienne avec envie, sa langue chercher la mienne avidement.

Sa main descend le long de mon dos jusqu'à mes hanches. Il me presse contre lui durement. Je gémis. Son désir en est exacerbé et il m'embrasse plus profondément encore. Je ne réfléchis plus. Seul compte cet étourdissant baiser. Qui malheureusement prend fin. Timothy s'écarte de moi et saisit mon visage entre ses paumes.

– Mila, murmure-t-il. Comment se fait-il que j'aie autant besoin de votre présence ? Vous savoir près de moi, votre bureau à quelques pas, si vous saviez comme cette pensée m'apaise.

Puis, aussi soudainement, il est de l'autre côté de la banquette. Fermé. Son portable s'est remis à vibrer sans interruption. Le chauffeur ouvre la portière pour me permettre de descendre. Sans me regarder, Timothy souffle.

– Je ne peux pas vous imposer ça.

Ai-je bien entendu ?

Je ne le saurai probablement jamais. Je suis sur le trottoir et la Mercedes disparaît au coin de la rue. J'ai froid.

5
LONDRES

Le lendemain, je suis levée très tôt. J'ai soigneusement choisi ma tenue en pensant à Timothy. Une jupe crayon fendue au niveau de la cuisse droite et un chemisier au tissu si léger qu'il en est un peu transparent. J'ai hâte de le revoir. J'imagine ses yeux essayer de deviner mon corps sous le vêtement.

J'ai peur aussi.

Quel Timothy verrai-je aujourd'hui ?

Celui qui fait naître en moi des bouffées de désir ou celui qui se retranche dans son silence, tout en retenue, ne laissant rien paraître si ce n'est de l'agacement.

Pour me rassurer, je me répète ces mots incroyables qu'il a prononcés hier : « J'ai besoin de vous. »

Il a besoin de moi.

Peut-être, parfois, me surprend-il en reprenant ses distances, mais il m'a bel et bien avoué que ma présence lui était nécessaire. Je dois me raccrocher à ça. Je dois m'y raccrocher car ses lèvres sur les miennes me sont devenues nécessaires.

La porte de son bureau est fermée.

Est-il déjà là ?

Ne puis-je trouver une excuse pour aller lui parler ? Le remercier pour la subvention signée hier ! Je ne l'ai même pas fait pendant le dîner ! Il va penser que je suis une ingrate.

J'en suis là de mes rêveries quand une toux légère me ramène sur terre. Je me retourne.

– Bonjour, Mila.

Je reste interdite. Un grand homme aux cheveux poivre et sel me fixe de ses yeux verts. Un petit sourire en coin flotte sur son visage :

– Beresford père. Vous connaissez déjà mon fils, je tenais à me présenter à mon tour.

Je lui tends la main. Il saisit mes doigts et s'incline pour les porter à ses lèvres sans me quitter du regard. Ce geste me met instantanément mal à l'aise. Il y a quelque chose de profondément dérangeant dans la façon qu'il a de me détailler. Je ne saurais décrire exactement la sensation que cela me procure, mais alors que ses prunelles me scrutent aussi intensément que celles de Timothy, il y manque un voile de douceur, peut-être même de respect, dont s'habille la contemplation souvent insistante de son fils. J'ai la vague impression d'être une proie sur le point d'être capturée.

– Tim m'a parlé de vous, mais il vous avait soigneusement cachée dans ce bureau. Je n'avais donc jamais encore eu l'occasion de vous voir dans les couloirs de ma société ; je ne pouvais manquer de venir vous saluer.

Beresford père est charmeur. C'est un bel homme et il le sait.

– Enchantée de vous avoir rencontré, donc.

Je reste polie, mais fais mine de vouloir retourner à mes occupations. Il ne lâche pas le morceau et entre tout à fait dans la pièce.

– Je passais aussi m'assurer que les fleurs que je vous ai fait parvenir hier sont à votre goût.

Mon cœur manque un battement.

Ainsi, ce bouquet magnifique venait de lui !

Je rougis et balbutie des remerciements :

– Oui. Merci. Les roses sont splendides. Je ne savais pas qu'elles étaient de vous, il n'y avait pas de carte.

– J'aime conserver un certain mystère. Vous êtes-vous posé beaucoup de questions ?

Son sourire est un brin carnassier. Pense-t-il à cet instant me croquer toute crue ? Son objectif est-il vraiment de me séduire ou bien joue-t-il juste les jolis cœurs pour passer le temps ? De mon côté je ne peux décemment pas lui avouer que j'étais persuadée qu'elles venaient de son fils. Puis que j'ai pensé les jeter quand j'ai vu que ce bouquet posé sur mon bureau le heurtait pour une raison inconnue.

Timothy a-t-il deviné, lui, que les roses étaient un présent de son père ? Est-ce cela qui lui a déplu ?

Je réponds la première chose qui me passe par la tête. Il ne faut pas que je vexe cet homme. Il s'agit d'une des plus grosses fortunes mondiales. C'est une grande chance pour mon cabinet d'être en contact avec lui. Et puis il n'a fait que m'offrir des fleurs. Probablement un cadeau poli en guise de bienvenue. Je ne peux juger les gens sur la première interprétation que j'élabore.

– Je vous avoue que j'étais curieuse.

Un sourire protocolaire de ma part… se fige. Derrière la vitre séparant mon bureau du couloir, Timothy Beresford, les mâchoires contractées, une colère noire dans le regard. À peine nos yeux se sont-ils croisés, qu'il s'éloigne. Beresford père se retourne, surpris de ce qui peut bien avoir causé subitement mon trouble. Mais il n'y a plus personne, Timothy s'est bel et bien enfui.

– Tout va bien, mademoiselle Wieser ?

– Oui. Veuillez m'excuser, une inspiration soudaine concernant le dossier sur lequel je travaille.

– Eh bien, dans ces conditions, je vous laisse. Je ne veux pas vous perturber. Pas trop du moins !

– Merci, monsieur Beresford.

– Appelez-moi Bob. Pas de cérémonie entre nous !

– Oui. Promis.

Encore ce sourire qui me donne envie de me terrer dans un trou de souris. Il insiste encore :

– J'espère que nous aurons l'occasion de nous revoir. Autour d'un verre peut-être ?

– Oui. Peut-être.

Je fais semblant d'être fascinée par mes dossiers. Mes jambes flageolent, mon cœur bat à tout rompre.

Ai-je blessé Timothy une nouvelle fois sans le vouloir ?

Heureusement, Beresford père s'éclipse enfin.

Mais toutes mes interrogations s'envolent subitement. Je relis les quelques lignes qui ont attiré mon attention.

Là, au milieu d'un contrat tout à fait classique, une ligne de commande dissimulée dans une longue liste d'informations anonymes. Encore des poutres pour un puits au Sahel. Cette commande est plus récente. Je fouille à la recherche du précédent contrat que j'ai passé au crible la veille. Le voilà. Exactement le même nombre de poutres. Se tromper une fois et ne pas commander suffisamment, passe encore ! Il suffit d'un chef de chantier inexpérimenté. En revanche, il faudrait être incompétent pour mal évaluer deux fois de suite le matériel nécessaire à une construction aussi simple !

J'ai enfin une piste à creuser.

En une heure, j'ai déniché pour l'année en cours plusieurs centaines de commandes de ce type. Des lignes et des lignes d'achats de fournitures injustifiés. Additionnées, les sommes constituent un joli pactole.

Cette fois j'ai trouvé.

Un éclair me traverse. Je n'ai jamais entendu parler dans notre petit monde associatif de la construction massive de puits dans le désert grâce à un généreux donateur. J'active la fonction de sécurisation de mes recherches Internet. J'ouvre Google Maps. Les outils les plus évidents sont parfois les meilleurs. J'indique dans le moteur de recherche les villages où sont censés se situer les forages cités dans les facturations.

Je suis à peine surprise de constater qu'il n'y a pas la trace du moindre puits, uniquement quelques habitations précaires et des étendues désertiques.

Sans plus réfléchir, je décroche mon téléphone.

– Simon ?
– Mila ! Comment vas-tu ? Ça fait longtemps que je n'ai pas eu de tes nouvelles, ma jolie !

Simon est un ami de mes parents. Avocat d'affaires brillant, il a son propre cabinet et brasse de gros portefeuilles. Des clients connus dont il tait soigneusement les noms.

– Je vais bien merci, j'espère que toi aussi. Ne m'en veux pas, mais je t'appelle surtout parce que j'ai besoin de ton aide.
– Tout ce dont tu as besoin, Mila, tu le sais ! Que puis-je faire pour toi ?
– Utiliser tes contacts magiques ?
– OK. Explique-moi.
– L'association Enfance Sauvée pour laquelle je suis bénévole construit des puits au Sahel.

Oui, je sais, je lui mens, ce n'est vraiment pas correct, mais je ne peux pas lui révéler la nature du dossier sur lequel je travaille en réalité.

Je poursuis :

– Le discours que nous tiennent les autorités est assez étrange. J'aimerais avoir des images satellite de la région pour m'assurer de ce qui se passe réellement sur le terrain.

Simon émet un sifflement.

– Rien que ça ! Tu crois que j'ai des amis à la NASA ?
– Avec toi, on ne sait jamais.

Ma remarque le flatte. Je ne suis pas étonnée ; je sais tout à fait comment obtenir ce que je veux avec lui. Simon est si transparent !

– Petite Mila, tu ne doutes de rien. Écoute, je vais m'en occuper, mais tu tombes mal. En ce moment c'est un peu la course, au cabinet…
– Et je suis désolée du coup d'insister. J'ai vraiment besoin de confirmer au plus vite mes soupçons. Nous nous apprêtons à envoyer à nouveau de l'argent là-bas.
– Donc je n'ai même pas quelques jours devant moi, si je comprends bien ?
– S'il est possible d'avoir les photos dans l'après-midi, ce serait parfait.

Un blanc est mon unique réponse. Puis Simon se remet de ce que je lui demande.

– Ah, quand même ! Tu es pressée ! Envoie-moi les informations par mail, je te rappelle dans deux heures maximum… mais je ne promets rien.

Simon est fiable. À peine deux heures plus tard nous nous retrouvons dans un café dans le seizième arrondissement de Paris, à deux pas de son cabinet. Il dépose sur la table un dossier bourré de photos aériennes. Il arbore un sourire immense.

– Mila, Mila. Quel bonheur de te voir, tu es magnifique. De plus en plus belle, comment fais-tu ?

Il me serre contre lui chaleureusement. Un peu trop longtemps peut-être, mais je n'y prête pas plus attention. Simon a toujours été comme ça : dragueur. Mais c'est un ami sur lequel j'ai toujours pu compter. Je sais juste qu'en sa présence je dois me méfier de ses mains : elles auraient tendance à se promener là où elles n'ont rien à y faire.

Aujourd'hui, c'est bien le dernier de mes soucis. Je suis obnubilée par ce que je viens de découvrir.

– Tu as les photos ?

Il m'observe un moment, surpris par mon impatience.

– Je ne t'ai jamais vue comme ça, Mila ! On dirait que tu en fais une affaire personnelle !

Je rougis légèrement.

Il n'a pas tort. J'en fais une affaire personnelle. À cause de Timothy et de ce que je commence à ressentir pour lui.

– Simon, arrête. Je n'aime pas qu'on se moque de moi, c'est tout. Si c'est le cas, si nos intermédiaires nous ont menti, je veux le savoir.

Je ne me savais pas si bonne actrice. Il me tend le dossier.

– Désolé, Mila, mais malheureusement, je pense qu'ils se sont fichus de toi ! Il n'y a aucune trace d'un quelconque début de forage.

Je lui arrache presque les documents des mains et consulte les fichiers rapidement. En effet, il n'y a rien. Absolument rien ! J'avais donc vu juste, ces lignes inexplicables sur les contrats ne recoupent aucune réalité. Il n'y a pas de constructions en cours nécessitant l'achat de matériel. Deux questions se posent alors : Qui fait sortir l'argent et pourquoi ?

Simon pose une main sur mon épaule.

Que cherche-t-il ? Se veut-il réconfortant réellement ou bien profite-t-il de la situation ?

Je le gronde gentiment.

– Simon. Tout va bien merci. Je n'ai pas besoin d'une épaule compatissante pour pleurer !

Il coule ses yeux au fond des miens.

– Quel dommage, Mila, quel dommage. Un jour, peut-être.

Je ne prends jamais ses déclarations au sérieux. J'y ai systématiquement droit. J'ai toujours préféré croire que c'était un jeu entre nous. Or, je n'ai pas le temps aujourd'hui pour ça. Je le congédie en plaisantant. Ce qui est certain, quoi qu'il en soit, c'est que son aide aujourd'hui m'a été plus que précieuse. Je n'ai qu'une seule chose en tête : Timothy a raison depuis le début. Il y a bien des malversations au sein de sa société.

***

Je reprends tout à zéro. Les contrats sont devant moi. Qui les a signés ? Qui a autorisé les transactions ?

Holly Dickinson.

Il s'agit bien de sa signature. Du moins sur les derniers contrats. Mais elle n'est pas en charge du porte-parolat de la fondation depuis très longtemps. C'est même curieux que ce soit elle qui paraphe des commandes de matériel ! Je relis les documents. Les lignes ont été ajoutées au dernier moment semble-t-il. Il y a une contre-signature à côté des passages concernés. Le choc m'empêche de respirer pendant un moment. Je vacille et m'appuie au bureau. Le propre père de Timothy, Bob Beresford, a demandé ces modifications. Les contrats remontant à plus d'un an portent d'ailleurs exclusivement son cachet.

Se pourrait-il qu'il détourne des fonds de l'entreprise au nez et à la barbe de son fils ?

Si c'est le cas, il fait ainsi peser des risques graves sur la tête de son propre enfant. Se sert-il maintenant de Holly comme couverture en lui faisant endosser des documents compromettants ? Est-elle au courant ou bien abuse-t-il de sa confiance ? Il faut que je prévienne Timothy immédiatement. Il doit savoir. Au plus vite. Mais comment lui dire ? Il recommence à m'éviter soigneusement. À peine suis-je dans la même pièce que lui qu'il s'éclipse. Une boule monte dans ma gorge et les paupières me piquent. Les émotions sont si intenses depuis que je l'ai rencontré ! Je pars à sa recherche et passe près de la cafétéria. Deux voix me parviennent par la porte restée ouverte. L'une d'elle est particulièrement reconnaissable.

Holly.

Je tends l'oreille. Oui, c'est moche, mais je me méfie d'elle et toutes les informations sont bonnes à prendre.

– Crois-moi, Madeleine, il n'y aura rien entre Mila et Timothy. On m'a dit qu'il lui avait montré l'exposition, mais c'était strictement professionnel !
– Ça, c'est ce que tu as envie de croire, parce que tu considères que notre patron est ta chasse gardée !

Holly rit, un rire en cascade.

– Figure-toi que j'en ai la preuve ! Tu sais ce qu'il y avait sur le bureau de cette fille hier ? Un bouquet de roses. Énorme. Le même que celui qu'avait reçu cette petite gourde de la comptabilité. Et la stagiaire du service communication, et la stagiaire du service…

– Bob Beresford !

– Exactement ! Mila est sa prochaine proie. Timothy le sait, il n'a pas pu passer à côté de ça. Crois-moi, il ne touchera jamais une femme que convoite son père !

J'en oublie de respirer et mon cœur choisit de s'arrêter. Plus besoin de décryptage. Je sais pourquoi Timothy a été si choqué lorsqu'il a aperçu les fleurs. Et c'est probablement pour la même raison qu'il m'évite encore aujourd'hui. C'est également pour cette raison que Holly a subitement changé d'avis et m'a accordé la subvention pour Enfance Sauvée. Elle a compris que je ne serai jamais une concurrente pour elle. Elle n'avait donc plus aucune raison de me mettre des bâtons dans les roues.

Mais ce baiser ? C'était après que Timothy a remarqué les roses sur mon bureau !

Peu importe. Cette fois ça suffit. J'ai déjà laissé s'installer trop de non-dits. Ce qui compte dans l'immédiat est de ne pas laisser perdurer ce malentendu. Je dois à tout prix parler à Timothy.

Malheureusement, j'ai beau le chercher à tous les étages et dans toutes les salles de l'immeuble, il n'est nulle part. Au détour d'un couloir, je heurte un homme à la large stature.

– Mademoiselle Wieser ! Vous êtes bien pressée !

Nils, le meilleur ami de Timothy à qui j'ai été présentée le jour de mon arrivée. Ses cheveux en bataille. Lui saura où je peux le trouver. Devant mon affolement, il devient tout à coup très sérieux.

– Quelque chose ne va pas ?

Il est sincèrement inquiet. Cette sollicitude me touche. Je parviens à relâcher un peu la pression. Des larmes me montent aux yeux. Nils m'entraîne dans une pièce vide. Il s'assied sur une table et me pousse vers une chaise.

– Racontez-moi tout.

Je le regarde. La conversation entendue au Trianon Palace me revient en mémoire. Timothy Beresford s'est confié à cet ami-là. Alors à lui, oui, je peux faire confiance. Je vide mon sac. Je lui parle des fleurs, de Holly, du père de Timothy dans mon bureau. J'omets cependant le baiser et surtout je ne parle pas des malversations. J'explique juste brièvement qu'une anomalie s'est glissée dans un document et qu'il faut la corriger d'urgence. Je suis épuisée. Je n'ai plus d'énergie. Mes yeux se posent de nouveau sur Nils. Il a le front anxieux.

– Je suis d'accord avec vous, mademoiselle, il est important que Timothy soit au courant de ce que vous avez vécu ces derniers jours au sein de cette entreprise. Et s'il refuse de vous parler à cause de je ne sais quelle idée stupide qu'il s'est mise en tête, il ne refusera pas de m'écouter moi.

Immédiatement, Nils pianote sur l'écran de son portable. Quelqu'un m'épaule. Avoir trouvé un allié me fait un bien fou. Timothy ne tarde pas à décrocher. Nils lui résume rapidement les faits et insiste pour qu'il accepte de me voir à l'instant.

– Où es-tu, Tim ?

Un silence suit pendant lequel mon cœur bat à cent à l'heure.

– OK, je comprends.

Ce n'est pas bon signe. Nils coupe la communication.

– Mila, Timothy est à l'aéroport. Il décolle dans une petite heure pour Londres. Il doit passer une semaine dans les bureaux de la société basés à la City. Je suis désolé.

Une semaine sans le voir ni lui parler ? Une semaine sans pouvoir mettre les choses au clair ? Je me sens excessivement malheureuse. Je ne sais comment je pourrai tenir aussi longtemps en gardant tout ce que je viens d'apprendre pour moi. Nils me salue gentiment et me laisse dans le bureau vide. Je n'ai aucune idée de la façon dont je vais pouvoir secouer cette tristesse qui me cloue sur place. Mon téléphone vibre.

[Venez me retrouver. Il faut qu'on parle. Timothy.]

Mon cœur fait un bond. Je rassemble mes affaires en quatrième vitesse et quitte mon bureau en courant. Sur le trottoir, je m'apprête à héler un taxi.

– Mademoiselle Wieser ?

C'est le chauffeur de Timothy.

La Mercedes s'élance en direction de l'aéroport. Je passe le trajet à élaborer mon discours. Comment tout avouer à Timothy pour qu'il me croie, et surtout, sans le blesser en lui annonçant mes découvertes.

Je ne redescends sur terre qu'une fois déposée sur le tarmac réservé aux jets privés. Je passe les contrôles en un temps record. Un avion m'attend. Son fuselage rutilant porte le logo de l'entreprise. Je prends à peine le temps de m'émerveiller, la seule chose à laquelle je pense est que Timothy est là, au bout de cette passerelle, et qu'il m'attend.

L'intérieur de l'appareil a été aménagé en un confortable espace de travail et de détente, garni de fauteuils en cuir crème et d'un long bureau en verre poli. Timothy y est installé, concentré sur une liasse de papiers. En m'entendant arriver, il se lève et se dirige vers moi.

– Timothy, je voulais vous dire absolument…

Il pose doucement son doigt sur ma bouche et m'attire contre lui.

– Chut. Avant que vous ne m'expliquiez quoi que ce soit, il y a plus urgent.

Ses lèvres se posent délicatement sur les miennes.

– Venez, nous allons décoller.
– Décoller ? Mais je n'ai rien sur moi !

Il me sourit tendrement.

– Nous nous occuperons de ce petit souci sur place. Maintenant expliquez-moi tout.

Je lui expose les faits, enfin. J'ai l'impression de me décharger d'un lourd fardeau. Les malversations, les fleurs de son père dont je ne veux pas ; il m'écoute, les sourcils froncés. Il ne laisse rien transparaître. Je remarque juste une moue approbatrice lorsque je lui expose la réflexion qui m'a permis de découvrir le pot aux roses.

Le silence dure un moment après la fin de mon exposé.

– Je ne suis même pas surpris. Je soupçonnais mon père depuis le début : il se sert de l'entreprise pour gâter ses maîtresses.

J'ai un pincement au cœur en pensant qu'il a pu un temps penser que je faisais partie de cette catégorie. Cependant ce n'est qu'un sentiment fugace. Car quelque chose me préoccupe dans ce raisonnement. Pour moi le but de Bob Beresford ne peut être aussi trivial. Les versements représentent des sommes trop importantes. Leur régularité aussi est étonnante. Ces détournements de fonds ressemblent à une tentative de chantage ; quelqu'un qui forcerait le père de Timothy à donner chaque mois des sommes importantes… la même somme exactement… un peu comme une rente. Mais Timothy a l'air si sûr de lui que je décide de garder mes impressions pour moi. Pour l'instant.

– Mila, vous avez été très efficace. Il ne vous a fallu qu'une petite semaine pour trouver ce que je cherchais en vain depuis des mois. Vous avez vraiment fait du bon boulot.

Je suis fière de ce compliment.

– Me permettez-vous de continuer à creuser ? Je pense qu'il y a d'autres choses à découvrir.
– Si vous me dites que vous n'avez pas encore tout élucidé, je vous fais confiance. Cherchez aussi longtemps que vous le souhaitez.

Nous arrivons à Londres très tard. Une voiture particulière nous dépose au Hilton. Il me reste juste assez d'énergie pour souhaiter à Timothy Beresford une bonne nuit. Je m'effondre dans la chambre qu'il a réservée pour moi. Je n'ai même pas prêté attention à l'endroit où je suis, seul le lit moelleux est parvenu à me faire de l'effet. Je sombre, laissant une pensée furtive dériver : avant que le sommeil ne m'emporte définitivement, l'image de Timothy, en train de se déshabiller de l'autre côté de la cloison, me traverse subrepticement.

***

Le lendemain matin nous déjeunons au Criterion, un restaurant gastronomique renommé tenu par le premier chef britannique triplement étoilé. L'élégant décor digne d'un palais des mille et une nuits me donne le tournis : dorures, colonnes et marbre. Timothy tenait à me faire découvrir cet endroit qu'il affectionne particulièrement.

Lors de la conversation, je m'inquiète auprès de lui :

– J'espère ne pas trop bousculer votre emploi du temps ?

Il marque une pause avant de répondre avec douceur.

– J'ai décalé mes impératifs hier soir après que vous avez gagné votre chambre. Nous avons tout notre temps.

Décaler ses rendez-vous pour moi. Je ne peux qu'être flattée par cette attention si particulière.

Puis il m'entraîne chez Gucci, Dior, Valentino… Il veut choisir des vêtements pour moi. Lors du premier essayage, je suis intimidée. Je n'ai jamais laissé un homme prendre ce genre de décisions à ma place, mais il a un goût si sûr ! Immédiatement il repère les étoffes les plus douces, les tons qui mettront en valeur mon teint clair. J'ai un peu de mal à me laisser faire. Je suis gênée, d'autant plus que j'ai vu quelques étiquettes passer et ces vêtements sont hors de prix. Je ne suis pas à la hauteur des merveilles qu'on me tend. Mais le regard de Timothy me rassure.

– Vous êtes parfaite dans cette robe, Mila.

Être une princesse choyée n'est au fond pas désagréable.

Mais tout de même ! C'est trop !

– Vous êtes sûr ? Je suis vraiment mal à l'aise, Timothy. Vos attentions me touchent, mais je ne peux pas accepter.

Il m'interrompt d'un geste.

– J'insiste. Oubliez vos scrupules. Je passe un moment délicieux. Vous ne voudriez pas m'en priver ?

Je n'avais jamais franchi les portes de ces boutiques de luxe. La situation me semble presque irréelle. On s'y fait ! Le service est excessivement agréable, les conseillères aux petits soins. Je vois bien qu'elles m'envient. Être gâtée par un si bel homme… Parfaitement bilingue, Timothy échange avec elles, désigne ce qu'il veut. Je n'avais pas encore eu l'occasion de le voir ainsi. Il plaisante, me couvre de compliments. C'est un peu comme si chacune de mes apparitions avec une nouvelle tenue était une source d'inspiration. Je me sens belle, couvée par ses yeux noirs.

– J'ai une surprise pour vous.
– Encore !

La spontanéité de ma réponse le fait rire. Un beau rire franc. Nous venons de finir de remplir une valise entière ! Vêtements, sous-vêtements et chaussures livrés à l'hôtel pour que nous ne soyons pas encombrés pendant nos achats. C'est beaucoup trop, surtout que je repars demain, mais il semblait si heureux de me combler de présents que j'ai fini par arrêter de tenter de le dissuader.

– Nous allons à l'opéra.

Je soupire.

– J'adore l'opéra ! Et j'ai si peu l'occasion d'y aller !
– Alors j'ai bien fait ! Une de mes amies chante *Lakmé* au Royal Albert Hall. C'est une cantatrice divine.

Je suis sur un nuage.

La foule dans la rue est compacte. Je marche le nez en l'air, heureuse. Ayant atteint un carrefour, je m'attends à ce que Timothy m'indique la direction du restaurant où il a décidé que nous irions déjeuner. Mais il n'est plus là. Je me retourne. Il est resté quelques pas en arrière. Quelque chose ou quelqu'un de l'autre côté de la rue retient son attention. Je le rejoins rapidement. Ma main sur son avant-bras le ramène sur terre. Je la retire aussitôt, embarrassée par ce contact.

– Tout va bien ?

Il met un temps à se rappeler où il est et ce que je fais là. Il secoue la tête, comme pour chasser un mauvais rêve et me sourit tendrement.

– Oui, Mila, rien de grave. Ne vous inquiétez pas. Continuons. C'est à gauche au prochain feu.

Nous reprenons notre marche, mais il n'a plus le même entrain. On dirait qu'il a vu un fantôme. Timothy reste plongé dans des pensées qui visiblement le tracassent jusqu'à ce que nous atteignions le lieu qu'il a réservé.

Le Fashion and Textile Museum ! Rien que ça ! Cet homme ne fait donc rien comme tout le monde !

Il est fermé aujourd'hui. Sauf pour nous ! Timothy adresse un signe de tête au gardien, qui nous attend. Nous traversons le hall dans un silence troublé uniquement par le claquement de mes talons. Des toiles de Picasso et Warhol y sont accrochées.

Une table pour deux a été dressée au milieu d'une des salles réservées au travail coloré de la designer Sarah Campell. La faible lumière des bougies disposées sur la nappe blanche est le seul éclairage.

Timothy retrouve son air taquin :

– Puisque notre premier rendez-vous à Paris a eu lieu au milieu des œuvres d'art, je me suis dit qu'il serait de bon ton de poursuivre sur notre lancée.
– C'est un drôle de moyen de me faire visiter des musées !

Il rit. Je suis contente de parvenir à le dérider enfin totalement, même si un petit pincement au cœur me ramène à la réalité :

Nous n'appartenons pas au même monde ! Dans le mien, on ne privatise pas les bâtiments les plus célèbres pour un repas en tête-à-tête !

– J'aime vous faire plaisir, Mila. En réalité, je dirais que je suis excessivement égoïste. Vous faire plaisir me fait plus de bien à moi qu'à vous ! plaisante-t-il. Laissez-vous surprendre encore longtemps s'il vous plaît, c'est très efficace, cela m'empêche de me remémorer de sombres souvenirs.
– Quels souvenirs ?

Cette question m'a échappé et son sourire s'est instantanément volatilisé. Nous nous asseyons.

– Pardon, Timothy. Je n'aurais pas dû. Ça ne me regarde évidemment pas.
– Non. Votre question n'est absolument pas déplacée. Je dois vous avouer que je suis un peu bouleversé. Dans la rue, tout à l'heure…

Je retiens mon souffle ; il semble vouloir se livrer, mais s'en empêche.

– Timothy, je sens bien que vous portez quelque chose d'excessivement douloureux. Ce n'est pas en raison d'une curiosité malsaine, que je vous questionne. Mais vous m'avez demandé de tout vous dire. Et je vous ai rejoint à l'aéroport. Je vous ai suivi jusqu'à Londres sans poser de questions, car je vous fais confiance, comme vous me l'aviez demandé lors de mon arrivée au sein de B. International. J'aimerais que vous fassiez de même. Pas uniquement d'un point de vue professionnel. D'un point de vue personnel également.

Timothy secoue la tête et s'adoucit.

– Vous êtes la voix de la sagesse, Mila.

Je le laisse observer un silence. Il en a besoin. J'attends patiemment, car je comprends qu'il va maintenant partager avec moi son inquiétude.

– Dans la rue, tout à l'heure, j'ai cru apercevoir une personne que j'ai bien connue. Quelqu'un que j'ai beaucoup aimé. Lorsque j'étais enfant, j'avais un ami, Arthur, nous avions le même âge. C'était le fils de la domestique de mon père lorsque nous vivions encore aux États-Unis. Elle a été comme une seconde mère pour moi après le décès de la mienne. Et Arthur était mon meilleur ami, presque mon frère. Nous avons grandi ensemble. Mais à 6 ans, il est tombé gravement malade. Violetta, sa mère, ne pouvait plus assurer autant d'heures pour s'occuper du ménage et des courses. Mon père l'a renvoyée du jour au lendemain.

Son récit est si triste ! Ce qui est arrivé à cette femme et son fils, c'est atroce.

– Je ne pardonnerai jamais à mon père. Violetta était en situation irrégulière, elle n'avait aucun droit. Sans travail, elle a perdu ses derniers moyens de soigner correctement Arthur et il est…

Sa mâchoire se contracte. Il y a de la douleur dans ses yeux. Je comprends maintenant l'animosité qu'il peut avoir à l'égard de Bob Beresford. Elle est parfaitement légitime.

– Mila, je n'ai pas su la vérité à l'époque. J'étais trop jeune pour comprendre. Mon meilleur ami avait disparu du jour au lendemain et j'en voulais à mon père. Instinctivement, je le savais responsable de cette perte. Lors d'une dispute, alors que je cherchais désespérément à retrouver Arthur, il m'a craché la mort de mon ami d'enfance au visage. Je me suis senti si seul. Il n'y a que Nils, que je connais depuis plus de dix ans, qui a été là pour moi. Lui est le seul à tout savoir, ou presque. Et maintenant, il y a vous, Mila.

Je suis touchée ; ces événements révèlent un homme sensible aux difficultés des autres, fidèle malgré les années. Quelqu'un qui possède beaucoup, mais porte en lui une fêlure. Son beau visage concentré semble habité par des souvenirs qui lui sont chers.

– Tout à l'heure, dans la rue, j'ai cru voir Violetta. Je sais que c'est impossible. Mon esprit m'a joué un tour cruel.

Sans réfléchir, je pose ma main sur la sienne. Je veux qu'il sente que je suis là, que je l'écoute et que je peux le comprendre. Il entremêle ses doigts dans les miens et les serre. Ses yeux sont rivés aux miens : un échange long et profond. J'ai un instant l'impression fugace d'y lire une confiance sans borne.

La suite du déjeuner reprend sur un ton qui lui est plus habituel. Il plaisante légèrement tout en me posant mille questions. Alors que nous dégustons une tarte aux framboises exceptionnelle, Timothy me rappelle que cet instant ne durera pas éternellement :

– Mila, nous resterons à l'hôtel jusqu'à l'heure de la représentation. J'y ai un rendez-vous d'affaires. Vous pourrez vous reposer et prendre le temps de vous préparer.
– Ce programme me convient parfaitement.

Il y a eu beaucoup de rebondissements aujourd'hui. Je suis épuisée. Avoir quelques heures pour me remettre est une perspective qui m'enchante.

Dès l'entrée du Hilton où nous logeons, je ne sais plus où poser mes yeux. Comment ai-je pu ne pas être frappée hier par un si beau décor. Partout des dorures rehaussent les sculptures en bois sombre. Un joyeux ballet de grooms poussant leurs cages à roulettes dorées nous accueille. Timothy me tend la carte magnétique ouvrant ma chambre. Je lui souris. Ses doigts se posent doucement sous mon menton et le relèvent vers lui. Il effleure mes lèvres d'un très léger baiser. Instantanément de longs frissons me parcourent. Je crois que je ne saurai jamais résister à l'effet incroyable qu'il a sur moi.

La chambre me semble immense. Une douce lumière filtre à travers les rideaux de mousseline blanche. Je me jette sur le lit en riant.

Quel confort !

Sur une petite table en acajou, une main attentionnée a disposé une pomme brillante et une bouteille d'eau de source. J'envoie un message commun à Blanche et Camille.

[Je suis à l'hôtel Hilton à Londres, tout va bien :p]

Un dixième de seconde plus tard, une double sonnerie fait tressauter mon téléphone.

[Sans rire !?]

Elles ont eu la même réaction !

En me tournant pour déposer le portable sur la table de nuit, je remarque une longue boîte blanche. Elle ressemble furieusement à celle contenant la magnifique robe Max Azria que Timothy m'a offerte il y a quelques jours. Mon intuition est la bonne. Dans le paquet, une longue pièce de tissu est soigneusement pliée.

Les yeux écarquillés, je déploie la longue robe bleu nuit. Elle est légère comme une plume. Deux petits nœuds en dentelle la retiennent sur les épaules. Tout simple, le drapé tombe sous le genou. Une pluie de broderies d'or parsème le tissu comme une myriade d'étoiles scintillantes. Elle est incroyable. Une paire de talons hauts ouverts en satin noir attend au pied du lit. Je me rappelle avoir admiré ces chaussures et cette robe. Je me souviens avoir laissé ma main courir le long des coutures impeccables. Mais je n'avais pas osé m'en saisir, impressionnée par le travail et redoutant le coût d'une telle œuvre d'art. Comment a-t-il fait ? Je n'ai rien vu ! Il a dû profiter d'un moment où j'étais en train de me changer dans la cabine d'essayage pour réaliser cet achat. Je reste sans voix, bluffée à la fois par l'attention et par le tact avec lequel il me fait ce cadeau. Je laisse le vêtement étalé sur les couvertures. Un bon bain m'attend dans une salle de bains entièrement en marbre.

***

Le soir, je descends lentement les escaliers menant au hall de l'hôtel. Je me sens reposée et à mon aise, le tissu caressant doucement mes jambes. Les yeux de Timothy pétillent quand il me découvre.

– Vous êtes magnifique, Mila.
– Merci. Merci pour tout, pour ces moments incroyables, pour cette robe magnifique.

Il me sourit. La chaleur dans ses yeux me bouleverse.

– Merci pour votre compagnie.

Déposés par un taxi devant le Royal Albert Hall, nous nous mêlons à la foule très chic. La représentation est parfaite. Je suis complètement transportée par le *Duo des fleurs* où deux voix de femmes se mêlent. Je sens le regard de Timothy posé sur moi. À l'entracte, nous engloutissons petits fours à la truffe et champagne apportés dans la loge où nous sommes seuls.

La pénombre revient. Soudain, ses doigts se posent sur moi et parcourent ma peau, remontent le long de mon avant-bras. Je frémis. Je me concentre de plus en plus difficilement sur ce qui se déroule sur la scène. Sa bouche se pose à l'intérieur de mon poignet. Et comme la dernière fois, des frissons naissent dans mes reins et un gémissement m'échappe. Je n'aurais pas cru cette zone si sensible. J'ai furieusement envie de sa peau contre la mienne, de sa chaleur, d'enfouir mon visage contre son cou et m'enivrer de son odeur si particulière. L'opéra s'achève alors que je suis sur le point de le supplier de ne pas s'arrêter là.

Mais les lumières font à nouveau briller le théâtre. Les spectateurs gagnent la sortie. Timothy m'entraîne dans les loges grouillantes d'une activité joyeuse. La jeune cantatrice ayant interprété le rôle-titre nous accueille à bras ouverts. Elle parle un joli français teinté d'un accent anglais.

– Tim, comment vas-tu ? J'espère que le spectacle vous a plu à tous les deux !

J'acquiesce. Timothy me présente. Cette femme est tout à fait charmante. Elle a l'air d'entretenir beaucoup de tendresse pour l'homme qui m'accompagne. Et je vois bien quand nous la quittons qu'elle lui adresse un signe approbateur. Je lui ai plu. Je rougis légèrement et me détourne pour le cacher.

Le retour jusqu'à l'hôtel est calme. Nous profitons tous les deux de la ville défilant de l'autre côté des vitres. Lorsque nos regards se croisent, nous nous sourions et nos yeux en disent long sur le désir qui ne nous a pas quittés depuis les caresses appuyées de Timothy dans la loge. Le silence nous suit dans les escaliers, rendant encore plus évidentes nos pensées respectives. Mais je sais que Timothy ne forcera rien.

Cela ne me déplairait pas.

Comme je m'y attendais, il me raccompagne galamment jusqu'à la porte de ma chambre.

Aurai-je le courage de lui proposer d'entrer ? Avec tout ce que cela sous-entend ?

– Mila, merci pour cette excellente soirée.

Je réponds avec précipitation.

– Oh, non. C'est moi qui vous remercie. Je ne sais pas encore si je réalise ce que je viens de vivre.
– Alors nous partageons la même impression. Bonne nuit, mademoiselle Wieser.

Ce protocolaire salut était appuyé par un regard brûlant. Tout mon corps y répond en se laissant inonder par une vague de désir. Timothy Beresford me tourne le dos et fait quelques pas. Je ne bouge pas. Je reste là, plantée sur le pas de ma porte, incapable du moindre mouvement maintenant que je ne sens plus la chaleur de sa présence.

C'est à cet instant qu'il se retourne. Il saisit mon regard et comprend mon attente. En quelques mouvements, il est contre moi. Si proche que je sens son souffle sur mon front. Je tremble. Je tremble parce que je suis à la fois intimidée et impatiente de connaître ce qui va suivre. Alors, lentement, je lève la tête vers lui, le laisse plonger tout au fond de mes pupilles. Timothy tend les mains. Il y a de l'autorité dans son regard. Je ne veux pas répondre à cet appel muet. Je sais que ce serait une erreur.

Je ne pourrai pas lui résister.

Déjà, je ne parviens plus à détacher mes yeux des muscles de ses bras et de ses épaules. Il s'approche et l'air entre nous devient moite. Ses prunelles se sont enflammées et errent sur mon corps comme si elles me dévoraient. Il a l'air si sûr de lui. Il ne doute pas un seul instant que je vais lui céder. J'ai peur qu'il s'approche. Je n'en peux plus d'attendre qu'il s'approche.

Nous sommes toujours dans le couloir. Timothy, sans que son corps ne se colle au mien, saisit dans mon dos la poignée de la porte. Le bois contre lequel j'étais appuyée se dérobe. Instinctivement, je recule. L'obscurité dans la chambre n'est pas totale. Les rideaux sont à peine tirés et la lumière de la rue pénètre dans la pièce, dessinant les contours du lit moelleux qui devient soudain particulièrement évocateur.

Timothy avance toujours, lentement, pas à pas. Il n'a pas besoin de parler ; la puissance de son regard suffit à me mener là où il souhaite. Le haut de mes cuisses heurte une petite table carrée. Je suis prise au piège entre le désir de cet homme et l'obstacle qui m'interdit toute échappatoire. Ses yeux ne lâchent pas les miens. Seule la tension grandit entre nous. Il est maintenant tout contre moi. Son torse est chaud. Je peux en sentir le dessin parfait. La force de son désir m'intimide terriblement. Il pose ses lèvres sur mon cou, exigeant. Je parviens enfin à bouger et au lieu de le repousser, j'enfonce mes ongles dans son dos et le serre contre moi de toutes mes forces. Je voudrais que nos deux corps fusionnent. Ses mains ont saisi mes hanches et m'écrasent contre lui.

Je parviens à gémir un ridicule :

– Vous savez que ce n'est pas une bonne idée. On ne devrait pas aller plus loin.

– J'en ai trop envie.
– Moi aussi, mais nous travaillons ensemble. Je travaille pour vous. Ne mélangeons pas tout.

Sa réponse est sans appel.

– Il y a quelque chose de trop spécial entre nous, Mila. Je ne me suis jamais senti aussi proche de quelqu'un. Je ne peux pas résister à l'attirance qui me pousse vers toi. Je ne veux pas y résister.

Sa voix rauque et grave me fait frissonner. Et le brusque tutoiement que je sais dû à son désir fait reculer un peu plus encore mes dernières faibles résistances.

Je rêve de ses mains fermes glissant sur moi, mais il l'a bien compris et se contente de promener ses lèvres toujours plus bas le long de mon cou. Des sensations inconnues parcourent mon ventre. Le plaisir aigu est à la limite du tolérable. Enfin, ses doigts m'effleurent. Ils cheminent sur mes épaules, se glissent tendrement sous le tissu. Lentement, ils descendent vers mes seins. Ma respiration s'accélère. Tout mon corps réclame des caresses plus rudes. Lui, méchant, prend son temps. Il s'ingénie à faire monter encore ce désir que je pensais déjà à son paroxysme. À tel point que c'est moi qui finis par tenter maladroitement de dégrafer les quelques boutons qui retiennent la robe sur le côté. Il écarte mes mains et les bloque dans mon dos.

– Ne bouge pas. Fais-moi confiance.

Je tente encore de résister, déroutée par tant d'intensité. Tranquillement, Timothy reprend son exploration. C'est lui qui défait les boutons, habilement, n'utilisant que son index et son pouce. Puis il dénoue les deux bretelles et il caresse de ses lèvres pleines la peau mise à nue. Son souffle ardent provoque des contractions involontaires le long de mon flanc. Je gémis sous ses baisers. Ma robe tombe sur le sol. Mes sous-vêtements la rejoignent bientôt, adroitement retirés, pratiquement sans que je m'en aperçoive. Timothy, lui, n'est pas encore nu. Ce qui l'intéresse visiblement, c'est moi. Il veut me découvrir, du bout des doigts et du bout des lèvres. Mon cœur ne répond plus, mon esprit est scotché à chacun de ses gestes. Il se penche et me soulève dans ses bras. Je n'ai pas l'impression de peser plus qu'une plume. Ma nudité devient encore plus évidente quand ma peau entre en contact avec le tissu de ses vêtements.

Il me dépose sur le lit. Le malaise me saisit. Je me sens exposée tout entière à son regard dans la lumière crue des réverbères de la rue. Je supplie des yeux les couvertures, mais le lit n'est pas défait : pas question de me glisser sous les draps pour y cacher ma timidité. Timothy a compris mon mouvement.

– Tu es splendide, laisse-moi t'admirer.

Il s'installe au-dessus de mon corps allongé et me contemple. Ses yeux se promènent sur mon buste. Cette simple caresse fait se dresser la pointe de mes seins. Les lèvres de Timothy s'en approchent et les lèchent légèrement. Un gémissement m'échappe. Puis il alterne baisers appuyés, morsures imperceptibles et petits coups de langue agiles, descendant vers mes hanches.

Il ne va quand même pas…

– Je veux connaître ton odeur. Je veux savoir quel goût tu as.

Il reprend son exploration, interdisant à mes mains de tenter de l'empêcher de poursuivre encore plus loin. Mon corps se tend vers lui. Sa langue atteint l'endroit le plus sensible entre mes jambes et s'y attarde. Il prend son temps, me lèche. Ses mains parcourent mes jambes, remontent, caressent mon clitoris. De là où je suis, je peux voir sa belle tête dévorer mon intimité. Il prolonge cet effleurement, semblant y trouver beaucoup de plaisir. Plus il insiste, plus sa langue se durcit. De longs spasmes me secouent. De ses mains, il bloque mon corps pour me forcer à endurer le plaisir qui me secoue. L'impossibilité d'évacuer le trop-plein de sensations les décuple. Je mords mon avant-bras pour ne pas hurler.

Enfin, il s'allonge sur moi, écartant mes jambes à la force de son bassin. Ses muscles sont tendus sous sa chemise et son pantalon, je sens son sexe dur contre l'intérieur tendre de mes cuisses. Le poids de son corps m'empêche de bouger. Cet immobilisme est difficile à supporter. Je suis agitée de soubresauts incontrôlables. Je ne m'obéis plus ; c'est à lui et à ses caresses que je me soumets. Le plaisir s'est complètement emparé de moi quand il se détache soudain. J'ai froid.

À peine m'a-t-il quittée que sa sensualité me manque. Une émotion incroyablement puissante embrase mon ventre. Je le regarde avec désespoir. Je veux être contre lui à nouveau ! Je veux sentir sa peau glisser contre la mienne.

À quoi joue-t-il ?

Timothy a les yeux presque durs, pleins d'une envie aussi implacable que la mienne. Il ne me lâche pas du regard. Sans briser ce lien, il se déshabille. Sa chemise tombe sur le sol, il se débarrasse de ses chaussures et de ses chaussettes. Lentement, il défait la boucle de sa ceinture et enlève son pantalon et son boxer. Son corps est magnifique : sa peau mate est parfaitement lisse et en bas de son torse, deux muscles dessinent ses abdominaux en descendant vers son sexe.

Je ne dis rien. Mes yeux restent rivés aux siens, au désir brûlant que j'y lis. Je l'attends, je me suis rendue à mon désir. J'ai faim de son corps.

À présent débarrassé de ses vêtements, il s'allonge sur moi, glisse ses mains sous moi et se cramponne à mes fesses. Cet appétit aiguise encore plus mon impatience. L'impatience de le sentir en moi. Ses mains et sa bouche s'abattent sur mon corps, affamées. Sa langue effleure mes côtes, rampe avec avidité vers mon intimité. Sa peau douce glisse contre la mienne. Ses doigts parcourent mes cuisses à nouveau et allument des étincelles de plaisir entre mes jambes. Je reste surprise par son efficacité à provoquer en moi de tels bouleversements charnels. Aucun homme ne m'a jamais touchée ainsi. Aucun homme ne m'a jamais dévorée ainsi. Il semble savoir parfaitement quel mouvement, quelle pression m'amènera au paroxysme. Il m'embrasse, profondément, sans cesser d'être attentif aux réactions de mon corps, appuyant puis effleurant simplement l'endroit le plus sensible. Je me cabre involontairement et mes hanches s'offrent sans me demander mon avis. Mes muscles en tremblent. Je gémis. J'ai envie qu'il me prenne. Maintenant. Tout mon corps l'appelle. Mes mains parviennent à se libérer et courent sur sa peau douce, s'accrochent à ses épaules, griffent légèrement son dos, folles, se rattrapant à ce qu'elles peuvent dans ce déchaînement des sens.

Mais il ne veut pas. Pas comme ça. Ses caresses s'interrompent. Il garde la main juste posée sur mon sexe, y concentrant la chaleur de mon désir. J'ai l'impression que mon cœur bat entre mes jambes contre sa paume. Mes mains se cramponnent toujours à ses épaules. Il saisit au vol la droite et la conduit sans hésiter vers son pénis gonflé par l'envie. J'obéis et le prends dans ma main. Au lieu de me faire perdre mes moyens comme je m'y attendais, le toucher m'excite énormément. D'abord hésitante, je laisse finalement mes doigts monter et descendre le long de la hampe, lentement puis plus vite, en resserrant ma prise sur le membre impressionnant. C'est à son tour de gémir. La capacité que je me découvre à lui donner, à lui aussi, un plaisir si fort m'encourage. J'aimerais le prendre dans ma bouche mais je n'ose pas. Pas encore. Je me contente alors de le caresser. La peau de son sexe est douce. Je le trouve large et dur. L'imaginer en moi m'arrache un soupir. J'essaye de le guider, de l'attirer. Par moment, son pénis cogne contre mes grandes lèvres et j'en ressens comme une brûlure. Il grogne :

– Je voudrais attendre encore. Je voudrais ne pas te prendre tout de suite. Mais tu me rends fou, je n'en peux plus.

– Oh, oui, viens.

Et il cède enfin à sa soif. J'ai à peine le temps de me rendre compte qu'un emballage est tombé sur le sol à nos côtés. Il entre en moi. Mon gémissement se transforme en cri. Il tente de rester un instant immobile et je le sens si ferme en moi que je crois un moment en perdre la raison. Puis commence son va-et-vient entre mes cuisses. Ses hanches puissantes cognent les miennes. Il m'a déjà amenée si loin que je n'en peux plus et que chaque parcelle de mon être appelle la jouissance. Je m'agrippe à son bassin et l'attire plus profondément. J'entends son souffle s'accélérer. Sa respiration contre mon cou déclenche des frissons le long de mes bras et de mon ventre.

Ses mains quittent mes fesses et glissent dans mon dos. D'un mouvement sûr, il se retourne et me hisse sur lui. Je me retrouve à califourchon, offerte à son regard. Ses yeux avides dévorent mes seins. Il conduit habilement mes mouvements. Ma peau tout entière réagit intensément lorsqu'il me touche. Il laisse ses doigts parcourir mon ventre et plus bas se perdre vers une zone bien plus sensible. Son pouce vient s'y nicher. Il appuie sur mon clitoris. Sous la surprise je me courbe en avant. Je suis gênée qu'il ait envie encore d'une caresse si intime. Du plat de son autre main, il me force à me redresser.

– Non, je veux tout voir. Je veux voir ta jouissance.

C'est trop bon. Ma tête se renverse en arrière et je le laisse me torturer en provoquant un plaisir si vif que je dois empêcher mon corps de tenter de s'y dérober. Tous mes muscles se contractent. Ses doigts libres poussent mon buste en arrière. Ce mouvement écarte encore plus mes jambes et je le sens pénétrer tout entier en moi. Complètement ouverte, je ne peux plus me défendre et je me trouve parfaitement soumise au caprice de ses doigts qui titillent mon clitoris. Je suffoque. Je suis sur le point de jouir et il le sait, ma respiration s'étant soudain précipitée.

Alors il me repousse sur le côté. Je retombe, le corps agité de contractions, sur le lit. Je me sens totalement incapable de bouger. Il me regarde. Puis revient vers moi doucement. Sa bouche parcourt mon corps. Ses mains me caressent longuement. Il saisit mon visage, perd ses lèvres dans mes cheveux, revient lentement vers ma bouche. Il m'embrasse tendrement. Ce moment de calme au milieu d'une tempête de désir m'apaise. Je me laisse aller, son baiser si bon ne témoigne plus d'une envie incontrôlable mais de sentiments déroutants.

Mais un simple mouvement involontaire de ses hanches me fait prendre à nouveau conscience de son sexe dressé contre mon ventre. Je ne peux empêcher mes jambes de s'écarter à nouveau. Il glisse contre moi. Je sens ses abdominaux se contracter, son corps se raidir alors que le déchaînement de désir reprend possession de lui. Ses baisers se font plus pressants, sa langue cherche la mienne avec plus d'intensité. Des mouvements de son corps miment sur moi les allées et venues de tout à l'heure. J'en ai envie. Je veux qu'il me prenne à nouveau. J'en gémis.

Il se rend brusquement compte qu'il s'est lui aussi laissé saisir encore par un désir exigeant. Il se relève et sans attendre, il s'empare de mon corps, me roule sur le ventre. À l'aide de son genou gauche, il ouvre mes cuisses. Sa main cherche sa voie, il saisit son sexe et le plante à nouveau en moi. Je crie, longuement, pour évacuer ce plaisir insensé. Il me caresse doucement les cheveux. Je sens bien qu'il lutte lui aussi contre les impératifs de son plaisir.

– Chut, Mila, chut. Ne bouge pas. Laisse-moi prendre mon temps, juste encore un peu. Il fait si bon en toi.

Tout son corps repose sur moi. Timothy se penche sur mon visage, le parcourt de baisers jusqu'à saisir mes lèvres. Il m'embrasse profondément alors que ses hanches reprennent leur mouvement régulier et vigoureux. Puis tout s'accélère. Nous sommes à l'unisson. La même exigence s'est emparée de nous. De plus en plus violente. De plus en plus incontrôlable. Ses mains glissent sous moi. L'une d'elle vient se poser sur mon clitoris et à l'aide d'un de ses doigts, il s'ingénie à y faire monter un plaisir encore plus vif. L'autre rampe vers mes seins et s'y cramponne. Je reste ainsi embrassée, serrée contre lui. Je ne saurais dire s'il y a toujours une frontière entre son corps et le mien. Le plaisir monte, mon corps brûle. Nos corps brûlent. Soudain ma respiration se bloque et un orgasme m'emporte comme une vague. Je sens qu'il jouit lui aussi, longtemps. Je sens chaque détail de son orgasme. Je laisse les spasmes de son plaisir trouver en moi leur écho.

6
UN CAFÉ DE TROP

– Il ne s'est pas fichu de toi !

Je regarde ma sœur en souriant. Elle a vraiment un air admiratif. Je prends le pendentif dans ma main et fais miroiter la couleur vert sombre de l'émeraude. Oui, elle est splendide. Je l'ai reçue hier, le lendemain de mon retour de Londres. Depuis notre séjour magique il y a deux jours, Timothy, qui a dû rester sur place pour travailler, ne cesse de m'envoyer fleurs et textos pour me montrer qu'il pense à moi. Je relis rapidement le dernier.

[Je marche simplement dans la rue, je ne sais plus où je suis, je ne fais que penser à cette merveilleuse nuit que nous avons passée ensemble.]

Un frisson me parcourt au souvenir des caresses savantes, des baisers qui m'ont fait perdre la tête. Son corps lisse, doux et puissant me manque.

– Eh ! Tu ne m'écoutes pas !
– Pardon. J'étais perdue dans mes pensées.

Camille me lance un regard entendu.

– Oui, on sait quel genre de pensées !

Je lui jette un bout de pain en grimaçant drôlement.

Notre nuit à Londres a été la plus sensuelle, la plus érotique de toute ma vie. Je n'avais jamais expérimenté un tel plaisir.

– Que me disais-tu ?
– J'essayais d'attirer ton attention sur Valentin.
– Valentin ? Pourquoi ça ? Il ne va pas bien ?

Elle marque un silence songeur.

– Je crois que ça ne dépend pas de lui, ça.
– Je ne comprends pas.
– Peu importe. Je décolle demain matin, voilà l'info que je te répète en vain depuis tout à l'heure. Je vais interviewer Valentin. Je ne vais pas le voir beaucoup, je fais seulement l'aller-retour parce qu'un magazine m'a commandé un reportage sur le travail de son association… Tu as un message pour lui ?

Je sens bien qu'il y a une bonne dizaine de sous-entendus là-dessous, mais vraiment, ils m'échappent totalement.

Le contrat!

– J'ai sa subvention! J'ai failli oublier!

Je farfouille dans mon sac et lui tends les documents.

– Je te charge de lui annoncer la bonne nouvelle.

Elle range les précieux papiers.

– Tu sais, Mila, je veux bien reconnaître que ton Timothy a l'air tout à fait incroyable. D'après ce qu'on sait, il est beau, intelligent, il te couvre d'attentions… mais son côté lunatique m'inquiète.

– Il n'est pas lunatique!

– Du calme! Je ne veux surtout pas écorner son image de monsieur Parfait, mais tu dois reconnaître que tous ces changements d'attitude sont pour le moins déconcertants.

– Il a ses raisons…

Camille a une moue dubitative.

– Et tu les connais?

– Pas toutes, mais je commence à cerner ce qui le tracasse.

Ma sœur soupire.

– Tant mieux. Mais dans l'hypothèse où tu en aurais assez de ses sautes d'humeur, sache que Valentin en pince pour toi depuis un sacré moment. Lui aussi il est beau, intelligent, drôle et il serait aux petits soins avec toi. D'accord, il n'est pas millionnaire, mais je te connais, je sais que ce n'est pas ce qui compte pour toi.

Je la regarde, les yeux écarquillés. Puis j'explose de rire.

– Valentin ? Mais c'est mon meilleur ami ! Tu racontes n'importe quoi. Oui nous sommes très proches, mais ça s'arrête là. Tu ferais une bien piètre marieuse !

Je veux bien reconnaître que Valentin et moi sommes très liés. Mais pourrais-je nourrir pour lui autre chose que des sentiments amicaux ? Et se pourrait-il que ce soit son cas ?

Non. C'est impossible.

***

De retour au bureau, je me replonge dans les contrats que j'avais découverts juste avant mon départ pour Londres. Je me souviens de mes préoccupations. Que de beaux souvenirs sont venus effacer les doutes qui m'avaient saisie !

Rapidement, je parviens à remonter à la source des faux contrats. L'argent a atterri sur le compte de la même personne : une femme. Une certaine Angela Pumpkin.

Timothy aurait-il raison ?

Cet argent serait-il destiné à une maîtresse très coûteuse ? Ça ne tient pas la route. Les versements ont commencé il y a trois ans. Lorsqu'on entretient une liaison depuis si longtemps, ce n'est plus une simple passade ruineuse. D'autant que cet homme est célibataire, donc libre ! Rien ne l'empêcherait de s'installer avec cette femme. Pourquoi la cacher ? Cette hypothèse n'est pas plausible, surtout si on prend en compte les nombreuses aventures connues du père de Timothy. Une ancienne maîtresse qui le ferait chanter ? Mais pour quelle raison ?

Et pourquoi ne pas tenter d'obtenir des informations auprès de l'intéressé lui-même ?

Bob Beresford passe dans le couloir et me salue d'un regard entendu. Appuyé même. Une sensation désagréable me parcourt. Mais je ne dois pas me laisser arrêter. Pour Timothy, je dois découvrir la vérité. Je me précipite hors de mon bureau.

– Bob ?

Il se retourne, surpris. À ma vue, son sourire carnassier envahit tout son visage.

Brrr.

– Mila Wieser. Que puis-je pour vous, ma chère ?

Ce ton mielleux me donne la chair de poule. Je prends une grande inspiration et me force à être aimable.

– Le café ? La proposition tient toujours ?

Dans le coin de mon champ de vision, j'aperçois Holly Dickinson. Elle se contente de traverser le couloir, une moue ravie plaquée sur les lèvres.

Elle triomphe, à coup sûr.

Un quart d'heure plus tard, nous sommes installés dans une brasserie au décor très parisien à deux pas des bureaux. De hautes glaces démultiplient l'espace, les serveurs semblent glisser sans bruit sur le sol en marbre poli.

Je vais devoir jouer serré pour lui tirer les vers du nez !

– Alors, Mila, comment s'est déroulée votre première semaine parmi nous ?

Je minaude.

– Très bien, monsieur Beresford… Bob… Cependant, je suis un peu contrariée.
– Pourquoi donc ?
– Mlle Dickinson. Oh, elle est très gentille pour moi, mais elle a d'abord commencé par refuser d'accorder à l'association dont je m'occupe bénévolement une subvention promise par votre société. Le tort est réparé, mais j'ai été surprise lorsqu'elle m'a dit qu'il n'y avait plus d'argent dans les caisses. J'ai cru entendre dire dans le petit monde de l'humanitaire que vous étiez actuellement sur un gros projet. Je suis curieuse : de quoi s'agit-il ?

Je prends l'air le plus innocent possible.

Surtout qu'il ne se méfie pas de moi !

Mais il me gobe des yeux, aucun risque qu'il ait le moindre doute. Il se rengorge, fier de pouvoir fanfaronner.

– Un projet de construction, c'est vrai. Des puits. En Afrique.

Je hausse les sourcils.

On y vient.

– En Afrique ? Je connais un peu ce continent. Où exactement ?

Il se trouble, toussote, pris de court.

J'y suis presque.

– Vous savez, ce n'est pas moi qui suis ce dossier.

Il ne me regarde plus. Au contraire, ses yeux me fuient. J'insiste. Pas question de le laisser se dérober.

– J'avais cru comprendre que vous connaissiez bien le dossier ! Je suis sûre que vous êtes trop modeste !

Il va bien être obligé de lâcher quelque chose maintenant ! Son ego va l'y pousser.

Mais il se remet à sourire. Il adresse un salut à quelqu'un, de l'autre côté de la fenêtre. Je me retourne.

Timothy Beresford.

Timothy est là, comme statufié. Il a dû rentrer de Londres plus tôt que prévu ; il ne devait être à Paris que la semaine prochaine.

Il nous regarde tous les deux et semble ne plus savoir comment réagir. Ses yeux rencontrent les miens. J'y lis une si profonde déception, un malheur si intense que j'en frémis. Au bout d'un temps qui me semble infini, il prend le parti de rendre mollement le salut. Il s'incline légèrement dans ma direction.

Légèrement et surtout sèchement.

Je reconnais cet air-là, ces mâchoires où les muscles roulent : Timothy est en colère.

Il n'a pas le droit ! Pas après les moments que nous avons passés ensemble !

Mais je sais parfaitement ce qu'il a imaginé. Je suis coincée ; je ne peux rien dire. Je ne peux lui faire aucun signe pour qu'il comprenne les raisons qui font que je me trouve là, assise face à son père alors que je lui ai juré que je n'étais pas intéressée par cet homme.

Si seulement il parvenait à me faire confiance une bonne fois pour toutes !

Il ne faut surtout pas que Bob Beresford se doute de quoi que ce soit. Ni de mes soupçons à son égard, ni des sentiments que je nourris pour son fils.

Le cœur serré, je suis la silhouette de Timothy qui s'éloigne dans la rue. J'ai peur, une nouvelle fois, de l'avoir définitivement perdu.

7
RÉVÉLATIONS

Je l'ai cherché partout, j'ai cherché à le joindre mille fois, mais il ne répond ni à mes mails ni à mes textos. Non seulement il n'y a aucune trace de lui dans la société, mais même son assistant ignore où je peux le trouver. Je n'ai pu obtenir qu'une seule information : il a appelé très tôt ce matin pour annuler ses rendez-vous de la semaine.

Matthieu Caron, l'assistant de Timothy, essaye aussi de le joindre pour moi. J'ai encore dû inventer une excuse :

– Il faut impérativement que je lui parle : un contrat qui s'est égaré et qu'on me réclame en urgence.

Je ne suis pas une menteuse, tout ceci me met mal à l'aise. Ces secrets, cette méfiance… ce n'est pas pour moi.

Sonnerie dans le vide.

– Désolé, mademoiselle Wieser, ça ne répond pas.

Je suis abattue. Où est-il ? Comment lui faire savoir qu'il ne s'est rien passé entre son père et moi ? Comment le convaincre qu'il peut toujours avoir confiance ?

– Mademoiselle, en revanche je peux vous dire qu'il est à l'étranger. La sonnerie indique qu'il a quitté le territoire français.

Un espoir.

– Est-il dans les bureaux de Londres ?
– Non. Ce n'est pas prévu et il n'y a aucune urgence là-bas.

Je le remercie pour son aide et retourne au pas de course dans mon bureau. J'ai peut-être une idée. Je décroche mon téléphone :

– Réception du Hilton ?
– Bonjour, pardon de vous déranger, mais je cherche d'urgence M. Beresford, je suis Mila Wieser, une de ses collaboratrices. Il est injoignable. Son assistant sait qu'il est à l'étranger mais nous ne le trouvons pas. Nous sommes très inquiets. Il est descendu la semaine dernière chez vous, peut-être est-il revenu. Pourriez-vous consulter vos fichiers ?

– Je suis désolée, mais nous ne pouvons divulguer le nom de nos hôtes. C'est tout à fait contraire à notre clause de confidentialité.

Manqué. J'insiste tout de même.

– Et vous avez parfaitement raison, mademoiselle. Mais je vous garantis que si M. Beresford n'est pas joint rapidement, il sera excessivement contrarié. Je suis moi-même descendue chez vous lorsque je l'ai accompagné à Londres. Vous pouvez vérifier : Mila Wieser. M. Beresford lui-même avait réservé ma chambre depuis son jet.
– Comment épelez-vous votre nom ?
– Mila Wieser : W.I.E.S.E.R.

Le cœur au bord des lèvres, j'attends la réponse. Va-t-elle m'aider ? Le temps semble un instant suspendu. La réponse m'encourage :

– Mademoiselle Wieser ? Nous vous avons bien dans nos fichiers. Vous êtes effectivement enregistrée comme collaboratrice de l'entreprise B. International. Malheureusement, M. Beresford n'est pas à Londres.

L'espérance née un instant plus tôt s'effondre.

– Attendez, mademoiselle Wieser. En revanche, je peux vous dire qu'il séjourne bien dans un hôtel de notre groupe.
– Lequel ?
– Il est à New York, mademoiselle.

À New York ?

Il faut que je m'y rende immédiatement. Mais comment faire ? Je devrais être affolée, mais une idée prend forme dans mon esprit.

Nils. Lui m'aidera peut-être.

Je traverse à nouveau l'étage en courant. Matthieu est en plein travail.

– Pardon de vous déranger à nouveau, mais auriez-vous les coordonnées de Nils ?

Nils comment ? Je ne le sais même pas.

Matthieu me donne la réponse sans avoir conscience que je me posais justement la question.

– Vous parlez de Nils Wassenar ?

Je lui réponds sur un ton catégorique :

– Bien sûr, oui. Nils Wassenar. Évidemment.

Ma fausse assurance doit le convaincre du caractère prioritaire de ma préoccupation, car il me note immédiatement le numéro de portable de l'ami de Timothy.

Je l'appelle à peine enfermée dans mon bureau.

– Nils ? Je ne vous interromps pas ? Mila Wieser à l'appareil.

– Mila ? Comment allez-vous ?

La bonhomie transparaît dans son ton. Je repense à son visage joufflu et rieur.

Faites qu'il soit encore mon allié cette fois-ci !

Je lui expose brièvement les événements de ces dernières 24 heures éprouvantes :

– Et maintenant il est parti à New York et je ne peux plus rien faire !

– Calmez-vous, Mila. Nous trouverons une solution. Mais avant cela, il me semble que je vous doive une explication.

– Je vous écoute.

– Je ne pense pas que la froideur de Timothy ait un quelconque lien avec vous. Vous n'en êtes pas la cause, vous pouvez vous rassurer, même si cela n'a pas dû lui faire plaisir, effectivement, de vous apercevoir en compagnie de Bob. Timothy ne va pas bien en ce moment. Je me permets de vous en parler parce qu'il m'a expliqué toute l'importance que vous avez pour lui. Que cela reste entre nous, n'est-ce pas, mais il reçoit depuis un certain temps des textos et des appels anonymes. Un véritable harcèlement. Il est à cran.

Je suis déjà au courant, mais je me tais, ayant entendu ces informations en tendant une oreille indiscrète. Nils poursuit :

– Une enquête a été ouverte par le juge d'instruction. Des recherches ont été menées pour identifier la provenance des appels : ils émanaient de la maison de Versailles où Timothy a grandi, lorsque lui et son père ont quitté les États-Unis quelques années après le décès de sa mère. Cette maison appartient à ses grands-parents maternels qui sont partis en croisière autour du monde. Personne sur place ; la police est arrivée trop tard. L'auteur des appels s'était volatilisé. Impossible d'y relever une seule empreinte. Il y avait également un vieux nounours. C'était celui d'Arthur… Cela doit vous paraître un peu obscur. Arthur était…

– Son ami d'enfance.

Silence surpris à l'autre bout de la ligne.

– … Il vous a parlé d'Arthur ?

– Oui, d'Arthur et de Violetta. Cette histoire est atroce.

– Alors, Mila, si Timothy vous a raconté tout ceci, vous pouvez être sûre qu'il a une très grande confiance en vous. C'est un homme secret de manière générale, mais ce sujet-ci précisément est carrément tabou ! Vous êtes donc au courant de presque tout ce que je sais déjà, et moi-même j'ignore une grande partie de la réalité. Mais vous comprendrez donc ce que ce simple nounours a pu provoquer chez notre ami. J'étais avec lui quand la police a fouillé la maison. Il était tout simplement bouleversé. Ce sont ses grands-parents qui se sont occupés de lui. Bob n'était quasiment jamais là. Il venait de déplacer le siège de B. International à Paris : il travaillait beaucoup... sortait beaucoup... Maintenant Timothy est perdu, Mila. Il ne sait plus où il en est. Il est persuadé qu'il y a un lien entre le harcèlement et son passé, mais il ne comprend pas lequel. Quant au fameux ours en peluche, Tim m'a assuré qu'il ne pouvait avoir été laissé là lors d'un déménagement. Violetta travaillait pour Bob lorsqu'ils vivaient aux États-Unis. Elle et Arthur n'ont jamais mis les pieds en France. Je n'ai aucune idée de ce qu'il peut bien faire à New York, mais je ne suis pas étonné qu'il se soit presque enfui sans se justifier !

L'adrénaline est à son comble. Il faut que je le voie, le plus vite possible !

– Nils, je dois le retrouver. Je dois aller à New York.

Nouvelle pause de mon interlocuteur.

– Vous avez probablement raison, Mila. Foncez à l'aéroport. Mon jet est à votre disposition ; il a une autorisation permanente d'entrée sur le territoire américain.
– Je ne sais comment vous remercier.
– Retrouvez-le. C'est le plus important.

Mes valises sont expédiées et jetées dans un taxi. Les bouchons sur l'autoroute me font enrager et un vrai soulagement s'empare de moi lorsque la silhouette de l'aéroport Charles-de-Gaulle se dessine enfin, avec ses entrelacs d'accès routiers et ses parkings remplis. Je bondis hors du véhicule. Nils m'a expliqué par texto où me rendre pour trouver son jet.

Assise dans l'avion, mon premier réflexe est d'envoyer un message à Timothy.

[Ce café ne signifiait rien, il faut que tu me croies. Tu m'as bien demandé de te faire confiance ! Je te fais confiance. Tu peux croire en moi aussi.]

Aucune réponse.

Acceptera-t-il seulement de me parler lorsque je serai là-bas ?

[J'interrogeais simplement ton père à propos des mouvements financiers suspects. C'est uniquement pour ça que j'ai accepté ce café. Les transferts de fonds sont au nom d'Angela Pumpkin.]

Rien. Ce silence commence à m'agacer. Je rédige à toute vitesse un nouveau texto.

[Tu as demandé ma confiance, tu l'as, tu le sais. Il faut que ce soit réciproque. Tu n'as pas le choix !]

Cette fois, mon téléphone vibre.

Timothy !

[Angela Pumpkin… Oui, ce nom me dit quelque chose.]

Le commandant de bord me fait signe : nous allons décoller et il me demande d'éteindre mon portable.

Vite, je n'ai plus que quelques instants.

Je tente de joindre Tim directement. Je n'ai plus le temps de me poser de questions. Je dois lui parler. Maintenant.

– Timothy ?
– Mila, je… je ne sais pas, ce nom évoque des choses en moi, c'est certain. J'ai l'impression de faire un bon de vingt-cinq ans en arrière… mais je ne me souviens plus précisément… je… j'ai besoin de rassembler mes souvenirs. Mais je n'arrive plus à réfléchir… Tout se bouscule. Je… Je ne sais pas.

Le savoir si perdu me serre le cœur. Je voudrais être auprès de lui.

– Timothy, je suis dans l'avion de Nils. Je décolle pour New York dans quelques secondes.

Il ne répond d'abord rien. J'entends simplement sa respiration, lourde, pleine de tristesse.

– Oui, Mila, oui. Viens, s'il te plaît.

L'accélération me pousse contre la mousse de mon fauteuil. Le pilote engage l'appareil sur la piste. Je raccroche, l'esprit en vrac, le cœur en morceaux, tout entière tendue vers cet autre continent où Timothy m'attend.

L'avion décolle enfin.

II

ANGELA PUMPKIN

8
RETROUVAILLES

Le taxi me dépose devant l'hôtel Hilton de New York. Je me précipite à l'intérieur. Le hall en marbre au milieu duquel trône une imposante sculpture me coupe le souffle un instant. Pas assez cependant pour atténuer ma hâte.

Retrouver Tim, et vite.

Je me dirige vers l'accueil au fond à gauche. Deux jeunes femmes aimables y attendent les clients avec un sourire agréable. Je relis le texto reçu lorsque j'ai posé le pied sur le tarmac :

[Rejoins-moi au Bridges Bar du Hilton.]

Je demande à l'une des hôtesses de m'orienter. À peine m'a-t-elle indiqué où se trouvait mon point de rendez-vous dans cet immense et impressionnant complexe que je m'y précipite.

Je repère rapidement Tim, assis au bar. Je prends un instant pour l'observer avant de m'approcher. Il ne m'a pas vue entrer et est plongé dans ses pensées. Ses sourcils sont légèrement froncés comme s'il était en prise avec de sombres réflexions. Une de ses larges mains viriles que j'aime tant laisser courir sur ma peau est accrochée à ses cheveux bruns épais et brillants. Sa mâchoire carrée est impeccablement rasée. Ce que je regretterais presque. J'aime lorsqu'une ombre vient en souligner les contours parfaits. Ses belles lèvres ne sourient pas. Il a l'air défait et triste. J'ai soudain une envie irrésistible de me jeter à son cou, de le serrer dans mes bras pour le consoler.

Lorsque je l'ai eu au téléphone avant que le jet privé prêté par son ami Nils décolle, j'ai senti qu'il était très perturbé par les récentes découvertes concernant les appels anonymes qu'il reçoit sans arrêt.

Je n'aurais pas imaginé qu'il puisse être aussi perdu.

Je m'approche en silence et lui touche doucement l'épaule. Il lève vers moi ses incroyables yeux noirs. À ma vue, un profond soulagement s'y lit soudain. Il se lève et m'attire contre lui, me serre avec force. Je soupire de soulagement contre son torse puissant, me détends enfin dans ses grands bras qui m'enserrent. Je m'aperçois que j'étais peut-être au moins aussi soucieuse que lui. Sa froideur, son départ précipité pour New York m'avaient fait douter des sentiments qu'il nourrissait pour moi, mais j'étais surtout inquiète pour lui.

Il s'écarte de moi et me contemple, comme si admirer mon visage était ce qui pouvait lui faire le plus de bien, vu la situation. Flattée, mais un peu gênée par l'intensité de son regard, je bafouille :

– Salut, toi !

Mon malaise soudain accentue son sourire et il me répond, attendri :

– Bonjour, Mila. Je ne remercierai jamais assez Nils de t'avoir donné la possibilité de me rejoindre. Tu es vraiment la personne dont j'avais besoin !

– Je voudrais tellement pouvoir t'aider. Dis-moi ce que je peux faire…

– Juste être avec moi. Ce sera parfait. C'est fou ce que ta simple présence me fait comme bien.

Il me prend la main et m'attire vers une des tables près de la fenêtre. La vue est splendide. D'ici, il est possible d'admirer les ponts de la ville de New York enjambant l'Hudson qui scintille sous le soleil de cette fin de matinée. Fin de matinée que je qualifie immédiatement de merveilleuse, pour la simple et unique raison que nous sommes à nouveau réunis. Bien que les questions restées en suspens soient loin d'être réglées.

D'ailleurs, Tim a retrouvé son air préoccupé.

– Je suis désolé d'être parti si précipitamment de Paris, Mila. Je suis désolé que tu te sois alarmée. Ce n'était pas ce que je souhaitais, loin de là, il faut que tu me croies. Mais il s'est passé quelque chose... quelque chose qui m'a bouleversé.

Je lui prends la main pour l'encourager à se confier.

– Tu peux tout me dire, tu le sais.

Il laisse un instant ses yeux errer au-dessus de la ville grouillante de monde. Les souvenirs douloureux semblent se bousculer un instant dans sa mémoire, puis en cherchant ses mots, il m'explique tout :

– Il y a eu une descente de police dans la maison de mes grands-parents, à Versailles. Ils ont découvert que les appels anonymes que je recevais provenaient de chez eux. J'étais bouleversé, car mes grands-parents sont ce que j'ai de plus cher sur cette terre. Je ne supporterais pas qu'on leur fasse le moindre mal. Ils m'ont élevé alors que mon père s'absentait constamment et m'abandonnait pour sortir toutes les nuits je ne sais où, traîner dans les bras de femmes trop jeunes pour lui. Il faut que tu saches que mon père Bob a été très peu présent pendant toute mon enfance, mais encore moins lorsque nous sommes revenus en France. Quand nous avons quitté les États-Unis quelques années après le décès de ma mère, il m'a définitivement laissé tomber. Si mon grand-père et ma grand-mère n'avaient pas été là...

– Mon Dieu mais est-ce que tes grands-parents vont bien ?

– Oui, oui. En réalité ils sont partis pour une croisière autour du monde il y a quelques semaines. Il n'y avait donc pas à craindre pour eux physiquement, mais savoir que quelqu'un s'est introduit chez eux, a souillé leur intimité, a été quelque chose de terrible à imaginer.

Je comprends comme cette simple révélation a dû être un choc pour lui. Quelqu'un a cherché à l'atteindre depuis l'endroit où il a trouvé la tendresse d'un foyer. Je suis déjà au courant de ces faits, car Nils me les a révélés avant mon départ, mais je ne pouvais réaliser l'impact qu'ils avaient eu sur Tim. Je reste muette ; je sens qu'il a besoin de vider son sac et je veux comprendre mieux de quelle manière il a vécu ces événements. Il entremêle ses doigts aux miens avant de poursuivre :

– Les policiers m'ont permis de les accompagner sur place lors de leur perquisition. C'était affreux, je ne savais pas si nous allions trouver quelqu'un là-bas, et si oui, qui ? Ces appels, passés de ce lieu précis, ne pouvaient émaner que d'une personne me connaissant parfaitement, quelqu'un qui savait que cela m'atteindrait. Mais il n'y avait plus rien, plus personne. Plus rien à part un ours en peluche. Celui d'Arthur lorsqu'il était enfant. Celui de mon quasi-frère qui est décédé il y a longtemps, maintenant.

Il se tait un instant. Je comprends que ces découvertes l'aient atteint. Je profite du court silence pour glisser une question sur ce qui m'intrigue :

– Mais comment peux-tu être sûr qu'il s'agit de l'ours qui appartenait à Arthur ?

– Je l'ai su tout de suite. C'est un ours unique, offert par ma mère quand Arthur était petit. Il est rouge et porte un pull jaune sur lequel elle avait brodé elle-même un A. Je l'ai reconnu de façon tout à fait formelle. Il n'y a aucun doute à avoir.

– Mais comment a-t-il pu atterrir ici ?

Timothy secoue la tête :

– Je n'en ai pas la moindre idée... Arthur est décédé d'une terrible maladie respiratoire lorsqu'il avait à peine plus de 6 ans.

– Oui, je me souviens que tu m'en avais parlé au restaurant, la dernière fois. Mais cet ours qui réapparaît... Es-tu certain qu'Arthur soit vraiment mort ?

– Oui, j'en suis sûr. À 20 ans, je ne pouvais plus supporter mon père, qui ne s'était jamais occupé de moi. Je n'en pouvais plus de ces gens qui méprisent ceux qui n'ont pas la chance de posséder autant de richesses qu'eux. J'ai voulu retrouver Arthur et sa mère Violetta pour réparer les fautes de mon père. J'avais beau être enfant quand il les a jetés dehors, je ne les ai jamais oubliés. Je suis parti. J'ai tout quitté du jour au lendemain. Je les ai cherchés partout, sur tous les continents. Mais j'étais jeune, je n'avais aucune piste. Je ne savais pas comment m'y prendre pour retrouver deux personnes disparues depuis près de quatorze ans ! Et leur nom de famille, Florès, est très courant. Je suis revenu bredouille au bout de deux ans. En colère, j'ai harcelé mon père avec mes questions.

Le visage de Tim prend une expression très dure. Les muscles de sa mâchoire roulent sous sa peau :

– Il m'a jeté au visage que si j'étais parti pour retrouver un garçon mort depuis des années, j'avais perdu mon temps. Arthur était décédé peu de temps après leur départ de chez nous, lui et sa mère. J'étais écœuré. Je n'avais plus aucun but qui en vaille la peine. Mon père ne cessait d'insister pour que je reprenne les rênes de la société. Bien sûr, j'ai commencé par refuser, je ne me voyais pas travailler à ses côtés pendant tant d'années, puisqu'il voulait rester au conseil d'administration. Puis j'ai compris que cette position me permettrait de mettre mon argent au service d'une cause juste. J'ai fini par accepter. Voilà, tu connais tous les détails.

Il me regarde intensément :

– Je suis si heureux que tu sois là.

Je suis flattée de sa confiance. Je lui souris timidement :

– Tu es parti si brusquement ! J'ai eu peur de t'avoir blessé.

Tim serre ma main dans la sienne.

– Tu ne pourrais pas, Mila, tu es trop douce.

Je rougis légèrement. Comme sa tendresse m'a manqué !

– Alors pourquoi es-tu venu ici ? Était-ce un coup de tête ? Une fuite ?
– Ni l'un ni l'autre. Je suis obligé de reconnaître que ça m'arrangeait de prendre un peu de recul.

Il rit :

– Mais j'ai un alibi, cher maître ! Un alibi professionnel ! J'avais des rendez-vous prévus pour la semaine prochaine. J'ai juste avancé mon voyage de quelques jours.

Nous restons un moment silencieux tous les deux, les doigts noués, nos yeux ne se quittant pas. Une bouffée de bonheur s'empare de moi.

Je suis si heureuse de l'avoir retrouvé, qu'il soit enfin là, près de moi.

Cet instant ne dure pas éternellement. Il reprend :

– Toi aussi tu as fait des découvertes. Parle-moi de ce que tu sais sur les transferts de fonds.
– C'est encore assez confus. Il y a de nombreux éléments que je ne comprends pas. Je n'arrive pas à voir quel peut être le lien entre eux. J'ai découvert que de l'argent était consacré à la construction de puits au Sahel. Puits inexistants. Les fonds sont donc bien détournés comme tu le pensais. Ils n'atterrissent pas en Afrique, mais sur le compte d'une certaine

Angela Pumpkin. Les ordres de transfert sont tous signés par Holly et contresignés par ton père.

Tim semble soudain désorienté :

– Je ne comprends plus rien, Mila ! Holly ? Mon père ? Ils seraient impliqués tous les deux ?
– Je n'en ai aucune idée. Je te dis juste ce que je viens de découvrir. Moi non plus je n'y comprends rien. D'autant plus que tu m'as dit, lorsque je t'ai appelé avant de décoller hier, que le nom d'Angela Pumpkin évoquait quelque chose pour toi.

Il approuve de la tête :

– Oui, mais quoi ? Je ne sais pas...
– Si tu veux mon avis, Angela Pumpkin, ça ne fait pas vrai nom. *Pumpkin* signifie « citrouille » en anglais. Moi, ça me fait penser à un personnage de dessin animé, non ?

Timothy a l'air de plus en plus perdu.

– Je n'en ai vraiment aucune idée.

Il ne dit plus rien, cherchant probablement dans sa mémoire la réponse à cette troublante question. Dans le calme ouaté du bar quasi vide à cette heure-ci, la fatigue me gagne. Je m'enfonce sans m'en rendre compte dans mon fauteuil si confortable.

Je suis épuisée.

Je n'ai quasiment pas fermé l'œil pendant le long vol entre la France et les États-Unis. J'aurais bien besoin également de me rafraîchir.

Timothy s'en aperçoit :

– Mila, tu dois être à bout…

J'acquiesce sans dire un mot. Il me tend la carte d'accès à ma chambre :

– Je t'ai réservé quelque chose. Je te laisse découvrir. Dernier étage. Est-ce que tu m'en veux si je te laisse t'y rendre seule ? Je demanderai aux bagagistes de monter tes valises. J'ai besoin de marcher un peu, pour réfléchir tranquillement.
– Bien sûr, prends ton temps. De mon côté, un peu de repos ne serait pas de refus !
– Parfait. Nous pouvons nous retrouver dans une heure chez Petrossian, si tu le souhaites. J'y ai réservé une table pour que nous puissions y déjeuner.

***

Timothy, comme d'habitude, n'a pas fait les choses à moitié. Il m'a installée dans le *penthouse* de l'hôtel. Il est splendide, avec un magnifique salon, un piano à queue noir et brillant, une terrasse incroyable depuis laquelle j'admire un moment Central Park et plus loin le fleuve Hudson encerclant Manhattan.

C'est à ce moment que je me rends compte que je n'ai prévenu personne de mon départ. À part Nils, tout le monde ignore où je suis. Je regarde l'heure. Il doit être approximativement 19 h 30 en France. J'envoie un texto à Blanche et Camille pour qu'elles ne s'inquiètent pas. Camille me répond aussitôt, réactive, comme à son habitude. Elle a vraiment tout pour être une excellente journaliste.

[Tu devrais appeler Valentin ! Lui aussi est à New York. Et il serait raviiii de te voir… ;)]

C'est vrai ! J'avais oublié. Mais est-ce que j'ai envie de le prévenir ?

Je préférerais réserver mon temps pour Tim.

Je monte à l'étage du *penthouse* et m'effondre sur le lit à baldaquin. M'allonger ! Enfin ! Je lutte contre la fatigue. Pas le temps de faire une sieste : juste celui de profiter d'une bonne douche relaxante.

Je m'apprête à rejoindre la salle de bains quand mon téléphone sonne :

– Allo ?
– Mila ? C'est Valentin. Je vais me vexer ! plaisante-t-il. C'est ta sœur qui me prévient que tu es à New York !

Habituellement, je suis heureuse d'entendre mon meilleur ami. Mais cette fois, je ne peux m'empêcher de répondre sur un ton un peu agacé :

– Écoute, Valentin, je viens à peine d'arriver et je suis crevée.
– Oh ! Ne t'inquiète pas, ma belle, c'était simplement pour rire, évidemment je ne te reproche rien !

Peu importe si Valentin n'est pas responsable. Je suis en colère.

Camille n'avait pas à faire du forcing.

Surtout que je sais très bien ce qu'elle a en tête puisqu'elle et Blanche ne cessent de me répéter que Valentin est amoureux de moi. J'en ai assez, je ne suis pas amoureuse de lui, je commence à ne plus supporter qu'on me relance sur le sujet !

Je me dis que si je lui propose de déjeuner avec moi et Timothy, que s'il nous voit en couple, il comprendra que je ne suis pas libre… Et ainsi, je n'aurai pas à lui expliquer clairement et risquer de le blesser. La situation pourrait s'arranger d'elle-même…

Je tente !

***

Lorsque j'entre chez Petrossian accompagnée de mon ami, je comprends tout de suite en voyant l'air subitement renfrogné de Tim que mon texto pour le prévenir n'a pas suffi et que j'ai fait une erreur. Je n'en mène pas large lorsque nous nous installons.

Poli malgré sa déception, Tim décide de faire bonne figure. Il n'oublie pas pour autant de me lancer des regards furibonds. Je comprends parfaitement le message muet qu'il m'adresse : il trouve que j'exagère ; il aurait préféré m'avoir pour lui tout seul. La discussion s'engage tant bien que mal… et se détend rapidement contre toute attente quand Timothy comprend que Valentin travaille pour Enfance Sauvée.

À partir de ce moment, il ne le lâche plus et lui pose question sur question, passionné par ce que lui explique mon ami. J'en profite pour savourer le caviar de béluga, réserve spéciale proposée à notre attention toute particulière par le propriétaire des lieux. Un régal. Quant au dôme de foie gras aux truffes, il est tout simplement exceptionnel.

Juste avant le dessert, Timothy s'excuse : il doit passer un bref appel. À peine a-t-il quitté la salle de restaurant que Valentin me saisit le poignet. L'inquiétude que je lis dans ses yeux fait battre mon cœur à toute vitesse. Mon plan n'aurait-il pas fonctionné ? Va-t-il tout de même se déclarer ?

– Tu l'aimes, n'est-ce pas ?

Je reste sans voix. Je ne m'attendais pas à une question aussi directe. Je hoche la tête :

– Oui, je l'aime vraiment, Valentin.

Il me lâche aussitôt le bras. La douleur dans ses prunelles me serre le cœur. Il ne m'a pas avoué ses sentiments, mais c'est tout comme. Je voudrais esquisser un mouvement, faire quelque chose pour atténuer sa peine, mais quoi ?

Tim m'en empêche de toute façon en revenant prendre place à nos côtés. Il ne se doute de rien, à l'aise, souriant… sexy… Il reprend sur le même ton décontracté qu'il a adopté pendant le repas. Mais cette fois Valentin ne répond plus que par monosyllabes. Quelque chose entre lui et moi s'est brisé.

9
CŒUR BRISÉ

J'ai le très net sentiment que je ne me lasserai jamais de la vue époustouflante que j'admire depuis la terrasse du *penthouse*. Je suis heureuse de pouvoir en profiter tranquillement : la journée a été longue et je n'ai pas vu Tim depuis des heures. Il a dû s'enfuir, le dessert à peine englouti, pour se rendre à un rendez-vous. L'appel reçu pendant le déjeuner venait d'un contact qu'il aurait dû rencontrer trois jours plus tard et qui a pu se libérer plus tôt.

– Tu vois, j'ai bien fait de venir en avance ! Mon rendez-vous est disponible tout de suite, je file le voir. Pardon de ne pouvoir profiter de New York avec toi aujourd'hui.

Il serre la main de Valentin :

– J'y pense ! Valentin, pourriez-vous faire visiter les locaux d'Enfance Sauvée à Mila pour moi ?

Je ne pouvais imaginer pire scénario : passer l'après-midi en compagnie de mon meilleur ami à qui je viens juste de briser le cœur. Mais Valentin, resté quasi silencieux pendant toute la fin du repas, a accepté. Il n'avait pas le choix, Timothy étant un des plus gros donateurs de l'association.

Les heures suivantes sont lourdes de sous-entendus, marmonnés par un Valentin visiblement au plus mal. Je m'applique à ne pas relever sa mauvaise humeur : je ne sais tout simplement pas quoi lui dire et je refuse qu'on se dispute.

Même si nous brouiller lui aurait rendu la situation plus facile à supporter.

Je ne désespère pas, ce chagrin d'amour passé, de retrouver mon meilleur ami et nos échanges si complices ; il vaut mieux prendre sur soi et faire l'effort de rester en bons termes. Malgré tout, je croise les doigts pour que cette situation ne perdure pas trop longtemps. Même si je n'y suis pour rien. Je m'en veux d'être responsable de la déception de quelqu'un qui compte autant pour moi.

***

Alors que je parviens enfin à me détendre et à profiter du soleil de ce magnifique début de soirée, je sens deux bras m'enserrer la taille par-derrière. Je laisse ma tête tomber contre le torse de Timothy. Son parfum si particulier m'enveloppe : poivre, épices et menthe. Dans mon dos, le relief parfait de ses muscles. J'ai beau être au bout du rouleau, une pointe de désir naît en moi.

Je me retourne lentement.

J'aime tant son visage.

Je laisse mes doigts parcourir ses joues, ses sourcils et l'arête de son nez droit. Puis, plus bas, je m'attarde sur ses lèvres pleines. Son regard est tendre et plonge dans le mien. Je serai toujours surprise par la douceur dont ses yeux pourtant si sombres sont capables.

Le souffle de Timothy s'est légèrement accéléré. Je devine que ses pensées à lui aussi dérivent et deviennent plus érotiques. Il se penche vers moi, prenant son temps avant que nos bouches se rejoignent. Je le laisse prendre mes lèvres entre les siennes en une longue caresse d'une lenteur contrôlée. Sa langue s'insinue entre mes dents à la recherche de la mienne. Notre baiser s'éternise jusqu'à ce que mes jambes se mettent à trembler et que mon corps pèse contre le sien, lourd de l'attente de caresses plus sensuelles.

Mais Timothy s'éloigne. Il rit parce que je fais mine de bouder et me gronde :

– Impatiente, va !

Ses deux grands bras m'attirent contre lui et ma robe tombe presque magiquement au sol…

***

Une heure après, je l'attends sur la terrasse. Il m'y rejoint quelques secondes plus tard avec une bouteille de champagne et deux flûtes vides. Il m'en tend une, y verse le liquide doré, me murmure à l'oreille :

– À la merveilleuse soirée que nous allons passer tous les deux.

Sa voix douce et grave me fait frissonner.

– Avant toute chose, Mila, je tenais à te remercier pour l'aide que tu m'apportes dans toute cette histoire. Tu as compris que tout ce que nous découvrons soulève en moi des souvenirs douloureux.

– Je serai là pour toi autant que tu le voudras… Tout ce qui te touche est important à mes yeux, dis-je presque timidement.

– Je sais, Mila, et tu sais que c'est le cas pour moi également.

Il me serre à nouveau un instant contre lui, respire mon odeur, le nez dans mes cheveux, avant de poursuivre :

– Après t'avoir quittée, ce matin, j'ai marché longtemps, et je pense avoir une piste. Mais comme tu étais accompagnée, chez Petrossian, je n'ai pas pu t'en parler.

Il a dit ceci avec un peu de brusquerie. Sachant la situation claire de mon côté avec Valentin, je suis plus touchée qu'inquiète par cette pointe de jalousie soudaine.

– Désolée pour ça. Mais Valentin est mon meilleur ami ! Depuis quelque temps, ses sentiments étaient en train d'évoluer… C'est le meilleur moyen que j'ai trouvé pour lui faire comprendre que ce n'était pas lui que j'aimais sans lui faire trop de peine.

– Eh bien tu sauras maintenant que je suis jaloux ! Je te veux à moi, pour moi… Tu es si spéciale, Mila…

Cette belle déclaration me fait frissonner.

C'est tellement bon de savoir que j'ai une place à part pour cet homme si séduisant qui a fait tourner déjà tant de têtes !

Il ajoute :

– Mais je te fais confiance. Et même si, c'est vrai, j'ai dû prendre sur moi au début, tu as bien fait. Penses-tu qu'il a compris ?

– J'espère qu'il ne m'en veut pas trop, mais oui, il a compris.

Timothy reprend son air soucieux. Nous revenons au sujet qui nous préoccupe tant actuellement tous les deux :

– Mila, je ne suis pas sûr de moi… Mais le fait que tu mentionnes un lien éventuel avec des histoires pour enfants m'a mis la puce à l'oreille. C'est assez vague, je me souviens de contes que Violetta nous racontait, lorsque nous étions petits, Arthur et moi. Je suis absolument certain qu'il y a un lien entre ce souvenir et ce qui se passe aujourd'hui, mais quoi ?

– Je ne discerne pas le « sens » de tout ceci, mais il y a au moins une personne qui lie toutes ces pistes étranges et ces éléments qui n'ont apparemment aucun rapport les uns avec les autres.

Timothy me fixe, attentif, et je continue :

– Tim, le lien entre Violetta, la maison de tes grands-parents, l'ours en peluche, les versements, c'est Bob ! Le lien, c'est ton père ! Et il a bien connu Arthur et Violetta. D'autant plus que c'est lui qui a contresigné les virements...

Tim semble frappé par l'évidence. Puis, ses sourcils se froncent.

– Mais Holly ? Quel rapport avec Holly ? Je ne l'ai rencontrée qu'il y a quelques années, elle ignore tout de ce qui s'est passé lorsque mon père et moi vivions encore aux États-Unis.

– Peut-être est-elle la complice de Bob ! Peut-être lui a-t-il tout raconté ! Si elle est de mèche avec ton père, je comprends mieux pourquoi elle se comporte ainsi à mon égard. Elle doit se méfier de ce que je pourrais découvrir. Quoi qu'il en soit, Bob est notre seul dénominateur commun entre les appels anonymes, l'ours en peluche et Arthur.

Timothy réfléchit un instant.

– Oui, mais pourquoi ? Pour me faire souffrir ? Pour me rappeler la mort d'Arthur ? Dans quel but ? Est-ce que Violetta serait impliquée dans tout ceci ? J'ai le souvenir d'une femme si douce, je l'ai tant aimée, je ne peux imaginer qu'elle trempe dans une sombre affaire de détournement de fonds.

– Même sans qu'elle soit au courant des malversations, il peut y avoir un rapport entre Violetta et les versements. Rappelle-toi, tu avais cru l'apercevoir à Londres ! Après tout, peut-être était-ce effectivement elle !

Cette dernière possibilité semble bouleverser Timothy. Mais lorsque ses yeux croisent les miens, il respire à nouveau.

Je n'en reviens pas de l'effet que j'ai à mon corps défendant sur cet homme incroyable.

– Nous sommes visiblement encore très loin de la vérité, Mila…

Il sourit malicieusement.

– Et ce n'est certainement pas ce soir que nous comprendrons tout. Cela fait des jours que je ne pense qu'à ça, alors que je ne rêve que d'une chose, passer de bons moments avec toi. Arrêtons de jouer aux détectives. Dînons !

Il rit et m'attire contre lui.

Une demi-heure plus tard, nous discutons joyeusement autour d'un merveilleux dîner aux chandelles installé sur la terrasse. Le soleil se couche sur l'Hudson dont l'eau prend des teintes pourpres. La ville s'illumine petit à petit de millions de lucioles vivantes et vibrantes. Dans les rues de la grosse pomme, la vie bat son plein. Une agitation nocturne joyeuse et communicative.

Timothy ne me lâche pas des yeux. Son regard, au fur et à mesure, devient de plus en plus brûlant, glissant le long de mon cou, s'attardant sur mes épaules et mes lèvres. Des frissons me parcourent. La chaleur impérieuse qui enfle dans mon ventre ne me laisse aucun doute quant à l'issue de cette soirée.

Lorsqu'à peine la dernière bouchée avalée il m'entraîne vers la chambre à l'étage, je ne peux m'empêcher de gémir d'impatience.

***

Je me réveille seule le lendemain, m'étire dans le lit douillet, heureuse comme je l'ai rarement été. Je roule du côté où Timothy a dormi, enfouis mon visage dans son oreiller à la recherche de son odeur. La nuit a été incroyable. Je souris en pensant qu'il a dormi là, juste à côté de moi.

Finalement, la suite qu'il avait réservée pour lui n'a pas beaucoup servi ! Nous n'avons pas quitté la mienne !

Je suis déçue qu'il ne soit pas là, mais un mot laissé à mon attention sur la table de nuit m'apprend qu'il a avancé tous ses rendez-vous afin de pouvoir rentrer à Paris avec moi ce soir.

Pas question que nous soyons forcés de nous séparer encore, mon amour.

Je relis son message plusieurs fois, attendrie par le fait que cet homme si impliqué dans son travail et ayant autant de responsabilités réorganise son agenda de manière à passer le moins de temps possible loin de moi.

C'est la première fois qu'il m'appelle mon amour !

Je caresse le mot du bout des doigts.

Détendue, je prends un long bain dans la salle de bains en marbre et détaille, avant de m'habiller, mon corps qu'il dit tant aimer.

Pendant que je profite du délicieux petit déjeuner apporté par le room service, je songe à nouveau à toutes les découvertes auxquelles nous sommes parvenus ces dernières heures. Je ne peux en rester là. Il faut que je profite de ma journée pour essayer d'en savoir plus.

Premier réflexe : une rapide recherche sur Internet.

Avant de me lancer, je me sers un grand café en espérant qu'il dissipera la brume sensuelle qui me trouble depuis le réveil. Je me secoue, saisis un bloc-notes. Étape N° 1 : récapitulatif des éléments à ma disposition concernant Violetta Florès. Je sens instinctivement qu'il faut retrouver cette femme. C'est elle la clé, le nœud de toute cette histoire invraisemblable, j'en suis intimement persuadée.

J'inscris donc sur la feuille blanche ce dont je suis sûre :

- Violetta Florès
- une cinquantaine d'années aujourd'hui selon l'estimation de Tim
- Mexicaine et sans papiers
- a travaillé aux États-Unis
- un fils, Arthur, né la même année que Tim et décédé peu après ses 6 ans
- un mari ?

Lorsque nous avons abordé à nouveau le sujet au creux de la nuit, Timothy m'a affirmé ne pas se souvenir d'avoir un jour vu un homme aux côtés de Violetta.

J'entre dans Google ces informations. Et je fais chou blanc. Comme Tim, il y a plusieurs années, j'en arrive à la conclusion qu'il est impossible de retrouver Violetta aussi simplement. C'est un nom bien trop courant, ça ne mène nulle part. J'ai besoin de m'aérer. Je sors sur la terrasse et m'accoude à la rambarde. L'air est délicieusement chaud. J'aimerais envoyer un texto à Timothy, juste pour lui dire que je pense à lui, mais je n'ose pas l'interrompre. Je repense à l'angoisse qui s'empare de lui quand nous cherchons des pistes et remuons tous ces souvenirs douloureux. Ai-je raison de m'acharner ?

C'est à cet instant, alors que je suis sur le point de baisser les bras, qu'une idée germe dans mon esprit. Je cours devant l'ordinateur et tape rapidement « Angela Pumpkin » dans le moteur de recherche.

Bingo !

C'est le titre d'un livre pour enfants sorti en 2004. J'ouvre plusieurs pages pour consulter les différents sites mentionnant le livre. Un coup d'œil aux sources pour croiser les renseignements et m'assurer qu'ils sont exacts… Si je m'en réfère à ce que je viens de lire, *Angela Pumpkin*, sorti chez un éditeur anglais il y a dix ans, est une première édition. L'histoire raconte les aventures d'une petite fille, Angela, que tout le monde surnomme affectueusement Pumpkin. C'est un récit original qui n'est tiré d'aucun conte.

Si je suis ce raisonnement, je tiens un indice intéressant. Car Tim se souvient que Violetta leur racontait des histoires à lui et Arthur lorsqu'ils étaient enfants et l'auteur s'appelle… Violette Barns…

Et s'il s'agissait de Violetta ?

À une lettre près ! Elle aurait pu modifier son prénom et l'accoler à un pseudonyme anglais. Ou bien s'est-elle mariée ? Peut-être a-t-elle refait sa vie à Londres ! S'il ne s'agit pas d'elle, l'auteur pourrait être quelqu'un ayant un jour croisé son chemin. Ce serait un bon début.

***

Lorsque je retrouve Timothy sur le tarmac de l'aéroport quelques heures plus tard, je suis impatiente de lui révéler mes nouvelles découvertes. Mais il semble si heureux de me voir, à mille lieues des tracas qui l'ont tant contrarié ces derniers temps que je ne me sens pas le cœur de l'y replonger. D'autant plus que je n'en suis encore qu'au stade des suppositions.

Les confortables fauteuils en cuir du jet nous accueillent.

Alors que l'avion décolle, je prends la décision d'attendre d'avoir en ma possession des éléments plus solides avant de lui parler de tout ceci.

Chassant ces mystères de mes pensées, je me blottis dans les bras de mon amant. J'ai à peine le temps de réaliser que je n'ai quasiment pas fermé l'œil ces dernières 48 heures que je m'endors profondément.

10
HOLLY DICKINSON ET BOB BERESFORD

À peine arrivés en France, Timothy et moi nous rendons au siège de B. International. Il a quelques impératifs et je dois avouer que cela m'arrange. Après ce que j'ai découvert sur le détournement de fortes sommes d'argent, je veux maintenant vérifier qu'ils ne remontent pas au-delà des trois dernières années, comme je l'ai pressenti. La date a son importance : c'est celle de l'arrivée de Timothy à la tête de B. International. Si les détournements ont commencé à cette époque, c'est qu'il y a forcément un rapport entre les deux événements.

Je m'y consacre scrupuleusement, épluche tous les contrats. Rien avant que la société ne passe sous la direction de Tim. Je soupire, fatiguée par la concentration intense dont je viens de faire preuve alors que je sors juste d'un vol au-dessus de l'Atlantique. Je pousse sur le côté les contrats passés à la loupe.

M'intéresser à autre chose avant que ma tête n'éclate.

Je décide d'appeler la maison d'édition de Violette Barns à Londres. Peut-être pourrai-je avoir quelques informations supplémentaires qui me permettront de corroborer ce qui reste pour l'instant une simple intuition.

Je mets au point mon rôle de composition en anglais, avant de décrocher le téléphone.

– Bonjour, suis-je bien à l'accueil des éditions Magic Children ?
– Oui, que puis-je faire pour vous ?
– Je me présente, Mila Wieser. Je suis journaliste et travaille en free-lance à Paris. J'aimerais proposer à différentes rédactions en France un portrait de Violette Barns, l'auteur d'*Angela Pumpkin*. Est-ce possible ?
– Il faut que je vérifie cela, mademoiselle Wieser. Puis-je prendre votre numéro ? Je vous rappellerai dès que j'aurai une réponse. Souhaitez-vous également me communiquer votre adresse mail ? Je peux toujours vous envoyer le dossier de presse, en attendant. Vous y trouverez des éléments biographiques pour préparer votre interview et peut-être prévendre votre sujet.
– Je vous remercie, oui, c'est une excellente idée.

Je laisse la totalité de mes coordonnées.

J'ai tout juste raccroché quand mon portable se met à vibrer. Un texto. De Timothy ! Pourtant il est lui aussi dans les locaux de la société, pourquoi ne vient-il pas me voir ?

[Juste pour te dire que tu me manques.]

Je souris. Il pense à moi, alors qu'il doit être submergé de travail et que nous nous sommes quittés il y a peu de temps. Je lui réponds rapidement.

[Toi aussi, tu me manques.]

Pouvoir lui dire aussi simplement est un vrai plaisir.

Nouveau texto :

[Souhaites-tu que nous nous retrouvions pour déjeuner ? Il y a une brasserie que j'aimerais te faire découvrir pas loin des Champs-Élysées.]

[Oui !]

La perspective de le revoir rapidement me transporte. Je me retrouve instantanément propulsée sur un petit nuage.

Il fait si beau.

Pour autant, je ne me laisse pas perturber. Comme toujours : je mets un point d'honneur à rester professionnelle. Je consulte ma montre : il est onze heures. J'ai encore le temps d'aller chercher les archives dont j'ai besoin pour avancer cette fois-ci sur le faux contrat dont la rédaction me sert de couverture. Je veux toutes les éplucher avant le déjeuner.

Je quitte mon bureau, direction la compta, un sourire sur le visage, pensant au moment où je retrouverai Timothy… mais c'est sur Holly Dickinson que je tombe. Elle est accompagnée de sa fidèle Madeleine. Holly est splendide.

Comme toujours.

Un tailleur noir souligne sa silhouette élancée. Ses cheveux blonds sont simplement lâchés sur ses épaules. Un physique de rêve… et un caractère de pimbêche. En la voyant, j'ai du mal à me convaincre que Tim m'a bel et bien préférée à elle, malgré toutes ses tentatives de séduction. Holly est redoutable, physiquement, mais aussi professionnellement.

Penser que les subventions destinées à Enfance Sauvée dépendent de sa signature me fait trembler. Justement, la directrice de la fondation caritative de B. International n'a pas l'air de bonne humeur. Ou plutôt, elle perd son sourire étincelant digne d'une pub à la seconde même où elle m'aperçoit.

Je tente malgré tout d'être sympathique. L'effort que je dois faire sur moi-même est colossal.

– Bonjour Holly, comment allez-vous ?

La jeune femme me toise froidement. Elle passe une main manucurée dans sa chevelure brillante. J'ai aussitôt le sentiment d'être pâle en comparaison avec cette icône. Une vraie star de cinéma… ce qu'elle est.

– Peut-on savoir où vous étiez passée, Mila ? Vous avez abandonné votre bureau pendant pas mal de temps. Une explication ?

Mon sang ne fait qu'un tour. Et la colère monte. Est-ce à cause de son ton méprisant ? Pour qui se prend-elle ? Je ne me laisserai pas traiter ainsi. Elle a peut-être l'habitude que tous se plient à ses caprices, mais qu'elle n'attende pas de moi que je m'y conforme. Je lui réponds du tac au tac :

– Non, Holly, vous ne pouvez pas avoir d'explications. Je ne dépends pas de vous, que je sache. Je ne vous dois absolument rien, par conséquent je n'ai pas de comptes à vous rendre.

Je tourne le dos sans plus attendre, ravie de l'avoir mouchée. Mais lorsque je relève la tête après quelques pas, je me fige sur place. Bob Beresford est planté en plein milieu du couloir. Son visage fermé et ses yeux durs posés sur moi me glacent jusqu'aux os. Pas besoin de mots pour me faire comprendre qu'il a entendu l'échange et ne l'a pas apprécié.

Ce sera sans commentaire.

Il s'écarte pour me contourner sans même me saluer. Il ne me reste plus qu'à croiser les doigts pour qu'il ne se plaigne pas auprès des patrons de mon cabinet d'avocats. Il pourrait évoquer mon manque de capacité à m'intégrer à l'entreprise qui a loué mes services.

Par-dessus tout, je croise les doigts pour qu'il n'ait pas envie de se demander à son tour où j'étais passée. Cette disparition soudaine, ainsi que mon retour, coïncidant parfaitement avec le voyage précipité de son fils à New York, les conclusions n'en seraient pour lui que trop évidentes.

***

Je suis soulagée de retrouver Timothy une heure plus tard et j'imagine le délicieux repas qui nous attend. Je n'ai encore jamais été déçue. Toujours émerveillée. Ce midi, il a choisi de m'emmener au Pavillon Élysée Lenôtre.

En découvrant le hall avec ses boiseries sculptées et ses hautes arcades ouvrant sur une terrasse où frissonne une verdure soignée, je ne peux m'empêcher de le taquiner :

– J'aime ta définition du mot « brasserie ».

Il rit.

– Et moi, j'aime te montrer de beaux endroits.

Il me serre contre lui, glisse quelques secondes son nez dans mon cou et me souffle, coquin :

– Et j'aime aussi tout particulièrement ce petit air que tu prends lorsque tu dégustes des plats gastronomiques. C'est tout à fait charmant.

Je fais mine de me fâcher, ce qui le fait rire à nouveau.

– Je t'assure, Mila, rien que pour voir sur tes belles lèvres cette aguichante petite moue gourmande, ça vaut le coup de réserver dans les meilleurs restaurants.

Ses prunelles brillent d'un drôle d'éclat. Je comprends immédiatement le genre de pensées qui lui viennent lorsqu'il contemple ma fameuse « petite moue gourmande ». Je rougis et sens le désir me nouer le ventre.

Comment cet homme fait-il pour faire monter autant la pression entre nous avec une simple remarque, un regard ou même juste un mot ?

Lorsque nous sommes attablés, je lui raconte mon altercation avec Holly et la réaction de son père. Le visage de Timothy se ferme instantanément. Il me fixe, très inquiet :

– Penses-tu qu'ils pourraient se douter de quelque chose, ces deux-là ?
– Je n'en sais rien. J'ai posé des questions à ton père à propos des puits du Sahel avant de partir pour te retrouver à

New York. Je n'ai rien pu apprendre : il a fait comme s'il ne savait pas de quoi je parlais.

Timothy me saisit brusquement la main et presse mes doigts entre les siens.

– Je t'en supplie, Mila, fais bien attention à toi.

Son inquiétude me touche. Il a l'air de tellement tenir à moi que j'ai du mal à y croire. Émue, je le rassure.

D'autant plus que je n'en suis encore qu'au stade des suppositions.

– J'ai fait très attention et s'il se doute de quelque chose, ce ne sera pas cette conversation qui lui aura mis la puce à l'oreille.

Pendant le reste du déjeuner, Timothy est adorable. Prévenant, un peu directif lorsque nous passons commande, mais son côté attentionné me fait comprendre qu'il ne cherche qu'à me faire plaisir.

En sortant de la « brasserie », il me prend tendrement dans ses bras.

– Je veux profiter que nous ne soyons pas au bureau pour vous couvrir de baisers, mademoiselle Wieser. Vous êtes bien trop séduisante pour que je puisse vous résister.

Sa voix chaude et le jeu du vouvoiement me troublent. Je me laisse aller contre lui. Je me sens minuscule contre ce corps immense, protégée. Je me hisse sur la pointe des pieds et nous nous embrassons. Vertige délicieux.

Un baiser doux que j'aurais voulu éternel, mais nous sommes malheureusement interrompus par un bruit de toux.

La tête encore dans les étoiles, je me retourne.

Simon !

C'est vrai qu'il ne travaille pas loin ! Je me rends compte à quel point mon univers s'est mis à tourner autour de Timothy Beresford ces derniers temps. J'en oublie que le reste du monde existe toujours autour de nous !

Je me sens soudain terriblement mal à l'aise. Sans d'ailleurs parvenir à m'en expliquer la raison.

Pourtant Simon est souriant.

Mais un je-ne-sais-quoi, la froideur dans ses yeux, me glace. Je m'en veux de m'être fait surprendre par lui dans les bras de Timothy. Je ne sais pas si j'étais prête à ce que quelqu'un, en dehors de mes confidentes habituelles, soit au courant. Je ne sais pas non plus si Timothy est prêt à ce que cela se sache. Je me souviens qu'il avait mis du temps à en parler à Nils, prétendant lors de notre dîner à Versailles être avec « un ami ». Je lui jette un regard inquiet.

Est-il fâché ?

Simon m'empêche de deviner ce qui se trame dans la cervelle du bel homme qui me serrait contre lui quelques instants auparavant.

– Je vois que tu es en charmante compagnie, Mila, dit-il sur un ton un peu trop ironique à mon goût.

Je dois me forcer à reprendre le dessus sur les sentiments indéterminés qui me troublent. Je me raccroche au minimum légal de politesse dont je suis tenue de faire preuve.

– Timothy, je te présente Simon Feretti, un ami de mes parents. C'est un brillant avocat, son cabinet n'est pas loin d'ici. Simon, voici Timothy Beresford…

Simon tend une main énergique à Timothy et répond à ma présentation sans me regarder.

– Timothy Beresford de B. International. Évidemment. Pas besoin de me le présenter, Mila, tout le monde le connaît…

Il me fait un clin d'œil et un frisson désagréable me parcourt l'échine. Je n'aime pas le ton qu'il prend.

– Enfin, pas aussi intimement que toi, visiblement, ajoute-t-il sur le ton de la plaisanterie.

Je n'apprécie pas sa remarque. Mais c'est aussi bien fait pour moi. Si je ne voulais pas me faire prendre, je n'avais qu'à pas me laisser embrasser en plein milieu du trottoir.

Je me secoue. Et puis pourquoi cette gêne ? Je connais Simon depuis l'enfance et il m'a aidée sans le savoir dans le cadre de mon enquête sur les fonds détournés. À part ses regards un peu appuyés et sa mauvaise habitude de me toucher le bras quand il me parle, ce qui me dérange profondément, je n'ai absolument rien à lui reprocher. Et je ne le vois pas dévoiler à mes parents ce qu'il sait dorénavant de ma vie privée. Ouf ! J'adore ma mère et mon père, mais s'ils apprennent que je fréquente quelqu'un, je ne me débarrasserai pas d'eux jusqu'à ce qu'ils rencontrent Tim et lui fassent passer un enthousiaste mais harassant examen de passage.

Je reste en retrait pendant que les deux hommes échangent quelques phrases convenues.

Quand nous reprenons notre chemin, je suis soulagée de constater que j'ai été la seule à être perturbée par cette situation. Timothy n'a rien perdu de sa bonne humeur.

***

Dès notre retour au bureau, je fonce m'enfermer avec mes dossiers. Je suis déterminée à ne pas me laisser miner le moral par l'« incident Simon ». J'avance vite, lorsque je suis interrompue par un appel de ma meilleure amie, Blanche. Quand son nom s'affiche sur l'écran de mon portable, je reste un instant surprise. Elle ne passe jamais de coups de fil en journée, bien trop consciencieuse dans son travail dans l'événementiel. Elle ne communique que par texto et attend que sa journée soit arrivée à son terme pour décrocher. Elle laisserait le président de la République en personne se contenter de sa messagerie.

– Blanche ?

À l'autre bout du fil, mon amie est en pleurs.

Je tente de la calmer.

– Respire un bon coup. Tout ce que tu dis est haché par les larmes, je ne comprends rien. Antoine a fait quoi ?

Un long silence me répond pendant lequel je devine qu'elle essaye de reprendre le dessus.

– Mila, parvient-elle à articuler, Antoine m'a quittée.

Cette nouvelle me fait l'effet d'une bombe. Antoine et Blanche, qui filent le parfait amour depuis deux ans, ne peuvent pas se séparer ! Il s'agit du couple modèle ! Mon couple idéal !

– Mais que s'est-il passé ? Tu es sûre que vous ne vous êtes pas mal compris ? Ça me semble impossible ! Il t'aime tellement !
– Eh bien tu vois, pas tant que ça, finalement !

Elle fond à nouveau en larmes. Je la laisse pleurer un peu avant de la questionner.

– Raconte-moi, Blanche, qu'est-il arrivé ?

Nouveau soupir.

– C'est trop long. Et j'ai le cerveau en bouillie. Je ne peux pas tout te dire par téléphone. Je ne sais plus où j'en suis. C'était si… brutal ! Je ne m'y attendais pas du tout. Mila, je sais que tu travailles, pardon de t'appeler, mais j'ai vraiment besoin de te voir, je ne me sens pas de rester seule, ce soir. C'est trop affreux.

– Tu ne me déranges jamais. Passe me prendre au bureau et on rentrera chez toi se faire un bon thé.

Je raccroche.

Une voix dans mon dos.

– Tout va bien ?

Je me retourne. C'est Timothy, l'air anxieux.

– Excuse-moi, Mila, je n'ai pas écouté ta conversation, je viens juste d'arriver, je voulais te proposer de dîner avec moi ce soir. Est-ce qu'il est arrivé quelque chose ?

– Oui. Ma meilleure amie Blanche vient de se faire larguer par son fiancé. Ils étaient ensemble depuis longtemps. Elle est au trente-sixième dessous. Je pense que je vais décliner ton invitation. Désolée, tu devras te passer de moi.

Une ombre rôde dans son regard.

Est-ce que mon refus l'a blessé ?

Mais la déception, fugace, ne dure qu'un instant. Si bien que je doute d'avoir aperçu quoi que ce soit au fond de ses prunelles si noires.

Il me taquine :

– Me passer de toi ? Ce sera dur, très dur. Tant pis ! J'irai boire une bière avec Nils. Il devra me supporter !

Il attrape un Post-it sur mon bureau et y griffonne un message.

– Voici mon adresse. Après avoir remonté le moral de ton amie, tu peux venir me retrouver.

Il plonge son regard dans le mien, prend mon visage dans ses mains et dépose un baiser léger sur le bout de mon nez.

– À n'importe quelle heure, c'est compris ?

11
TU ME MANQUES !

Sur le trajet pour me rendre au travail ce matin, je n'en mène pas large. J'ai un mal de crâne terrible. Le cachet d'aspirine que j'ai avalé a été incapable d'en venir à bout. Je paye ma quasi-nuit blanche. J'ai parlé tard dans la soirée avec mon amie effondrée.

Lorsque nous sommes rentrées chez elle, elle a de nouveau fondu en larmes devant son appartement vide dans lequel il n'y a plus désormais que ses affaires à elle.

Au milieu des sanglots, j'ai tout de même fini par comprendre qu'Antoine l'avait quittée de façon très brutale. Elle était rentrée la veille au soir après une journée compliquée, l'avait trouvé en train de faire ses valises.

– Il pensait partir sans me dire un mot ! Tu te rends compte ! avait sangloté Blanche.

Devant son air ahuri, il avait consenti à lui signifier qu'il la quittait, qu'il étouffait avec elle et qu'il ne la supportait plus.

S'en était suivie une crise de larmes, des cris, des demandes d'explications… À force de le cuisiner, tout en lui barrant le chemin pour l'empêcher de l'abandonner sans lui en donner les vraies raisons, Blanche avait réussi à le faire craquer et il avait plus ou moins avoué qu'il y avait quelqu'un d'autre dans sa vie.

Je ne m'étais pas résolue à quitter mon amie aux yeux bouffis et rougis, malgré une incroyable envie de retrouver Timothy et de me jeter dans ses bras. Je me faisais pourtant une joie de découvrir à quoi pouvait ressembler son « chez lui ». Épuisée, j'avais décidé de rester dormir chez Blanche et j'avais prévenu Tim par message en lui assurant que j'étais désolée de ne pouvoir le rejoindre. En réponse, je n'avais eu droit qu'à un « OK » que je n'avais pas réussi à interpréter.

Depuis, j'essaie de me convaincre qu'il ne peut raisonnablement pas m'en vouloir d'être une copine sur laquelle ses proches peuvent compter.

Si ?

Inquiète, je ne prends pas le temps de poser mes affaires. Sitôt arrivée, je me précipite dans le bureau de Timothy. À ma grande déception, il n'est pas seul. Nils est confortablement installé dans un fauteuil, rieur, comme à son habitude. Mais je n'ai pas besoin de l'observer longtemps pour être assurée que Tim est bougon.

Je ne peux m'empêcher de penser que, quelle que soit son humeur, Timothy Beresford est définitivement sexy. Avec sa chemise bleu pâle mettant en valeur son teint hâlé, une légère barbe lui donnant un look de baroudeur et ses cheveux bruns impeccables, il est si séduisant que j'en oublierais presque de me demander pourquoi il évite de croiser mon regard. Finalement, il a vraiment l'air de m'en vouloir de ne pas l'avoir rejoint hier soir.

Il exagère ! Je ne pouvais pas laisser tomber Blanche dans son état !

Nils jette un œil amusé à son ami renfrogné et tente de détendre l'atmosphère en plaisantant.

– Mila, je ne sais pas ce qu'il a ! Vous l'avez ensorcelé ! Il n'est plus le même ! Vous me devez une faveur ! À cause de votre absence hier soir j'ai dû supporter son humeur maussade. Il était rabat-joie et je me suis beaucoup ennuyé.

Tim répond par un grognement indistinct. Ce qui ne manque pas de faire rire Nils aux éclats.

– Bon, je vous laisse, j'ai assez joué les baby-sitters. Je vous souhaite bien du courage, Mila. Surtout n'hésitez pas, si mon ami devient trop lourd et a le culot de ne pas retrouver son sourire en si charmante compagnie, appelez-moi, je lui botterai le derrière.

Nils parti, je ne parviens pas à dissiper le malaise qui s'est emparé de moi. Pour tenter de détourner la conversation des sujets qui fâchent et sortir Timothy de sa mauvaise humeur, je prends le parti de le questionner à propos de Nils.

– Ce n'est pas la première fois que je le vois ici. Ses bureaux sont à côté ?
– Oui. La rue derrière.

Silence.

Ça commence bien.

Si je n'arrive pas à lui tirer plus de trois mots, je ne parviendrai pas à chasser la boule de tristesse qui me noue la gorge. Je tente encore :

– Et en quoi son cabinet est-il spécialisé ?

Timothy relève la tête et me regarde enfin. Il soulève un sourcil interrogatif.

– Son cabinet ? Mais de quoi parles-tu ?
– J'ai cru comprendre qu'il était avocat…

Cette fois Tim se déride ; imaginer son ami en train de plaider lui arrache un sourire.

– Nils avocat ? Non, c'est un artiste, il mourrait probablement sous des textes de lois ! Il a une formation de juriste, mais à la fin de son cursus, il a bifurqué vers le monde de la musique. De l'opéra, très précisément. C'est un gros producteur dans ce domaine.

Je ne m'y attendais pas du tout ! Une idée germe dans mon esprit.

– Ce serait bien que nous le présentions à Blanche à l'occasion : elle est passionnée d'opéra ! Nous devions visiter celui de Vienne lorsque mon chef m'a prévenue que tu voulais que je rentre immédiatement à Paris travailler pour ta société ! Elle était très déçue.

Timothy sourit enfin. Un petit sourire en coin malicieux.

– Mmm. Pourquoi pas !

J'ai enfin trouvé de quoi le faire rire !

– Chercher à caser ce bon vieux Nils pourrait se révéler assez amusant.

Puis, aussi soudainement qu'il a retrouvé sa bonne humeur, il change de sujet :

– Où en es-tu de tes recherches ?

Ces revirements brusques me déroutent. Je bafouille avant de trouver mes mots.

– Je n'ai rien trouvé d'antérieur à ces trois dernières années. Le début des versements cachés correspond donc bien à l'époque à laquelle tu as pris la tête de la société. Sinon pas grand-chose.

J'hésite un instant. Dois-je lui parler maintenant de ce que j'ai découvert pendant que nous étions à New York ? Non. J'ai eu raison, je pense, de ne rien lui révéler encore. Et son attitude fermée de ce matin ne m'encourage pas à le faire. Je ne veux pas tâtonner et risquer de le décevoir en lui donnant de faux espoirs. Ce sujet est bien trop sensible. Je me contente donc de répondre :

– J'ai peut-être une autre piste, mais rien de définitif pour l'instant. Une simple idée.

Timothy s'est adouci et il me regarde maintenant avec un visage soucieux.

– Surtout, Mila, fais très attention à toi. Nous ne savons pas sur quoi ou qui nous allons tomber. Je ne supporterai pas qu'il t'arrive quelque chose.

Il est tendre, soudain, prend mes mains, les caresse doucement, les porte à ses lèvres. La douceur de sa bouche me fait frissonner. Elle suit son chemin le long de mon avant-bras. Je lève les yeux vers lui. Il me regarde avec intensité. Ses prunelles noires me semblent brûlantes. Le trouble s'empare de moi et un gémissement m'échappe. Timothy a ce petit sourire que je commence à connaître et qui témoigne de la satisfaction qu'il a à observer les réactions qu'il provoque chez moi. Quand mes paupières commencent à se fermer et mes joues à se colorer, il me lâche et prend un ton faussement détaché :

– Tu n'as pas du travail, toi ?

Je prends une profonde inspiration pour retrouver la maîtrise de moi-même et lui tire la langue.

– Méchant.

Je lui tourne le dos et me dirige vers la porte. Je sens sa main se poser en bas de mon dos en un geste de possession. Il garde sa paume doucement plaquée sur mes reins jusqu'à ce qu'il m'ait raccompagnée dans le couloir.

***

Le reste de la journée se déroule de manière agréable mais très studieuse. Je ne prends pas le temps de déjeuner, un simple sandwich avalé rapidement. Entre deux bouchées, je passe tant de dossiers au crible que la tête m'en tourne.

J'aurais besoin de souffler un peu, mais pas de répit ! D'autant plus que lorsque je décide de m'accorder une mini-pause, mon portable vibre. Je soupire de soulagement en m'apercevant qu'il ne s'agit que d'un texto de ma sœur. Pas de nouveaux rebondissements imprévus. Je l'ouvre.

[Alors avec Valentin ? ;)]

Ma quiétude s'évapore en une seconde et je retrouve toute la colère qui m'avait saisie à New York quand elle avait fait le forcing pour que je passe du temps avec notre ami commun. Sans réfléchir, je lui réponds, furieuse :

[Ce n'était vraiment pas sympa de ta part d'appeler Valentin sans me demander mon avis. Tu n'avais pas à décider pour moi. Et en l'occurrence, je n'avais pas tellement envie de le voir.]

Pas de réaction.

Ce mutisme ne me calme pas, bien au contraire. Je tapote à nouveau :

[En plus tu n'es pas logique ! Un coup tu me pousses dans les bras de Tim, un coup tu m'agites Valentin sous le nez. Il faudrait savoir !]

Après un long moment, mon téléphone reçoit une réponse. Laconique.

[Je suis désolée. Je ne pensais pas à mal. Un verre ce soir ?]

Bon, ça ira pour cette fois. Mais j'espère qu'elle n'aura pas l'idée de recommencer. Je n'ai pas apprécié son attitude ces derniers temps. Pour ce qui est de sortir entre sœurs, je ne suis pas certaine d'en avoir envie. Je préfère garder ma soirée pour Timothy. Nous ne nous sommes pas vus hier soir ; je rêve de rattraper le temps perdu.

Mais la fin d'après-midi m'apporte une sacrée déception, je reçois un mail de Timothy :

De : Timothy Beresford
À : Mila Wieser
Objet : Pardon !

Navrée, ma belle, ce soir, c'est à mon tour de te faire faux bond. Dîner d'affaires… Mais mes pensées seront toutes tournées vers toi.

Timothy Beresford
P-DG B. International

Je hausse les épaules devant mon écran d'ordinateur. Bien sûr, je suis heureuse qu'il ne pense qu'à moi. Mais ce ne sont pas ses pensées que je veux, ce sont ses bras, ce sont ses câlins. Je repense à la proposition de ma sœur. Une soirée entre filles… ce sera sympathique aussi. Je n'ai pas envie d'être seule. Je sens que je pourrais avoir tendance à tourner en rond et à taper dans Google-images le nom de Timothy Beresford à tout bout de champ pour pouvoir l'admirer encore et encore. Il vaut mieux que j'évite un tel naufrage !

Et puisqu'il m'abandonne pour le dîner, je décide de lui interdire mentalement de bouder comme ce matin parce que j'ai passé la soirée avec une amie en détresse.

Je prends mon portable et envoie un message rapide à Camille.

[OK pour sortir ce soir, mais Blanche nous accompagne.]

***

Aux alentours de vingt heures, je rejoins donc les deux filles au bar l'Arc dans le seizième arrondissement.

J'ai hésité longuement sur le choix de ma tenue. Je me serais naturellement dirigée vers un ensemble sobre et un peu passe-partout, mais je savais que Camille et Blanche s'habilleraient de manière particulièrement soignée. Je ne voulais pas passer non plus pour une souillon à côté d'elles. J'optai donc pour une mini-jupe en tissu fin et rouge, toute simple, des bottes plates lacées devant et un t-shirt noir, moulant mais pas trop décolleté. Simple, parfaitement sexy mais ni provocateur ni vulgaire.

En arrivant sur place, je me bénis d'avoir fait l'effort de choisir cet ensemble. Camille et Blanche sont absolument splendides. Ma sœur porte une robe qui met en valeur ses formes, quant à Blanche, elle est radieuse, ses belles boucles blondes dansant souplement autour de son joli visage à peine maquillé. Elle a enfilé une robe claire et fluide qui convient parfaitement à sa haute taille, soulignant avec beaucoup de subtilité la finesse de son corps.

Lorsque je les rejoins, elles m'accueillent avec un grand sourire. Ma sœur semble déjà informée du bouleversement qui a tout changé dans la vie sentimentale de ma meilleure amie.

Peut-être se sont-elles vues ou appelées entre-temps.

Mais ce qui me laisse sans voix, c'est la métamorphose de Blanche. Rien à voir avec la jeune femme aux yeux rouges et aux joues ravagées par les larmes que j'ai abandonnée la veille. Elle est tout simplement éblouissante. Je m'en étonne auprès d'elle.

– Blanche, tu as l'air d'aller tellement mieux ! Ça me fait plaisir !

Elle me serre contre elle.

– Parler avec toi m'a permis d'évacuer. Ensuite, j'ai dormi comme un bébé. Je ne t'ai même pas entendue partir ce matin. Et je ne suis pas allée bosser !
– Incroyable, plaisantais-je. C'est la première fois depuis le début de ta carrière ?

Elle me pousse du coude.

– Presque ! En fait, je ne suis plus une pauvre désespérée ! Antoine a voulu me quitter ? Il ne sait pas ce qu'il perd. Fini la tristesse ! Terriblement en colère, oui, mais je me sens légère. Pas question de me laisser abattre ! Et j'ai envie de m'AMUSER !

En disant ceci, elle nous entraîne toutes les deux à l'intérieur du bar.

La musique y fait vibrer les vitres. Il y a déjà pas mal de monde. Des grappes d'amis répartis sur les banquettes sous les lustres dispensant une lumière violette.

Nous commandons des cocktails et nous asseyons à notre tour.

Bien sûr, il ne faut pas longtemps pour que les hommes à proximité ne commencent à regarder mes compagnes avec insistance. Elles en sont ravies, jouent un peu les midinettes, adressent quelques sourires aux plus mignons.

Au bout de deux heures, je ne suis plus sûre d'être aussi ravie de la rémission soudaine de Blanche. Camille et elle, un peu éméchées, décident de jouer à « on mate les mecs ». Un blond plutôt pas mal s'approche de notre table et se penche vers nous, blague, insiste pour nous offrir un verre.

Je regarde ailleurs.

Je m'ennuie.

Ces jeux-là ne m'amusent plus du tout. Timothy a vraiment envahi mon esprit. Chacune de mes pensées glisse vers lui. Il me manque. Je comprends mieux maintenant sa frustration quand je ne suis pas venue hier. Il a dû m'attendre, longtemps. Jusqu'à ce que son portable vibre et qu'il reçoive mon message pour annuler nos retrouvailles.

Il n'a pas boudé ce matin parce qu'il ne supporte pas que je lui préfère une amie en détresse, mais peut-être parce que parfois, lorsqu'on tient à quelqu'un, on devient un peu égoïste, on voudrait qu'il nous consacre tout son temps libre. Je ne suis plus contrariée par son attitude, au contraire, je la trouve touchante maintenant. J'aimerais tant pouvoir le retrouver. Je regarde ma montre, il est vingt-deux heures. Son dîner d'affaires ne devrait pas tarder à s'achever.

J'ai une idée.

– Salut les filles ! Moi je m'en vais !

Camille et Blanche m'adressent un vague au revoir ; elles sont concentrées sur un groupe qui vient d'entrer et au sein duquel elles repèrent quelques hommes « pas mal ».

Je file chez moi. Vite, une douche !

Être impeccable.

Dans mon armoire, je fouille à la recherche de mes plus beaux sous-vêtements. Je sélectionne un ensemble coordonné en dentelle blanche, attaché uniquement par des rubans en satin noir. Et j'exhume de ma garde-robe une robe très sexy que ma sœur m'avait poussée à acheter mais que je n'avais encore jamais osé porter. Elle est splendide. C'est une robe chinoise en soie, rouge, brodée de volutes dorées, très près du corps et fendue sur le côté. Mes petits escarpins noirs feront l'affaire, ils vont avec tout !

Vite, encore un sac, un nécessaire de toilette pour le lendemain et des vêtements de rechange. Me voilà partie !

Le taxi me dépose devant chez Timothy dans le seizième. Il est vingt-trois heures. Avant de quitter le véhicule, j'ai bien un instant d'hésitation : et si son dîner s'était prolongé plus tard que je ne l'imagine ? Et s'il n'était pas encore rentré ?

Ces questions s'envolent sitôt mon pied posé sur le trottoir. Je m'attendais à un bel immeuble haussmannien avec peut-être une de ces entrées impressionnantes tout en marbre et miroirs sur les murs. Non. Timothy n'aurait pu loger dans un simple appartement !

Il est toujours un cran au-dessus de ce que j'imagine…

Avant de sonner, je prends le temps de lever les yeux et d'admirer les détails du magnifique hôtel particulier qui se dresse devant moi. La façade, de ce blanc poudré si particulier aux pierres parisiennes, est si chic. Le grand portail noir en fer forgé et vitres opaques est encadré de lampes imitant les réverbères si pleins de charme du XIXe siècle. Il y a de la lumière. Timothy est là.

Le cœur battant, je m'approche et sonne. Rien. Puis des pas, une ombre qui bouge derrière la porte.

Elle s'ouvre.

Timothy Beresford est là, sexy comme jamais. Il a dénoué sa cravate, et sa chemise un peu ouverte laisse deviner son torse musclé et sa peau mate. Je peux lire sur son visage la surprise de me découvrir là, sur le pas de sa porte. Il ne dit rien. Je n'ose pas bouger. Il est beau comme un dieu. Ses yeux toujours écarquillés détaillent ma robe. Il ne sourit pas. Sa bouche est légèrement entrouverte mais aucun mot n'en sort.

Ce silence commence à m'inquiéter et je sens la panique monter. J'ai un doute. Et s'il ne prenait pas bien le fait que je débarque à l'improviste ? Je m'en veux. J'aurais au moins pu lui demander.

– Pardon. J'aurais dû te prévenir. Mais je pensais te faire une surprise ! Je te dérange peut-être ?

Comme il ne prononce toujours pas un mot, transformé presque en statue, je me décide à tourner les talons, le cœur en miettes.

– Tu n'as pas l'air content de me voir. C'est ma faute. C'était une mauvaise idée.

Il me retient par le bras.

– Non ! Reste !

J'ai besoin d'une seconde avant d'oser lever les yeux vers son visage. Il est illuminé par un sourire immense. Ses yeux brillent.

– Tu plaisantes ! Je suis le plus heureux des hommes ! Tu es tellement magnifique que j'en ai eu le souffle coupé.

Il m'attire contre sa poitrine puissante. Je roule ma tête dans le creux de son épaule. Comme j'y suis bien. Après un instant où nous restons serrés l'un contre l'autre, il saisit mon menton entre ses doigts, approche son visage du mien.

Nos lèvres se retrouvent, doucement dans un premier temps, puis de plus en plus passionnément. Il souffle dans mon cou :

– Comme tu es belle, Mila.

Puis il prend ma main et m'entraîne à l'intérieur.

Je n'ai même pas le temps d'apercevoir l'intérieur de la maison de Timothy.

À peine ai-je passé le pas de la porte que ses lèvres sont sur les miennes. Ses mains me parcourent, inlassablement, presque avec rage.

– Tu m'as tant manqué, murmure-t-il à mon oreille.

La passion de ses baisers dans mon cou me prouve la véracité de cette phrase… qu'il répète, encore et encore, comme pour évacuer ce manque qu'il a accumulé loin de moi. Il me serre fort contre lui. J'aimerais que l'on se fonde l'un dans l'autre.

Un instant, il s'écarte, saisit mon visage, fouille tout au fond de mon regard, tente d'y lire une réponse à son propre désir. Mes prunelles enflammées doivent lui assurer que je ressens la même chose, car il enfouit à nouveau ses lèvres dans mes cheveux. Sa bouche glisse le long de mes épaules et y fait naître une cascade de frissons. Il veut dégager mon cou pris dans le tissu de ma robe pour dévoiler plus de peau. Ses doigts s'acharnent sur les boutons. J'en profite pour admirer sa belle figure. Un rire léger m'échappe : vu le froncement de ses sourcils, la fermeture de mon vêtement semble le contrarier au plus haut point. J'essaye de l'aider. Un bruit de tissu déchiré. Les boutons ont cédé mais pas comme nous l'attendions.

Sans cesser de me débarrasser de ma robe, il secoue la tête :

– Mmm… désolé, dommages collatéraux… Mais je n'en peux plus !

Sa hâte, son désir implacable me fouettent le sang. Moi aussi je le veux, si fort que j'en ai presque mal.

Par jeu, je lui rends la pareille et tire des deux mains sur les pans de sa chemise. Les boutons sautent et dévoilent son torse musclé, la peau mate brillante, lisse, le ventre plat sur lequel les douces bosses des abdominaux saillent. Du bout de mes doigts, je descends vers la ceinture retenant son pantalon et m'y agrippe.

Lui me fixe, immobile, les mâchoires contractées. Mon geste lui témoigne si clairement du fait que nous partageons le même feu qu'il cesse immédiatement de réfléchir.

Il me soulève de ses bras musclés. Je ne savais pas que j'étais si légère. Il ne semble faire aucun effort, et pourtant, il me transporte avec la plus grande délicatesse. Je ne prête aucune attention à l'endroit où il m'emmène. Seuls comptent ses bras incroyablement forts qui m'enserrent. Mes fesses heurtent une table. Il m'y assoit, se baisse et tire sur ma robe pour la faire descendre. Puis il se place en face de moi et écarte mes jambes avec une de ses cuisses. Je le laisse faire, je le laisse venir se coller à moi. La chaleur de sa peau contre la mienne m'électrise. J'aimerais qu'il me prenne tout de suite. Mais commençant à connaître la manière dont il fait l'amour, je sais qu'il attendra de m'amener au paroxysme du désir avant de céder à sa faim devenue une voracité partagée.

Pourtant cette fois peut-être aura-t-il du mal à résister longtemps à ses pulsions. Je le sens à ses mains agrippées à mes hanches. Son bassin esquisse des mouvements involontaires mimant le va-et-vient.

Pour évacuer la pression qui nous brûle, il se jette comme un affamé sur ma bouche, m'embrasse longuement, profondément, enfonçant sa langue entre mes lèvres comme il voudrait s'enfoncer en moi. La pointe de mes seins durcit et, entre mes jambes, des spasmes que je ne contrôle pas font déjà monter le plaisir. Ses doigts cherchent maintenant à se défaire de mes sous-vêtements. Ils rencontrent les rubans retenant la dentelle sur ma peau. Timothy susurre :

– C'est vrai que tu es un cadeau. Mon cadeau.

Je lui souris, mutine :

– Alors déballe-moi vite.

Me prenant au mot, les yeux rivés aux miens, il tire sur la soie noire. La dentelle glisse au sol. Je suis complètement nue.

Va-t-on faire l'amour ici ? Sur cette table ?

Mes jambes l'entourent et l'attirent à nouveau contre moi. Je tâtonne pour défaire sa ceinture.

– Tu triches ! Je suis toute nue et tu as encore ton pantalon ! Enlève ça tout de suite !

Fébrile, il achève de retirer ce qu'il porte, sans cesser de me couvrir de baisers. Lorsque nos corps se retrouvent, il grogne et ses dents s'enfoncent dans mon épaule.

– Mila, c'est fou l'effet que ton corps a sur moi.

Sa langue vient tracer des sillons depuis la morsure à l'épaule jusqu'à ma poitrine. Doucement, il prend entre ses lèvres l'une de mes aréoles dressées, la suce, la lèche, pendant que son autre main pince la pointe libre de mon autre sein. Un plaisir aigu me transperce et m'arrache un cri. Ma réaction chauffe son appétit à blanc. Il me pousse en arrière, me plaque contre le bois de la table. Je suis devant lui, complètement offerte, les bras étendus au-dessus de la tête et les jambes écartées.

Je suis surprise de ne ressentir aucun malaise dans cette position qui pourtant ne laisse rien ignorer de moi. Il se penche au-dessus de mon corps et sa langue reprend son travail patient. Sa main en profite pour remonter en une caresse à peine perceptible le long d'une de mes cuisses. Lorsque ses doigts frôlent mon intimité, le plaisir est si violent que mon bassin décolle un instant de la table. Mes yeux s'arrondissent de surprise devant l'intensité de la sensation. La peau de tout mon corps se hérisse. Je me mords les lèvres pour ne pas crier.

Sans me laisser le temps de me remettre, ses doigts rejoignent mon clitoris et y trouvent sans aucune difficulté le point le plus sensible. Timothy y exerce une pression légère, dessinant des cercles brefs. Mon corps réagit instinctivement et mon ventre se contracte alors qu'un début d'orgasme monte en moi. Surveillant la montée du plaisir, Tim intensifie sa caresse, progressivement, veillant à ce que je ne puisse pas reprendre mon souffle et que le plaisir devienne de plus en plus intense sans jamais redescendre.

Des gémissements m'échappent.

J'aimerais tant qu'il me pénètre maintenant.

Une de mes mains tâtonne à la recherche de son sexe. Je parviens à le saisir. Il est tendu et si dur et gonflé que j'en reste étonnée.

Comme la suite va être délicieuse.

J'essaye de l'attirer en moi, mais il se dérobe. Il se penche à mon oreille sans cesser de provoquer entre mes jambes des sensations à la limite du soutenable.

– Non, non, mademoiselle. C'est moi qui décide.

Lorsqu'il se redresse, je sens qu'il se rapproche de mes jambes ouvertes face à lui. Une plainte m'échappe, signifiant mon envie de sentir ce membre dressé à l'intérieur de moi.

Le bruit familier de la pochette d'un préservatif que l'on déchire m'indique que Timothy partage mon impatience. Lentement, sa verge glisse le long de mon clitoris où ses doigts s'activent sans vouloir jamais s'arrêter. J'essaye de tricher et avance mon bassin pour le forcer à entrer en moi. Mais, comprenant ma manœuvre, il bloque mes hanches avec sa main libre. Je souffle :

– Prends-moi maintenant, je t'en supplie, je n'en peux plus.

Enfin il me pénètre. Je sens l'extrémité de son sexe rentrer. Lentement. Extrêmement lentement.

Timothy s'insinue en moi en prenant tout son temps, de manière à ce que je sente chaque millimètre de son sexe se glisser en moi. Mon corps se cambre tout seul. Cette fois je crie. Je ne cherche plus à lui imposer mon rythme, je me soumets au sien, si bon, si inattendu. Je n'en reviens pas de la maîtrise que cet homme a de notre plaisir partagé.

Au moment où il est tout entier à l'intérieur de moi, il allonge son torse sur le mien, me recouvrant totalement et grogne dans mon cou :

– Tu voulais que je te prenne, est-ce que tu sens maintenant comme je suis en toi profondément ?

Je suis dans l'incapacité de répondre tant mon corps ne m'obéit plus. Mais cette phrase a sur moi l'effet d'une caresse incroyable. Ses deux mains viennent se poser sur mes seins et il commence entre mes jambes ce va-et-vient que j'attendais tant.

Il reste d'abord plongé tout au fond de moi, brûlant. Puis il agrandit progressivement son mouvement, jusqu'à sortir totalement pour mieux venir s'enfoncer une nouvelle fois de toute la longueur de sa verge. À chaque pénétration, l'orgasme qui pointe depuis le début menace d'éclater.

Pas encore. Je ne veux pas jouir encore.

Je sens que lui aussi est à bout car il gonfle en moi et sa respiration se fait de plus en plus forte. Mes yeux errent sur son corps parfait dont les mouvements amoureux font saillir plus encore les muscles parfaitement dessinés.

Je n'arrive pas à croire que je suis en train de faire l'amour avec un tel dieu.

Avec mes mains, je tente de saisir ses hanches, mais il est trop loin.

Mon regard remonte le long de son torse jusqu'à son visage. Il est magnifique, les yeux clos, transfiguré par le plaisir. Alors que je le regarde, ses paupières s'entrouvrent et ses prunelles rencontrent les miennes. Il a un regard à la fois exigeant et infiniment tendre.

– Je n'en peux plus, Mila, j'aime trop te faire l'amour.
– Moi aussi. Ne t'arrête pas, je t'en prie, c'est trop bon.

Alors pour prolonger encore ce moment avant l'extase, il me relève, me serre contre lui et, sans sortir de moi, me soulève dans ses bras. Il se retourne, fait quelques pas. Mon dos heurte un mur. Il glisse ses deux mains sous mes fesses pour me maintenir à la bonne hauteur et reprend son mouvement, entre et sort.

Cette action lui permet de faire redescendre un peu la pression, mais cette position excitante, mes fesses prises dans ses mains, et le mouvement de son sexe de bas en haut entrant de plus en plus profondément en moi nous poussent tous les deux à un degré plus intense encore de plaisir.

Son corps écrase le mien avec de plus en plus de vigueur, ses hanches viennent me cogner avec rapidité.

Un râle s'échappe de la gorge de Timothy. Il se colle contre moi. Nos corps sont pressés l'un contre l'autre. Nos peaux pourraient presque se confondre. J'écarte encore les cuisses pour m'offrir complètement à lui. Et s'il lui restait encore quelques millimètres au plus profond desquels il ne pouvait se glisser, il a maintenant la voie libre.

Une de ses mains m'abandonne, mais il a assez de force avec son autre bras pour me maintenir plaquée contre le mur. Ses doigts se frayent un chemin entre nous et viennent chercher mon clitoris sur lequel il appuie en tournant. Une décharge me parcourt. Il écoute l'orgasme monter en moi, attentif à mon sexe qui se resserre de plus en plus autour de son membre sur le point d'exploser.

Quand enfin je cède au plaisir et m'abandonne à un orgasme si puissant qu'il me secoue tout entière, il s'enfonce en un dernier coup de hanche et jouit en moi longuement.

12
OÙ EST LA VÉRITÉ ?

Le lendemain, j'ai quelques soucis pour me concentrer. Je classe mollement mes dossiers, l'esprit ailleurs. J'essaye bien de me forcer, mais les souvenirs de la nuit fantastique passée avec Timothy sont plus forts que ma volonté. Je ne peux m'empêcher de me remémorer chaque détail, chaque caresse. La nuit a été intense. Timothy était brûlant de désir et moi je pense m'être consumée pendant un long et merveilleux moment. Il s'est levé tôt à cause d'un rendez-vous important qu'il ne pouvait déplacer. Mais avant de quitter les lieux, il s'est assuré en vrai gentleman que j'aie à disposition tout ce dont je pouvais avoir besoin.

J'ai donc pris mon temps, car de mon côté, je n'avais pas à être au bureau de bonne heure. Pourtant, le lit douillet ne m'a pas retenue longtemps, j'avais hâte de faire la souris et de découvrir l'habitat du mâle parfait qui venait de me quitter.

Je m'y suis employée après avoir profité de la salle de bains, immense et claire, disposant d'une coiffeuse charmante. Une véritable pièce à elle seule. Sur la table de la cuisine m'attendait un petit déjeuner délicieux, croissants frais au beurre, jus de fruit, thé ou café au choix. Tim avait pris le temps de voler une rose à l'un des massifs du jardin pour la déposer dans un vase à mon intention.

Une fois ces douceurs englouties, j'ai visité les lieux avec curiosité. Le bâtiment est certes magnifique, mais Timothy a également su en tirer à mon avis le meilleur parti. Il a conservé les éléments anciens : moulures, cheminée dans la salle à manger et parquet dans certaines pièces. Mais il n'a pas surchargé la décoration, comme cela peut parfois être le cas chez certains propriétaires de ce type de biens qui, se prenant pour de nouveaux nobles, tentent de transformer en château leur logement parisien. Timothy a opté pour des murs blancs. Le hall circulaire en marbre ouvre sur un espace gigantesque, une splendide salle de réception. De magnifiques meubles en bois, quelques vases remplis de bouquets de fleurs fraîches qui doivent être changés régulièrement. Un escalier en pierres de taille monte à l'étage où se trouve un salon équipé d'un canapé confortable en U au design moderne. Aux murs, de splendides tirages imposants de photographies en noir et blanc. Un escalier en fer conduit à une mezzanine pensée dans un style industriel où un bureau a été installé. La cuisine, lumineuse avec un plan de travail central et un mini-bar, jouxte le salon. L'étage suivant est réservé aux chambres réparties en suites avec salles de bains privatives.

Je n'avais pas fini de m'extasier sur l'espace et la décoration des lieux quand j'ai découvert, depuis une grande terrasse au dernier étage, la splendeur des jardins avec leurs petits bosquets impeccablement taillés, de belles pelouses, des massifs de roses de toutes les couleurs et une piscine parfaitement entretenue. Tout était si beau et si délicat !

***

Je repense encore à cette demeure incroyable alors que je suis au bureau, épluchant des dossiers. Le signal d'alerte de ma messagerie m'arrache à ma rêverie et me ramène à la réalité. Un mail de la maison d'édition Magic Children.

Ma demande d'interview a été acceptée ! Je dois donc rencontrer Violette Barns… le jour même… à Londres ! Il n'est en revanche pas indiqué si je peux m'y téléporter ! Je leur avais pourtant bien dit être actuellement à Paris.

Hors de question de rater ce rendez-vous !

Ce pourrait être la clé de tout, ma seule chance de vérifier le bien-fondé de ma théorie. Je consulte l'heure fixée par le service presse. Violette Barns est disponible pour moi en fin d'après-midi. Avec l'Eurostar, si je pars juste après le déjeuner, c'est faisable.

Mais que dire à Tim pour justifier une absence aussi soudaine ?

Mon regard est attiré par le petit trombone accompagnant le mail : il y a une pièce jointe. Il s'agit certainement de la biographie succincte dont m'a parlé mon interlocutrice lors de notre premier contact. Je ne m'attends pas à quelque chose de révélateur. Je vais probablement découvrir une bio sympathique bourrée des éléments habituels et enjolivés. Je m'apprête à cliquer sur l'icône quand le téléphone fixe de mon bureau se met à sonner. Je le regarde, interloquée : personne ne m'appelle jamais sur cette ligne, je ne savais même pas qu'elle était en service. Je décroche :

– Allo ?
– Mademoiselle Wieser ? Pourriez-vous venir me voir tout de suite ?

Bob Beresford ?

Je reste interdite quelques secondes, au point que mon interlocuteur s'en inquiète :

– Mademoiselle Wieser ? Vous m'entendez ?
– Monsieur Beresford, c'est vous ?
Que me veut-il ?

– Oui, vous savez où se trouve mon bureau ? Je vous y attends.

Le ton est direct, presque cassant. Je note également l'absence de formules de politesse. On est loin des fleurs reçues lors de mon arrivée.

Je m'exécute, tendue.

Voilà un nouveau développement inattendu. Les spéculations se bousculent dans ma tête. Est-il maintenant désagréable parce qu'il a compris qu'il ne se passerait jamais rien entre lui et moi ? Veut-il me remonter les bretelles parce que j'ai envoyé balader Holly Dickinson l'autre jour ? Ou pire… se doute-t-il des recherches que j'entreprends actuellement ?

Je passe la tête dans l'embrasure de la porte de son bureau. Immédiatement, ses yeux se fixent aux miens. Il me fait signe de prendre place en face de lui. Il y a quelque chose d'inquisiteur dans sa manière de me scruter. Comme s'il tentait de lire dans mon cerveau tout ce qu'il essaye de lui cacher. Il m'adresse un sourire mielleux dont la fausseté me hérisse immédiatement le poil.

– Alors ? Où en êtes-vous de votre mission parmi nous ? Le contrat que vous rédigez pour nous est-il bientôt prêt ?

J'avance sur un terrain glissant. Heureusement, je fais bien attention depuis mon arrivée ici à effectivement travailler sur tous ces faux documents. La tâche qui me sert de couverture est bien réalisée. Juste au cas où. Je laisserai à Timothy le soin d'annoncer, lorsqu'il le voudra et que j'en aurai fini ici, que le contrat ne sera jamais effectif et que l'association prévue entre B. International et sa filière tombe à l'eau.

– Tout avance à merveille. J'ai pu avoir à disposition très facilement la totalité des documents sur les accords interentreprises dont j'avais besoin. Je ne vous cache pas que les services archives et comptabilité m'ont vraiment facilité la tâche.

Tout ceci ne me dit rien qui vaille.

Il me jauge un moment avant de poursuivre.

– Parfait, excellente nouvelle ! Savez-vous pour combien de temps encore vous resterez à nos côtés ?
– Ça ne dépend pas de moi. C'est à votre fils de valider ou non les différentes versions que je lui présente. Je fais de mon mieux !

Je hausse les épaules en signe d'impuissance.

Quel jeu d'actrice !

Mais le visage de Bob prend une expression triomphale qui me fait penser que je n'ai peut-être pas réussi à le mener en bateau aussi bien que je le pensais.

– Alors resterez-vous encore longtemps dans nos locaux, mademoiselle Wieser ? Il semble que vous et Timothy êtes devenus très… proches !

Cette fois je suis abasourdie. Je ne m'attendais pas à ce qu'il vienne me chercher sur ce terrain. Je ne sais pas s'il a compris ce que je faisais ici en réalité, mais ce qui est absolument certain, c'est qu'il est au courant pour son fils et moi.

Mais comment l'a-t-il appris ?

Voyant qu'il m'a désarçonnée, il enchaîne sans attendre :

– Ça ne vous dérange pas de mélanger travail et sentiments ? Votre patron est-il au courant ?

Je sens que le rouge me monte aux joues. Mais ce n'est pas de gêne que je rougis, c'est de colère. Mon sang ne fait qu'un tour. Me reprocher d'être tombée amoureuse ? De sa part à lui ? Lui qui a pour coutume de se taper toutes les stagiaires de la boîte ? Lui qui n'a pas laissé passer deux jours avant de me proposer de prendre un café pour « sympathiser » ?

Je me lève brutalement et gagne rapidement la porte. Avant de partir, je lui jette :

– Ma vie privée ne vous regarde pas à partir du moment où elle n'a strictement aucune incidence sur la qualité de mon travail. Vos questions sont tout ce qu'il y a de plus déplacé. J'ajouterai que, venant de vous, ce reproche frise le ridicule. Vous devriez commencer par vous remettre en question sur ce point !

L'expression de Bob Beresford change brutalement.

Il a dû comprendre qu'il était allé trop loin. Si je ne le laisse pas prendre le dessus dans cette conversation, il vaut mieux qu'il évite au moins de perdre la face. Son visage s'adoucit et il susurre :

– Je ne pensais pas à mal. Je suis sincèrement navré de ne pas avoir su me faire comprendre. Je voulais juste m'assurer que tout se déroulait au mieux pour vous.
– Soyez-en assuré.

Je tourne les talons et regagne mon bureau sans jeter un seul regard en arrière.

Mais il n'est pas dans ma nature d'aller ainsi à l'affrontement. J'ai tremblé tout le temps de cet échange.

Je m'affale dans mon fauteuil le cœur encore battant.

Simplement s'assurer que je vais bien ? Je ne suis pas dupe une seule seconde. Il cherchait à m'intimider, c'est évident.

Mais pourquoi ?

Il faut que j'en parle immédiatement à Timothy.

***

Je heurte presque le rendez-vous professionnel de Tim qui s'en allait au moment où je m'apprête à frapper à la porte de son bureau.

L'air inquiet, Tim me fait entrer et m'installe dans un fauteuil.

– Mila, tu as l'air bouleversé, que s'est-il passé ?

Je reprends progressivement le contrôle de moi-même. La présence de Timothy m'apaise. L'angoisse que je lis dans ses yeux m'émeut.

– Ce n'est pas grand-chose. Excuse-moi, je me sens déjà mieux. Je voulais juste t'en parler tout de suite car ce qui vient de se passer me semble important.
– Dis-moi vite.
– Je sors du bureau de ton père. Il m'a questionnée sur l'avancée du faux contrat que je dois rédiger pour B. International. Il m'a aussi reproché de te fréquenter. Il est au courant pour nous deux.

Timothy, qui s'était assis sur le bras de mon fauteuil, se lève et fait quelques pas, plongé dans ses réflexions. Puis il revient vers moi.

– Je ne pense pas que tu doives t'en faire plus que ça. Je n'ai pas peur de lui. Tu es une si jolie femme ! Et tu n'as pas voulu de lui ! C'est son ego qui parle ! En revanche, certaines informations ont visiblement fuité.
– Sais-tu comment Bob peut être au courant de notre relation ?
– Je n'en ai absolument aucune idée. Nous avons pourtant été discrets. Personne ne sait quoi que ce soit ici. Du moins,

c'est ce que je pensais jusqu'à maintenant. Je t'en prie, Mila, fais bien attention à toi, j'insiste.

C'est à mon tour de me lever et de le rejoindre. Pour la première fois, j'ose lui caresser doucement la joue, je n'attends pas que ce soit lui qui fasse le premier pas pour se rapprocher physiquement.

– Je te le promets. Toi aussi fais attention à toi.

Je me laisserais bien aller à me détendre auprès de lui, mais l'heure qu'affiche l'horloge murale me rappelle à l'ordre.

– Je dois également m'absenter. J'ai besoin de me rendre à Londres pour un rendez-vous en début de soirée.

Timothy me regarde, étonné :

– À Londres ? Que vas-tu faire là-bas ? Y a-t-il un rapport avec notre enquête ?

Je hoche la tête.

– Tu te rappelles, lorsque nous sommes rentrés de New York ? J'avais mentionné une piste que je voulais suivre… Tu dois me faire confiance. Je ne veux pas t'en parler encore, car je ne suis pas certaine de ce que je vais trouver de l'autre côté de la Manche. Mais si je ne me suis pas trompée, nous devrions en savoir beaucoup plus dès ce soir.

Il fait la moue.

– Ça m'embête réellement de te laisser partir seule.

Il me sourit.

– Mais je crois que je commence à comprendre ton fonctionnement, et tu n'as pas l'air d'avoir spécialement envie que je t'accompagne. Quant à moi, j'ai beaucoup de rendez-vous incontournables.

J'acquiesce. Il a tout compris. Je préfère y aller seule, être capable de me focaliser sur ce que je fais. Sa présence à mes côtés me perturberait plus qu'elle ne me rassurerait. Mon regard ne pouvant s'empêcher de chercher à deviner sous sa chemise les contours de son corps sculptural me le confirme. Je dois être en pleine possession de mes moyens, et mon désir ainsi que la tendresse que j'éprouve pour Timothy ne doivent pas interférer avec cette enquête. En plus, je ne suis pas sûre de ce que je vais découvrir.

Il me prend la main :

– Me donnes-tu au moins l'autorisation de t'y rejoindre quand j'en aurai fini ici ? Je prendrai le jet. J'y serai en peu de temps. Nous pourrions nous retrouver au Hilton, comme lors de notre dernier voyage. Et cette fois, tu me raconteras tout, plus de mystères !

– Laissez-moi réfléchir, jeune homme… Je ne suis pas certaine de me laisser convaincre aussi facilement.

Timothy m'attrape par la taille, me presse contre lui, laisse courir ses lèvres le long de mon cou. Instantanément, des frissons presque insoutenables me parcourent le dos. Je suis sur le point de craquer. Je le repousse. Gentiment mais fermement.

– Surtout ne rajoute pas d'autres arguments de ce type ou je ne réponds plus de rien. Requête accordée. À ce soir.

Je plaque un baiser rapide sur ses lèvres et m'enfuis le plus vite possible avant que le désir me submerge.

Je rentre chez moi préparer une valise et réserver des billets d'Eurostar.

Devant un bon thé chaud, je prends un moment pour préparer mon interview. Lorsque j'avais appelé la maison d'édition, j'étais persuadée qu'obtenir un rendez-vous avec Violette Barns était le meilleur moyen d'arracher les informations que je cherche. Mais maintenant que l'heure de notre rencontre approche, je ne sais plus bien par quel bout aborder le sujet qui me préoccupe. Que vais-je bien pouvoir lui dire ? Je ne peux pas arriver et tout lui déballer. Peut-être me suis-je trompée ! Peut-être est-elle impliquée dans les détournements de fonds ! Je ne sais rien sur cette personne. Comment diable m'assurer de façon subtile que Violetta Florès et Violette Barns sont bel et bien la même personne ? Et si c'est le cas, que faire ensuite ? Tout lui dévoiler ? Comment établir le lien entre elle et le compte bancaire au nom d'Angela Pumpkin ? Et

Bob ? Toutes ces questions se bousculent dans ma tête et je n'avance pas.

Je finis par rédiger malgré tout un début d'interview. De quoi me permettre dans un premier temps de m'assurer de l'identité exacte de la personne que je suis sur le point de rencontrer. Ensuite, j'aviserai. Je parie sur mon instinct pour conduire le reste de l'entretien. Au besoin, si j'ai effectivement en face de moi Violetta Florès, je l'amènerai à parler de son passé pour évaluer son état d'esprit.

***

J'arrive en avance à la gare. Une fois l'Eurostar engagé dans sa course, je m'installe confortablement et ouvre mon ordinateur pour travailler un peu. Je clique sur l'icône me permettant d'accéder directement à ma boîte mail. Un message attire mon attention.

Je n'ai pas consulté la pièce jointe envoyée par la maison d'édition de Violette Barns !

Bob m'avait interrompue alors que j'étais sur le point de l'ouvrir. Je télécharge le fichier et commence à le lire.

Dès les premières phrases, la stupeur me fait sauter rapidement de paragraphe en paragraphe.

Tout y est !

Le texte fait allusion aux origines mexicaines de l'auteur.

Sa biographie explique ensuite qu'elle a épousé un Anglais rencontré aux États-Unis. Elle vit maintenant à Londres.

J'avais vu juste depuis le début !

Le dossier de presse explique également que Violette Barns a inventé beaucoup d'histoires pour les raconter à ses enfants lorsqu'ils étaient petits. Un univers très riche dans lequel évoluent de nombreux personnages fantasques comme celui d'Angela Pumpkin. C'est de cette période de sa vie qu'est tirée l'histoire racontée dans le livre paru en 2004.

Tout se tient. Je n'en reviens pas. Tout devient logique.

Je me retiens de bondir de joie sur ma banquette.

Une photo de l'auteur accompagne le document. Elle y pose aux côtés de sa famille. Un homme la tient amoureusement par les épaules. Et deux enfants se tiennent derrière elle. Deux enfants dont l'un est un jeune homme qui semble avoir la vingtaine.

Le choc me coupe la respiration. Si la photo date de l'année de sortie du livre, dix ans plus tard, celui qui pose aux côtés de sa mère doit avoir environ trente ans.

C'est impossible.

Je me précipite sur la légende du cliché :

« Violette et son mari James Barns en compagnie de leurs deux enfants Clara et Arthur. »

Arthur.

Mon Dieu. Arthur est vivant !

III

LE FANTÔME DU PASSÉ

13
BOULEVERSANTES RETROUVAILLES

Londres. 17 heures.

L'attachée de presse me conduit jusqu'à la salle réservée aux journalistes dans les bureaux de la maison d'édition Magic Children. Aimable, la jeune femme blonde me pose quelques questions. Même si j'ai la tête ailleurs et qu'une boule de stress me noue la gorge, je m'applique à tenir mon rôle. Je suis censée être une journaliste free-lance venue réaliser l'interview d'un auteur.

Mais une fois la main sur la poignée, j'hésite. Une inquiétude soudaine. Le grand saut, c'est maintenant. Dans quelques secondes, je vais ouvrir la porte et découvrir Violette Barns que je pense être Violetta Florès, l'ancienne nourrice de Timothy, celle qui s'est occupée de lui comme si c'était son propre fils à la mort de sa mère, celle qu'il cherche en vain à retrouver depuis tant d'années.

Je me souviens de son émotion au téléphone lorsque je l'ai appelé pour lui annoncer mes découvertes : Violetta à Londres et son fils Arthur vivant ! Il n'en revenait pas !

Maintenant, il sait tout.

Il sait où je suis et quel est le but de mon escapade de l'autre côté de la Manche. Les questions se bousculaient à l'autre bout de la ligne, mais je n'avais pas les réponses. Pas encore. J'espère en savoir le plus possible lorsque je ressortirai d'ici.

J'entre dans la pièce. Une petite femme très brune au visage doux est assise derrière un grand bureau. Quelques fils d'argent se mêlent à l'épaisse tresse qui retient sa chevelure, témoignant du passage des années.

Elle dépose en face d'elle son livre pour enfant *Angela Pumpkin*, ce livre qui m'a permis de faire le rapprochement entre la famille de Timothy et elle, et de la retrouver. Violette lève les yeux vers moi : un regard doux sous des paupières fardées. Je ne peux que noter son élégance discrète. Elle se lève et me tend la main.

– Mademoiselle Wieser, je suppose ?
– Oui, ravie de vous rencontrer.

La situation est surréaliste. Elle ignore qui je suis et moi, consciente de l'importance qu'elle a eue dans la vie de l'homme que j'aime, je ne peux m'empêcher de la dévisager.

– Alors c'est vous la jeune journaliste qui vous intéressez à ce livre paru il y a plus de dix ans ?
– Effectivement. Je suis très curieuse également de votre parcours en général. Pouvons-nous prendre le temps d'en parler ?

D'une voix calme et douce, elle m'invite à m'installer. Je sors de mon sac un carnet de notes et un stylo.

Début de la fausse interview qui doit me permettre de répondre à tant de questions laissées en suspens. Je relis brièvement la série d'interrogations que j'ai élaborées à Paris avant de partir. Voilà le plan : commencer par quelque chose d'anodin, puis glisser petit à petit vers le passé de Violette.

– Madame Barns, depuis *Angela Pumpkin*, vous avez écrit de nombreux livres pour enfants, travaillez-vous actuellement sur un nouveau projet ?

Lui faire parler de son travail actuel me semble une bonne idée pour établir le contact et ne pas éveiller ses soupçons. Elle me raconte les détails des histoires qu'elle rêve de mettre en images dans les prochains mois. Pour donner le change, je griffonne quelques notes. Plus je l'écoute, plus je la trouve sympathique. Il est clair que Violette est une personne tendre, un peu timide. En aucun cas une comploteuse machiavélique qui participerait à une sordide affaire de détournements de fonds. Oui, l'argent qui se volatilise des caisses de B. International arrive sur un compte portant le nom de l'héroïne d'un de ses livres, mais je ne sais pas pourquoi, mon intuition me souffle qu'elle n'est pas au courant.

Pour en savoir plus, il me faut l'amener à parler de ce qui est arrivé il y a vingt-trois ans, à l'époque où elle a disparu de la vie de Tim.

– D'où vient votre inspiration ? Selon votre éditrice, les histoires que vous publiez maintenant sont celles que vous racontiez à vos enfants lorsqu'ils étaient petits.
– C'est tout à fait ça.
– Combien en avez-vous ? Trois, n'est-ce pas ?

Je fais l'erreur volontairement afin d'observer sa réaction. Il y a un moment de silence. Violette Barns garde la bouche entrouverte et détourne les yeux. Mais elle se reprend et me corrige avec douceur et gentillesse.

– Je n'en ai que deux, mademoiselle. Une fille et un garçon.

Elle n'en dit pas plus, bien sûr, mais elle a tiqué, j'en suis certaine. Même si c'était à peine perceptible. Elle ne me parlera pas aussi facilement de l'autre petit garçon dont elle s'est occupée.

– J'ai lu dans votre biographie que vous avez vécu aux États-Unis ? C'est d'ailleurs là-bas que vous avez rencontré votre mari. Est-ce une période de votre vie qui a influencé de manière importante votre travail ?

Cette fois, Violette Barns se ferme tout à fait et la réponse est laconique.

– Pas plus que ça.

Je suis coincée. Elle ne lâche pas un mot, pas un indice que je pourrais saisir et sur lequel il me serait possible de tirer pour essayer de dérouler le fil… et lui faire enfin parler de Timothy. Que dois-je faire ? Mettre les pieds dans le plat et lui révéler pourquoi je suis là en réalité ? Devrais-je lui avouer qui je suis ?

Et si je me trompe ?

Je ne peux me fier qu'à mon intuition : je suis persuadée que Violette Barns est quelqu'un de bien.

Mais de là à prendre le pari de tout révéler…

Si elle est coupable de quoi que ce soit, une quelconque implication dans les détournements de fonds qu'à tort je ne soupçonne pas, quelles conséquences cela aurait-il ?

Je ne peux pas prendre un tel risque.

Mieux vaut ne rien dire et tenter de contourner ce mur qu'elle érige autour de son passé. Je me creuse la tête pour trouver une question qui ferait avancer la situation, quand la porte s'ouvre brutalement dans mon dos. Une voix d'homme que je reconnaîtrais entre mille et peut-être la dernière que je m'attendais à entendre ici :

– Violetta !

La scène se fige. Violette Barns s'est levée d'un bond et elle reste immobile, tendue vers Timothy qui vient d'entrer dans la pièce. Elle est aussi pâle que si elle avait vu un fantôme. Tim, lui, est défait, les cheveux en bataille, le visage pâle, le regard bouleversé.

Comme à chaque fois que je le vois, mon cœur fait un bond.

Violette l'a visiblement reconnu, ce qui n'est pas étonnant puisque son nom et son visage s'affichent régulièrement dans la presse. Tim ne doute pas non plus un seul instant que la femme qui se trouve en face de lui est bien Violetta Florès, celle qui a remplacé sa mère décédée lorsqu'il était petit, celle dont son père l'a éloigné.

Comme le silence se prolonge et que les deux semblent statufiés, je décide de prendre la parole. Je pense surtout à Violette pour tout dire car, tremblante, elle a l'air d'être sur le point de s'évanouir. Malgré son impatience, légitime, Tim aurait dû s'abstenir de venir. Il a eu tort de débouler sans que Violette ait pu s'y préparer. Ce doit être un tel choc pour elle ! D'autant plus que Timothy est la personne la plus facile à localiser du monde ! Si elle a pris la décision de ne pas le contacter plus tôt, c'est qu'il y a une bonne raison.

– Violette, je suis désolée que vous découvriez aussi subitement la vraie raison de ma présence ici. Vous l'aurez compris maintenant, je ne suis pas journaliste. J'enquête pour le compte de Timothy Beresford qui tente de reconstituer et comprendre ce qui a pu se passer à l'époque où vous viviez tous ensemble aux États-Unis.

Je tais volontairement l'histoire des détournements de fonds. Tout n'est pas encore clair et il est évident que Violette est bouleversée par la présence de Timothy.

Elle ne peut pas réagir ainsi et être liée à cette affaire.

Violette, elle, ne bouge pas tout de suite, comme si elle ne m'avait pas écoutée. Elle fixe toujours Timothy avec étonnement.

– Je comprends… C'est juste que je ne m'y attendais pas… je ne sais pas quoi dire, finit-elle par balbutier après un temps qui me semble infini.

Timothy sort de sa léthargie en entendant la voix de Violette. Il s'approche d'elle et lui tend les mains.

– Violetta, je suis désolé également, c'est entièrement ma faute. Mais quand Mila m'a appelé pour me dire qu'elle t'avait très probablement retrouvée, je n'ai plus été capable de réfléchir, je suis venu aussi vite que j'ai pu. Je suis tellement heureux de te revoir.
– Je suis contente aussi, Timothy, mais… tout ceci est bien trop soudain pour moi. Je suis désolée.

Je remarque qu'elle ne prend pas les mains que Timothy lui offre. Si bien qu'il finit par les baisser. Il a l'air un peu triste. Il imaginait sûrement des retrouvailles pleines d'effusions. Mais il a oublié que Violette a dû beaucoup souffrir des événements passés et qu'elle ne peut effacer ses peines et ses peurs d'un revers de manche juste parce qu'il est là, devant elle. Violette, comme pour me donner raison, pose la main sur son cœur et vacille.

C'est bien ce que je pensais : trop d'émotions.

Elle est sur le point de perdre connaissance. Elle retourne s'asseoir et laisse tomber sa tête dans ses mains. Sans la quitter des yeux, Timothy prend place en face d'elle. Il la regarde avec une profonde inquiétude. De mon côté, je ne souffle pas un mot, craignant en intervenant de perturber cet échange si intense.

– Est-ce que tu te sens mal ? Veux-tu boire quelque chose ? demande doucement Timothy.

Le ton qu'emploie Tim me touche en plein cœur. Il est si attentionné. À les voir tous les deux, je peux imaginer la force des liens qui les ont unis et qui sont encore si vivaces dans le cœur de Timothy après tant d'années. J'espère sincèrement pour lui que Violette Barns n'a pas tiré un trait définitif de son côté sur l'affection qu'elle a pu éprouver pour lui. Je pressens que Timothy ne s'en remettrait jamais.

Violette prend un temps encore pour retrouver une respiration normale. Puis, lentement, elle regarde l'homme qu'elle a en face d'elle et qu'elle n'a pas revu depuis plus de vingt ans. Maintenant qu'elle réalise mieux ce qui est en train de se passer, ses yeux s'illuminent. Il y a tant d'amour dans son regard que je crois voir un instant ressusciter celle qu'elle a pu être avant le drame américain, la maladie de son fils et le rejet de Bob.

Je les contemple tous les deux, le livre d'*Angela Pumpkin* au milieu, et je suis transportée vingt-trois ans plus tôt. Tim enfant est blotti contre une jeune femme brune aux yeux pétillants. Il écoute avec admiration l'histoire incroyable qu'elle n'a inventée rien que pour lui.

Timothy reprend la parole d'une voix extrêmement douce. Je sens qu'il contrôle ses émotions pour la ménager, comme si celle qui l'avait élevé enfant était aujourd'hui un être de porcelaine que des révélations trop brutales risqueraient de briser en mille morceaux.

– Je t'ai cherchée partout. Je VOUS ai cherchés partout, Arthur et toi. Pendant des années. Je n'ai jamais réussi à retrouver votre trace.

Violette ne dit rien, elle le regarde toujours avec un mélange de retenue et de joie. Timothy insiste.

– Si j'avais su où tu étais, je serais venu te retrouver plus tôt. Il faut que tu me croies. Je pensais qu'Arthur était… mort.

À ces mots, Violette Barns a un hoquet de surprise.

– Arthur ? Mon fils ? Mort ?

Tim acquiesce, il baisse les yeux et détourne la tête.

– Je sais maintenant, grâce aux recherches de Mila, qu'il est vivant. Mais où est-il ?

Les yeux de Violette se fixent ailleurs. Je vois bien qu'elle hésite à répondre à cette question.

Elle veut protéger son fils sans doute. De quoi ?

Je comprends ses hésitations, elle doit être tiraillée entre les sentiments et la raison. Elle ne sait pas qui est le Timothy qui se tient en face d'elle. Quel homme est-il devenu ? Lui veut-il réellement du bien comme il l'affirme ? Ou est-il comme son père ? Elle n'a aucune certitude.

– Violette, j'ai conscience que tout ceci est très soudain, dis-je. J'ai conscience que nous agissons peut-être de manière un peu brusque. Mais il faut que vous me croyiez, Timothy et moi n'avons aucune mauvaise intention, ni envers vous ni envers votre fils.

Timothy me serre la main et me remercie du regard pour mon soutien. Puis il se tourne à nouveau vers Violette. Sa voix tremble d'émotion et cette fragilité passagère, si surprenante chez cet homme solide en toutes circonstances, me bouleverse.

– Je te le promets, Violetta, jamais je ne te ferai de mal. Et encore moins à Arthur. Il m'a terriblement manqué quand vous avez disparu de ma vie.

Violette Barns me jette un dernier regard. Ses yeux, sérieux, évaluent le degré de confiance qu'elle peut nous accorder. Je suis certaine qu'elle a envie de nous croire. Mon cœur bat à tout rompre : avons-nous su la convaincre ? Elle est si tendue depuis le début de cette conversation que j'éprouve pour elle une peine infinie. Le temps semble s'étirer et elle a l'air épuisé.

– Arthur est à Paris. Il va bien, lâche enfin Violette.

Elle se lève en chancelant.

Arthur, à Paris ?

Je vois le visage de Tim s'illuminer. Je devine la foule de questions qui le taraude.

– Je dois y aller maintenant, dit soudain Violette, se rapprochant de la porte.

Elle est essoufflée, elle semble à bout de force. Timothy fait un geste pour la retenir, il a l'air bouleversé.

– Violetta, tu ne peux pas partir comme ça ! J'ai encore tellement de choses à te dire, à te demander !

Sa voix est pleine d'émotion contenue, un léger tremblement se fait sentir, mais il reprend le contrôle de lui-même. Je pose ma main sur son bras pour attirer son attention, il pose ses yeux sur moi. Je lui fais discrètement un signe négatif de la tête. Violette ne nous donnera pas plus de précisions aujourd'hui. Elle a besoin de temps pour se remettre de ce qui vient de se passer. Nous devons le lui laisser. Timothy me fait un signe d'assentiment.

– Pardon, Violetta, décidément je suis maladroit. Mais nous nous reverrons, n'est-ce pas ?

Violette, qui gardait obstinément le regard au sol, le dévisage subitement. Et pour la première fois depuis le commencement de cet entretien, elle sourit.

– Bien sûr, Timothy ! Attends…

Elle fouille dans son sac et en sort une jolie carte de visite colorée pleine des dessins qu'elle réalise pour les enfants.

– Voilà mon numéro. Laisse-moi juste le temps de me remettre de toutes ces émotions.

Timothy et moi lui donnons à notre tour nos coordonnées. Avant de nous quitter, je vois qu'elle hésite : doit-elle embrasser Timothy pour lui dire au revoir ? Doit-elle simplement lui serrer la main ?

Elle opte pour un signe de la main et à peine avons-nous le temps de lui dire au revoir qu'elle s'est évaporée de la pièce. Lorsque la porte se referme dans son dos, Timothy fixe un instant le panneau de bois. Puis il se retourne vers moi. Son visage est un patchwork de sentiments. J'y lis de l'émerveillement, une joie indicible, de l'inquiétude… Un peu de tristesse également.

– Tu aurais aimé qu'elle t'ouvre grand les bras, n'est-ce pas ?

Il me sourit tendrement et m'attire contre lui.

– Oui, c'est vrai. Mais tu as eu raison quand tu m'as arrêté dans mon élan, c'était sans doute beaucoup trop tôt pour elle. Que ferais-je sans toi ? rajoute-t-il en m'enlaçant.

Nous quittons la salle main dans la main. Sur le chemin, nous croisons la jeune attachée de presse qui m'avait accueillie à mon arrivée. Elle a l'air un peu déboussolé.

– L'interview s'est-elle bien déroulée ? Mme Barns n'avait pas l'air dans son état normal quand elle est partie. Il s'est passé quelque chose ?

Je la rassure gentiment.

La pauvre ! Elle ne sait pas quel type de rencontre elle a permis !

– Non, ne vous inquiétez pas, tout s'est bien passé. Merci infiniment d'avoir tout organisé.

Dehors, le ciel nous fait un clin d'œil : la grisaille de l'après-midi s'est enfuie et le soleil nous sourit largement.

Je croise les doigts pour que ce soit un bon présage.

Après quelques pas, Timothy s'arrête et me tourne vers lui. Il prend mon visage entre ses mains, plonge ses yeux dans les miens. La profondeur des sentiments que j'y lis me fait soudainement battre le cœur.

– Merci, Mila.

14
RÉVÉLATIONS SUR HOLLY DICKINSON

Je laisse mon doigt parcourir distraitement la peau nue de Timothy. Je suis si bien contre lui ! Comme j'aime le dessin des muscles de ses épaules ! Ma main descend le long de son torse et frôle plus bas le chemin duveteux sous le nombril menant à un endroit bien plus intime.

À peine étions-nous revenus de Londres que Tim s'est jeté sur moi avec passion. Nous avons fait l'amour, longuement, fougueusement. Il y avait une telle intensité dans ses caresses et ses baisers !

Maintenant nous sommes étendus dans le lit immense de sa chambre. Les yeux ouverts, Timothy regarde le plafond. Sa respiration est calme et ma tête posée sur sa poitrine se soulève au rythme de ses inspirations et de ses expirations. Je dépose mes doigts en étoile sur son ventre plat où les muscles dessinent des bosses régulières. Je ne bouge plus pendant dix bonnes minutes. Je profite de ce câlin. Serrée contre lui, pelotonnée dans sa chaleur, je n'en reviens toujours pas d'avoir la chance de me blottir quand je le souhaite contre Timothy Beresford. LE Timothy Beresford. Celui que tout le monde connaît, que la presse tente de dévoiler sous toutes les coutures. Mais je suis la seule à le connaître ainsi. Non seulement nu…

Et cela vaut le coup !

… mais surtout sans cette carapace d'homme d'affaires sûr de lui et au charisme inoubliable. Je suis la seule à ne rien ignorer des émotions fulgurantes qui le montrent sous son jour le plus craquant : un homme sensible et aimant. Une douce torpeur me gagne. Je sens que lui de son côté réfléchit et revit chaque seconde des événements londoniens.

– Mila ? Tu dors ? chuchote-t-il.

Je souris et me redresse sur un coude pour pouvoir le regarder dans les yeux. J'admire son beau visage carré qu'une légère barbe rend plus sexy encore.

– Non. Tu repenses à Violetta, n'est-ce pas ?

Il me fait signe que oui.

– Je suis partagé entre tellement d'émotions que je m'y perds un peu.
– Raconte-moi.

Je croise mes deux mains sur son torse et y cale mon menton. Sa main va et vient en une longue caresse apaisante le long de mon dos. Comme s'il caressait un chat.

Je suis sur le point de ronronner.

Tim prend une inspiration.

– Je suis tellement heureux !

Il me serre contre lui, fort, longtemps, puis il s'assied et s'appuie contre la tête de lit. Le drap glisse sur son ventre où les abdominaux saillent et dévoilent ses hanches puissantes. Il surprend mon regard émerveillé fixant sa nudité.

– Coquine.

Je fais une moue faussement navrée.

– Je ne suis pas du tout désolée !

Il rit doucement.

– Tu es incorrigible !

Timothy laisse passer un silence. Il s'est replongé dans ses réflexions. J'attends patiemment qu'il se sente prêt à aller plus loin. Je sais maintenant comment il fonctionne. S'il me sent attentive, il finit toujours par se livrer. Ce qui ne tarde pas à arriver !

– Arthur, vivant, c'est incroyable ! Et revoir Violetta ! C'était merveilleux ! Elle n'a pas changé, elle dégage la même douceur, la même patience qu'il y a plus de vingt ans. J'aimerais tellement que tu aies l'occasion de la connaître mieux, je suis sûre qu'elle est un être toujours aussi doux que lorsque j'étais enfant.

Je pose une main rassurante sur son bras.

– Je suis certaine que nous ferons plus amplement connaissance.

Je suis touchée qu'il m'inclue à ce point dans des retrouvailles qui lui appartiennent. C'est pour moi la preuve que je compte vraiment pour lui. Timothy poursuit :

– Pourtant je ne te cache pas que je reste perplexe. Pourquoi mon père m'a-t-il menti ? Pourquoi m'avoir dit qu'Arthur était mort si ce n'était pas vraiment le cas ! C'est affreux de cacher la vérité sur quelque chose d'aussi grave ! Et nous n'avons toujours pas résolu la question qui a tout déclenché : qui fait sortir de l'argent de ma société et pourquoi ? Qui se cache derrière le pseudo d'Angela Pumpkin si ce n'est pas Violetta ?

Il ajoute un peu brusquement :

– Et je suis sûr qu'elle n'y est pour rien, Mila !

– J'en suis également persuadée, dis-je. La seule chose qui comptait pour elle était que tu sois là. J'ai vu son émotion, ce ne pouvait être celle de quelqu'un qui intrigue pour détourner les fonds d'une entreprise. C'était l'émotion… d'une mère…

Timothy me remercie du regard pour ce que je viens de dire. Il a visiblement besoin de savoir que je partage sa certitude.

– Je te dois beaucoup, Mila.

Il m'attire à lui, enfouit son visage dans mon cou, y dépose quelques baisers appuyés et tendres.

– Sans toi, je n'aurais jamais retrouvé Violetta. Merci pour tout ce que tu as fait pour moi.

Je me dégage un peu de son étreinte et caresse sa joue.

– C'est normal, Timothy. C'est tellement important pour moi de te voir aussi heureux !

Une émotion puissante passe dans ses yeux. La façon qu'il a de me regarder en ce moment me bouleverse au plus haut point. Quelque chose s'est renforcé entre nous grâce à cette histoire. Tout est plus intense. Il me prend à nouveau dans ses bras, me berce un peu et pose ses lèvres sur les miennes. Nos bouches et nos langues se mêlent, longtemps. La tension monte, la chaleur aussi. Ses mains parcourent mon ventre, saisissent mes cuisses. Passant ses bras dans mon dos, il me soulève et m'allonge. Son corps vient peser sur le mien. Je prends un plaisir infini à sentir les reliefs parfaits de son torse, de ses hanches et de ses cuisses.

C'est mon homme !

Mais alors qu'il écarte le drap entre nous, nous sommes interrompus par la sonnerie de mon portable. Timothy fronce les sourcils.

– Si tu oses décrocher ce téléphone… dit-il en riant et en se collant contre moi.

Sa peau est chaude. Je m'arrache à regret à ses caresses.

– Je suis partie pour Londres sans prévenir personne à part toi. Il faut que je réponde, ça peut être important !… J'ai toujours des patrons !…

Je me lève, entièrement nue, mais je n'en éprouve curieusement aucune gêne. Ses yeux me détaillent avec avidité. Je me sens bien, avec la certitude qu'il aime mon corps. Je parcours la pièce à la recherche de mon portable qui sonne toujours. Je finis par le débusquer sous un tas de vêtements épars où se mêlent cravate, chemisier et sous-vêtements.

– Allo ?
– Mila ? Simon à l'appareil.

Mince, si j'avais su, j'aurais laissé sonner.

Cette manie d'appeler en numéro masqué !

– Mila, je ne te dérange pas ?

Si, et ce n'est pas le moment du tout !

Mais je ne peux pas répondre ainsi à quelqu'un qui m'est venu en aide si souvent.

Je vais devoir prendre sur moi.

Je soupire intérieurement.

– Je t'écoute.

Timothy s'est levé et m'a rejointe. Je vais avoir du mal à me concentrer s'il n'enfile pas quelque chose pour couvrir ce corps incroyable.

– Tu es probablement au bureau à cette heure-ci, mais c'est urgent.

Timothy s'est approché de moi. Il me saisit par les épaules, se plaque contre mon dos et mes fesses. Je retiens de justesse un gémissement. Je suis « censée » être au bureau vu l'heure oui…

– Aucun souci, je ne suis sur rien d'important. Tu as toute mon attention.

Timothy fait mine de s'offusquer en riant pendant que Simon poursuit.

– C'est à propos des recherches dont tu m'as parlé. Celles concernant les puits au Sahel. Tu soupçonnais les autorités locales d'avoir accepté l'argent de ton association Enfance Sauvée et ensuite de ne pas avoir construit les puits. À juste titre d'ailleurs.

Je me souviens de ce mensonge inventé pour ne pas avoir à révéler qu'en réalité je traquais des détournements de fonds au sein de B. International. Je rougis légèrement.

J'ai un peu honte d'avoir mené Simon en bateau.

Je dois donner le change. Et s'il y a du nouveau, tant mieux, car de mon côté, pour l'instant, je piétine.

– Tu as du nouveau à ce propos ?
– Oui, mais je ne veux pas en parler au téléphone. Il faut vraiment que je te voie. Peut-on se retrouver dans un café ?

***

Une heure plus tard, je pousse la porte d'une brasserie à deux pas des bureaux de B. International. Celle-là même où j'avais tenté de discuter avec le père de Tim, Bob Beresford, pour deviner s'il était oui ou non impliqué dans les malversations découvertes au sein de la société de son fils.

Mais sans résultats.

Simon m'attend déjà, un livre ouvert sous les yeux, un verre de vin blanc devant lui. Il me fait signe dès qu'il me voit, l'air si sombre que je commence à m'inquiéter. Jusqu'à maintenant, je n'ai pas pris son appel très au sérieux, mais sa mine grave me fait douter. Il se lève et nous nous faisons la bise.

– Mila, je suis soulagé de te voir.

Nous nous asseyons. Il fait signe au serveur de m'apporter la même chose que lui.

Il aurait pu me demander mon avis ! Peu importe, de toute façon, je ne reste pas longtemps.

– Simon, que se passe-t-il ?

– J'ai beaucoup réfléchi aux recherches que tu m'as demandé de faire la dernière fois. Te souviens-tu des vues aériennes que je t'ai procurées et sur lesquelles on voit clairement qu'il n'y a aucune trace de construction ?

– Oui.

– Cette histoire avait un arrière-goût de déjà-vu, mais je ne parvenais pas à mettre le doigt sur un souvenir précis… Ça a fini par me revenir. Il y a quelques années, une affaire similaire a éclaté. Tu n'en as peut-être pas entendu parler car tu venais juste de commencer ta propre carrière.

Je fais signe qu'en effet ça ne me dit rien et le laisse poursuivre.

– Il s'agissait de faits curieusement identiques. Une association humanitaire était impliquée dans des détournements de fonds. Elle avait récolté de nombreux dons en vue de construire des puits pour lesquels personne n'a jamais donné le moindre coup de pioche. La personne à l'origine du montage était une jeune femme inconnue à l'époque mais qui est depuis une actrice célèbre. Elle a sans doute détourné de très grosses sommes.

– Mais elle n'a pas été interpellée ?

– Non. La police n'a jamais rien pu prouver et l'affaire a été très vite étouffée. Je crois qu'elle est l'héritière d'une très grosse fortune. L'association a préféré éviter le scandale. Le nom de l'actrice va te dire quelque chose : Holly Dickinson.

Je reste muette de surprise.

Holly !

Les deux affaires se ressemblent à s'y méprendre ! Il est question de détournements de fonds, information que je n'avais pas communiquée à Simon lorsque je lui avais demandé de m'aider. Et le nom de Holly revient dans les deux cas. La magnifique directrice de la fondation caritative de B. International serait-elle notre coupable ? Il est vrai que c'est elle qui a contresigné tous les contrats permettant de faire sortir l'argent de l'entreprise.

Il ne peut s'agir d'une simple coïncidence.

J'ai très envie d'expliquer ce qu'il en est vraiment à Simon. Peut-être pourrait-il m'aider à y voir plus clair ! Je sais que je suis supposée garder le silence, mais il s'agit d'un ami de mes parents. Ils se connaissent depuis toujours et il m'a presque vue grandir.

Il serait probablement vexé s'il savait que je doute de lui ! Lui avoir servi un prétexte la dernière fois ne me ressemble pas. Je décide de lui faire confiance.

– Il faut que je t'avoue quelque chose Simon. Lorsque je t'ai demandé de m'aider, je ne t'ai pas dit toute la vérité. Ne m'en veux pas, mais je n'en avais tout simplement pas l'autorisation.

Ses yeux s'arrondissent de surprise et je rougis avant de continuer.

– En réalité, Timothy Beresford m'a engagée pour trouver qui est à l'origine de détournements qu'il a identifiés dans la comptabilité de son entreprise. La couverture pour ce montage était la construction de puits au Sahel par la branche humanitaire de l'entreprise. La personne qui signait les autorisations de transferts de fonds était…
– Holly Dickinson.
– Tu as tout compris.

Je prends un instant pour observer ce que mes révélations provoquent. Simon est calme mais de profonds sillons sur son front montrent son inquiétude.

– Je ne t'en veux de rien, Mila, tu te devais de respecter les consignes que ton employeur t'avait données. Je connais ton professionnalisme.

Je ne peux m'empêcher de souffler de soulagement. Comprenant qu'il a été difficile pour moi de lui mentir, il me rassure encore :

– Tu as bien fait de ne pas tout me dire à ce moment-là. Ce qui me préoccupe, c'est toi. Fais attention, Mila, Mlle Dickinson n'en est visiblement pas à son coup d'essai. Je doute qu'elle laisse qui que ce soit se mettre en travers de son chemin.

– C'est adorable de ta part, mais je n'ai pris aucun risque. Elle n'est pas du tout au courant des réelles raisons de ma présence au sein de B. International.

Son regard se fait soudain fixe.

– Tu es sûre que personne d'autre n'est au courant ? me demande-t-il un peu brusquement.

Ce changement de ton me surprend.

– Oui évidemment ! J'ai fait très attention !

Peut-être se rend-il compte de la façon trop directe qu'il a eue de me poser la question. Il se radoucit.

– Ce que je viens de te révéler sur Holly ? Vas-tu en parler à quelqu'un ?

Je ne comprends pas bien où il veut en venir.

– Tu comprends bien que je suis dans l'obligation d'en référer à Timothy Beresford. J'y suis tenue parce que c'est la raison pour laquelle il m'a embauchée… En plus, tu connais les liens qui nous unissent…

Je n'oublie pas cet épisode… dont je me serais bien passée. Quelle gêne quand, à la sortie d'un restaurant, Simon nous a surpris Tim et moi dans les bras l'un de l'autre !

– Simon, merci à ce propos de ne pas en avoir parlé à mes parents. Ils ne m'auraient pas lâchée, tu sais comment ils sont ! Adorables, mais ils n'ont pas encore remarqué que leurs filles ont grandi !

Simon me tapote la main paternellement. Je n'aime pas ce geste qui me déroute à nouveau.

Il est étrange depuis tout à l'heure, pas tout à fait le Simon que je connais.

Il fixe un point dans le vide. Ses yeux se sont rétrécis.

– Aucun souci, Mila. À toi de gérer ta vie sentimentale. Tu vas donc parler de ce que je t'ai révélé sur Holly à Timothy ?
– Je te répète que oui. Cela te dérange ?

– Pas du tout, c'est bien, me répond-il, énigmatique. Si cette fois Holly Dickinson ne s'en sort pas, c'est une bonne nouvelle, c'est tout.

Autre chose me préoccupe, je décide d'en faire également part à Simon.

– J'ai une question à te poser, Simon. Et j'espère que tu pourras m'aider à nouveau. Un second nom apparaît sur les contrats utilisés pour mettre en place le fameux montage juridique : Bob Beresford. Il gravite dans les mêmes cercles que toi, je me suis dit que tu le connaissais peut-être ?

Instantanément, Simon se détend. Il rit et croise les bras derrière sa tête :

– Bob ! Oui ! Nous ne sommes pas amis, mais j'ai eu l'occasion de le croiser quelques fois lors d'événements professionnels.

Simon me sourit.

– C'est un vieux beau, Mila ! Il ne pense qu'à séduire, mais il n'est pas méchant !

Il réfléchit un moment, hésite avant de continuer :

– En revanche, les femmes sont vraiment son point faible. N'exclus pas le fait qu'il ait pu être manipulé par une splendide actrice comme Holly Dickinson ! Cela expliquerait peut-être pourquoi son nom circule.

Je hoche la tête. Tout ceci se tient. J'ai l'impression d'avoir fait un bond de géant dans la résolution de ce casse-tête.

J'ai hâte de retrouver Timothy pour partager ces nouvelles informations avec lui !

15
NOUVELLE ÉTAPE

Le soir, assise à la terrasse d'un café sur l'île de la Cité, je regarde la foule profiter d'une magnifique soirée estivale. Il y a un monde fou ! Depuis une heure, je savoure un verre de chardonnay avec Blanche. Elle me raconte sa soirée de la veille, passée chez une collègue de boulot :

– Il y avait ce grand brun qui me draguait…
– Mignon ?
– Bof… Oui… Pas plus que ça. Il ne m'attirait pas en tout cas, dit-elle en fronçant le nez.

C'est étrange de parler de ça avec elle. Depuis deux ans, c'est elle habituellement la fille en couple à qui les copines racontent leurs aventures et les nouvelles rencontres.

– Tu lui as donné ton numéro ?

– Non. Je ne suis pas pressée. Ça ne me dérange pas d'être un peu seule. Je préfère attendre le bon ! Tu sais, recommencer une relation, apprendre à se connaître, s'installer ensemble, imaginer la suite… Je ne suis pas prête à repartir à zéro si je n'ai pas la certitude que l'homme avec qui je me lance en vaut sincèrement la peine. C'est ce que tu ressens pour Timothy, toi ?

Sa question me prend de court. Est-ce le bon ?

Ce serait un vrai rêve.

– Je le trouve tellement merveilleux…

Elle me regarde en coin. Elle n'ajoute rien. C'est bon, elle me connaît, elle a compris ce que j'en pensais sans que j'aie besoin de lui en dire plus. Soudain, elle s'exclame :

– Oh ! Et en rentrant chez moi, tu sais sur qui je suis tombée ?

Je hausse des sourcils interrogatifs :

– Antoine !
– Pas possible ! Tu ne l'as pas trop mal pris ?
– Eh bien pas du tout figure-toi ! Au contraire ! J'étais d'autant plus ravie qu'il était accompagné de la fameuse nana pour laquelle il m'a laissée tomber comme une vieille chaussette !
– Raconte !

Elle fait une moue malicieuse.

– … Je suis bien mieux ! Tout en étant parfaitement objective, n'est-ce pas !

Elle rit, détendue, plaisante… Je n'en reviens pas, elle va tellement mieux ! Sa rupture avec Antoine semble être complètement derrière elle. Je lui livre mon impression :

– Tu sais, je pensais que tu serais effondrée après le départ d'Antoine. Vous étiez ensemble depuis longtemps, vous viviez dans le même appartement et il t'a quittée si brusquement ! Pourtant, j'ai presque l'impression qu'il ne s'est rien passé tant tu as l'air bien !

Blanche me sourit.

– En réalité, je dois t'avouer que, passée la blessure d'orgueil, je me sens libérée d'un poids énorme ! J'ai surtout mal pris le fait qu'il tente de s'en aller en douce. Si je n'étais pas rentrée au moment où il bouclait ses valises, comment aurais-je appris la vérité ? Par un mot froissé sur le bureau ? Je n'ai pas aimé non plus, tu t'en doutes, être quittée pour une autre femme. Mais très honnêtement, avec le recul, c'est vrai que notre relation était pesante.
– Ah, bon ? Tu ne m'en avais jamais parlé !
– C'est parce que je ne m'en rendais moi-même pas compte. Tu sais ce que c'est quand on est plongé dans une situation jusqu'au cou, c'est difficile de prendre du recul. Je pense qu'au fond de moi, je sentais instinctivement qu'il n'était pas

du genre à être fidèle. Alors j'étais devenue très possessive, ce qui ne me ressemble pas. Du coup, il était mal et je n'étais pas épanouie non plus… Ce qui n'excuse pas le fait qu'il m'ait trompée ! Finalement, je peux presque dire qu'il m'a rendu service ! Incroyable, non ? ajoute-t-elle en riant.

– À la nouvelle Blanche, épanouie et heureuse ! dis-je en levant mon verre. J'espère que tu trouveras la personne qui te mérite !

– Je ne peux qu'être d'accord avec toi sur ce point ! Mais je serai intraitable. Pour me mériter, il devra être beau, intelligent, cultivé, me couvrir de cadeaux comme Timothy avec toi !… Tu n'as pas dans l'idée de le cloner par hasard ?

Je lui fais une grimace comique.

C'est vrai que j'ai une chance incroyable.

Posé sur la table, mon téléphone se met à vibrer.

Quand on parle du loup !

Je décroche avec précipitation. Je n'ai pas pu le joindre après mon rendez-vous avec Simon ; je lui ai raconté les derniers rebondissements par téléphone et à présent j'ai hâte de le voir.

– Allo, Mila ?

Sa voix chaude me fait frissonner :

– Timothy ? Je suis avec Blanche, nous profitons du beau temps en terrasse. J'aimerais bien te la présenter. Tu l'avais croisée lorsque nous nous étions rencontrés la première fois à l'aéroport… Tu te souviens ?
– Je ne me souviens que de toi … et que tu m'avais traité de vieux croulant !

Ce souvenir me fait sourire. C'est vrai qu'en revenant de Vienne, nous avions passé le vol entier à critiquer ce nouveau client mystérieux qui voulait tant que j'interrompe mes vacances pour venir travailler pour lui. Nous l'avions imaginé sous les traits d'un homme d'affaires ridé et désagréable… sans nous douter que c'était l'homme splendide à quelques mètres de nous…

Si j'avais su !

– Je pense m'être plus que fait pardonner depuis, non ?
– Mmm. Tu es très douée pour présenter tes excuses, ma douce.

Penser à nos moments d'intimité me fait rougir et mon cœur s'accélère. Blanche, qui n'entend pas la conversation mais me connaît par cœur, me pousse du coude et se moque de moi en silence. Tim continue :

– Mila, je suis avec Nils, je lui racontais ce que tu as découvert grâce à Simon ce matin. Donne-moi le nom de votre café et, si tu veux bien de nous, nous vous y retrouvons toutes les deux !

Oh, oui !

– Bien sûr ! Nous sommes au Soleil d'Or.

***

Une petite demi-heure plus tard, je repère dans la foule la silhouette des deux jeunes hommes. Timothy est craquant. Il a enfilé un t-shirt noir simple mais près du corps qui dévoile sa musculature. Un jean complète sa tenue. Il ne s'est pas rasé ce matin. J'adore quand une légère barbe sombre vient dessiner sa mâchoire virile. Je réalise que c'est la première fois que je le vois autrement qu'en costume. Sa tenue décontractée lui va parfaitement. Mais je me demande bien quel vêtement ne le mettrait pas en valeur !

Avec un chiffon sur le dos, Timothy Beresford réussirait à avoir du style !

Nils n'est pas mal non plus. Immense, sa chevelure blonde en désordre comme à l'accoutumée, il porte un costume gris perle sans cravate. Une chemise rose rehausse un teint bronzé qui illumine ses prunelles bleu clair.

Lorsque Tim m'aperçoit, ses yeux se fixent aux miens et son sourire s'élargit. À peine arrivé, il m'attire contre lui et me serre fort. Je respire à pleins poumons son parfum poivre et menthe, un peu épicé, mêlé à l'odeur délicieuse de sa peau.

– Tu m'as tellement manqué, me souffle-t-il à l'oreille. Je crois que je ne peux plus me séparer de toi, ne serait-ce que pour une heure. Alors une journée entière ! Ne me fais plus souffrir comme ça.

Je lui souris. Moi aussi je voudrais rester blottie contre lui en permanence.

– Tu es splendide ce soir !... J'adore cette petite robe, ajoute-t-il sur un ton bien plus coquin.

Ce soir j'ai opté pour une robe verte et dorée avec de délicats motifs indiens. Je l'ai mise en pensant à lui et en espérant le voir. Je sais que, légèrement transparente, elle permet de deviner les formes de mon corps.

Et il fait si chaud !

– Blanche, voici Timothy et son ami Nils, dis-je pour faire les présentations.

Blanche leur fait la bise à tous les deux. Je ris intérieurement car Nils, incapable de camoufler ce qu'il pense, regarde mon amie avec un air ébahi. Elle ne s'en rend pas compte. C'est ce que j'aime chez Blanche. Elle fait tourner la tête des hommes avec un charme désarmant, parfaitement inconsciente de l'effet qu'elle provoque. Je comprends Nils, Blanche est tout à fait splendide ce soir. Son joli carré de boucles blondes met son adorable visage en valeur. Un trait de khôl fait pétiller ses yeux bleus presque transparents. Elle a enfilé une petite robe noire à volants et des chaussures à talons dorés qui lui font des jambes interminables.

Antoine est décidément un imbécile !

Timothy et Nils nous quittent quelques instants pour commander boissons et délicieuses glaces Bertillon. Exactement ce qu'il nous faut par cette chaleur. J'en profite pour interroger Blanche.

– Je suis contente que tu fasses la connaissance de Nils…

Je fais planer dans le ton de ma voix tous les sous-entendus que je peux imaginer et lui glisse un clin d'œil de connivence. Mais elle me répond sagement.

– Oui, il a l'air sympa.
– Blanche ! Tu n'es pas croyable !
– Quoi ? Qu'est-ce que j'ai fait ?
– Mais rien ! Mais enfin, tu as vu comme il te regarde ? Et puis il est plutôt pas mal, non ?

Elle semble se réveiller.

Pas trop tôt !

– Ah ! Oui ! Oui ! Je ne voyais pas où tu voulais en venir avec tes mimiques étranges ! C'est vrai qu'il me plaît physiquement. Mais je n'ai aucune chance.

– Tu es sérieuse, là ?! Mais il te mange des yeux ! Tu ne le vois pas ?

Elle se retourne vers les deux hommes qui reviennent vers nous.

– Tu es sûre ? souffle-t-elle, incrédule.

Qu'est-ce que je disais ! Elle ne changera jamais !

Alors que nous dégustons de délicieux sorbets, Tim et moi les observons en souriant : Nils et Blanche commencent à discuter, entre eux le courant passe bien ! Blanche rit sans discontinuer aux plaisanteries de Nils.

Peut-être est-il temps de donner un nouveau coup de pouce au destin…

Je les interromps.

– Blanche, sais-tu que Nils est producteur d'opéras ?

Les yeux de mon amie s'arrondissent et soudain, elle regarde le jeune homme avec émerveillement.

– C'est vrai ? Mais j'adore l'opéra ! C'est ma plus grande passion !

Je vois le sourire de Nils s'agrandir si tant est que c'est encore possible.

– À quel opéra as-tu assisté récemment, Blanche ?
– Wagner, à l'opéra Bastille.
– Le cycle entier ?
– Oui !
– Mais je n'en ai pas manqué un seul !

Une vraie rencontre ces deux-là !

Timothy et moi écoutons comme si nous assistions à une scène de théâtre.

– Et quel est ton opéra préféré ?
– *Lakmé*, de Léo Delibes. Mais il n'est quasiment jamais monté. À peine ai-je parfois la chance d'en entendre les airs les plus célèbres à l'occasion de récitals.
– Je le monte à l'Opéra-Comique actuellement, précise Nils, un sourire malicieux aux lèvres.

Blanche en a le souffle coupé.

– Comme j'aimerais y assister !
– Considère que ta place au premier rang est acquise. Et as-tu déjà visité l'opéra Garnier ? J'entends par là, vide, quand il n'y a personne ?
– Oh, non ! Bien sûr que non !
– Eh bien je te propose d'y remédier ! Tout de suite ! Il y a une représentation de *La Bohème* de Puccini ce soir, elle ne va pas tarder à s'achever. J'ai mes entrées là-bas en tant que producteur. Nous pourrions rester après la fermeture. Tu pourras t'approcher des décors et admirer

le plafond de Chagall sans avoir de foule autour de toi. Qu'en dis-tu ?

Blanche n'a plus de voix pour acquiescer. Elle se contente de hocher la tête. Je vois bien qu'elle est sur un petit nuage. Nils se tourne vers Timothy.

– Ça ne te dérange pas si on vous abandonne ?
– Bien sûr que non, allez-y !

Tim et moi les regardons s'évanouir dans la foule avec un même regard amusé. Il me prend la main et y dépose tendrement un baiser.

– Que dirais-tu si nous quittions nous aussi ce café, Mila ?

***

Nous marchons sur les quais de la Seine. La soirée est réellement splendide. Le long du fleuve se sont installés des groupes de jeunes. Quelques airs de guitare, des rires, une joyeuse ambiance. Sur un banc de pierre, une jeune fille portant un chapeau sur la tête joue une chanson d'amour que je ne connais pas mais que je trouve très émouvante. Ses doigts courent sur les cordes et sa voix est splendide. Je m'arrête pour l'écouter.

Timothy me prend par la main et me fait pivoter pour m'amener contre lui. Puis il passe son bras autour de ma taille et m'entraîne dans un slow improvisé en me souriant tendrement. Je le regarde, mes yeux traduisant probablement le bonheur incroyable que je ressens. Nous dansons ainsi durant toute la chanson, indifférents aux passants qui nous observent, amusés.

Il n'y a que nous au monde !

Quand la mélodie s'arrête, ma tête tourne un peu. Pendant un moment, j'ai été sur mon petit nuage, dans les bras de cet homme magnifique qui n'est là que pour moi. Timothy remercie la jeune fille. Elle nous sourit.

Nous reprenons notre route, l'un contre l'autre. Son bras est resté autour de ma taille qu'il presse avec douceur. J'aime sentir sa grande main sur mes hanches. Timothy et moi restons silencieux. Il y a un je-ne-sais-quoi de très romantique dans cette balade. Le fait d'être tous les deux peut-être, sans nous cacher. Savoir que nous avons tout notre temps devant nous. Et cette complicité qui nous lie si fort à présent !

Nous nous arrêtons sous un pont. Ici, les quais sont moins fréquentés et une petite brise joue dans mes cheveux. Timothy écarte quelques mèches qui sont venues se poser sur mon visage. Nous écoutons les clapotis du fleuve. Soudain, il interrompt notre contemplation et s'excuse un instant.

– Ne bouge pas d'ici, je reviens. J'en ai pour une seconde.

Je suis si bien que je ne pense même pas à me demander où il peut avoir envie d'aller. Un bateau-mouche passe, avec son lot de touristes. Ils sourient et m'adressent de grands signes. Puis ils se mettent à applaudir et à siffler.

Que se passe-t-il ?

Je sens un frôlement sur mon cou. Un parfum de rose. Je me retourne et découvre Timothy qui se tient en face de moi, les yeux tendres, une magnifique rose blanche à la main.

– Il y a un fleuriste juste à côté. Je ne pouvais pas laisser passer une si jolie fleur.

J'apprécie le sous-entendu. Un sourire immense envahit involontairement mon visage. Timothy s'approche de moi et me prend la main. Il devient soudain sérieux.

– Mila, j'ai besoin de te dire quelque chose…

Mon cœur se met à battre. Je ne l'ai jamais vu avec un regard aussi profond. Ses yeux noirs semblent ne plus jamais vouloir lâcher les miens.

– Mila, tu as changé ma vie.

J'ouvre la bouche pour lui dire que je pense la même chose, mais il m'interrompt en posant doucement son index sur ma bouche.

– Mila, souffle-t-il.

Il a l'air si ému !

– Mila, je t'aime.

Son visage s'approche du mien et nos lèvres s'unissent en un long baiser profond et si tendre que des larmes me piquent les paupières.

Au loin, sur le bateau, j'entends de nouveaux applaudissements et des hourras excités. Mais s'ils me font sourire, je n'y prête pas plus attention. Timothy me tient dans ses bras et son cœur que je sens battre si fort dans sa poitrine compte plus que tout.

– Moi aussi Timothy, je t'aime, murmuré-je dans son cou.

Son étreinte se resserre.

***

Ma clé heurte la serrure de mon appartement.

Que va-t-il penser de chez moi ?

Je me remémore l'incroyable hôtel particulier en plein seizième arrondissement que Timothy occupe. Les jardins impeccables, la décoration délicate et chic des lieux…

Nous entrons. Timothy, qui n'a pas lâché ma main de toute la soirée, s'éloigne pour visiter avec curiosité. Il a un sourire joyeux. Il est visiblement ravi de découvrir mon intérieur. Il touche tous les bibelots, s'exclame devant chaque photo et pose des milliers de questions :

– Ce sont tes parents dans ce cadre ?
– Oui.
– Ta mère est magnifique ! Presque aussi belle que toi !

Je lui souris.

Si elle était là, elle le trouverait formidable rien que pour ce qu'il vient de dire !

Il siffle en découvrant depuis le petit balcon la vue sur la Seine. Je l'observe, presque incrédule, évoluer dans mon salon blanc et féminin, se promener dans ma cuisine aux meubles anciens que j'ai chinés avec patience.

Si j'avais su un jour que Timothy Beresford, l'homme le plus convoité au monde, se retrouverait ici, je ne l'aurais sûrement pas cru !

Il revient vers moi :

– J'adore ton appartement, Mila. Ce que tu en as fait est absolument adorable.

Nous nous tenons près de la porte de la chambre, la seule pièce où il n'est pas encore entré. Je ne peux m'empêcher d'imaginer le lit dans mon dos, de l'autre côté de la porte.

Et Timothy est si beau, son parfum seul fait naître au plus profond de mon ventre une chaleur bien agréable. Quand je relève les yeux vers lui, je vois qu'il me regarde avec un désir brûlant. Ses mâchoires sont contractées. Doucement, il caresse la peau nue de mes bras et de mes épaules. Ses doigts me frôlent à peine. De légers frissons descendent le long de mon dos et explosent dans mes reins quand il me susurre à l'oreille :

– Mila, tu ne m'as pas fait visiter ta chambre…

Timothy me prend par la main et m'entraîne. Je le suis, une chaleur impatiente montant au creux de mon ventre. Je pensais qu'il allait me conduire vers le lit, mais à la place, il ferme la porte derrière nous et me pousse contre elle. Puis il fait peser contre moi le poids de son corps. L'air est moite. Sa peau est délicieusement chaude. Immédiatement, son parfum est là, inimitable. Ces seuls effluves suffisent à provoquer en moi des fantasmes torrides.

Sa main gauche joue avec la bretelle de ma robe, la fait glisser doucement tandis que ses lèvres déposent dans le sillage de ses doigts des baisers appuyés. Puis sa langue vient goûter mon cou et mes épaules. Un frisson involontaire précipite ma tête en arrière et je heurte le bois de la porte. Mon cou ainsi offert est immédiatement assailli par une bouche avide.

– Tu es délicieuse, Mila. Jamais je ne pourrai me passer de ton corps.

Je redresse la tête et le regarde, espiègle.

– Il n'en a jamais été question.

Il m'adresse un sourire gourmand.

– Alors je vais te manger tout entière et immédiatement.

Sa main libre descend le long du tissu de ma robe et caresse mes formes. Ma respiration s'accélère. J'ai envie de sentir sa peau contre la mienne.

Je m'attaque à son t-shirt, le relève lentement, profitant du plaisir de découvrir ses abdominaux fermes sous sa peau mate et plus haut ses pectoraux musclés. Il prend le relais pour le passer par-dessus sa tête. J'en profite pour dévorer son torse. Son corps seul fait monter mon désir. Je frotte mon visage contre cette peau chaude et douce à l'odeur enivrante.

Timothy saisit mon menton, le relève et m'embrasse tandis qu'il vient se coller à nouveau à moi. Sentir son torse dénudé contre moi me donne envie d'arracher mes propres vêtements. Mais je n'en ferai rien car je sais qu'il aime s'en charger et qu'il est maître dans cet art. Chaque couche retirée est prétexte à de savantes caresses qui font monter la tension entre nous de la plus incroyable des manières.

Sans cesser de chercher ma langue avec la sienne, il pose ses mains sur mes cuisses à la lisière du tissu de ma robe, frôlant à peine ma peau plus bas. Ses doigts se faufilent sous le tissu et viennent trouver l'intérieur tendre et si sensible de mes jambes. Je les laisse remonter à leur rythme, les battements de mon cœur se pliant aux frissons que Tim m'impose.

Sa main droite arrive la première au bout du chemin et me force à écarter légèrement les jambes pour qu'elle puisse atteindre mon entrejambe confortablement. Je sens un index suivre la dentelle de mon sous-vêtement. J'aimerais qu'il aille plus loin, mais sa main se retire.

– Pourquoi ? Je t'en prie, n'arrête pas, lâché-je dans un gémissement.

Lui aussi semble très excité. Il a du mal à calmer sa respiration pour me répondre.

– Mila, Mila, je crois que je n'ai pas de préservatifs… Est-ce que tu en as ?

Mince !

Je n'en ai pas. Je n'en ai plus ici depuis un moment !

– Aïe ! Non, je n'en ai pas.

Nous nous regardons soudain très sérieusement. La même interrogation flotte dans nos yeux.

Comment allons-nous résister à cette envie furieuse que nous avons l'un de l'autre ?

C'est Timothy qui, n'en pouvant plus, rompt le silence.

– Est-ce que tu as fait un test ? Un test HIV ?
– J'en ai fait un il y a un moment, bien avant qu'on ne se rencontre... mais depuis... tu sais... Il n'y a eu que toi.

Cette révélation fait naître un sourire sur son visage. Ses lèvres retrouvent les miennes.

– Je suis flatté, mon ange. C'est la même chose pour moi.
– Et je prends la pilule...

Un grand soulagement nous saisit tous les deux. Timothy n'en attendait pas plus, il se jette sur moi et reprend là où il s'était arrêté. Un cri m'échappe quand son index se glisse sous la dentelle entre mes jambes et trouve mon clitoris. Le plaisir est immédiat et aigu. Je ne tiens plus, tire maladroitement sur mon sous-vêtement pour lui libérer la voie. Il me bloque les mains.

– Comme tu es impatiente, Mila !

Il tire sur ma robe qui cède et tombe sur le sol. Le reste de ce que je porte ne résiste pas beaucoup plus longtemps. À son tour, il se débarrasse fébrilement de son pantalon. Nous sommes maintenant nus, collés l'un à l'autre contre la porte de ma chambre. Timothy descend le long de ma poitrine, suce la pointe de mes seins et joue à me faire soupirer de bonheur. Puis c'est à mon ventre qu'il s'attaque. Sa langue suit le coquillage de mon nombril, descend encore, plus bas, toujours plus bas jusqu'à se perdre entre mes cuisses. Il est maintenant accroupi devant moi. Il saisit ma jambe gauche et la repose sur son épaule, m'ouvrant à lui.

Lentement, il approche ses lèvres de mon sexe et l'embrasse. D'abord rapidement, si bien que j'ai à peine le temps de sentir sa bouche pleine presser l'endroit le plus sensible. Puis il y revient avec plus d'intensité, léchant et mordillant mon clitoris qui se gonfle. Le plaisir irradie dans mon ventre. J'ai l'impression que mon corps entier est devenu une gigantesque zone érogène que ses mains caressent sans discontinuer. L'une d'elles lâche mes hanches auxquelles elle s'agrippait fermement et ses doigts rejoignent le travail de sa langue. Son index glisse le long de mon sexe et trouve l'ouverture dans laquelle il plonge. Un gémissement prolongé jaillit de ma gorge tandis que son doigt dessine à l'intérieur de moi des cercles habiles, à l'endroit juste où un point plus sensible précipite un premier orgasme bref qui, loin d'étancher ma soif de lui, redouble mon envie de le sentir à l'intérieur de moi.

– Timothy, viens…

Il se relève mais sans lâcher ma jambe et se colle tout contre moi. Nos corps sont moites et nous sommes tous les deux essoufflés tellement nous avons envie l'un de l'autre.

– Déjà ? plaisante-t-il.

Incapable de parler plus, je hoche la tête. J'ai trop envie qu'il me prenne, et je ne pense pas pouvoir supporter plus de préliminaires. Alors il écarte ma cuisse pour m'ouvrir à lui. Son pénis dressé, impressionnant, vient buter contre mon pubis. Je mords ma lèvre inférieure et ferme les yeux, attendant impatiemment la suite. Je sens son sexe chercher sa voie contre mon intimité humide. Enfin, Tim s'enfonce en moi en gémissant. Tout de suite, je sens la peau douce de son pénis, la chaleur de son sexe en moi.

C'est si bon !

Il n'y a plus rien entre nous. C'est sa peau contre la mienne. Et faire l'amour ainsi est encore meilleur et encore plus émouvant. J'ai l'impression que nous appartenons totalement l'un à l'autre, que nous ne formons plus qu'un. Pour lui aussi, les sensations semblent extrêmement fortes.

– Oh, Mila, c'est si bon, me souffle-t-il à l'oreille.

Il ne bouge plus, planté en moi. Ses mains serrent convulsivement mes hanches, caressent ma poitrine. Il embrasse à nouveau mes seins, me presse contre lui. Puis il commence à bouger en moi. Vite, dès le début. Fort. Mon bassin vient heurter la porte quand il entre profondément en moi.

– Mila, je n'en peux plus, j'aime trop ton corps.

Ma réponse ne peut pas être plus distincte qu'un gémissement. Il me soulève, me porte et je tombe sur le lit. Il se laisse aller sur moi et son sexe entre en moi tout entier. Nous crions ensemble tant le plaisir est intense. Alors Timothy se détache de moi. Il me saisit par les épaules et me tourne sur le ventre, me hisse jusqu'à la tête de lit. Habilement, comme si je ne pesais pas plus qu'une plume, il me soulève et m'agenouille face au mur. Ses mains saisissent les miennes et les posent au-dessus des oreillers, ce qui m'oblige à me courber en avant.

Tim se penche sur moi et m'embrasse dans le cou. Il se place ensuite derrière moi et écarte mes jambes avec une de ses cuisses. Je sens le bout de son sexe contre le mien. Il pèse et entre à nouveau en moi. J'ai l'impression qu'il est encore plus dur qu'avant. Dans cette position, il peut me posséder tout entière. Ses mains viennent prendre mes seins et en agacent les pointes, les roulent et les titillent. Un immense frisson me parcourt. L'air me manque.

Sans cesser d'aller et venir en moi, de plus en plus vite, Tim fait descendre une de ses mains depuis ma poitrine jusqu'à mon clitoris entièrement dégagé en une caresse appuyée. Son index rejoint le point le plus sensible et tourne exactement à la bonne vitesse et en imposant la bonne pression. Je me mets à crier. Le plaisir est si intense que je pense être sur le point de jouir, mais lui, méchant, me maintient à la limite ultime du point de non-retour, avant de sombrer. Sans cesser ses mouvements si incroyablement délicieux, il se rapproche de moi. Je sens son torse se plaquer contre mon dos.

– Mila, j'aime te faire l'amour, me chuchote-t-il à l'oreille. Tu m'entends, j'aime tant te faire l'amour que j'aimerais que cela dure éternellement.

Ma tête se renverse en arrière et roule contre son épaule. Timothy entoure ma taille avec son bras et me soulève. Avançant sur ses genoux, il m'entraîne vers le haut du lit jusqu'à ce que je me retrouve également agenouillée sur les oreillers, la poitrine collée au mur. Alors, il accentue ses mouvements de hanches. Bloquée entre lui et le mur, mon corps subit avec plaisir ses mouvements, et il peut entrer en moi encore plus profondément. Il ne s'en prive pas, sort presque entièrement avant d'entrer de nouveau jusqu'à la garde. Je suis surprise de la taille qu'a prise son pénis. J'ai l'impression qu'il est à la fois long, épais et dur. J'ai l'impression qu'il m'occupe tout entière. S'il accélère ce mouvement puissant, je ne pourrai plus résister au plaisir qui me tord.

Comme s'il le savait, il va et vient de plus en plus rapidement. Écartant mes cuisses avec ses mains, il entre et sort, me maintenant ouverte pour lui. Alors que son sexe gonfle en moi, sur le point d'exploser, son doigt vient trouver à nouveau mon clitoris qu'il presse et excite. Juste avant l'apothéose, ses lèvres rampent le long de mon visage et viennent trouver les miennes. Il m'embrasse, enfonçant sa langue dans ma bouche, y étouffant un gémissement de désir. Le plaisir est bien trop fort, bien trop intense. Il me parcourt tout entière, me fait oublier où je suis et qui je suis. Je ne suis plus qu'une onde, un orgasme puissant qui se mêle au sien.

16
UN APPEL DU PASSÉ

Quitter mon appartement le lendemain matin est un crève-cœur. La nuit a été un mélange parfait de passion et de tendresse. Y repenser me met immédiatement dans le même état que lorsque Timothy a fait glisser hier soir ma robe sur le sol.

Quand je me réveille après cette nuit magique et malgré l'heure matinale, Timothy a déjà eu le temps de sortir nous chercher des viennoiseries croustillantes. Une délicieuse odeur de café m'accueille dans la cuisine. Tout est prêt. Tim tire la chaise devant moi, m'installe, m'apporte sur un plateau café et jus d'oranges pressées. Je ne dis rien, ne me lasse pas de le regarder évoluer chez moi avec tant de naturel. On dirait qu'il a vécu ici toute sa vie.

Nous passons un excellent moment, joyeux, complice. Et c'est donc avec un pincement au cœur qu'il me faut revenir à la réalité. Nous décidons de nous rendre séparément au siège de B. International. Il n'est plus question de cacher notre relation, mais nous n'avons pas pour autant envie d'alimenter les ragots du boulot…

Nous… j'aime bien pouvoir dire ce mot à propos de Timothy Beresford et moi…

Je pousse la porte de mon bureau. Mes dossiers m'y attendent depuis mon départ précipité pour Londres. J'ai l'impression que c'était il y a des siècles ! Le retour est un peu trop brutal à mon goût ! Un café me ferait le plus grand bien. Il me donnera le temps de reposer enfin les pieds sur terre et de me rappeler où j'en suis précisément, quelles sont les tâches que j'ai abandonnées il y a 48 heures. Je rejoins la cafétéria de l'entreprise. Malheureusement, non seulement elle n'est pas vide, mais en plus, je tombe nez à nez avec la dernière personne que j'aurais voulu y voir ce matin : Holly Dickinson.

L'été lui va à ravir : il lui donne l'occasion de dévoiler son corps de rêve. Un pantalon en soie blanche dessine les courbes de ses jambes subtilement. Un chemisier sans manches bleu marine moule son buste. Le décolleté profond est décoré d'un jabot de volants de la même couleur, attirant à n'en pas douter les yeux des hommes vers la naissance de sa poitrine. Elle a relevé ses cheveux d'un blond suédois en une queue-de-cheval d'où ne dépasse aucune mèche rebelle.

À mon arrivée, elle me toise de haut en bas, se permet carrément une moue dédaigneuse.

Injustifiée à mon avis : c'est Timothy qui a choisi ma tenue ce matin.

Je me souviens de sa joie à fouiller dans ma garde-robe ! Robe rouge à bretelles, petits escarpins noirs.

Mes préférés !

Certes ma chevelure n'est pas aussi obéissante que celle de Miss Dickinson, mais je ne m'en plaindrai pas. Tim raffole de « ma crinière châtain », selon ses propres mots.

– Alors, Mila, vous avez encore pris la liberté de nous quitter sans prévenir ! Où étiez-vous donc passée ?

Je suis à la fois profondément agacée et sur la défensive. Et si, même maladroitement, elle cherchait à obtenir des informations sur mon enquête concernant les détournements de fonds ? Je sais maintenant grâce à Simon qu'elle a probablement déjà été impliquée dans une affaire similaire. Je n'ai pas encore assez d'éléments concrets pour être sûre de sa culpabilité dans celle concernant B. International, mais l'étau se resserre. Je dois donc rester méfiante. Malgré tout, je ne peux m'empêcher de lâcher en soupirant :

– Pour la millième fois, Holly, je ne vous dois aucune explication. Je n'ai pas à vous donner les détails de mon emploi du temps.

Je me dépêche de glisser une pièce dans la machine à café et la snobe ostensiblement pendant que le liquide coule dans le gobelet.

Les trente secondes qu'il faut pour que mon café soit à disposition me semblent être les plus longues de toute ma vie !

Je n'ai qu'une seule hâte : m'enfuir de cette pièce. Cette femme sait se montrer désagréable à la perfection ! Si je découvre qu'elle est coupable de quoi que ce soit lors de mes investigations, je lui ferai payer son comportement envers moi !

***

De retour devant ma table de travail, je décide d'achever la rédaction du contrat d'association entre B. International et une de ses filières : mon alibi pour couvrir les réelles raisons de ma présence ici. Les révélations s'accélérant depuis quelques jours, il est préférable que ma « couverture » soit peaufinée dans l'hypothèse où j'aurais à me justifier. Je ne connais pas l'implication réelle de Bob Beresford, mais si Holly et lui sont complices, ou même s'il est juste manipulé, il peut, pour me mettre en porte à faux, me demander de montrer officiellement le résultat de mes heures passées dans les murs de la société. Si je ne dois rien à Holly, Bob en revanche a un droit de regard sur mon travail et il peut tout à fait contacter le cabinet d'avocats qui m'emploie pour se plaindre de moi.

Mieux vaut prévenir que guérir !

Je m'attelle donc à la tâche. Peu avant midi, alors que je suis concentrée depuis plusieurs heures, mon téléphone émet un chant d'oiseau.

Il s'agit de la sonnerie réservée à ma sœur Camille.

La dernière fois que je l'ai vue, c'était en compagnie de Blanche, juste après que celle-ci a rompu avec Antoine. Je les avais laissées en célibataires toutes les deux dans un bar où elles flirtaient ostensiblement avec des hommes. Je n'étais clairement pas sur la même longueur d'ondes, mon esprit tout entier déjà séduit par Timothy Beresford.

Je décroche :

– Camille ? Comment vas-tu ? Blanche m'a dit qu'en sortant de l'Arc l'autre jour, vous aviez une sacrée migraine ! Au moins, vous vous êtes bien amusées !

– Ne m'en parle pas ! J'ai mis deux jours à m'en remettre ! Je viens un peu aux nouvelles parce que, finalement, nous n'avons pas trop discuté. Tu avais l'air épuisé ! Tu revenais juste des États-Unis, c'est ça ?

– Oui.

Je me remémore les moments incroyables passés avec Tim à New York, la vue depuis le *penthouse* qu'il avait réservé pour moi, le coucher de soleil, le dîner délicieux… et la nuit qui a suivi…

– Mila ? Ça a coupé ? Je ne t'entends plus !

Je me ressaisis.

– Excuse-moi, je pensais à autre chose.
– Au beau Timothy Beresford, n'est-ce pas ?
– En plein dans le mille !

J'aimerais tellement qu'il passe la porte de mon bureau, là, maintenant. Juste un instant. Juste le temps de l'admirer.

Je suis définitivement accro.

Mais je n'ai pas que des souvenirs agréables de mon séjour outre-Atlantique.

– Camille, je n'ai pas vu que Timothy à New York et tu le sais ! J'ai également vu Valentin puisque tu l'avais toi-même appelé pour l'informer de ma présence sur le sol américain !

Un petit silence au bout du fil.

– Désolée, Mila. Une nouvelle fois. C'est toi qui as raison, je n'aurais pas dû faire du forcing. Et Timothy est à coup sûr quelqu'un de merveilleux.
– Heureuse de te l'entendre dire ! Toujours est-il qu'il est venu déjeuner avec Tim et moi chez Petrossian. J'en ai profité pour lui faire comprendre qu'il n'y aurait jamais rien entre

nous. C'est mon meilleur ami ! Et c'est de Tim dont je suis amoureuse.

– Je sais déjà tout ça, figure-toi !

Je reste surprise un instant.

– Ah, bon ? Comment ?

– J'ai eu Valentin au téléphone. Lui aussi est rentré des États-Unis. Ne t'inquiète pas, je ne t'appelle pas pour insister pour que tu le voies. J'ai bien compris : c'est Timothy Beresford, le milliardaire sexy et beau comme un dieu et personne d'autre ! Franchement, je ne comprends pas ton choix, plaisante-t-elle.

Je ris, rassurée sur ses intentions.

– Si tu l'as eu, dis-moi, comment va-t-il ?

– Mieux. Lui aussi m'a raconté l'épisode du restaurant. Ça lui a fait mal de vous voir ensemble car il pensait réellement que vous pourriez être plus que des amis. Mais il a finalement digéré l'affaire. Il m'a dit qu'il a compris là-bas que votre amour est réciproque. Et aussi que ça crevait les yeux à la façon que vous aviez de vous regarder, à votre façon d'être l'un envers l'autre. Il est heureux pour toi, Mila. Pour le reste, il s'en remettra. Pour lui, l'important, c'est que sa meilleure amie ait trouvé quelqu'un de bien.

Je soupire de soulagement.

– Excellente nouvelle. Je m'en suis voulue, tu sais. Le faire souffrir est la dernière chose que je veux.

– Oui, mais tu n'allais pas lui céder pour lui faire plaisir ! Tu as bien fait. Au moins, les choses sont claires. Je t'appelle aussi pour te dire au revoir !

– Tu pars quelque part ?

– Un photo-reportage au Cambodge.

– Génial !

– J'ai hâte d'y être !

Je repose mon portable. Ce que m'a expliqué Camille est un vrai soulagement. Je m'en serais voulu d'avoir blessé trop profondément Valentin et je ne me serais jamais remise d'avoir perdu mon ami. Je reprends le travail. Il me faut encore une bonne heure avant que le contrat ne soit quasi finalisé. J'aurai encore besoin de vérifier une règle juridique et son application spécifique et ce sera bon. Je repousse les documents dans un coin et ouvre un tiroir fermé à clé, celui dans lequel je range les informations recueillies au cours de mon enquête concernant les malversations au sein de B. International. J'ai besoin de récapituler la totalité de mes découvertes. Il y a eu tant de rebondissements ! Mais il reste également de nombreuses zones d'ombre. Je prends un papier pour récapituler ce que je sais et ce que j'ignore en traçant deux colonnes.

Dans un premier temps, j'ai découvert que :

- L'argent détourné est déposé sur le compte d'Angela Pumpkin.

- Angela Pumpkin est un personnage inventé qu'on retrouve dans un livre pour enfants écrit par Violette Barns.
- Violette Barns n'est autre que Violetta Florès, la « presque mère adoptive » de Timothy.

Je me remémore cette histoire tragique... Violetta, la domestique sans papiers employée aux États-Unis par le père de Tim lorsque la famille Beresford vivait de l'autre côté de l'Atlantique... Il s'en est tout simplement « débarrassé » quand son fils Arthur est tombé malade à six ans.

Ce qui m'amène aux points suivants :

- Arthur, celui avec qui Timothy a grandi, est non seulement vivant, mais il habite à Paris.
- Les fonds détournés de l'entreprise le sont grâce à des contrats signés par Holly Dickinson et contresignés par Bob en personne.
- Holly a été impliquée dans le passé dans une affaire similaire. Ce qui laisserait supposer qu'elle sait comment s'y prendre pour réaliser le montage financier que j'ai mis à jour au sein de l'entreprise.

En regardant cette liste, je me rends compte du chemin parcouru en quelques semaines. Mais il n'est pas question de s'arrêter là, car la colonne contenant les mystères non résolus est encore longue. Voici donc ce que j'ignore toujours à ce stade :

- Pourquoi les détournements ont-ils commencé il y a trois ans, précisément à l'époque où Tim a pris la tête de la société en remplacement de son père ?
- Pourquoi Holly détournerait-elle l'argent sur un compte portant un nom si symbolique faisant référence au passé de Timothy, alors qu'elle n'est pas concernée par cette période de sa vie ?
- Dans la poche de qui vont toutes ces sommes ?
- Holly et Bob sont-ils impliqués ? Car, après tout, je n'en ai encore aucune certitude matérielle ! Et s'ils le sont, de quelle manière ?

Presque découragée, je m'aperçois que je suis encore loin d'avoir démêlé ce sac de nœuds et que, pour l'instant, malheureusement, je n'ai plus aucune piste. Je ne sais absolument pas dans quel sens diriger mes recherches pour avancer. Provoquer Holly ? Tout lui balancer et réagir en fonction de ce qu'elle dira ou non ?

Bien trop risqué.

C'est vrai que ce serait jouissif de la voir se décomposer, comprendre qu'elle a été démasquée. Par moi, qui plus est ! Oui, mais… Oui, mais si elle n'y est pour rien, je n'aurai pas avancé d'un pouce et je devrai en plus lui présenter des excuses.

Ça, jamais !

Elle serait trop heureuse ! Je la vois déjà en train de jouer la sainte-nitouche effarouchée, d'exiger peut-être mon renvoi !

La connaissant, elle en profiterait au minimum pour battre des cils sous le nez de Timothy, en espérant que son statut de martyr tout neuf l'amadoue suffisamment pour qu'elle ait enfin une chance de lui mettre le grappin dessus.

J'en suis là de mes réflexions quand Timothy déboule dans mon bureau.

J'avais très envie de le voir… mais pas avec un visage aussi défait !

Il ferme la porte derrière lui et tente de reprendre ses esprits. N'y parvenant pas, il s'assied, et prend sa tête dans ses mains. Je ne l'ai jamais vu ainsi. Je m'accroupis face à lui et lui prends les mains.

– Qu'y a-t-il, Timothy ? Dis-moi vite !

Il relève le nez et me dévisage. La confusion se lit dans ses yeux.

– Mila, je viens d'avoir un appel d'Arthur.
– Mais quand ? Quand t'a-t-il appelé ?
– À l'instant. Je suis venu te trouver dès que j'ai raccroché.

Silence. Nous nous fixons tous les deux, désarçonnés. Pourquoi Timothy a l'air si… perturbé ? Même si ça lui fait un choc après toutes ces années à croire que son ami d'enfance était mort, je pensais qu'il serait plus heureux que ça de reprendre contact.

– Et que vous êtes-vous dit ? lui demandé-je.

Tim souffle, se passe la main sur le visage, semble revenir enfin à lui. Du moins suffisamment pour articuler un récit cohérent de ce qui vient de se passer.

– Pas grand-chose, en réalité. Il veut me voir.

– Mais c'est une bonne nouvelle ! Tu devrais être aux anges, non ?

Il hausse les épaules.

– Je ne sais pas. C'était étrange. Il insistait pour me voir absolument. Immédiatement... et surtout... seul...

– Et c'est ce qui te dérange ? Je trouve ça plutôt normal ! Vous ne vous êtes pas vus depuis si longtemps ! Il doit être impatient ! Violetta lui a probablement raconté notre visite ; s'il préfère te voir sans moi je peux le comprendre. Pas toi ?

Timothy me regarde avec espoir. Je sens qu'il aimerait que mon explication si évidente soit le reflet de la réalité. Mais il n'en est rien...

– Ce n'est pas ça. Je n'ai pas l'impression qu'il était heureux de me parler, lorsqu'il m'a appelé. Son ton était si froid, presque cassant ! J'aimerais pouvoir croire qu'il était simplement bouleversé et qu'il avait effectivement hâte, comme tu le dis, de me revoir, mais je n'en suis pas convaincu. Je l'ai senti si distant...

– Que vas-tu faire ?

– Je ne connais pas ses intentions. Mais ce que je sais avec certitude, c'est que je veux le voir. Arthur m'a appelé ! J'ai mis du temps à réaliser que c'était lui, au début ! Quoi qu'il arrive, le revoir vivant est déjà quelque chose de merveilleux.
– Alors, file ! Où vous retrouvez-vous ?
– Il m'a demandé de le retrouver chez lui. Il doit m'envoyer son adresse par texto.

Timothy se relève et vient jusqu'à moi.

– Je te promets de t'appeler dès que je sors. Je suis impatient de te retrouver pour tout te raconter.

Je lui souris et caresse doucement son bras en un geste apaisant.

– Je suis sûre que tout va se passer au mieux. Vous allez enfin pouvoir rattraper le temps perdu !

Le téléphone de Timothy émet une série de bips, c'est le texto d'Arthur. Tim se penche au-dessus de moi et me dépose un léger baiser sur mon front.

– Je file. On se retrouve ce soir.

17
ATTENTION, DANGER

Timothy parti, je reste seule avec un terrible sentiment de malaise. J'ai voulu le rassurer, mais je ne me sens pas bien par rapport à ce qui est en train de se passer. Si tout avait été aussi rose que je l'ai affirmé, Tim ne se serait pas posé autant de questions. Il serait entré dans mon bureau heureux et impatient. J'ai confiance en son jugement et si le ton d'Arthur a soulevé en lui des réticences, il doit y avoir une raison.

Je tourne en rond, n'arrive à me concentrer sur rien. Quand mes yeux tombent sur la liste que j'étais en train d'élaborer avant que Timothy entre et m'interrompe. Je relis mes notes, et une question me saute aux yeux, je la murmure tout haut :

– Pourquoi Holly Dickinson, en admettant que ce soit elle qui détourne les fonds, choisirait comme nom d'emprunt « Angela Pumpkin » ?

Comment même le connaîtrait-elle ? Pourquoi « Angela Pumpkin » ? Holly a-t-elle un lien avec Violetta Florès ? Ou avec Arthur ?

Arthur…

Depuis le début, Timothy et moi suspectons Bob Beresford et Holly. Mais si nous avons rapidement écarté la responsabilité de Violette Barns dans cette affaire, nous ne nous sommes jamais posé la question de la responsabilité d'Arthur. Il faut dire que jusqu'ici, nous pensions qu'il était mort ! Un frisson désagréable me glace le dos. Je sens confusément que je viens de mettre le doigt sur quelque chose et une vive inquiétude monte en moi. Je sais qu'Arthur a demandé à voir Tim seul à seul, mais…

Je saisis mon sac et fouille à la recherche de la carte de Violette. C'est la première idée qui m'est venue. Ai-je une autre option ? À qui d'autre pourrais-je bien faire appel dans une situation pareille ? Personne ! La sonnerie se prolonge dans le vide. Et si elle ne me répondait pas ? Et que peut-elle pour moi ? Depuis Londres ! Je suis sur le point de raccrocher quand elle décroche enfin. Je prends une grande inspiration.

– Violette Barns ?
– Je vous écoute.

Je reconnais sa voix agréable, son curieux accent quand elle s'exprime en anglais.

– Mila Wieser. Nous nous sommes rencontrées à Londres. Je suis l'amie de Timothy Beresford.

Un court moment de silence à l'autre bout du fil me laisse penser qu'elle ne s'attendait pas à ce que je la contacte. Du moins pas aussi vite.

Va-t-elle me demander de la laisser en paix ?

Ai-je bien fait ? Sera-t-elle aussi déstabilisée qu'en Angleterre ?

– Mila, comment allez-vous ? Que puis-je pour vous ?

L'entendre à nouveau me soulage. Sa voix est plutôt sympathique. La surprise passée, elle a l'air enchanté de m'entendre. Elle s'est sans doute remise des retrouvailles inattendues avec Timothy, du moins je l'espère.

– Je suis navrée de faire appel à vous, mais Arthur vient d'appeler Timothy et lui a demandé de le rejoindre chez lui. Êtes-vous au courant ?
– Non. Vous me l'apprenez ! Mais ce que je peux vous dire est qu'Arthur est au courant de ce qui s'est passé à Londres. Je suis moi-même à Paris actuellement. Après vous avoir vus, je ne vous cache pas que j'étais totalement perdue. J'ai tout raconté à mon mari et j'ai fait ma valise. Je ne voulais pas expliquer ce qui s'était passé à mon fils par téléphone. Je voulais le voir et que nous ayons l'occasion de nous parler face à face.

– Est-ce qu'il l'a bien pris ?

Violette semble hésiter un instant avant de me répondre.

– Je ne sais pas quoi vous répondre, Mila ! Il était sous le choc. Comme moi quand nous nous sommes vus à Londres. Il était encore muet de stupeur lorsque j'ai quitté son appartement. Je sais que lui aussi a suivi le parcours de Timothy dans la presse ces dernières années. Je suis heureuse qu'ils se rencontrent enfin. J'espère simplement que tout va bien se passer.

Cette dernière phrase fait remonter toutes mes inquiétudes.

– Pourquoi dites-vous ça, Violette ? Pourrait-il y avoir un quelconque souci ?
– … Non… L'appel d'Arthur était amical, n'est-ce pas ?

À mon tour de marquer un temps d'arrêt. Tout s'effondre. Je sentais bien qu'il y avait un souci.

– Pas tant que ça, justement.
– Que voulez-vous dire ?
– Timothy l'a trouvé assez froid au téléphone. J'ai pensé de mon côté qu'il était peut-être sous le coup d'une vive émotion…
– Mais je ne comprends pas… Quand Arthur a-t-il appelé Tim ?
– Il y a peut-être vingt minutes ou une demi-heure.

– J'ai quitté mon fils il y a une demi-heure également, dit-elle après une nouvelle hésitation. Il a dû se jeter sur son téléphone à peine avais-je refermé la porte derrière moi… Ce n'est pas rassurant, car s'il a agi sous le coup de la colère, il n'est probablement plus maître de lui-même.

– Comment ça en colère ? Pourquoi Arthur serait-il en colère contre Timothy, ça n'a pas de sens !

– Mila, vous êtes tout à fait adorable et vous ne pensez pas à mal. De votre côté, vous avez le sentiment de réparer une injustice, que nous allons maintenant tous nous retrouver dans le meilleur des mondes et que tout sera parfait. J'ai bien compris que Timothy raisonnait exactement comme vous. C'est bien d'être aussi positifs ! Mais ce que nous avons vécu avec mon fils lorsqu'il était enfant a été une épreuve excessivement difficile à surmonter. Il en reste des traces. Des cicatrices qu'il faudra panser avec patience pendant encore quelque temps.

Je commence à comprendre que nous n'avons, malgré nos efforts, pas encore tenu assez compte de ce que Violette et Arthur pouvaient ressentir. Je lui demande, la voix tremblante :

– Violette, sincèrement, pensez-vous qu'Arthur puisse vouloir du mal à Timothy ?

– Je pense que c'est plus compliqué que ça, Mila. Pouvons-nous nous rencontrer pour en discuter ?

***

Je retrouve Violette Barns en bas des Champs-Élysées, à peine un quart d'heure plus tard. Elle m'ouvre les bras. Cette femme est naturellement rassurante et maternelle.

Et splendide !

De petite taille, bien faite avec de jolies rondeurs, elle porte un tailleur de couleur myosotis très original. Il met en valeur ses grands yeux brun clair aux prunelles douces et chaudes. Elle porte une pochette en cuir de laquelle dépassent des multitudes de dessins colorés et des esquisses qui ont l'air magnifique. Si nous n'avions pas une urgence, je lui aurais volontiers demandé de me les montrer. Mais elle-même n'oublie pas pourquoi nous nous retrouvons aussi vite.

– Avez-vous des nouvelles, Mila ? J'ai tenté d'appeler Arthur mais il ne répond pas.

– Je sais que je vous ai déjà posé la question par téléphone, mais j'ai du mal à réaliser la tournure que sont en train de prendre les choses. Pensez-vous qu'il y ait des raisons sérieuses de s'inquiéter ?

– Je vous avouerai franchement que je n'en sais rien. Arthur est un garçon bien, mais je pense qu'il serait préférable que je sois présente. Je sais que mon fils nourrit des sentiments très contradictoires vis-à-vis de Timothy. Un mélange étrange d'affection et d'animosité. Il faut le comprendre, lorsque Bob Beresford nous a jetés dehors, je me suis retrouvée seule avec lui. Il était très malade. Je n'avais même plus de toit à nous mettre au-dessus de la tête. Bien qu'Arthur n'ait eu que 6 ans à l'époque, je crois qu'il met tous les Beresford dans le même sac. Je lui ai bien dit que Tim n'y était pour rien et qu'il avait même cherché à le retrouver. Mais je ne sais pas s'il a bien voulu entendre ce que je lui expliquais. Je ne voudrais pas que leurs retrouvailles se passent mal.

Son discours n'a rien de rassurant. Il faut faire vite. Les rejoindre pour servir de médiateur en cas de besoin et éviter que cette situation complexe ne dégénère.

– Violette, accepteriez-vous que nous nous rendions ensemble chez votre fils ?
– Oui. C'est la meilleure chose à faire.

Nous partons immédiatement. Je hèle un taxi et nous nous y engouffrons. J'écoute l'adresse que Violette communique au chauffeur. Arthur vit dans le quinzième arrondissement. Ce n'est pas loin, mais il faut traverser la Seine et à cette heure-ci, il commence à y avoir de la circulation. La traversée de la place de la Concorde est assez rapide, mais nous restons coincées un temps infini sur l'immense quai Branly. J'ai beaucoup de mal à ne pas bondir hors de la voiture. J'envoie un texto à Timothy tout en sachant bien qu'il y a peu de chances qu'il me réponde.

Il doit être sur place depuis longtemps déjà.

[Je suis avec Violette, nous sommes très inquiètes. Est-ce que tout va bien ?]

J'ai beau fixer avec rage l'écran de mon portable, aucune réponse n'arrive. Je suis à deux doigts du désespoir. Il faut à tout prix que je reprenne le contrôle de moi-même. Sinon, lorsque nous arriverons, je ne serai d'aucune aide, ni à Tim ni à personne. Je réfléchis encore. Si j'essaye d'être objective, je ne vois pas pourquoi Arthur en voudrait à Tim au point de lui faire du mal. Je ne préfère pas y songer. Mais si j'ai avancé dans mon enquête concernant les malversations, si j'ai retrouvé Violetta Florès alias Violette Barns, il y a une question qui reste en suspens. Une question que j'ai oublié d'inscrire sur ma liste : celle des coups de fil anonymes que reçoit Timothy.

Qui est l'auteur de ces coups de fil ? Un harcèlement pour le moins agressif.

La descente de police qui avait permis de mettre à jour l'origine géographique du harcèlement avait établi un lien incontestable entre Arthur et Timothy. La peluche appartenant à Arthur retrouvée sur place… Tout ceci apparaît dorénavant comme un message. Un message à peine voilé qui signifierait : « Je suis là, je sais où tu es et comment t'atteindre. » Je suis maintenant quasiment persuadée qu'Arthur est à l'origine de tout ceci. Si on y ajoute le ton froid qui a choqué Timothy lorsqu'Arthur l'a appelé pour lui donner rendez-vous, et son insistance pour qu'il vienne seul… Décidément, mon mauvais pressentiment se confirme.

Violette est dans le même état d'esprit à mon avis, car nous restons toutes les deux étrangement silencieuses pendant le trajet. Les minutes défilent, interminables. Enfin, nous arrivons à destination. Nous nous jetons presque hors du taxi. Nous courons maintenant. La foule nous barre le passage. Les gens autour de nous se promènent, tranquilles, profitant du soleil. Enfin, au détour d'une rue, Violette pointe du doigt un porche bleu :

– C'est là !

Je crierais presque de soulagement ! L'immeuble où vit Arthur est un petit bâtiment de trois étages auquel on accède par une cour intérieure pavée, au charme bien parisien. En y pénétrant, nous ralentissons notre course. Si la rencontre entre les deux amis d'enfance se passe bien et que nous nous sommes rongé les sangs pour rien, nous ne pouvons arriver en nage et débouler sur place comme si nous venions arrêter une bande de dangereux terroristes. Cette dernière tentative pour rester calmes ne dure que jusqu'à ce que nous soyons à portée des fenêtres. Des éclats de voix nous parviennent. Deux hommes se disputent. Nous nous remettons à courir sans nous consulter. Violette me précède, tape le code pour débloquer la porte d'entrée. Les marches sont grimpées quatre à quatre. Nous sommes encore sur le palier quand nous entendons, cette fois distinctement une voix que je ne connais pas et qui doit être celle d'Arthur :

– Mais tu ne comprends donc pas ?!

Il y a tellement de rage et d'agressivité dans sa voix que je passe devant Violette. C'est moi qui pousse violemment la porte d'entrée de l'appartement. Je trébuche et m'arrête net au milieu d'un grand salon clair. Arthur et Timothy s'y tiennent debout, face à face. Dans un coin, une table sur laquelle deux tasses sont posées. La cafetière en revanche est toujours pleine. La conversation a dû commencer là, mais assez rapidement personne n'a plus pensé à servir à boire... Timothy se tourne vers moi. Son regard est si malheureux que j'ai envie de me précipiter dans ses bras. Il est blanc comme un linge. Il est évident que les retrouvailles n'ont pas été chaleureuses, à l'instar de ce que Timothy redoutait d'ailleurs. Son intuition ne l'avait pas trompé. Je découvre Arthur pour la première fois. C'est un beau jeune homme au teint sombre et aux cheveux épais très bruns, comme ceux de sa mère. Il ne nous regarde pas. Ni moi ni elle. Je me demande même s'il a remarqué notre présence, ou simplement entendu le bruit de la porte venue taper violemment le mur quand je l'ai ouverte.

Arthur est ivre de colère. Il fixe Tim de ses yeux d'un noir profond. Exactement les mêmes que Timothy.

Mon Dieu...

Je n'ai même pas le temps de formuler pour moi-même ce que je viens de comprendre, qu'Arthur le confirme en hurlant, ses yeux rivés dans ceux de l'homme de ma vie.

– Timothy, je suis ton frère !

IV

DEUX FRÈRES

18
UN TERRIBLE CHOC

Le temps s'est comme arrêté. Je n'en reviens pas de ce que je viens d'entendre.

Arthur, le fils de Bob Beresford ! Arthur, le frère de Tim !

Je regarde les deux jeunes hommes qui se font face, en silence. Ils s'observent, bouleversés. Arthur, qui vient d'avouer à Tim leur lien de sang, ne cille pas, et Tim a le regard fixé sur son ami d'enfance, celui qu'il n'a pas vu depuis ses 6 ans, celui qu'il a cru mort.

Je jette un rapide coup d'œil à Violette. Elle est pâle, les deux mains plaquées sur sa bouche. La vérité a explosé dans la pièce et a tout figé. Je me répète ce que nous venons de découvrir tant j'ai moi-même du mal à y croire.

Arthur, le fils de Violetta Florès, celle qui s'est occupée de Tim comme une mère quand il était enfant, n'est pas mort. Il est bien vivant. Et… et ils seraient frères ?

Le silence plane toujours. Ainsi que la gêne. Comment réagir dans un moment pareil ? Je n'ose pas prendre la parole, Timothy est trop confondu pour prononcer le moindre mot. Violette est à deux doigts de tomber dans les pommes… Quant à Arthur, avoir lâché ce secret qui devait le ronger depuis si longtemps semble l'avoir un peu libéré. Sa colère est retombée. Il garde pourtant un visage crispé et les mâchoires serrées. Ses yeux fusillent toujours Timothy.

Cette animosité me sidère. Pourquoi lui en veut-il ? Pour Tim aussi cette nouvelle est un choc, et il n'y est pour rien ! Pourtant, toute la rancœur d'Arthur est concentrée sur lui, et uniquement lui. Alors si je ne sais pas quoi dire, au moins je sais quoi faire. Je m'approche doucement de Tim et lui prends tendrement la main.

Hors de question que je le laisse seul affronter un moment pareil.

Instinctivement, il se rapproche de moi. Petit à petit, son air perdu se dissipe et il semble reprendre le contrôle de lui-même. Mais je commence à le connaître. Ce calme n'est qu'apparent. Je sais qu'il est abasourdi par ces révélations. La légère pression de ses doigts emmêlés aux miens me fait comprendre qu'il est soulagé que je sois à ses côtés à cet instant. J'en suis infiniment touchée.

Je n'aurais pas cru que ma présence pourrait être un soutien pour lui.

Ce simple rapprochement entre Tim et moi détend l'atmosphère lourde qui s'était installée. Violette, ayant retrouvé sa respiration, brise le silence de plomb. En anglais, pour être plus à l'aise, de sa voix excessivement douce, elle s'adresse à Timothy, ce « fils adoptif » qu'elle vient juste de retrouver et qu'elle a peut-être peur de perdre à nouveau au vu de ce qu'il vient de découvrir.

– Je ne suis pas fière de ce que j'ai fait. Oui, j'ai eu une liaison avec ton père, Timothy. J'étais jeune et influençable. Et surtout, Bob était si brillant et charismatique, si sûr de lui. Il savait exactement quoi dire pour me séduire. Aucune de mes réticences ne tenait le coup face à ses discours. J'en suis tombée éperdument amoureuse. Il était marié, j'ai résisté aussi longtemps que j'en ai eu la force. Mais les illusions de la jeunesse ont eu raison de moi. Je lui ai cédé. Et je ne pourrai jamais regretter ce qui est arrivé, car cet épisode de ma vie m'a donné Arthur.

Elle regarde son fils avec tendresse. Timothy, lui, hoche lentement la tête. Il doit penser à sa mère, décédée si jeune. A-t-elle su ? Je lui serre à nouveau la main.

Je tente par la pression de mes doigts de lui adresser un message silencieux : « Ça va aller. »

Il baisse les yeux et me sourit. Faiblement. Ou plutôt mécaniquement. S'il voulait me rassurer en montrant qu'il va bien, c'est raté ! Sa bouche serrée, même avec les coins relevés vers le haut, ne me convainc pas. Je vois bien qu'il est extrêmement tendu.

Violette, constatant que personne ne réagit à ce qu'elle vient de dire, s'inquiète de ce que ses révélations provoquent chez les deux hommes. Elle veut ajouter quelque chose, éviter peut-être une réponse violente et un peu trop définitive. Ses lèvres hésitent, tentent de prononcer des mots difficiles, des propos pour lesquels il faut énormément de courage.

– J'ai longtemps gardé le silence. Bob savait…
– Mon père était au courant qu'Arthur était son fils ?

Tim n'a pu s'empêcher d'interrompre Violette. Je sais ce qu'il pense.

Bob a mis Violette et Arthur dehors tout en sachant qu'il s'agissait de son propre enfant. C'est atroce.

Timothy se tourne vers moi, choqué comme il n'a encore jamais dû l'être de sa vie. Violette le regarde posément et elle répète.

– Oui, il savait.

Elle souffle le temps d'un silence avant de poursuivre.

– Mais personne d'autre, pas même Arthur. J'ai tout gardé pour moi. Mais quand tu as pris la tête de B. International il y a trois ans, on a commencé à te voir dans les journaux presque quotidiennement. J'achetais tout ce que je trouvais.

Elle se rapproche de lui et lui sourit timidement.

– J'étais si fière de toi. J'ai montré les photos à Arthur, nous étions si émus. Je n'en revenais pas du beau jeune homme que tu étais devenu. Arthur voulait retrouver son ami d'enfance. Il ne comprenait pas pourquoi je n'avais pas entretenu de liens avec toi. Il en voulait beaucoup à Bob et il comprenait que je ne veuille plus avoir de contact avec lui puisqu'il nous avait mis dehors, mais toi ? Pourquoi traquais-je les articles parlant de tes succès dans les médias si je ne souhaitais pas te revoir ?

Elle soupire. Arthur détourne légèrement la tête. Est-ce une moue de dégoût qui s'affiche ainsi sur son visage ? Est-ce Bob ou Tim qui le dégoûte ? Je n'arrive toujours pas à cerner pourquoi il est si en colère contre son demi-frère.

Je ne suis pas la seule à avoir constaté le mépris d'Arthur. Violette également n'a pas manqué la mimique accusatrice de son fils. Ses sourcils se froncent. Elle est blessée que son fils se montre si aigri. Peut-être a-t-elle peur que ce dégoût lui soit adressé, qu'Arthur lui reproche cette aventure avec un homme tel que Bob. Moi je peux comprendre qu'elle ait cédé face à lui.

J'ai moi-même cédé face à Timothy. Je m'en suis défendue, mais notre attirance a été plus forte que tout. La différence est que lui est un homme bien. Bob a simplement profité d'une jeune femme séduite par son charisme. Une jeune femme fragilisée, seule, immigrée sans papiers et sans droits dans cette grande Amérique qui ne pardonne pas les faux pas. Celui que je ne comprends pas, c'est Arthur.

Comment ose-t-il adresser des reproches à sa mère? Que sait-il des exigences du cœur?

C'est à Bob qu'il devrait en vouloir. Pas à sa mère, ni à Tim. Maintenant que Violette a commencé à parler, elle ne semble plus pouvoir s'arrêter. Malgré son inquiétude, il est clair qu'elle se libère de ce fardeau qu'elle porte depuis tellement d'années.

– Un jour, je… je n'ai plus pu me taire. Il y avait cet article élogieux dans le magazine *Forbes*. Tu étais si beau sur la couverture ! L'article décrivait ton parcours, ton courage à la tête de cette immense société, la justesse de tes décisions. J'étais si impressionnée ! J'ai voulu partager ce bonheur avec Arthur. Je lui ai tout dit ! Je lui ai dit que tu étais son frère, que Bob était son père.

Elle marque un temps et secoue la tête tristement.

– Je n'aurais peut-être pas dû. Je n'aurais pas dû lui révéler. J'étais pleine de bons sentiments. Je pensais qu'il serait heureux de savoir que cet ami avec qui il avait grandi et qui lui avait tant manqué était lié à lui.

Elle répète, en soupirant presque.

– Je n'aurais pas dû. Je n'avais pas anticipé la tempête que mes aveux pourraient provoquer, je ne pensais pas qu'Arthur supporterait aussi mal cette révélation.

Elle regarde alternativement Arthur qui fixe un point indéfini au sol, les prunelles encore emplies de colère, et Timothy, blême, perdu.

– Pour Arthur, ça a été un coup terrible. Je ne lui avais jamais dit qui était son vrai père. Il ne m'avait jamais posé de questions et je n'avais pas osé aborder le sujet. Soudainement, il s'est vu sous les traits du fils non désiré de Bob Beresford. Il était celui qu'on cache et qu'on rejette…

Arthur a un haussement d'épaules rageur. Même si je ne cautionne pas sa colère, à mon avis dirigée contre les mauvaises personnes, je suis triste pour lui.

C'est une histoire lourde à porter.

Peut-être que moi aussi je le juge un peu hâtivement. Que ressentirais-je si j'apprenais que mon propre père m'a écartée, rejetée, alors que mon demi-frère recevait tout son amour ? Violette n'en peut plus. Elle s'assied en soufflant. Timothy, serrant toujours ma main, m'entraîne lui aussi vers la table sur laquelle le café refroidit. Dans le feu de l'action, nous étions restés debout chacun dans notre coin depuis le début de cette éprouvante conversation.

Je m'installe, aussi bien que je le peux vu que je ne suis pas tout à fait libre de mes mouvements. Effectivement, Tim presse toujours mes doigts… convulsivement. Comme si mon contact seul lui permettait d'affronter la situation. Je pose doucement ma main sur son avant-bras. Il semble s'éveiller. Ses yeux se raccrochent aux miens. Douloureusement. Je lui adresse un sourire encourageant.

Je n'ai pas l'habitude de le voir aussi mutique.

Comme il ne réagit pas, je secoue légèrement ma main. Il baisse le regard et tombe sur ses mains crispées dont les jointures ont blanchi. Il comprend, desserre un peu son étreinte et me murmure.

– Pardon.

Je lui fais signe que ce n'est pas grave, en tordant tout de même la bouche pour lui faire comprendre qu'il m'a gentiment broyé les articulations. Cet instant de légèreté lui arrache un petit rire silencieux, et une étincelle amusée dans son regard me rassure.

Il est toujours là. Sonné, mais il va s'en remettre.

Nous voyant tous assis, Arthur hésite d'abord, puis le malaise d'être le seul à être planté au milieu de la pièce le pousse à nous rejoindre. Il traîne une chaise et s'y installe, tout au bord, comme s'il restait prêt à tout moment à se lever pour quitter l'endroit précipitamment. Tous les yeux sont maintenant braqués sur lui. Il ouvre la bouche une première fois, puis la referme. Rien ne sort. La seconde tentative est plus convaincante, bien que le ton soit d'une froideur incroyable.

– Quand j'ai appris que Bob était mon père… J'étais furieux. La colère est montée d'un seul coup. Voilà ma première réaction : la colère. J'ai mis un peu de temps à comprendre exactement d'où elle venait. Pourquoi étais-je si furieux ?

Il nous jette un bref coup d'œil. C'est la première fois qu'il nous regarde. Et même si cela ne dure pas plus de quelques secondes, je reste scotchée par la profondeur de ce regard noir.

Il a exactement les mêmes yeux que Timothy.

– En fait, je lui en voulais. J'en voulais à Bob. Je me sentais… spolié.

Timothy relève la tête, soudain extrêmement attentif à ce qu'Arthur va dire, désireux de savoir et d'enfin comprendre. Arthur poursuit. Il a besoin d'expliquer les sentiments qui l'animent depuis qu'il connaît la vérité.

– J'ai contacté Bob. Mon père.

Il a lâché ces mots avec mépris. Tim se contracte. Je sais qu'il prend sur lui. Je connais ses rapports avec son père. Certes, il ne le porte pas dans son cœur. Certes, il ne lui pardonne pas d'avoir abandonné Violette et Arthur. Mais entendre son nom presque craché ne lui plaît pas. Ses sourcils se froncent. Rien qu'un instant. Puis il secoue la tête. Le connaissant, je pense qu'il trouve la réaction d'Arthur légitime. Et surtout, il est impatient. Il est curieux d'apprendre ce qui s'est déroulé, comment Bob a pris la nouvelle. Alors il ne dit rien, conserve pour lui ses pensées afin de ne pas interrompre le discours de son demi-frère. Celui-ci semble presque hypnotisé par les événements qu'il a envie de nous raconter.

– Quand je lui ai dit qui j'étais, il n'a même pas eu l'air surpris.

Un rictus désabusé lui échappe.

– Il m'a demandé sur un ton glacial ce que je voulais. Il a presque dit : « combien veux-tu ? » au lieu de « que veux-tu ? ». Lorsque je l'ai appelé, je voulais juste lui parler, comprendre pourquoi il n'avait pas voulu de moi. Mais l'attitude qu'il a adoptée avec moi…

Il y a un moment de silence. Il secoue la tête, aigri, malheureux.

– Il ne voulait pas entendre parler de moi. Il n'en avait rien à faire de qui j'étais devenu. Il ne souhaitait même pas savoir si j'allais bien. Il n'avait qu'une seule crainte : que j'aille dévoiler mon histoire à la presse ! Il avait tellement peur que le monde apprenne que j'étais son fils illégitime ! Alors je lui ai dit mon prix.

Il plante ses yeux dans ceux de Tim avec défi.

– Je lui ai dit que je voulais ce qui me revenait de droit : MA part.

Arthur rit méchamment.

– Il a tout de suite accepté. Il semblait même soulagé. Ça m'a fait encore plus mal, je crois. Je n'étais décidément rien. Un chèque avec des zéros dessus. Un type si riche ! J'aurais presque pu rajouter quelques zéros à la somme qu'il me proposait, tant que ça lui assurait que je garderai son petit secret bien enfoui !

Timothy ne bronche pas. Il ne cède pas à cette provocation. Je l'observe, il n'a pas l'air fâché. Il a surtout l'air profondément désolé. Arthur regarde à nouveau ailleurs, fuyant la compassion qu'il lit dans le regard de son demi-frère.

– Il ne lui a pas fallu plus de quelques heures pour mettre au point un montage financier. Beresford m'a demandé d'ouvrir un compte en choisissant un pseudonyme. J'ai tout de suite pensé à Angela Pumpkin. Ce personnage me rappelait tellement mon enfance, cette époque pendant laquelle je représentais quelque chose pour mon père.

Je ne me manifeste pas, mais je pense que ce choix n'est pas anodin.

Pour moi, c'était un moyen inconscient de semer derrière lui des petits cailloux pour qu'on le retrouve.

Arthur a fini de s'exprimer. Ses épaules se sont affaissées.

– Nous ne nous sommes jamais revus, Bob et moi. Il n'a jamais pris la peine de me rencontrer. Il m'envoyait un intermédiaire qui n'a pas eu la simple politesse de me donner son nom. Un ami à lui, je suppose. Un type à peu près du même âge. J'étais un moins que rien. Me jeter une pièce pour que je disparaisse. Jamais je ne pardonnerai…

Le silence s'installe à nouveau. Mais Arthur n'est plus rempli de colère. Il est plein d'une infinie tristesse. Violette a le regard douloureux. Elle couve son fils de ses yeux pleins de larmes contenues. Elle se sent coupable assurément de ce qu'il a pu traverser. Pour ne pas le blesser, elle ne lui avait pas dit que certainement Bob pouvait ne pas avoir envie de le voir refaire surface.

Timothy, lui, est désarçonné. Il laisse passer quelques instants pour s'assurer avec tact qu'Arthur n'a plus envie de parler et qu'il a tout dévoilé. Il ouvre la bouche. Je lis dans ses hésitations des milliers de points d'interrogation. Il a même du mal à trouver ses mots quand enfin les questions se précipitent hors de sa bouche.

– Mais les coups de fil ? Les textos ? L'ours en peluche retrouvé chez mes grands-parents ?

Il a raison !

Il reste encore tellement de questions sans réponse ! Arthur a soudain l'air un peu gêné. Probablement parce qu'il n'y a pas d'animosité chez nous et qu'il a vidé son sac. Il ne répond pas, baisse les yeux vers le sol. Violette me regarde, l'air ahuri. Elle ne comprend pas de quoi parle Tim. Ses prunelles me demandent silencieusement : quels coups de fil, quels textos ?

Leurs réactions me suffisent. Comme je m'en doutais, Arthur est seul derrière tout ça… et Violette n'est au courant de rien.

19
CULPABILITÉ

Autour de la table, les visages sont défaits. La conversation nous a tous chamboulés. Et en même temps, quel soulagement ! Maintenant que les choses ont été dites, nous allons pouvoir avoir une bonne explication. Il est évident qu'ici il n'y a que des gens bien. Violette, Arthur et Tim ont tous été blessés par Bob Beresford et ont réagi chacun à leur manière. C'est Arthur, curieusement, qui prend la parole en premier. Pourtant il semblait vouloir rester mutique, mais la honte qu'il ressent, maintenant qu'il a avoué être à l'origine d'un chantage, le pousse à se justifier. Il regarde sa mère, embarrassé. Les yeux de Violette sont particulièrement expressifs. Elle ne dit plus un mot, mais elle n'en a pas besoin. Le regard qu'elle lance à son fils signifie clairement qu'elle est profondément désolée que son fils ait eu à supporter tout ça.

Arthur baisse la tête :

– J'ai toujours pensé que Timothy était au courant.

Timothy bondit.

– Au courant de quoi ?
– Eh bien, je pensais que tu n'en avais simplement rien à faire que je sois sorti de ta vie. Au contraire, j'étais sûr que cela t'arrangeait bien : ça te permettait de conserver la fortune des Beresford pour toi. Ce n'était pas dans ton intérêt que je refasse surface.

Je ne peux m'empêcher de porter ma main à mes lèvres. Timothy frémit sous l'accusation, ses sourcils se froncent. Il desserre à peine les dents pour parler.

– Heureusement pour moi, ce que tu viens de dire est absurde. Après tous les moments de complicité que nous avons vécus enfants, tu aurais pu décider de me faire confiance au lieu de me juger. Tu aurais pu me contacter directement plutôt que de m'imaginer forcément coupable. Si tu l'avais fait, j'aurais su trouver la bonne solution…

Il se tait un moment, contrarié.

– C'est absurde… et blessant, ajoute-t-il. Je ne comprends pas. Je ne comprends pas pourquoi tu m'en veux. Je ne comprends pas comment tu as pu penser une seule seconde que j'étais du côté de mon père.

Je lui caresse doucement le bras pour lui rappeler que je suis à ses côtés et que je suis entièrement d'accord avec ce qu'il vient de dire. Arthur insiste, même s'il commence à s'apercevoir qu'il s'est trompé sur le caractère de son demi-frère.

– Nous ne nous sommes pas vus depuis si longtemps ! Rien ne me permettait de penser que tu n'étais pas le digne fils de ton père.

– Rien ne te permettait de démontrer le contraire non plus ! Nous étions tous les deux des enfants et nous avons été trompés autant l'un que l'autre, le coupe Tim.

– Mais toi non plus tu n'as jamais cherché à me contacter…

– Puisque mon père s'est chargé de me décourager… le coupe Tim, un poil ironique.

– … ce que j'étais très loin d'imaginer.

– Justement, cela ne t'a pas semblé étrange que je n'intervienne pas lorsque toi et mon père avez conclu ce… petit arrangement ?

Silence d'Arthur qui tente de se remémorer ce qu'il a éprouvé à cette période.

– Non. Puisque pour moi tu avais pris part au montage financier. Après tout, il s'agissait de ton héritage. Pour moi, Bob ne pouvait piocher dedans sans ton aval.

– Il s'est servi directement dans les fonds de mon entreprise. Et je te garantis qu'il ne m'a pas demandé mon avis.

Arthur a un choc.

– Je… je ne savais pas. De mon côté, de manière assez irréfléchie, j'ai tenté d'entrer en contact avec toi. Je voulais te faire réagir. En bien ou en mal, je ne le sais même pas. Je ne me le suis pas demandé. Je crois que je souhaitais juste te faire mal.

Je commence à renouer le fil des événements.

– C'est là qu'ont commencé les textos anonymes ?

Arthur m'observe comme s'il me découvrait.

Personne ne nous a présentés.

Mais à la manière dont je me cramponne à Timothy, il devine parfaitement quel est notre lien et il continue.

– Oui. J'ai commencé à passer des appels anonymes. Je ne voulais pas que la famille Beresford s'en tire à si bon compte. Je voulais maintenir la pression. Leur dire que malgré leur argent, cette fois, ils ne pourraient pas complètement acheter ce qu'ils désirent : je me tairais, mais j'étais bel et bien quelque part dans le même monde qu'eux… Je refusais que leur conscience les laisse en paix.

J'écoute ce qu'il dit en hochant la tête. Je ne peux m'empêcher de me demander combien de temps ce petit manège aurait pu durer. Ne serait-ce que pour lui-même !

Quelle tristesse de ne penser chaque jour qu'à la vengeance. En fait, depuis que Violette a révélé à Arthur ses vraies origines, il semble être resté coincé dans le passé, incapable de se construire une vie, obnubilé par l'injustice dont il a été la victime lorsqu'il était enfant : avoir été abandonné par son propre père.

Timothy ne partage pas ma compassion et ne le lâche pas du regard. Il lui lance assez froidement :

– Continue. Je veux comprendre exactement ce qui s'est passé pendant ces derniers mois.

Arthur le défie, la voix ferme. Sa douleur est encore trop forte pour qu'il admette avoir eu tort.

– Après que maman m'a tout révélé, j'ai fait énormément de recherches sur ta famille. J'ai appris grâce à la presse people que tes grands-parents vivaient à Versailles. J'ai passé des heures entières à surveiller leurs allées et venues. Je ne sais pas exactement pourquoi. J'attendais une opportunité. Qu'il se passe quelque chose qui me permettrait de t'atteindre.

Timothy acquiesce.

– Tu les as vus partir en voyage.
– Oui. Je me suis fait passer pour le fils d'un de leurs amis auprès des voisins. J'ai raconté qu'il n'y avait personne chez eux. Je voulais savoir quand ils revenaient afin de pouvoir passer les saluer sans tomber sur une porte close… Une

croisière autour du monde. Personne dans cette maison pendant des mois ! Je tenais mon occasion. Il ne faut pas être journaliste d'investigation pour comprendre que tu as des liens très forts avec eux. C'était le meilleur moyen de te faire peur.

Les muscles de la mâchoire de Timothy roulent sous sa peau. La colère assombrit ses prunelles.

– Tu te doutais qu'on finirait par retrouver l'origine des appels…
– Oui, je voulais te prouver que je ne plaisantais pas. Que je ne te laisserais jamais profiter en paix de l'argent de ton père.
– Et l'ours en peluche ?
– Un oubli. J'étais là-bas quand la police a fait sa descente. J'ai dû fuir et je l'ai abandonné sur place. La prochaine étape était de te l'envoyer par la poste pour te forcer à te poser des questions.

Ce plan aurait été très efficace. Timothy aurait été sens dessus dessous en ouvrant un tel paquet !

Tim a le visage dur et fermé. Les rapports de force se sont inversés. Lorsque nous sommes arrivés, Arthur était hors de lui et Timothy prêt à tout pour permettre à la tension de redescendre. Maintenant, c'est lui qui reste muré dans un silence obtus et de mauvais augure tandis que son demi-frère le supplie presque du regard. Arthur est honteux de ce qu'il a fait. Le ton de sa voix le prouve. Mais je ne m'arrête pas longtemps sur ces sentiments, car les pieds d'une chaise raclant le sol attirent notre attention à tous : Violette est agrippée à la table. Elle est visiblement chamboulée par cet échange et tombe des nues. Tout ce qu'elle vient d'entendre la dépasse. Elle bégaye.

– Je… je n'étais pas au courant. Je n'aurais jamais deviné.

Elle devient encore plus pâle, si cela est possible, avant de s'écrouler sur le parquet. Malgré sa crispation, Arthur se précipite sur sa mère. Soudain, il n'y a plus que son état qui compte. Timothy a le même élan irréfléchi et il s'approche en courant pour l'aider. Mais son demi-frère lui lance un regard furibond qui le coupe net dans son intention.

– Tu n'es pas le mieux placé pour l'aider.

Ce regain d'animosité désarçonne Timothy, qui recule, par respect pour des liens familiaux qu'il n'a effectivement pas partagés depuis de longues années. Tandis qu'Arthur se penche sur sa mère et lui tapote les joues en lui parlant doucement, Tim se laisse retomber en arrière et s'assied, les bras ballants, observant la scène avec un air douloureux. Je m'approche de lui et lui presse l'épaule. Il se tourne vers moi.

Il a l'air si désemparé…

– Nous devrions nous en aller. Ils vont avoir beaucoup de choses à se dire. Ta présence empêche la tension de redescendre. Ils seront plus au calme tous les deux.
– Je sais… mais Violetta ?

Il se tourne vers elle avec inquiétude.

Comme elle compte pour lui !

– Elle ira bien. C'est un sacré choc ! Mais regarde, elle reprend déjà des couleurs. Inutile d'énerver encore plus Arthur. Nous devrions partir et les laisser discuter, murmuré-je à Tim en baissant la voix.

Je lui souris. Timothy se détend enfin. Violette, en effet, respire mieux et, par conséquent, lui aussi. Lorsqu'Arthur parvient à la remettre sur pied après qu'elle a recouvré assez de forces, nous nous éclipsons. Arthur ne prend pas la peine de saluer Tim, mais Violette lui adresse un sourire encourageant.

Nous nous reverrons bientôt.

Timothy, encore choqué, me laisse l'entraîner à l'air libre. Le soleil nous accueille dans la petite cour. Un poids énorme s'envole alors que nous nous retrouvons tous les deux plantés sur le trottoir au milieu de la foule. Il m'attire à lui, m'enlace tendrement et murmure à mon oreille.

– Merci d'avoir été présente, Mila. Je n'aurais pas tenu le coup sans toi.

Je me hausse sur la pointe des pieds et dépose sur ses lèvres un léger baiser. Il est si fort, si maître de lui-même ! Sa déclaration me touche, mais je ne doute pas une seconde qu'il s'en serait parfaitement sorti tout seul. Je ne parle pas, car je sens qu'il a besoin de cet instant de calme et de silence. Mais je suis heureuse d'avoir été avec lui dans un moment aussi important. Je suis touchée qu'il ait eu besoin de moi. Tous ces événements difficiles nous rapprochent. Cette partie de sa vie, de son passé, qui lui était jusqu'alors cachée, nous l'avons découverte ensemble.

***

Nous rentrons en taxi jusqu'à son hôtel particulier et Tim ne me lâche pas. Sa main reste obstinément accrochée à ma hanche et régulièrement il me presse contre lui. Je ne cherche pas à le sortir de ses pensées. Il a besoin d'encaisser ce qui vient de se passer. Toutes ces révélations fracassantes en auraient déstabilisé plus d'un. Même lui et sa maîtrise à toute épreuve ne peuvent éviter d'être ébranlés. Je suis émue par cette complicité entre nous. Nous n'avons jamais eu de conversation claire pour déterminer ce que nous sommes l'un pour l'autre, mais j'ai aujourd'hui l'impression que Tim et moi sommes un vrai couple et que nous affrontons les difficultés ensemble.

Une fois arrivés chez lui, Timothy m'ouvre la porte et m'entraîne par la main jusque dans la cuisine. Il a l'air soucieux. La réflexion a pris le pas sur ses sentiments violents. Il ouvre un tiroir et en sort une bouteille d'un grand cru de Bourgogne, puis attrape deux verres, y verse le liquide couleur rubis et m'en tend un. Puis, toujours sans dire un mot, il me fait signe de le suivre dans le parc de l'hôtel.

Près d'un massif de fleurs magnifiques, il y a une table de jardin. Une splendeur : un immense plateau de chêne massif repose sur un pied stylisé en acier imitant la forme d'un tronc. La table est percée d'un large trou duquel émerge un arbre constellé de minuscules fleurs rose pâle. Nous nous installons. Timothy prend un temps pour savourer le vin. Il le hume, expert.

– Tu vas aimer ce vin, Mila. Il a beaucoup de caractère, comme toi.

Je bois une gorgée. C'est un véritable délice. Timothy repose son verre et prend ma main. Puis il se laisse aller contre le dossier du fauteuil dans lequel il s'est installé et soupire longuement en fermant les yeux. Son pouce caresse la paume de ma main, y trace des volutes qui me font frémir. Il m'attire contre son torse.

Un simple contact me met dans tous mes états ! La puissance de ses bras qui m'enserrent me fait perdre la raison.

– C'est agréable, cette quiétude. Mila, je suis encore abasourdi par tout ce que j'ai pu entendre ! En fait, il s'agissait d'une véritable machination ! Et pendant tout ce temps, moi je ne voyais rien… et Arthur pensait que j'étais mêlé à tout ce… ce montage tordu ! J'ai encore du mal à admettre que Bob savait qu'il était le père d'Arthur, et qu'il les a quand même chassés de chez lui. Je ne veux plus entendre parler de lui pour l'instant. Il faut d'abord que j'en sache plus avant de le confronter. Mais dès que j'aurai suffisamment d'éléments, lui et moi aurons une bonne conversation.

Son ton de voix montre qu'il est blessé. Je resserre mes doigts autour des siens.

– Tu ne peux pas prendre la réaction d'Arthur pour toi ! Il ne te connaît plus, Tim. La dernière fois que vous vous êtes vus, vous étiez hauts comme trois pommes ! Tu dois pouvoir comprendre sa méfiance, même si cela te blesse et te semble incohérent.

Il me jette un regard contrit et me sourit avec lassitude.

– Tu as raison. Mais franchement, je sais déjà que j'aurai la patience d'expliquer à Arthur qu'il s'est trompé sur mon compte. En revanche, je ne tolérerai plus d'être rangé du côté des gens malhonnêtes.

Sa main s'approche de ma joue et la caresse tendrement. Ses doigts descendent le long de mon cou, se perdent sur mon épaule. Pour une fois, ses yeux ne sont pas pleins d'envie, mais de tendresse. Il m'attire, me force à me lever et me conduit jusqu'à lui, me prend sur ses genoux. Il blottit sa belle tête brune dans le creux de mon cou. Je le serre contre moi, enfonce mes doigts dans ses cheveux si épais et doux et dépose des baisers sur son front. Il lève les yeux vers moi.

– Mila, tu m'apaises. Dès que je suis à tes côtés, je me sens soudain comme libéré, capable de tout affronter.

Je prends son visage entre mes mains et plonge mes yeux tout au fond de ses prunelles sombres. Aucun secret ne s'y dissimule. L'honnêteté, la profonde confiance que j'y lis me font battre le cœur.

Je ne trahirai jamais ce lien qui s'est tissé entre nous.

Soudain, son regard est à nouveau préoccupé. Il secoue la tête, observe au loin, comme s'il pouvait trouver parmi les fleurs les réponses aux questions qui tournent en boucle dans son esprit.

– Mila, je n'arrive pas à comprendre certaines choses. Oui, mon père est capable de beaucoup d'égoïsme, mais ce n'est pas quelqu'un de méchant. Pourquoi aurait-il refusé de reconnaître Arthur ? Et pourquoi par la suite a-t-il prétendu qu'il était décédé ? Quel intérêt ? Pourquoi ne pas tout simplement m'avouer la vérité ? Il n'avait donc pas confiance en moi ? Nous aurions pu trouver une autre solution. Je suis sûr qu'il y avait un moyen pour que nous ne souffrions pas tous autant aujourd'hui. Décidément, oui, il faudra que nous nous expliquions lui et moi.

Je comprends ce qu'il veut dire. Moi aussi, connaissant Bob Beresford, je suis à la fois convaincue qu'Arthur nous a fidèlement raconté ce qui s'est passé, mais en même temps, je trouve ça trop… trop gros. Son père n'avait aucune raison de payer juste pour éviter un scandale dans la presse… Il doit nous manquer encore des pièces pour bien comprendre ce puzzle.

Il y aura encore probablement de nombreuses découvertes dans les jours à venir !

Tim soupire avec lassitude.

– J'aurais dû chercher à vérifier ce que mon père m'avait dit. J'aurais dû exiger un acte de décès. Et même en apprenant la mort de mon ami, j'aurais dû tenter de retrouver Violetta malgré tout. Nous n'en serions pas là aujourd'hui.

Je le serre contre moi et lui dis fermement :

– Il est normal que tu aies cru ce que ton père t'affirmait. Tu n'avais aucune raison d'en douter. Aucune, tu m'entends ! Ce n'est pas toi qui as pris ces décisions atroces. Ce n'est pas toi qui as mis Violette et Arthur à la rue. Ce n'est pas toi qui as refusé de les revoir et qui as préféré acheter leur silence. Tu n'as strictement rien à te reprocher.

Il me sourit. Sa main vient à nouveau trouver ma joue, s'attarde au coin de mon menton, trace le contour de mes lèvres.

– Tu es merveilleuse, Mila. Et oui, tu as raison. Sur toute la ligne.
– Violette a compris que tu ignorais ce qui leur était arrivé.
– Mais Arthur ? Il me regardait avec tant de haine ! C'était comme si ses yeux cherchaient à me transpercer.
– Lui aussi comprendra. Ne t'inquiète pas.

Je lui adresse un sourire dans lequel je veux mettre toute ma confiance en l'avenir.

– Personne ne peut douter que tu es quelqu'un d'exceptionnel, de généreux et d'attentionné, Timothy Beresford. Laisse du temps à ton demi-frère et lui aussi ouvrira les yeux sur toi. Rappelle-toi, il n'en menait pas large lorsqu'il nous a avoué ce que lui-même avait fait. C'est quelqu'un de bien. Quand la colère sera retombée, vous pourrez vous retrouver comme avant, j'en suis certaine.

Timothy reste songeur. Il souffle.

– Arthur, mon demi-frère.

Et son visage s'illumine.

– Il a tant compté pour moi. Je crois qu'apprendre qu'il est du même sang que moi me rend vraiment heureux.

Je l'embrasse sur la joue, puis le long de l'arête de son nez parfait et remonte le front jusqu'à la racine de ses cheveux, tendrement.

– Alors, concentre-toi sur ça.

Il me regarde, enfin détendu, les yeux redevenus rieurs. Il saisit son verre de vin, le vide. Puis il me soulève comme si je ne pesais pas plus lourd qu'une plume et me porte jusqu'à l'intérieur de la maison. Il traverse les pièces immenses jusqu'au salon. Délicatement, il me dépose sur le grand canapé moelleux. Puis il vient m'y rejoindre, s'allonge tout contre moi. D'un geste sûr, il me fait rouler sur le côté et vient coller son grand corps chaud et sexy contre mon dos. Nous restons ainsi, enlacés, blottis l'un contre l'autre, son bras pesant sur ma hanche, sa main étalée sur mon ventre, son souffle dans mon cou.

– Mila, j'ai besoin de toi.
– Je suis là.

Ses paroles me touchent en plein cœur.

Je sens que des larmes viennent picoter mes paupières.

Il a besoin de moi. J'espère seulement que ce sentiment est chez lui aussi fort qu'il l'est chez moi.

Sa respiration devient lente et régulière. Il ferme les yeux, comme pour chasser le trouble de son esprit. Et c'est à ce moment seulement que je prends conscience de la tension incroyable qu'il a dû supporter toute la journée. Il est nerveusement épuisé. Il a dû vraiment prendre sur lui pour ne pas s'effondrer. Je laisse mes doigts parcourir son avant-bras où saillent les muscles sous la peau mate. Timothy grogne dans mon cou.

– Je t'aime, Mila. Et je crois que j'ai besoin d'un câlin.

Sa main glisse doucement sous mon haut et vient effleurer ma poitrine. Je frémis lorsque son bassin se colle contre le bas de mon dos et que je sens son désir palpable, ne laissant aucun doute sur ses intentions. Tout en me retournant, je réponds avec émotion à son étreinte. Électrisée par son contact et ses caresses, je murmure dans un souffle :

– Moi aussi, je t'aime.

Nos bouches se trouvent. L'impatience rend nos corps fébriles et, toute fatigue oubliée, la passion nous emporte…

20
FINI DE SE CACHER !

Le lendemain, nous arrivons ensemble au siège de B. International. Main dans la main. Je n'aurais pas osé, mais Tim a entrelacé avec autorité ses doigts aux miens lorsque son chauffeur nous a déposés devant l'entrée. Je ne sais pas si le geste était réellement réfléchi. La spontanéité avec laquelle il a ainsi montré qu'il ne songeait plus à dissimuler notre relation m'a fait battre le cœur. Cette marque d'amour me touche : c'est un nouveau cap qui est franchi entre nous.

Lui a l'air très à l'aise et ne prête pas attention une seule seconde aux yeux braqués sur nous. Moi, je m'accroche à sa main pour me donner du courage et je me concentre pour que mon malaise ne soit pas visible.

Surtout ne pas rougir. Surtout ne pas rougir.

Je suis officiellement la petite amie de l'homme le plus convoité du monde.

Ça va aller, je ne vais pas trébucher et m'étaler devant tout le monde.

L'évidence de notre lien fait que nous ne cherchons plus à cacher que nous sommes ensemble. Cependant, si je reprends de l'assurance une fois le hall traversé, je n'en mène pas large quand nous tombons nez à nez avec Holly Dickinson. En nous voyant, elle s'arrête net et me fusille du regard.

Et oui, Holly ! La place est prise !

Si elle avait pu me crucifier sur le champ, elle l'aurait très certainement fait sans plus se poser de questions. Timothy, lui, semble sur son petit nuage. Les tracas de la veille sont loin. Il a dormi contre moi et nous nous sommes réveillés tôt, l'un contre l'autre. Nous avons fait l'amour tendrement. Dans son petit monde, il ne remarque pas l'attitude de la splendide responsable de la fondation caritative de sa boîte. Il la salue avec désinvolture.

– Holly ! On ne se croise plus ! Comment vas-tu ?

La jeune femme fait une moue amère. Est-ce la question ou le ton potache qu'il a employé qui la vexe ? Il se serait adressé à un vieux pote de la même manière. Elle balance sa queue-de-cheval lisse et d'un blond brillant.

– Timothy, on s'est vus hier matin. Nous avions une réunion commune, tu t'en souviens certainement ?

Tim regarde en l'air, semblant chercher au plus profond de sa mémoire ce souvenir qui lui échappe.

– Ah, oui, c'est vrai ?

Je ne peux m'empêcher de pouffer de rire discrètement. Pas assez subtilement visiblement puisqu'elle me lance à nouveau un regard noir. Elle soupire et le salue, d'une remarque à peine cordiale. Lorsqu'elle est loin, Tim se penche vers moi et m'embrasse, un air malicieux au fond des yeux.

Et si cet échange avec Holly n'était pas si innocent ? Et s'il avait fait exprès ?

Je souris à cette idée et resserre mes doigts autour des siens. Timothy m'accompagne jusqu'à mon bureau. Il m'ouvre galamment la porte pour me laisser entrer et m'embrasse rapidement sur le front.

– Travaille bien, mon amour !

Une fois qu'il s'est éloigné, je me laisse tomber dans mon siège.

Je n'ai jamais été aussi heureuse d'être au boulot !

Pourtant je ris moins pendant le reste de la matinée : la nouvelle de notre arrivée fracassante au bureau fait le tour de la société en moins de vingt minutes. Visiblement, c'est LE scoop de la journée.

Peut-être même de l'année.

À 10 heures, le court trajet entre mon bureau et la cafétéria est un parcours du combattant psychologique. La totalité de mes collègues me regardent passer comme si j'étais une bête curieuse, interrompant dans la seconde des conversations dont je comprends bien quel était le sujet principal. Dans leurs yeux ébahis je lis systématiquement de la surprise. C'est MOI que Timothy Beresford a choisie.

A élue? Je crois qu'ils pensent carrément ça.

Tout le monde s'attendait à le voir débarquer un matin avec Holly. Elle était si sûre d'elle et de le faire tomber dans ses filets que tous pensaient même qu'ils auraient directement le droit à l'annonce des fiançailles. Alors, devoir imaginer qu'ils ne se sont rendu compte de rien tandis que notre relation se développait les sidère.

Nous avons su être parfaitement discrets!

Pendant que mon café coule, quelqu'un entre dans la cafétéria et se racle la gorge.

Holly!

Je me crispe immédiatement, sans pouvoir m'empêcher d'admirer sa silhouette sculpturale, le maquillage mettant en valeur ses belles lèvres ourlées, ses yeux bleu azur bordés de longs cils noirs.

Mon charme est plus subtil, mon charme est plus sub…

Elle fait quelques pas dans la pièce et s'adosse crânement à la porte qu'elle a refermée derrière elle. Interrompant ma pensée positive, elle me détaille de manière très désagréable, semblant chercher ce qui a bien pu convaincre le plus beau milliardaire de la planète de s'intéresser à moi.

Elle exagère, je n'ai pas le physique d'une actrice hollywoodienne, mais quand même ! Si je ne pense pas pouvoir rivaliser avec la beauté de Holly, je ne suis quand même pas la pire dans mon genre !

En tout cas, je suis clairement celui de Timothy. Je souris en repensant à l'impatience avec laquelle il m'a débarrassé de chaque centimètre de tissu qui recouvrait mon corps. Comme je continue à la snober, Holly finit par grincer.

– Alors tu es comme ça, toi ? Tu es carrément avec le patron. Tu ne t'embêtes pas ! Ça va pour toi ?

Je l'interromps brutalement.

– Écoute, Holly, je ne sais pas pourquoi tu m'agresses. On ne se connaît pas. J'ai bien compris que tu avais des vues sur

Timothy, mais c'est un grand garçon qui fait ses choix tout seul. Si le fait de nous voir ensemble te donne des allergies, j'en suis navrée, mais il va falloir faire avec ! En attendant, à l'avenir, merci de t'adresser à moi correctement. Un minimum de politesse entre collègues, ça me semble la base, non ?

Et sans attendre sa réponse, je la repousse sans ménagement et quitte la pièce, mon café à la main. Une fois dans le couloir, je ne peux m'empêcher de triompher : elle était scotchée !

Je lui ai cloué le bec à cette bêcheuse. Depuis le temps que j'attendais une occasion !

Qu'est-ce qu'elle croyait ? Que Mila Wieser allait se laisser marcher sur les pieds facilement ? Que j'allais me recroqueviller dans mon coin comme une petite fille timide ? Ses tentatives d'intimidation ne me font ni chaud ni froid et je décide d'ignorer les regards acérés qu'elle me lance tout le reste de la journée à chaque fois que je suis amenée à la croiser.

Qu'elle essaye seulement de m'atteindre ! Je lui souhaite bon courage !

Impensable de raser les murs : je n'ai pas à avoir honte. La journée, malgré son ambiance particulière, s'achève rapidement. J'ai prévu de retrouver Blanche pour prendre un verre. Après la tension des dernières heures, cela me fera le plus grand bien. J'ai hâte de la voir. Je la rejoins près de la place Saint-Michel. La chaleur est intense en cet fin d'après-midi et nous nous effondrons sur les banquettes rouges de l'Écluse. Je commande un verre de saumur en pensant à un magnifique vin de cette région que Timothy m'a fait goûter récemment. J'observe Blanche en coin. Elle semble bien rêveuse... La dernière fois que je l'ai vue, elle a fini la soirée en compagnie du meilleur ami de Tim, Nils, qui la mangeait du regard et qui l'a emmenée visiter les coulisses de l'opéra Garnier, satisfaisant sa plus grande passion.

Je suis curieuse d'entendre le débriefe de cette soirée !

C'est Blanche qui entame la conversation, impatiente que je lui rapporte les derniers développements de mon enquête sur les dessous cachés de la famille Beresford.

– Alors ? Dis-moi tout ! Au téléphone, j'ai cru comprendre qu'il s'était passé pas mal de choses ces derniers jours.

– Tu ne crois pas si bien dire ! Tu sais déjà que j'avais retrouvé la trace de Violetta Florès à Londres sous son nouveau nom : Violette Barns. Il s'agissait bien de l'ancienne domestique de Bob Beresford, celle-là même qu'il avait mise à la porte lorsque son fils Arthur était tombé gravement malade.

– Le meilleur ami d'enfance de Tim, c'est ça ?

– Exactement. Celui que Tim croyait mort. Eh bien, nous l'avons rencontré : bien vivant et en chair et en os.

Elle en tombe à la renverse et m'assomme dans la seconde suivante d'environ un milliard de questions.

– Comment est-il ? Il est sympa ? Il est attentionné ? Il était content de vous voir ? Vous vous êtes dit quoi ? Pourquoi il n'a jamais appelé Timothy pour renouer ?

– Hey ! Du calme ! Tu vas me tuer ! Laisse-moi au moins répondre à une question avant de m'en poser une autre ! l'interromps-je en riant.

Elle plaque les deux mains sur sa bouche, se rendant compte que son enthousiasme ne m'a pas laissée en placer une.

– Pardon. Vas-y, je te laisse raconter tranquillement.

– Ça va, je vois que l'histoire te passionne ! En fait, c'est bien plus compliqué. Arthur a appelé Timothy en lui fixant un rendez-vous, mais il voulait absolument le rencontrer seul. Il était très froid au téléphone, ce qui a inquiété Tim et m'a mis la puce à l'oreille. J'ai appelé Violette. Elle aussi était inquiète.

– Ah bon, pourquoi ?

– Attends ! Ne me coupe pas la parole, espèce d'impatiente ! J'y viens. Promis, tu vas tout savoir… Violette et moi nous sommes précipitées chez Arthur… Il était très en colère. En fait, plus précisément, il était en train de hurler sur Timothy.

Je me souviens de la scène. C'était bien la première fois que je voyais quelqu'un crier sur Timothy Beresford ! Et lui se laisser faire !

Je reprends rapidement ma respiration, voyant Blanche entrouvrir déjà la bouche pour m'interroger encore sans relâche.

Alors je lui raconte tout : Arthur qui révèle à Timothy qu'il est son frère, la réaction blessante de Bob Beresford quand Arthur a tenté de le revoir, le montage financier, le détournement de fonds, les textos anonymes… Cette fois, bouche bée, Blanche ne cherche plus à m'interrompre.

Elle n'en revient tout simplement pas !

Quand j'ai fini, elle ne dit plus rien, le regard douloureux. Elle ne connaît pas encore bien Timothy, mais elle sait à quel point il compte pour moi. C'est une fille si généreuse et douce que je sais que cette seule raison lui suffit pour être attristée par ce que Tim vient de traverser. D'ailleurs, elle me caresse l'épaule en signe de soutien. Mais je ne veux pas m'étendre là-dessus. J'ai vraiment, vraiment besoin de décompresser. Avoir des pensées plus réjouissantes. Je la pousse du coude.

– Écoute, parlons d'autre chose si tu veux bien. Je n'en peux plus de tout ça. Raconte-moi plutôt ta soirée.
– Quoi, ma soirée ? me répond-elle, les yeux dans le vague.
– Nils ! Toi et Nils ! Que s'est-il passé après que vous nous avez abandonnés comme de vieilles chaussettes, l'autre soir ?

Je vois bien qu'elle essaye de rester stoïque, mais décidément, elle est incapable de cacher quoi que ce soit. Elle se dandine, tente en vain de rester sérieuse, puis abandonne et laisse un immense sourire prendre possession de son visage. Elle soupire, les yeux pleins d'étincelles.

– Pff. C'était absolument merveilleux. Tu aurais vu l'opéra, entièrement vide ! J'ai pu fureter partout ! Quelle chance !

– Nils ! grondé-je. Blanche, je suis ravie que tu aies trouvé l'opéra à ton goût, mais moi, ce qui m'intéresse, c'est de savoir si Nils t'a plu au moins autant que le plafond peint par Chagall !

Elle rit.

– Ça va, ne t'inquiète pas ! J'allais t'en parler.

– Alors ?

– J'ai passé un super moment avec lui… mais il n'y a pas eu plus.

– Tu veux dire que vous êtes restés parfaitement sages ? Même pas un bisou ?

– Même pas un baiser. Rien.

– Mais pourquoi ? Tu m'as dit toi-même qu'il te plaisait et c'est un type génial ! Il te dévorait des yeux ! Je vais vraiment me fâcher tout rouge.

Blanche hausse les épaules et me fait une moue d'excuse.

– Je suis obligée de reconnaître que tu as un peu raison.

– J'ai complètement raison, oui !

– En fait, cela aurait clairement pu aller plus loin. Et j'en avais très envie en plus. Il m'attire terriblement. Je me suis sentie si bien avec lui, nous sommes clairement sur la même longueur d'ondes. Pour tout ! Beaucoup de goûts communs, la façon qu'on a de voir la vie… Mais j'hésite.

– Mais pourquoi ? C'est complètement idiot !

Elle me fait un geste de la main pour que je la laisse s'expliquer.

– C'est juste que j'ai peur de repartir sur une histoire si tôt après une rupture douloureuse. Je sens que si je m'engage avec Nils, ce sera sérieux, et je ne veux pas tout gâcher simplement parce que je me suis précipitée et que je ne suis pas vraiment prête.
– Je vais être honnête avec toi : je ne comprends pas bien. Il n'y a pas de période de deuil obligée ! Tu m'as dit toi-même que la fin de ton histoire avec Antoine ne t'avait pas bouleversée tant que ça ! Si tu le sens bien, lance-toi !
– Oui, mais je suis refroidie par ce qui s'est passé avec mon ex. Je me suis tellement investie et lorsqu'il m'a trompée, je n'ai rien vu venir. J'ai peur que ça recommence ! Et j'ai ma part de responsabilité dans l'échec de ma précédente relation. J'ai peur de tout foirer avec Nils.

Je lui prends la main. Je suis désolée que cette douloureuse histoire la fasse douter de la personne merveilleuse qu'elle est.

– Mais non, tu ne te planteras pas. Heureusement, toutes les histoires d'amour ne finissent pas mal ! Il faut y croire. Et Nils ne se comporterait jamais comme ce cloporte d'Antoine. Il a l'air d'être quelqu'un de bien.

Elle opine du chef. Mais je sens qu'elle n'est pas encore tout à fait convaincue.

J'espère sincèrement qu'elle saura dépasser ses blocages. Ce serait trop dommage qu'elle passe à côté de ce qui pourrait être une super relation, je le sais.

Nous finissons de déguster nos verres de vin en discutant et nous nous donnons rendez-vous pour le soir même à la vente aux enchères du musée Jacquemart-André.

***

Arrivées sur les lieux, les souvenirs affluent. C'est ici que tout a commencé entre Tim et moi. Je souris en repensant à la froideur avec laquelle il m'avait littéralement « convoquée » pour l'y rejoindre. Il tenait à me montrer cet événement qu'il organise pour aider l'association Enfance Sauvée auprès de laquelle je suis engagée.

Le musée Jacquemart-André brille sous les lustres de cristal. Lorsque nous arrivons, la foule s'y presse déjà. Je suis impressionnée par l'élégance des tenues. Les messieurs sont sur leur trente et un et les femmes ont sorti leurs plus jolies robes. Je serais même mal à l'aise si Blanche et moi n'étions pas nous-mêmes plutôt séduisantes.

Je rectifie, nous devons l'être vraiment car, à notre arrivée, les têtes des hommes se tournent discrètement sur nous. Flatteur.

Blanche est à tomber dans une robe fourreau bleu nuit, les cheveux réunis en un savant chignon d'où s'échappent quelques boucles blondes et soyeuses. Quant à moi, j'ai mis mille ans à choisir ce que j'allais porter. Finalement, j'ai opté pour une robe rouge à volants tombant sous les genoux. J'ai pris soin également de laisser ma crinière lâchée sur mes épaules et dans mon dos. Je ne regrette pas ce choix un instant car j'aperçois Timothy au milieu de la foule. Plongé dans une discussion sérieuse et animée, il m'adresse un regard rapide mais éloquent. La promesse que ce regard renferme me fait rougir d'avance.

Je sais qu'il m'aime particulièrement en rouge.

Je suis ravie de mon petit effet. Tim laisse sur place son interlocuteur étonné pour se diriger droit sur moi. Il me prend la main et m'attire contre lui. Je me laisse aller contre son torse musclé, m'enivrant de son odeur incroyable, épice et poivre.

– Tu es magnifique ce soir, souffle-t-il dans mon cou.

Sa respiration sur ma peau me fait frissonner.

Je pourrais lui retourner le compliment. Il est incroyablement séduisant.

Costume droit de grand couturier, noir, sobre, mais la coupe cintrée met en valeur sa carrure sportive.

Décidément, un rien l'habille.

Lorsqu'il s'éloigne pour mieux me détailler une nouvelle fois, je remarque que Blanche, immobile à côté de nous, se tord le cou, cherchant Nils dans la foule. Tim se tourne vers mon amie pour la saluer et comprend le message. Malheureusement, il n'a qu'une mauvaise nouvelle à lui annoncer.

– Je suis désolée, Blanche, Nils n'est pas là. Il est parti il y a une seconde à peine. Il a une urgence à l'opéra concernant la représentation de demain. Il ne t'a pas appelée ?

Mon amie, dépitée, semble soudain excessivement triste. Elle pique du nez et rougit légèrement.

– Je ne sais pas, j'ai oublié mon portable chez moi.

Je ris et la serre contre moi pour la consoler.

Timothy s'excuse auprès de moi et s'éloigne. Il a une dernière question à régler avec le commissaire-priseur de chez Christie's qui organise la soirée. En tant que principal donateur de l'association, il veut s'assurer que tout se déroulera à merveille.

Il me caresse doucement le bras avant de s'éloigner. Alors que je sens encore la chaleur de sa paume sur moi, je le regarde, émerveillée, fendre la foule avec assurance. Une fois qu'il a complètement disparu, je me tourne vivement vers Blanche, l'air malicieux.

– Mmm. Tu ne serais pas si déçue que ton Nils ne soit pas là si tu ne tenais pas déjà sincèrement à lui !

Elle me donne un coup avec son sac à main en riant.

– Ça va ! Fiche-moi la paix, mademoiselle « je mange Timothy Beresford des yeux » !

Je suis heureuse de lui avoir rendu un peu de sa bonne humeur. Au moins temporairement. Blanche et moi avons beau nous connaître depuis des années, nous avons beau être les meilleures amies du monde, je crois que je ne ferais pas le poids pour contrebalancer ce soir l'absence du jeune homme blond dont elle est visiblement en train de tomber amoureuse.

Les portes de la salle principale du musée s'ouvrent, celle-là même que j'avais visitée seule, de nuit, avec Timothy, quand sa peau avait frôlé la mienne pour la première fois. J'entraîne Blanche vers le premier rang où des sièges ont été réservés pour nous. Il y a une chaise vide à côté de moi : celle de Timothy. Il ne tarde pas à nous rejoindre et me prend la main avant de se concentrer sur le début des enchères.

Un bon quart d'heure plus tard, un remue-ménage dans les rangées me fait lever la tête. Un éclair blond : Holly Dickinson arrive, en retard. Elle est tellement belle que personne ne semble s'en offusquer, admirant ses courbes parfaites dans une robe blanche en soie toute simple. Quant à Timothy… il ne tourne même pas là tête vers elle.

Manque de chance, Holly est installée près de nous. Juste de l'autre côté de Tim, pour être précise. Je ne saute pas de joie quand je la vois s'asseoir et croiser ses jambes immenses, très haut, dévoilant ses cuisses par la fente de sa robe. Je jette un œil anxieux à Timothy. Il ne cille même pas. Sentant mon attention fixée sur lui, il penche la tête vers moi et m'embrasse doucement.

– La prochaine pièce est ce fameux collier que tu avais admiré quand nous sommes venus la première fois. Considère qu'il est à toi.

Je lui souris, ne cherchant pas à l'empêcher de commettre une telle folie tant il a l'air heureux de me faire ce cadeau.

***

Lorsque la soirée touche à sa fin, nous nous levons tous, Timothy, Blanche, Holly et moi, pour passer dans le salon privatif où un buffet est dressé pour les donateurs. Holly nous accompagne évidemment puisqu'elle gère la fondation caritative de B. International.

J'aurais adoré qu'elle ne tienne pas à honorer cet engagement, mais tant pis.

Nous discutons un moment. Je me réjouis de constater que Timothy est tout à fait normal avec elle. On dirait qu'elle n'a jamais été rien d'autre qu'une simple collaboratrice. Comme si elle ne le poursuivait pas depuis des mois de ses assiduités. Holly, quant à elle, essaye de faire bonne figure.

Elle a du mal. C'est la première fois qu'elle nous voit à l'extérieur du bureau ensemble, en tant que couple. Officiellement. Aux yeux du public et pas uniquement comme ce matin à B. International. Je dirais qu'elle a… le regard fuyant… En tout cas, je ne l'ai jamais vue aussi déstabilisée, elle, si sûre d'elle-même en temps normal. J'aurais presque de la peine pour elle.

Euh… en fait non !

21
VOYAGE DE RÊVE

La soirée s'achève et nous nous retrouvons, Timothy, Blanche et moi, devant le musée. La nuit est chaude et douce. Sans lâcher ma main, Tim se tourne vers nous.

– Mesdemoiselles, puis-je vous inviter à dîner ?

C'est vrai que les petits fours avaient beau être exquis, j'ai faim ! Je regarde Blanche en haussant des sourcils encourageants.

Il est temps de dîner en effet et Timothy est doué pour dénicher des restaurants incroyables. J'adorerais partager un tel moment avec ma meilleure amie.

Mais je perds mon sourire en voyant son visage. Elle a l'air tout simplement défaite. Je lui touche l'épaule.

– Qu'est-ce qui se passe ?
– Rien, rien, ne t'inquiète pas, répond-elle en secouant la tête. Je suis juste absolument épuisée. Merci, Timothy, pour ta proposition, mais je préfère rentrer chez moi.

Voyant nos airs préoccupés, elle se force à plaisanter.

– Du sommeil en retard, je suppose ! Mes voisins font des travaux en dehors des heures réglementaires.

Elle ne m'a jamais parlé de ces travaux !

Comme je ne la crois pas un instant, je fais discrètement signe à Tim et m'éloigne avec elle pour lui héler un taxi. Une voiture s'arrête à notre hauteur. Je la serre contre moi et murmure :

– Nils ?

Elle ne dit rien mais hoche silencieusement la tête avant de disparaître sur la banquette arrière. Je retourne vers Timothy qui se penche vers moi, inquiet.

– Ton amie va bien ?

Je lui souris. Je suis touchée qu'il s'alarme du sort de Blanche. Il sait à quel point elle compte pour moi.

– J'espère que oui. J'espère sincèrement que tout va bien. Je pense qu'elle a simplement besoin d'être seule pour réfléchir posément.

– Est-ce que cela a quelque chose à voir avec Nils ? demande Tim avec un air malicieux.

J'acquiesce en silence. Timothy, à ma grande surprise, rit aux éclats. L'étonnement doit se lire à cet instant sur mon visage.

– Quoi ? Ce n'est pas drôle !

– Non, tu as raison, ça ne l'est pas. Mais je suis soulagé. Si Blanche est à ce point sens dessus dessous, c'est que mon ami a pris de l'importance pour elle. Nils ne se laisse pas facilement séduire. Mais il a eu un tel coup de foudre pour elle ! Il ne me parle plus que d'elle. À tel point que j'en ai la migraine parfois et qu'il est impossible d'aborder un autre sujet avec lui ! Je suis soulagé que leur attirance soit réciproque. Au moins, là, je suis sûr que s'il s'y prend comme il faut, il a une chance de la séduire.

Je réfléchis un moment et la curiosité l'emportant, je lui demande :

– Tu t'es dit la même chose pour moi ? Que si tu t'y prenais bien avec moi, tu avais une chance ?

Il éclate à nouveau de rire, m'attire contre lui et m'embrasse tendrement dans le cou. Des petits picotements me parcourent le dos et allument en moi des désirs plus intenses.

– Toi, tu es si belle que je ne savais pas comment m'y prendre. Heureusement, ça se voyait à dix kilomètres que tu en pinçais pour moi !

– Oh !

Je prends une mine faussement offusquée et le menace d'un petit poing rageur. Il rit de sa plaisanterie.

– Allons-nous dîner en tête-à-tête que je puisse continuer à te séduire autour d'un bon repas ? me propose-t-il.
– Parce que tu n'as pas encore tout dévoilé ?
– Je ne cesserai jamais de te faire la cour.

Il choisit de m'emmener chez *Lasserre*. Alors que nous nous installons, la magnifique fresque du plafond, peinte par Touchagues, est en train de disparaître lentement tandis que le toit s'ouvre pour révéler le ciel plein d'étoiles. Tim touche ma main pour attirer mon attention.

– Me fais-tu confiance pour choisir notre menu ?

Évidemment ! Je ne répondrai jamais non à cette question ! Je connais trop la sûreté de ses goûts en matière de haute gastronomie.

Le menu dégustation me scotche, tant chaque bouchée est une révélation. Une vraie perfection ! La conversation avec Timothy n'est pas en reste. Nous sommes bien tous les deux. Il est si drôle, si tendre. Je me laisse couler dans ses prunelles noires devenues si douces pour moi. Les vins accompagnant notre repas me laissent agréablement grise. Je sens que mes joues rosissent. Timothy le remarque et me sourit, des étincelles dans les yeux, en caressant mon menton.

Alors que je savoure une incroyable ribambelle de desserts conçus par Claire Hetzler, Timothy toussote.

– Dis-moi, il n'est pas facile de te déconcentrer, toi, quand ta cuillère plonge dans du chocolat !

Je lui adresse une moue gourmande. Et même s'il a raison, j'accepte de poser un instant mes couverts.

– Mila, je pense que tu seras d'accord avec moi pour dire que ces derniers jours ont été pour le moins intenses. Nous avons besoin de souffler. Que dirais-tu si le patron de B. International décidait de se passer de tes services pendant quelques jours pour que tu puisses aller te reposer en bonne compagnie ?
– Eh bien, je dirais qu'il est très attentionné envers ses collaborateurs.
– Alors nous partons demain.

***

À huit heures, le lendemain, le chauffeur de Timothy passe me prendre en bas de chez moi pour me conduire à l'aéroport. Je ne sais pas où nous nous rendons. Je sais juste qu'il y fera chaud et que nous aurons l'occasion de nous baigner.

Très franchement, ce programme suffit à me ravir.

Cependant, je ne m'attendais pas, après plusieurs heures de vol à bord du jet privé de Tim, à atterrir sur une île des

Cyclades près de Délos. Les prochains jours promettent d'être idylliques. Nous posons nos valises dans une splendide maison. Le salon immense et la chambre, dans laquelle rentrerait quasiment la totalité de mon appartement, donnent directement sur une mer bleu azur.

À peine les valises posées, Tim m'entraîne sur la plage de sable fin et nous partons faire le tour de l'île. Il semble connaître chaque arbre, chaque petit chemin s'enfonçant dans la nature colorée. Je m'en étonne.

– Tim, tu as l'habitude visiblement d'explorer le terrain de tes voisins ! Tu les connais bien ?

Il m'observe, un peu étonné.

– Quels voisins ?
– Les autres habitants de l'île. Enfin, ceux qui y ont aussi une maison de vacances. Je suppose qu'il n'y a pas d'habitants à l'année ici…
– Mais, Mila, il n'y a que nous sur cette île ! Je n'ai pas de voisin !

Je le regarde bouche bée, ce qui le fait exploser de rire.

– Tu veux dire que l'île entière t'appartient ?

Il secoue la tête affirmativement, s'éloigne de moi et écarte grand les bras, fait un tour sur lui-même à cent quatre-vingts degrés pour embrasser tout le paysage.

– Oui. Tout ça est à moi !

Il possède une île ? Carrément ?

***

Une fois le tour du « propriétaire » achevé et les valises ouvertes, Timothy veut m'entraîner dans une baignade. Je cherche parmi mes vêtements mon maillot de bain tout neuf. J'ai dû l'acheter en urgence à l'aéroport pour l'occasion. Je n'avais plus chez moi que de vieux maillots une pièce, un peu grand-mère. Cela faisait si longtemps que je n'en avais pas eu besoin que je n'avais jamais pensé à m'en acheter un plus joli et plus sexy. Je tire de mon sac de voyage le petit ensemble chocolat en mailles crochet. Je souris en pensant que je sais déjà que Timothy va adorer.

S'il me laisse le porter assez longtemps pour l'admirer.

Je le rejoins au bord de l'eau devant la maison. Nous nous allongeons sur le sable fin. Je ferme les yeux.

Tout est si merveilleux.

Timothy, étendu à côté de moi, se cale sur son coude pour me regarder à son aise.

– Qu'est-ce qu'il y a ? lui demandé-je en souriant, les yeux mi-clos à cause du soleil.
– Tu es si belle, Mila ! s'exclame-t-il.

J'ai une telle envie de le prendre dans mes bras pour le remercier de ce compliment qui a jailli si naturellement.

D'ailleurs, pourquoi me priver ?

Je l'attrape par l'épaule et l'attire contre moi. Sa peau est chaude. Il sent si bon. J'enfouis ma tête dans son cou pendant qu'il caresse ma peau laissée nue par le maillot de bain minuscule que j'ai enfilé.

– Tourne-toi sur le ventre.
– Quoi ? bafouillé-je, béate.
– J'ai dit, tourne-toi sur le ventre.

J'obéis à sa voix douce et ferme. Il s'installe à califourchon sur mon dos et le poids de son corps musclé m'émoustille. Je me contorsionne pour me retourner et admirer sa musculature parfaite. Il me plaque d'une main autoritaire sur ma serviette.

– Laisse-toi faire, Mila ! ordonne-t-il d'une voix rauque qui me procure mille sensations.

Il ne me laisse pas le temps de répondre que je sens couler sur mon dos une huile parfumée. Ses paumes se posent à plat sur ma peau huilée et il me masse longuement, délicieusement.

Mmm. Je n'ai jamais eu droit à un tel traitement. Je dois être au paradis.

Un bon quart d'heure plus tard, je suis aussi molle qu'un chewing-gum. Timothy bascule sur le côté et s'étale contre moi.

– Tu vas bien, mon amour ?
– Mmm. Tu es le meilleur masseur que j'ai connu de ma vie.
– J'espère bien !
– Sans rire ! C'était incroyable ! Tu devrais songer à faire carrière. Enfin, quand tu seras lassé de gérer avec brio une des plus grosses fortunes de la planète, évidemment !

Tim rit en me caressant doucement le dos. Il ne dit plus rien. Il est songeur. Et lorsqu'il reprend la parole, je reste sidérée par ce qu'il m'avoue.

– Tu sais que je pourrais tout abandonner pour toi ?

Je me redresse subitement.

– Pardon ?

Mon ton devait être un peu brusque, car il prend soudain un air ennuyé.

– Désolé. Je ne voulais pas te faire peur.
– Non, non ! Pas du tout ! Je veux dire, si, ce n'est pas rien ce que tu viens de dire. Mais ça ne me fait pas peur. Enfin, un peu quand même. Mais surtout, ça me touche profondément.

– Et je suis sincère. Je n'ai jamais été aussi sincère. Je donnerai tout ce que j'ai et je repartirai à zéro sans sourciller si c'est avec toi.

Je m'accroche à cette sincérité magnifique dans son regard.

Dieu qu'il est beau !... et qu'est-ce qu'il me bouleverse !

– Oh, Tim, je...

Mais le trouble qui me gagne m'empêche de lui dire tous les sentiments que j'éprouve pour lui. Alors je l'embrasse. Fougueusement, passionnément. Nos bouches se caressent longuement, ses lèvres parcourent les miennes et nos langues se cherchent avec avidité. Puis je le repousse avec un air impertinent.

– Voilà qui mérite un bon massage, monsieur Beresford ! Tourne-toi que je t'en fasse un.

Il se retourne alors dans un mouvement souple, ses doigts s'attardant sur mes courbes offertes et s'installe sur le ventre à son tour, m'offrant la musculature sidérante de son dos bronzé.

***

Le soir, après nous être baignés tout l'après-midi, je me sens en coton. Tellement détendue que j'ai la sensation d'évoluer sur un sol mou. Timothy me laisse un moment afin que je puisse me préparer pour le dîner. J'enfile une merveilleuse robe légère qu'il a fait déposer à mon attention sur le grand lit.

Rouge évidemment.

Un vase sur ma table de chevet regorge de lys de mer blancs et délicats. J'en saisis quelques-uns, coupe les tiges pour les raccourcir et les accroche dans mes cheveux juste derrière mon oreille gauche.

Timothy siffle d'admiration lorsque je fais mon apparition dans l'entrée. Il me prend délicatement par la taille et ce simple geste provoque en moi des ondes de chaleur tandis qu'il m'entraîne sur la plage. Derrière un rocher, la mer vient se reposer dans une sorte de petite crique. Des spots ont été installés au fond de l'eau pour éclairer une table pour deux.

Le niveau de la mer ne monte pas plus haut que mes mollets et les vaguelettes tièdes me font frissonner agréablement. À peine sommes-nous installés qu'un serveur vient nous apporter une entrée somptueuse réalisée par un chef venu personnellement sur l'île cuisiner pour nous.

Une heure plus tard, je soupire de bien-être.

– C'était délicieux, mais je n'en peux plus !

Timothy se lève et m'attire à lui. Il nous conduit un peu plus loin pour une promenade romantique les pieds dans l'eau. Dans le ciel plein d'étoiles, la lune nous accompagne de ses rayons d'argent. Après quelques pas, Tim s'arrête et me tourne face à lui. Son regard brûlant me révèle toute l'impatience de son désir et sa voix profonde me bouleverse :

– Je passe un moment absolument délicieux, Mila.
– Moi aussi.
– Ce que nous vivons toi et moi est bien plus fort que tout ce que j'ai connu jusqu'à maintenant.

Me plaquant contre son torse, il s'empare de mes lèvres offertes dans un baiser exigeant qui nous laisse tous les deux tremblants. Je sens mon cœur cogner dans ma poitrine. Sa langue cherche avidement la mienne. Ses mains remontent le long de mon dos, puis il se penche et me soulève dans ses bras puissants. Serrée contre lui, je me laisse emporter vers le rivage, grisée par la promesse que je lis dans ses yeux.

Timothy me porte jusqu'au bord de l'eau et me dépose tendrement à l'endroit où les vagues s'échouent sur le sable. Il m'étend délicatement sur le sol et s'allonge sur moi. Le poids de son corps chaud fait instantanément monter mon désir. Par-dessus son épaule musclée, je vois les étoiles là-haut.

C'est tellement beau. Tellement bon.

Il dépose de petits baisers légers le long de mon cou, saisit entre ses lèvres le lobe de mon oreille et mordille doucement mon épaule, m'arrachant un gémissement. Puis, dans un mouvement délicieusement agaçant, il fait glisser les bretelles de ma robe et tire sur le coton qui s'entortille autour de ma taille. En dessous, je ne porte rien. Timothy rugit en le découvrant.

– Tu veux me rendre dingue ?
– C'est l'idée, en effet.

J'ajoute à ma phrase un regard coquin qui le fait sourire.

– Je ne sais pas ce que je préfère, voir ta lingerie sexy ou imaginer que tu as été nue sous ta robe toute la soirée.

Il ne répond pas à sa propre question et se penche sur ma poitrine aux tétons dressés. Le contact de sa bouche à cet endroit sensible fait se cabrer mon corps et je gémis. Au son de ma voix il intensifie sa caresse, en lèche un tandis que son pouce fait rouler adroitement l'autre. Le désir fait se contracter plus bas mon sexe, qui s'humidifie instantanément. Sa main droite lâche ma poitrine, parcourt mon ventre, mes hanches qu'il attire contre lui, puis glisse entre mes cuisses. Il trouve mon intimité, rit silencieusement en constatant l'état dans lequel je suis déjà.

– Aurais-tu envie de moi, par hasard ? me demande-t-il, les yeux pétillants.
– Oh, oui !

Il se débarrasse rapidement de ses vêtements et plaque sa peau brûlante contre mon corps. Il m'embrasse profondément. Son pénis durcit contre mon bas-ventre, témoin de son propre désir. Je le prends dans ma paume. Mes doigts sur sa verge le font gémir. Sa main vient rejoindre la mienne et l'enserre, lui imprime un mouvement lent. Sa tête se relève et ses yeux se ferment.

– C'est bon, Mila, n'arrête pas, souffle-t-il en serrant ma main plus fort.

Je le pousse à accélérer. Il gémit plus puissamment. Je tourne légèrement ma paume, enroule mes doigts savamment, le caresse, le masse sans répit. Tim reste soulevé au-dessus de moi pour que sa main puisse aller et venir plus commodément. La lumière de la lune me permet de voir son beau visage crispé par le désir, ses lèvres qui s'entrouvrent et son souffle qui s'accélère.

Puis, soudain, il force ma main à lâcher sa prise et il retombe sur le côté, haletant. Je comprends qu'il s'est retenu de justesse et qu'il était sur le point de jouir. L'effet que ma caresse a eu sur lui m'excite encore plus. Sans lui laisser le temps de se reprendre, je me relève et m'accroupis sur lui. Je joue quelques secondes avec le bout de son sexe dressé qui vient heurter le mien. Chaque petit choc semble l'électriser.

Alors je m'enfonce sur lui en une seule fois. Ses mains attrapent mes hanches et les enserrent. Il me fait bouger sur lui, d'avant en arrière. Il m'oblige à aller lentement : il est sur le point de craquer. Quand il a enfin réussi à calmer les mouvements désordonnés de mon corps fouetté par le plaisir, il délaisse mes hanches pour permettre à ses mains de remonter vers ma poitrine. Il se saisit de mes seins, les couvre de ses grandes paumes. Puis il me pousse en arrière, conduit mon corps à s'arquer pour me prendre plus profondément.

Il roule ensuite sur le côté, m'entraînant avec lui et Tim se retrouve à nouveau sur moi, planté profondément et délicieusement. Il laisse sa tête peser sur mon épaule et son souffle parcourir ma peau alors que son bassin va et vient plus rapidement, plus durement, plus intensément. Le plaisir saisit impérieusement mon ventre et l'électrise. Exigeante, sa bouche descend le long de mon cou et s'empare d'un de mes seins, le titille, le suce. Je gémis doucement. Il insiste, agace plus durement la pointe, l'aspire.

Comme c'est bon !

Le sable et l'eau sur ma peau redoublent mon plaisir. Un petit cri m'échappe. C'était l'effet qu'il recherchait car voilà que son autre main glisse le long de mes côtés, y faisant naître des milliers de frissons, puis il saisit ma cuisse gauche et l'écarte, la mettant en équerre. Il enveloppe de ses jambes ma cuisse droite. Je me retrouve à la fois plus ouverte et plus étroite. Ses doigts parviennent, eux, à se frayer un chemin jusqu'à mon clitoris qu'il ne lâche plus.

Je m'offre plus encore, impatiente de le laisser faire et de profiter du plaisir qu'il sait provoquer en moi. Son index commence à alterner ronds réguliers et doux tapotements. Le désir monte et monte encore. Mes gémissements se font plus forts. Pendant que son pénis s'enfonce sans relâche en moi, les vagues autour de nous clapotent et nous arrosent de gouttelettes tièdes au rythme de nos mouvements.

Mais alors que je suis sur le point de jouir, il arrête brusquement de bouger. Il reste planté en moi, droit et dur. Son corps écrasant le mien, il se redresse sur ses avant-bras et me caresse doucement le visage. Moi, je m'agite, tente de réanimer nos mouvements en le poussant à bout. Je vois qu'il se refrène et tente d'étouffer l'envie que mes hanches provoquent en lui. Il pose son doigt sur mes lèvres.

– Chut. Ne sois pas si impatiente. Nous avons tout notre temps. Et j'aime tellement prendre le temps de te faire jouir.

Il prend mon visage dans ses grandes mains, le maintient face au sien pour me pousser à le regarder au plus profond de lui. Puis, sans quitter mes prunelles de ses grands yeux noirs, il recommence à aller et venir, lentement, son regard plongé dans le mien. Je le voudrais encore plus profondément en moi alors j'écarte le plus possible mes cuisses, je laisse mon bassin rouler sous lui. Ses mains creusent le sable en dessous pour mieux plonger en moi.

C'est tellement bon que je pense un instant exploser.

Pendant qu'une de ses mains reste agrippée au sol, l'autre remonte le long de mon dos. Il me tient ainsi serrée tout contre lui et reste profondément en moi tout en bougeant lentement. Nous sommes emboîtés parfaitement l'un dans l'autre. Une douce chaleur naît du contact étroit de nos corps et augmente notre plaisir.

C'est si délicieux que j'ai besoin de reprendre mon souffle. Tim aussi. Nous nous regardons un instant, scotchés par l'intensité du désir qui nous unit. Il me soulève dans ses bras, se relève et, sans sortir de moi, fait quelques pas vers la maison. À peine la terrasse atteinte, il s'agenouille et m'assied sur le bord du plancher surélevé. Son bassin ainsi à hauteur du mien, il sort de moi quelques instants pour mieux me prendre à nouveau, en gémissant.

Je ne l'ai jamais senti aussi dur. J'aime tellement cette sensation, me sentir totalement prise. Mais il se détache de moi à nouveau. Il prend mes hanches en coupe dans ses grandes mains et approche son visage. Ses lèvres viennent se poser à l'intérieur de mon genou. Sa langue glisse dans les plis.

Je n'aurais jamais cru que cette partie de mon corps puisse être à ce point sensible.

Tim me regarde par-dessous ses longs cils noirs, l'air malicieux, profitant de chaque contraction de mon visage. Puis, me maintenant les jambes écartées face à lui, vulnérable, sa langue remonte le long de ma jambe. Les frissons sont à la limite du soutenable. Je me cambre, rejette ma tête en arrière pour les laisser me parcourir violemment.

Le bout de sa langue effleure à peine mon clitoris puis Tim s'attarde en baisers à l'intérieur de mes cuisses, refusant de me donner ce que j'attends et joue avec mes nerfs. Cette exquise torture m'arrache des halètements de plaisir et mon bassin ondule sous la pression de sa bouche. Son pouce trace des sillons de feu sur la chair de mes lèvres tandis que son autre main parcourt la pointe de mes seins dans une caresse lancinante. Tout mon corps se tend d'impatience.

– Tim…

Ce n'est que lorsqu'il constate que je me rends qu'il accepte de poser fermement ses lèvres là où le plaisir est le plus intense. Je gémis et mon ventre se noue subitement, alors que sa langue dressée trace des cercles humides juste sur le point le plus sensible. Il insiste et insiste encore jusqu'à ce que des soubresauts me secouent tout entière. Je pense être au paroxysme du plaisir quand son index vient s'enfoncer en moi. Je me courbe et plaque mes deux mains sur mon visage pour étouffer le cri qui explose dans ma gorge. Un orgasme puissant s'empare de moi. Il continue ses mouvements de langue et appuie à l'intérieur son doigt vers le haut pour pousser ma jouissance à son plus haut niveau.

Il attend que mes halètements s'espacent et que la pression redescende pour arrêter. Alors il se redresse et avance sur moi. Je me relève sur les coudes pour l'observer s'approcher, son magnifique sexe dressé par le désir. Je le regarde droit dans les yeux quand il vient s'enfoncer en moi d'un coup de bassin puissant. C'est à son tour à lui de fermer les yeux et de me laisser admirer sur son visage la montée du plaisir. Il va et vient en moi avec rapidité, ne me laissant aucun répit, s'accrochant à mes hanches pour me prendre de plus en plus profondément. La vue de ses mâchoires serrées et du travail de ses muscles fait instantanément remonter en moi l'envie de jouir. Je descends une de mes mains vers mon entrejambe pour le sentir entrer et sortir. Son pénis palpite.

Quelle sensation incroyable !

Il est à deux doigts de jouir. Et soudain ses abdominaux se contractent. Il crie, la gorge déployée, secoué par un désir particulièrement intense. Le mien monte à la vue du sien et des vagues me parcourent tandis que je jouis à nouveau. Il écoute mon orgasme et m'accompagne en se libérant dans un spasme qui l'agite tout entier.

Après le point culminant, il reste agenouillé entre mes jambes un moment, incapable de bouger alors que j'essaye moi-même de retrouver une respiration plus calme et régulière, le corps encore tendu, les seins aux pointes dressées. Enfin, il s'effondre sur moi et nous restons collés, peau contre peau, moites tous les deux.

Il se retire lentement, me prend contre lui et me fait glisser sur le sable. De ses grands bras, il m'attire tout contre lui et me serre, incite ma tête à venir prendre sa place dans le creux de son épaule. Je respire les effluves de notre amour. Blottis l'un contre l'autre, nus, nous regardons les étoiles. Et je finis par m'endormir là, tandis qu'il me caresse doucement le dos.

22
TRAHISON

De retour à Paris, il est immédiatement évident que je vais avoir besoin d'un peu de temps pour me réadapter à ma vie. Les plages de l'île me manquent déjà. Les images de Tim me faisant passionnément l'amour sur le sable ne me quittent pas. Heureusement, Blanche vient à mon secours en me proposant une séance shopping : elle manque de tenues élégantes pour aller à l'opéra.

Je la rejoins avenue Montaigne. En la voyant loucher sur les vitrines des boutiques de luxe, je comprends qu'elle a décidé de mettre le paquet. Nous entrons chez Emilio Pucci. Les vendeuses se dirigent vers nous sans attendre une seule seconde. Blanche, timide, explique en murmurant qu'elle cherche des robes.

Nous sommes rapidement installées, moi sur une banquette confortable avec un café, Blanche dans une cabine spacieuse avec un éventail impressionnant de choix. Les conseillères de clientèle semblent s'en donner à cœur joie, profitant d'avoir à habiller une belle jeune femme élancée pour lui proposer la quasi-totalité du magasin.

J'attends qu'elle me montre la première tenue pour lui poser les questions qui me brûlent les lèvres depuis que je l'ai retrouvée. Elle apparaît enfin, splendide.

Absolument splendide !

Elle a enfilé une robe bustier courte avec d'originaux motifs noirs et blancs. Ses épaules minces sont particulièrement mises en valeur.

– Tu es parfaite là-dedans !... Dis-moi, comment ça va avec Nils ? Tout se passe bien ?

Elle disparaît dans la cabine en criant seulement :

– Merci pour le compliment !

OK, ça ne sera pas si simple !

Cinq minutes plus tard, elle tire à nouveau le rideau sur une tenue incroyable : robe longue parme, manches en voile délicat et décolleté profond. Je lève un pouce convaincu.

– Blanche, tu peux essayer d'éviter ma question si tu veux, mais je te ferai quand même remarquer que nous sommes là pour que tu dépenses l'équivalent de ton salaire dans des robes pour aller à l'opéra. Je ne suis pas Sherlock Holmes, mais j'en déduis que tu continues de voir Nils !

Blanche devient de la même couleur qu'une pivoine. Elle hausse les épaules, s'avouant vaincue, et vient s'asseoir à côté de moi.

– Ça va, d'accord, espèce de curieuse. Oui, on s'est revus. Après la vente de charité, je n'étais vraiment pas bien. Tu avais raison, j'avais tort d'avoir peur et tu as bien fait de me secouer. Je crois que j'aurais fait l'erreur de ma vie en m'éloignant de Nils. Je suis rentrée chez moi et j'ai réfléchi. Longtemps. Et il est devenu évident que je pouvais au moins lui parler de ce qui me faisait peur avant de prendre une décision un peu trop définitive. Alors je l'ai appelé.

– Mais, laisse-moi compter. Nous sommes sortis relativement tard déjà de la soirée. Le temps que tu rentres chez toi et que tu te tortures, il était…

– Près de deux heures du matin, avoue-t-elle, honteuse.

J'étouffe un cri et la pousse du coude.

– Tu l'as appelé à deux heures du matin ? Et il t'a répondu ?

– Oui. Presque instantanément. Je lui ai dit qu'il fallait absolument qu'on se parle. Il a été adorable. Il m'a donné rendez-vous immédiatement dans un café qui reste ouvert toute la nuit et on a discuté jusqu'au matin. Je lui ai confié ce que je ressentais et ce qui me faisait peur.

Je siffle entre mes dents. Elle a eu un sacré courage quand même, alors qu'il ne s'était encore rien passé entre eux, de tout lui dévoiler !

– Et alors ? Qu'est-ce qu'il t'a répondu ?

– Il m'a rassurée. Il a été parfait. Il m'a dit qu'il était tout à fait prêt à me laisser le temps qu'il me faudrait. Il m'a proposé que nous vivions notre relation « au jour le jour », sans nous poser plus de questions. Pas de pression, pas de prises de tête, que des bons moments et on verra.

– Vous laissez les choses évoluer à leur rythme.

– C'est ça. Sans se fermer de portes, mais sans non plus nous précipiter. On fait comme on sent, comme ça vient.

– Tu as dû te sentir soulagée.

– Tellement ! Tu n'imagines pas.

Un petit silence s'installe. Je plisse les yeux et la regarde malicieusement.

– D'accord. Et la suite ?

– Quelle suite ? demande-t-elle innocemment en regardant ailleurs.

Je fais mine de lui jeter mon sac à main et la totalité de son contenu si elle ne parle pas tout de suite. Elle rit.

– Si je comprends bien, il faut vraiment que je te raconte TOUT ?

– Oui. Dans les moindres détails. C'est un ordre.

– Je me rends, mon capitaine. Nous nous sommes embrassés.

J'applaudis des deux mains pendant qu'elle rougit encore plus, jetant des coups d'œil aux vendeuses qui ne perdent pas une miette du récit de ces prémices d'histoire d'amour.

– Chut ! Un peu de discrétion, quand même !
– Raconte ! C'était bien ?
– Pff. C'était absolument parfait ! il a des lèvres…

Je grimace de dégoût.

– Pitié, arrête là, je ne demande quand même pas à avoir la description de la suite de vos papouillages.
– Il n'y a rien eu d'autre.
– Rien de rien ?
– Mila ! Nous étions dans un café !
– Vous auriez pu… quitter le café pour aller ailleurs…
– Je ne suis pas comme ça ! Et toi non plus, d'ailleurs.

Elle n'a pas tort. Je la laisse enfin réintégrer la cabine. Après de nombreux essayages, je vote pour la robe parme et une autre robe longue moulante en dentelle noire légèrement transparente.

Très sexy.

À force de la voir évoluer dans toutes ces tenues splendides, je finis par craquer moi aussi et je repars avec une robe d'un vert électrique fendue très haut sur la cuisse.

Je ne vais quand même pas passer ma vie en rouge !

Nous repartons bras dessus bras dessous. Alors que nous nous apprêtons à héler un taxi, je lui demande.

– Donc, tu es comblée ?
– Je suis surtout rassurée qu'il n'y ait pas entre Nils et moi toute la pression qu'il pouvait y avoir pendant ma relation avec Antoine.
– Je suis heureuse pour toi. Nils est vraiment quelqu'un de bien.

Blanche me remercie du regard et serre mon bras sous le sien. Nous rejoignons Timothy et Nils dans un café chic du neuvième arrondissement. De loin, je remarque que la conversation est animée. Tim use de grands gestes pour appuyer son propos tandis que Nils pousse exclamation sur exclamation. Même sans être à leur hauteur, je peux entendre distinctement ses « non, ce n'est pas possible ! » Je devine qu'ils sont en train de parler de l'affaire « secret de famille Beresford ».

Les deux jeunes hommes tournent la tête vers nous. Je souris en voyant mon amie glisser ses doigts fins dans la paume de Nils. Les voir ensemble, heureux, me fait tellement plaisir ! Nous allons passer un excellent moment, j'en suis certaine. Nils s'exclame :

– Timothy me racontait ce qui vient de se passer. Je n'en reviens pas de ces rebondissements incroyables !
– Moi non plus, je n'en reviens pas ! lui répond Blanche.

Elle s'accoude à la table.

– Moi, je trouve ça extrêmement romanesque.

Je me tourne vers Tim.

– Je lui ai tout raconté. Ça ne te dérange pas ?

Il secoue la tête.

Bien sûr que non ! Si j'ai confiance en quelqu'un, il me suit.

– J'espère que personne n'aura l'idée d'en faire un roman ! Je n'ai pas envie de voir toute cette histoire publiée ! Ce n'est pas à la gloire de ma famille.
– Tu veux dire, ce n'est pas à la gloire de ton père ! insisté-je.

Il plisse le front, repensant à l'attitude intolérable de Bob Beresford.

Nils nous tire de nos réflexions.

– Mila, ton enquête est-elle bouclée, du coup ? Je veux dire, maintenant que vous avez retrouvé Arthur et compris ce que devenaient les fonds détournés… D'ailleurs, félicitations, tu as trouvé la clé de l'énigme en très peu de temps !

Je fais la moue. Il y a encore un point qui me chiffonne. Nous n'avons pas établi l'implication de tous les protagonistes dans cette histoire. Il reste une personne dont le nom est apparu de manière récurrente et dont j'ignore encore le rôle.

Holly Dickinson.

Devant l'air étonné de Timothy qui ne s'attendait pas à une réaction aussi frileuse, je finis par lâcher le morceau.

– Je n'ai pas tout à fait fini de creuser. Il me faut encore éclaircir le rôle de Holly Dickinson.
– Ah oui, Holly, la grande blonde de chez B. International ! Elle sait se faire remarquer !
– Exactement ! Cette grande blonde-là. Son nom est sur tous les contrats qui ont permis de faire sortir les fonds de la société. Et je me demande bien pourquoi elle a participé à cette magouille. Quel est son intérêt là-dedans ?

Blanche intervient.

– Tu parles de la fille qui était avec nous pour la vente aux enchères ? Celle qui faisait la tête ?
– Oui.

Je ne peux m'empêcher de sourire en repensant à l'air dépité de Holly nous regardant, Tim et moi, main dans la main, pendant que Blanche ajoute :

– Ce qui est certain, c'est qu'elle semble vraiment avoir une dent contre toi !
– Tu veux dire plutôt qu'elle me hait !

Timothy semble étonné par ce que je viens de dire.

– Tu n'y vas pas un peu fort, Mila ? C'est vrai qu'elle aurait aimé que je craque pour elle et elle doit être un peu jalouse, mais de là à te détester.

– Oh ! Devant toi elle se tient bien, mais dès que tu as le dos tourné, c'est autre chose…

Je leur raconte mes déboires : les subventions pour Enfance Sauvée qui ont failli passer à la trappe, les regards noirs et les propos agressifs dans la cafétéria. Timothy fronce les sourcils. Il semble vraiment contrarié par ce que je viens de dire.

– Qu'elle soit jalouse, OK. Mais elle n'a pas à laisser ses sentiments personnels prendre le dessus dans le cadre du travail. Je lui en toucherai un mot.

Blanche secoue la tête et intervient.

– Tu sais, Mila, je ne peux pas m'empêcher de remarquer que dans tout ce que tu viens de raconter, même si c'est déplacé, Holly semble plus animée par la jalousie que par autre chose. Et l'autre soir, aux enchères, j'ai effectivement trouvé qu'elle avait l'air mal à l'aise, mais pour moi, c'était parce que Tim et toi étiez en couple. En tout cas, j'ai vraiment eu le sentiment que c'était ça qui lui posait problème. Peut-être qu'il ne faut pas chercher plus loin qu'une réaction idiote dans ce genre.

Je réfléchis un instant. Mes trois interlocuteurs semblent d'accord sur ce point. Pourtant, je ne peux m'empêcher d'être persuadée qu'il y a encore quelque chose qui coince dans toute cette histoire.

Alors que la conversation reprend autour de moi, je me souviens de la discussion que j'ai eue avec Simon, le vieil ami de mes parents qui m'a donné un coup de main pour obtenir des informations capitales concernant les détournements de fonds. Je ne dis rien à mes amis, mais je suis perplexe. Pourquoi Simon m'aurait-il mise en garde en me parlant des malversations dans lesquelles Holly aurait déjà été impliquée par le passé ? Quant à Bob, il m'avait certifié qu'il était parfaitement inoffensif, et pourtant, il est bel et bien mêlé à cette affaire. Simon le connaît-il vraiment ?

Tout ceci est très étrange.

Timothy, remarquant le mutisme dans lequel je me suis retranchée, pose sa main sur la mienne en un geste rassurant.

– Ne t'inquiète pas pour Holly, Mila, me murmure-t-il. Je suis profondément désolé que tu aies eu à vivre ça à cause de notre relation. Et je suis encore plus désolé de n'avoir pas su le voir plus tôt pour t'en protéger. Mais elle ne t'ennuiera plus longtemps : elle doit se rendre à New York. Elle y a de nombreux rendez-vous au sujet d'Enfance Sauvée.

Je lui souris pour le remercier de sa gentillesse.

L'absence de Holly n'apportera pas de réponse à mes questions, mais au moins j'en serai débarrassée quelque temps !

***

Le lendemain matin, je sors de l'hôtel particulier de Timothy. La nuit a été fantastique et le petit déjeuner dans le parc, au soleil, était si divin que j'ai cru ne jamais trouver le courage de quitter cet endroit magnifique. La cohue dans la rue m'accueille sans ménagement et je dois me secouer de la torpeur bienheureuse qui refuse de me quitter. Rêveuse, je me laisse quand même aller à repenser à la nuit que nous avons passée, Tim et moi.

Je suis tellement dans les nuages qu'il me faut un temps pour réaliser ce que j'ai sous les yeux. Mais lorsque l'image percute mon cerveau, une douleur terrible me déchire le cœur. Incrédule, je m'approche de la devanture du kiosque à journaux. La une criarde d'un journal à scandales y est placardée partout. D'habitude, je ne prête aucune attention à ce type de presse, mais une silhouette connue me force à regarder la photo qui s'affiche en gros plan : au bord d'une piscine, une bimbo nue dont on a flouté le visage enlace un jeune homme de dos. Je reconnais la silhouette de cet homme, c'est celui qui m'a tenue dans ses bras et m'a emmenée au septième ciel la nuit dernière. Tim !

Non, ce n'est pas possible. Je n'y crois pas.

Comme pour confirmer l'évidence qui m'a frappée, le titre du scoop est explicite, écrit en gros, en gras et en lettres fluorescentes pour être sûr que tous le remarquent :

« La scandaleuse liaison de Timothy Beresford, le riche et séduisant dirigeant de B. International »

Je refuse d'y croire.

Je ne me rends compte que j'ai cessé de respirer que lorsque je m'écroule sur le trottoir, en larmes.

Timothy m'a trompée, Timothy m'a trahie.

V

TROUBLANTE RÉVÉLATION

23
LA FUITE

C'est seulement une fois arrivée chez Camille, ma sœur, que je commence à souffler. Heureusement, j'ai toujours sur moi un double des clés. Elle est partie au Cambodge il y a quelque temps et je n'aurais pas su où me réfugier à part chez elle. Quelque part, je suis contente qu'elle ne soit pas là.

Envie de ne parler à personne.

Je n'aurais pas la force d'expliquer ce qui s'est passé… J'ai juste besoin de pleurer en silence sans que personne ne vienne tenter de me réconforter. Je ne veux pas être consolée. Ce qu'il vient de se passer me bouleverse. Timothy m'a menti, il m'a trompée, il m'a brisé le cœur et je ne lui pardonnerai jamais. Point à la ligne. Il n'y a rien à ajouter.

J'ai tellement mal !

Les images de l'heure qui vient de s'écouler me reviennent en mémoire. D'abord cette horrible découverte, la une racoleuse d'un vulgaire magazine people « La nouvelle liaison scandaleuse de Timothy Beresford » avec en photo Tim de dos au bord de la piscine d'un hôtel de luxe. Et surtout cette blonde, qui n'est pas moi, une main posée sur lui, comme s'il lui appartenait. Le gros titre tourne en boucle dans ma tête. « La nouvelle liaison scandaleuse de Timothy Beresford », « la nouvelle liaison... », « la nouvelle liaison... ». La douleur me coupe le souffle, je l'imagine enlaçant cette femme, l'embrassant... Je ne comprends pas pourquoi il s'est affiché publiquement avec moi en tant que couple pas plus tard qu'hier. Pourquoi me murmurer toutes ces déclarations tendres si notre relation ne compte pas plus que ça pour lui ? Je me sens humiliée, trahie, le bonheur n'aura vraiment pas duré... Je repense à mes collègues chez B. International, je n'oserai plus jamais remettre les pieds là-bas. Et Holly ? Elle doit bien rire, maintenant ! La magnifique responsable de la fondation caritative de la société de Tim doit déjà affûter ses armes pour le récupérer.

La nouvelle liaison scandaleuse de Timothy Beresford...

Après avoir vu la une du magazine, tout s'est enchaîné. Quelques secondes pour réaliser que je suis tombée à genoux devant le kiosque, en larmes. Puis une seule idée en tête : fuir le chaos qu'est devenue ma vie en l'espace d'un instant. Aller me réfugier quelque part, loin de l'hôtel particulier de Tim. Je me relève. Je ne veux plus jamais voir celui qui m'a trahie. Je sais bien qu'il se justifiera, qu'il cherchera à détourner mon attention avec son charme et ses baisers… et que je succomberai bien trop facilement à ses explications ! Je ne veux pas de ses mensonges…

Comment a-t-il osé me faire ça ?

Lorsque j'ai rencontré l'héritier de B. International, ma meilleure amie Blanche m'avait bien prévenue que Timothy Beresford ne sortait qu'avec des grandes blondes. Des actrices connues, de riches héritières. Et moi, une anonyme aux cheveux châtains, comment ai-je pu croire que j'avais réellement ma chance ?

Quelle gourde !

Comme un automate, j'achète le magazine sous les yeux ébahis du commerçant. Je veux savoir qui est la blonde de la photo, comprendre pourquoi c'est une « liaison scandaleuse », même si cela doit me briser le cœur. Le métro me paraît une épreuve de trop. Je repère un taxi arrêté en double file à ma hauteur. Je me précipite sur la banquette arrière.

L'homme à l'avant se retourne.

– Tout va bien, mademoiselle ?

Je suis au bord des larmes. Ma vue se brouille.

Non, rien ne va. Rien n'ira plus jamais.

Un brouillard devant les yeux, je secoue la tête en le suppliant simplement.

– Pourquoi ne démarrez-vous pas ?
– Mademoiselle, vous ne m'avez pas encore donné votre destination.

Je pense immédiatement à l'appartement vide de Camille et donne l'adresse au chauffeur.

Pas de risque que Timothy vienne m'y chercher !

Puis je m'enfonce dans le siège. Mais si je pense pouvoir passer à autre chose, j'ai tort : la fameuse photo est placardée sur tous les kiosques de la capitale. C'est un cauchemar. Pas moyen d'y échapper. Une contemplation qui me fait de plus en plus mal. Lorsque le taxi me dépose en bas de l'immeuble de ma sœur, je n'ai pas encore refait surface. Mon esprit est embrouillé, coincé entre stupeur et accablement. Mon cœur est en lambeaux et je suis incapable de cesser de pleurer. Je grimpe les escaliers difficilement. Mon corps est aussi douloureux que mon âme. Je tâtonne dans mon sac à la recherche des clés, ne les trouve pas et m'effondre sur le palier.

Si je m'écoutais, je ne bougerais plus d'ici ; je resterais abattue là, en plein milieu du passage.

Je ne me sens plus capable d'esquisser le moindre mouvement. Il me faut un temps infini pour retrouver assez d'énergie pour fouiller à nouveau dans mes affaires et trouver les clés. J'ouvre à peine la porte qu'un sentiment de perte et de vide m'assaille. Au ralenti, j'entre enfin dans l'appartement. Je ne cherche même pas à me faire un thé ni à poser mes affaires quelque part. Rien. Je claque la porte derrière moi et me jette dans le canapé. J'écoute un moment le silence de l'appartement et je laisse la tristesse noyer mes joues.

Je voudrais dormir jusqu'à la fin des temps.

Les images défilent devant mes yeux. Tim et moi, main dans la main sur la plage de son île. Tim et moi, au bureau, sa présence enivrante au-dessus de mon épaule. Tim et moi cherchant la vérité sur son demi-frère caché. Tim et moi enlacés, les yeux dans les yeux… Je croyais notre relation sincère, honnête, réelle. Je nage en plein cauchemar.

Comment ai-je pu me tromper à ce point ?

Je ferme les yeux. Je suis épuisée. Mais mon répit est de courte durée. Mon téléphone se met à sonner. Je me redresse, plonge la main dans mon sac. Je regarde l'écran et comme je m'y attendais, c'est Tim qui essaye de me joindre, encore et encore. Son service communication a dû l'avertir que son infidélité faisait la une de la presse people. Il a déjà laissé je ne sais combien de messages. Je refuse de les écouter ! Pas question de lui parler. Pas avant d'avoir feuilleté le magazine !

Je repense à Antoine, l'ex de Blanche, qui l'a trompée odieusement avant de la quitter du jour au lendemain.

Ai-je été trop naïve ?

Je repousse mon portable qui vibre sans discontinuer et me laisse aller à pleurer, à ressasser. Tim me manque. Je voudrais à la fois ne plus jamais croiser sa route et me jeter dans ses bras. Je rassemble mon courage et ouvre enfin ce maudit magazine. L'article sur Tim est en page centrale, avec des gros plans de la photo de couverture et des commentaires sans équivoque. Impossible de manquer cette main possessive sur l'épaule de Tim. Déballage de vulgarité, le témoignage de la blonde – mariée, voilà donc le scandale promis – expose son « aventure torride » avec « l'héritier le plus convoité ». La jalousie et la peine me submergent quand j'apprends qu'il l'a emmenée sur son île… La vue brouillée par les larmes, je poursuis ma lecture sans en apprendre beaucoup plus.

Mon téléphone vibre à nouveau, mais ce n'est plus Timothy. La photo de Blanche apparaît.

Est-ce que je veux bien lui parler ? Est-ce que je suis prête à parler à quelqu'un ?

Tout de même, il s'agit de Blanche.

Peut-être que finalement, ça me fera du bien d'être dorlotée…

Je hoquette dans un sanglot.

– Allo ?

– Mila, mon Dieu, je n'arrête pas d'essayer de te joindre ! Est-ce que tu vas bien ? J'étais si inquiète !

– Mon téléphone n'arrêtait pas de sonner, je pensais que c'était Tim.

– Et tu ne voulais pas lui parler ? À cause du fameux scoop, c'est ça ?

– Tu sais déjà tout, alors !

Bien sûr qu'elle sait tout, elle se passionne pour les potins, elle ne risquait pas de manquer celui-là !

– Mila, s'il te plaît, dis-moi où te rejoindre. Je ne peux pas te laisser seule dans un moment pareil.

Je laisse passer un silence. C'est vrai que je n'ai envie de voir personne, mais sa voix au téléphone me fait du bien. Comme un fil auquel me raccrocher. Une bienveillance qui me calme. Je finis par bafouiller.

– Je suis chez Camille.

– Ne bouge pas, ne fais rien. J'arrive et je m'occupe de tout.

***

Une vingtaine de minutes plus tard, on sonne à la porte.

Blanche.

Je me lève douloureusement pour lui ouvrir. Mais lorsque la porte s'ouvre, j'ai la mauvaise surprise de découvrir, planté à côté de Blanche, Nils, son copain et surtout le meilleur ami de Tim. Je regarde Blanche de travers. Je me sens un peu trahie. Elle comprend mon regard, car elle me fait un geste apaisant.

– Mila, s'il te plaît. Tu dois me faire confiance.

J'ai confiance en Blanche, ça oui. Mais là, elle exagère.

– Tu aurais dû me prévenir.
– Alors tu m'aurais dit non.

Elle n'a pas tort.

– Je t'en prie. Si tu ne veux pas parler à Tim, tu peux au moins écouter Nils.

Je bougonne.

– OK, OK. Allez-y, entrez.

Je me pousse pour les laisser passer, mais Blanche me retient par la main.

– Non, moi je reste là, vous, vous sortez. Faites un tour. Au jardin du Luxembourg ! C'est juste en face. Ça te fera du bien, Mila. Tu as besoin de respirer.

Sans avoir le temps de rétorquer que je n'ai pas la force de bouger, elle me met dehors et la porte se referme dans mon dos. Je suis Nils sans enthousiasme, fermée, les bras croisés.

Tout ça ne rime à rien. Je veux juste qu'il me laisse tranquille.

Je vais faire l'effort de l'écouter sagement et ensuite je retournerai voir Blanche pour pleurer tranquillement dans ses bras. Mais une fois sous les platanes, je suis obligée de reconnaître que mon amie a eu raison, grâce à l'atmosphère paisible, le grand air, le vent qui s'est levé, les rayons du soleil, je me sens un peu mieux. Nils n'a rien dit depuis que nous sommes sortis. Je crois qu'il n'osait pas, me voyant si triste et renfermée. Il attend que je sois prête à entendre ce qu'il est venu me dire.

Je ne le suis pas et je n'en ai pas envie.

Mais je ne veux pas me montrer impolie envers lui. Il ne m'a rien fait et ne mérite pas mon animosité. Mes yeux rougis par les larmes me brûlent un peu au grand jour. Je lui souris faiblement. Il patiente encore un peu, puis, quand nous atteignons un coin du parc délaissé par les touristes, il ose enfin me parler tout doucement.

– Tu sais Mila, Tim t'aime. Je veux dire : vraiment.

Je soupire et hausse les épaules.

S'il m'aimait, il ne serait pas allé voir ailleurs et cette maudite photo n'aurait jamais été prise.

– Si tu t'es déplacé pour m'annoncer ça, tu as perdu ton temps. Je n'y crois pas une seule seconde. Plus maintenant !

– Mila, je ne te mens pas. Ne réagis pas comme ça. Il est complètement fou de toi. Je ne l'ai jamais vu ainsi. Timothy n'a jamais été un coureur de jupons, contrairement à ce que prétendent les journaux.

Je le regarde, l'air de dire : « Tu me prends pour une cruche ? » Il fait un geste d'apaisement.

– C'est vrai qu'il a parfois enchaîné des relations qui n'avaient aucun sens.

– Avec des grandes blondes peroxydées comme sur cette maudite photo…

– Il n'est plus comme ça. Et d'ailleurs, ça ne lui a jamais ressemblé d'agir ainsi. Il était surtout malheureux.

Malheureux ? Je n'y crois pas une seule seconde.

– Nils ! Je ne suis pas stupide ! Timothy a tout pour lui ! Il est beau, intelligent, drôle, tout le monde est à ses pieds ! Non, il n'est pas malheureux, il a eu envie d'aller voir ailleurs, c'est tout. Et OK, je peux l'admettre, s'il ne veut pas d'une relation sérieuse, il a le droit. Mais il n'aurait pas dû me mentir en prétendant le contraire. S'il m'avait dit que notre relation n'était pas exclusive, il ne se serait rien passé entre nous et je… je…

Encore une fois, la trahison de Tim me submerge et, le souffle court, je ne trouve pas les mots pour décrire ma peine. Surpris par la véhémence de ma réaction, Nils se fige.

– Tu n'es pas sérieuse, Mila !? Tu ne crois pas réellement ce que tu dis ?
– Bien sûr que si, dis-je.

Je relève le menton, avec défi, en m'appliquant pour l'empêcher de trembler alors que je sens les larmes monter à nouveau.

Non, je ne crois pas ce que je dis. J'aurais été détruite si Tim m'avait dit ne pas souhaiter s'engager avec moi. Je me suis attachée à lui si rapidement ! Et je le suis tout autant aujourd'hui, probablement plus, d'ailleurs. Alors qu'est-ce que ça change ?

Nils hausse les sourcils, sincèrement surpris.

– Mila ! Quand Tim t'a rencontrée, ça a changé sa vie ! Crois-moi, il est mon ami depuis longtemps et c'est comme si, soudain, il s'était métamorphosé. Il se sentait seul, isolé. Tu connais les rapports distants qu'il entretient avec son père. Il était hanté par son passé plein de non-dits. Oui, les femmes lui ont toujours tourné autour, mais ce n'était pas à lui qu'elles s'intéressaient. Sortir avec Tim, c'était être prise en photo dans les magazines, rencontrer du beau monde. Mila, même si tu as du mal à le croire, il était triste. Puis il t'a rencontrée et il a retrouvé goût à la vie.

– J'aimerais tellement pouvoir te croire !

Mais mon cœur est comme verrouillé. Cette photo, Tim enlacé par une inconnue, semble se superposer sur tout ce que je vois et étouffer tout ce que je ressens. Nils le sait et il pose une main sur mon épaule. Son regard est désolé.

– Mila, tu ne peux pas croire ce que raconte la presse people. Tu ne devrais pas te fier à ce qu'écrivent les journalistes à scandales, ils sont prêts à tout pour un scoop, même à mentir éhontément. Écoute plutôt ce que Tim a à en dire !

Je réfléchis un instant avant de demander timidement :

– Et qu'est-ce qu'il en dit ?
– Mais que tout est faux, bien sûr ! Que tout ceci n'est qu'une arnaque, que ce n'est pas lui sur la photo.

J'entends ce qu'il me dit, mais je ne sais plus où j'en suis. Mes certitudes sont comme ébranlées.

Et si je me trompais ?

Mes yeux errent sur le sol. Nils, voyant qu'enfin il a réussi à me déstabiliser, en profite pour insister.

– Mila, il faut absolument que vous discutiez. Tu ne peux pas juste t'enfuir et refuser ne serait-ce que d'entendre sa version.
– Il t'a raconté…

– … que tu ne répondais à aucun de ses appels. Ça lui a fait terriblement mal.

Mon cœur se serre. Pourquoi ai-je réagi si brutalement au fond ? Pourquoi n'ai-je pas eu plus confiance en lui ? Pourquoi ai-je même refusé de l'affronter ?

Et si mon manque d'assurance m'avait poussée à croire aveuglément ce que la presse racontait ?

J'ai toujours été si surprise que Tim me choisisse, moi, plutôt que Holly Dickinson, plutôt que n'importe quelle autre fille. J'ai tout simplement vu dans cette photo la confirmation de ce que je craignais le plus au monde… Je n'ai pas réfléchi, peut-être que je me suis laissée aveugler par la peine.

Le « peut-être » est d'ailleurs probablement en trop…

Bien sûr ! Bien sûr que j'ai réagi sous le coup du choc et de l'émotion ! Timothy m'a-t-il réellement trompée ? Je n'en suis plus si sûre. J'aurais au moins dû l'écouter. Soudain, je m'en veux terriblement de ma réaction si vive.

– Nils, pourquoi Tim n'est-il pas venu lui-même me dire tout ça ? J'imagine que Blanche lui a dit où j'étais.
– Tu ne prenais pas ses appels, il a pensé que tu ne lui ouvrirais pas la porte non plus…

Oups…

Je rougis de honte. J'ai cru un *tabloïd* sans même prendre le temps d'écouter l'homme que j'aime. Comment ai-je pu avoir peur à ce point ? Nils comprend ma réflexion et tente de me rassurer.

– Il ne savait pas comment t'approcher sans que tu te braques. Blanche était mieux placée pour ça.

Merci Blanche de m'avoir un peu forcé la main !

Nils ne dit plus rien, je vois qu'il hésite. Il y a autre chose, je le sens. J'ai peur soudain. Est-ce que Tim, déçu de ma réaction, est à présent trop en colère contre moi pour avoir envie de s'expliquer ? Je redoute la réponse de son ami, mais il faut que je sache si mon erreur est oui ou non réparable.

– Dis-moi Nils. Qu'est-ce que tu n'oses pas m'annoncer ? Tim ne veut plus me parler à présent, c'est ça ?
– Non, Mila, rassure-toi. C'est juste qu'Arthur a contacté Tim et ils se sont donné rendez-vous.

Une sueur froide me glace l'échine. La dernière fois que les deux demi-frères se sont vus, les révélations ont été fracassantes et la colère d'Arthur à l'encontre de Tim a été si violente ! Je ne suis pas rassurée qu'il se soit rendu seul à ce rendez-vous. Je m'en veux encore plus de ma réaction. Si je n'avais pas réagi bêtement à cette couverture, j'aurais été avec lui maintenant et il n'aurait pas à affronter seul une nouvelle rencontre. Ensuite, nous aurions eu le temps de parler de cette blonde sur la photo. Je laisse échapper mes regrets.

– J'aurais dû être auprès de lui.
– Tu le peux encore !
– Est-ce qu'il le voudra seulement ?
– Oh, oui ! Il aurait aimé que tu sois à ses côtés.

Il sort la carte d'un café et me la tend.

– Il m'a donné ceci, au cas où…
– … au cas où je cesserais d'être idiote ?

Nils rit.

– Ne te flagelle pas trop. Dans un couple, il y a parfois des incompréhensions ! C'est inévitable !

J'espère que Tim sera de cet avis !

– Mila, rappelle-toi, Blanche et moi avons failli ne jamais sortir ensemble à cause d'un malentendu. Elle avait très peur, à cause de l'infidélité d'Antoine, que je sois bâti sur le même modèle. De mon côté, comme elle restait distante, je pensais qu'elle ne voulait pas de moi… Tu ne l'aurais pas encouragée à être franche avec moi, elle ne m'aurait rien dit et je ne connaîtrais pas le bonheur d'être avec elle aujourd'hui. Je te devais bien cela !

Je reste à le regarder, sans plus savoir quoi faire. Dois-je rejoindre Tim dans ce café ? Nils me bouscule.

– File. Va le retrouver. Vous discuterez plus tard de ce qui est arrivé.

Je ne me le fais pas dire deux fois et je m'enfuis, mais cette fois, ce n'est pas pour éviter Timothy, c'est pour être auprès de lui.

24
ARTHUR ET TIMOTHY

Je pousse la porte du café et cherche des yeux les deux hommes. Je les aperçois au loin. Arthur et Tim. Ils ont l'air de parler tranquillement. De loin j'observe Arthur. Il n'est plus le jeune homme tremblant et pâle, plein de colère que j'ai pu croiser la première fois. Il a l'air bien plus détendu. Presque apaisé. Violette l'aurait-elle convaincu de laisser le bénéfice du doute à son frère ? Timothy, se sentant observé, tourne la tête vers moi. Son visage se fend d'un sourire hésitant. Il ne s'attendait clairement pas à me voir et sa réaction me serre le cœur. Je vois de l'inquiétude et du doute dans ses yeux.

Qu'est-ce que j'ai été bête.

Je me dirige vers eux, et les deux jeunes hommes se lèvent. Arthur me tend la main en me reconnaissant.

– Nous n'avons pas été présentés de manière très conventionnelle lorsque vous êtes venue chez moi. C'est donc vous qui avez retrouvé notre trace, à ma mère et à moi.

C'est la première fois que je l'entends parler en français. Il a à peine une légère pointe d'accent. C'est tout à fait charmant. Je le regarde mieux. Il est immense, avec ses yeux si sombres. C'est un très bel homme. Il tire une chaise pour m'inviter à prendre place avec eux.

Je ne m'attendais pas à ça ! Je m'installe entre les deux hommes, qui se font face. Tim prend ma main et se penche à mon oreille.

– Merci d'être venue, murmure-t-il.

Je hoche la tête avec un sourire un peu crispé. Ça me fait curieusement mal, de le voir. La terrible une le montrant enlacé par une belle blonde me revient en mémoire et se superpose à son visage. Je n'arrive pas à me détendre. Malgré tout ce que j'ai pu penser tout à l'heure, je ne peux m'empêcher d'être attristée par ce que j'ai vu. Lui non plus ne semble pas parfaitement à l'aise avec moi.

C'est évident, nous devrons parler de ce qui s'est passé. Sérieusement. Que tout ceci soit vrai ou non. Mais ce n'est pas le moment d'aborder la question du magazine à scandales. Je fais un effort pour me concentrer sur la conversation entre les deux frères. Eux reprennent là où ils s'étaient arrêtés quand je suis entrée dans le café.

Timothy explique à Arthur qu'il ne comprend pas la réaction de leur père.

– Pourquoi n'a-t-il pas voulu te reconnaître ? C'est insensé !

Arthur secoue la tête, désabusé.

– J'ai beaucoup parlé de ce sujet avec ma mère. C'est un point qui me blessait, j'avais besoin de réponses. Et j'ai fini par comprendre : la fortune de Bob, celle qui lui a permis d'investir et de faire naître son empire, lui vient de la famille Barberin.

– La famille de ma mère.

– Exactement. Sans cet argent, il n'aurait pu se lancer dans les affaires. Si on apprenait qu'il avait un fils illégitime, il risquait de tout perdre. Tes grands-parents n'auraient jamais laissé passer ça, surtout après le décès de leur fille !

Timothy semble réfléchir après cette révélation, comme frappé d'une évidence.

– Je commence à comprendre pourquoi mon père prétendait que tu étais mort. Sans doute pour que j'arrête de te chercher, que j'ignore notre lien et que son secret soit bien protégé. Il n'a décidément pensé qu'à lui, qu'à son argent qu'il risquait de se voir retirer.

Arthur reste muet, son visage se fige. Il s'adosse au siège de sa chaise. Il a l'air abasourdi.

– Comment ça, mort ?... Tu veux dire que Bob prétend que je suis décédé ? C'est ce qu'il t'a dit ?
– Oui.

Il y a un silence. Évidemment, cette annonce est un peu violente. Le jeune homme semble touché en plein cœur. Apprendre que son propre père raconte qu'il est décédé doit être excessivement douloureux. Timothy s'aperçoit qu'il a été maladroit sans le vouloir. Il esquisse un geste, comme pour tenter de rattraper ce qu'il vient de dire. Mais trop tard. Arthur prend une longue inspiration. On sent qu'il essaye de masquer la tristesse qui est sur le point de l'étouffer.

Tim se tourne vers moi. Il essaie tant bien que mal de trouver les mots qu'il faut, ceux qui répareront cette blessure qu'il vient de causer malgré lui. Mais de l'autre côté de la table, son demi-frère l'arrête dans sa tentative et lui fait signe que ça va aller. Il parvient à retrouver ses esprits et se penche vers Timothy en reprenant d'une voix émue :

– Et tu me cherchais ?
– Oh, oui ! je t'ai cherché ! dit Tim en riant maintenant. Je vous ai cherchés tellement longtemps, ta mère et toi ! Quand j'ai eu 20 ans, je suis parti de chez moi du jour au lendemain. Je ne supportais plus rien, ni mon père et ses frasques, ni le milieu dans lequel j'évoluais. Toute cette superficialité. Tout n'était qu'apparence. Il n'y avait rien de vrai autour de moi à part mes grands-parents, les parents de ma mère. Mais cela ne suffisait pas. J'avais besoin de voir autre chose. Ailleurs. Découvrir à quoi ressemblait le vrai monde. Savoir à quoi

ressemblait la vie quand elle ne nous était pas apportée sur un plateau d'argent.

Je l'aime pour cette belle démarche. Mais je sais qu'il n'y a pas que ça. Je sais que c'est aussi la douleur qui l'a poussé à partir. Tim poursuit.

– Et surtout, il y avait tous ces souvenirs d'enfance. Les moments passés ensemble, toi, Violetta et moi. Même si j'étais encore très jeune, j'ai toujours su que ce qui s'était passé n'était pas normal. À partir de la seconde où vous avez franchi le seuil de notre porte, j'en ai voulu à mon père. Il vous a chassés, alors que tu étais malade, alors que Violetta était comme une mère pour moi et toi comme un frère. Je ne pouvais lui pardonner cette sécheresse de cœur. Vous êtes toujours restés dans un coin de ma mémoire tous les deux. Je suppose que lorsque je suis parti à votre recherche, j'avais surtout en tête de réparer les torts que mon père vous avait faits. J'avais besoin de comprendre aussi ce qui avait motivé ce geste impardonnable.

Arthur écoute avec une grande attention. Je sens que ce qu'est en train de lui avouer Timothy lui fait énormément de bien. Voilà ce qu'il avait besoin d'entendre. Il n'est pas que le fils caché et rejeté de Bob Beresford. Il est aussi le frère de Tim, qui a remué ciel et terre pour le compter à nouveau parmi ceux qui partagent sa vie. Oui, il a compté pour lui. Au point qu'il a tout fait pour le retrouver.

– Mais tu ne nous as jamais retrouvés ?

– Non. Et pourtant, j'ai fait tout ce que j'ai pu. Deux ans de recherche, aux États-Unis où vous auriez pu être encore, au Mexique, le pays d'origine de ta mère… mais rien. J'ai cherché partout pendant deux années entières… en vain. À mon retour, j'étais peut-être encore plus en colère qu'en partant. Mon père m'avait définitivement coupé de vous le jour où il vous avait mis à la porte. Il n'y avait aucune trace de vous nulle part. Je ne vous reverrais jamais. Cette pensée m'était absolument intolérable. Je refusais de m'y résoudre. Il y avait de nombreuses disputes à la maison.

Il secoue la tête.

– En réalité, je le harcelais. Je ne lui laissais pas une seconde de répit. Je voulais savoir. J'exigeais de comprendre. Je refusais qu'il esquive et ne s'explique pas. Alors, il a fini un soir par me hurler à la figure que tu étais mort à la suite de la maladie contractée lorsque tu étais enfant. Comme je t'avais moi-même vu au plus mal, je l'ai cru.

Timothy semble un instant perdu dans des souvenirs sombres.

– Cette révélation m'a glacé sur place, je m'en souviens encore comme si c'était hier. Quel choc ! Je suis resté sans voix, perdu. Mon ami d'enfance, mort ! J'ai mis un long moment avant de reprendre mes esprits. Bob, insensible au mal qu'il pouvait me causer, en avait profité pour s'éclipser, pour lui le sujet était clos. Nous n'en avons plus jamais reparlé. Je n'y arrivais pas. J'étais bloqué. Ce jour-là, j'ai tout enfoui en moi.

Je voulais au moins garder intacts les souvenirs que j'avais de vous. Je refusais de laisser mon père ternir les images que je conservais. Je refusais d'accepter ta mort ! S'il fallait ne plus jamais en parler pour y parvenir, alors je pouvais le faire… En réalité, je n'en ai pas été capable. Ce silence me rongeait chaque jour un peu plus.

Arthur n'est décidément plus le jeune homme en colère que j'ai rencontré la toute première fois. Il est totalement bouleversé par ce qu'il vient d'entendre. Il parle doucement maintenant, les yeux baissés.

– J'étais en effet gravement malade… mais je m'en suis sorti, grâce à la patience de ma mère. Nous avons traversé une période difficile à ce moment-là. Mais je suis heureux aujourd'hui de savoir que tu as voulu me revoir. Au point de quitter deux ans ton propre foyer.

– Au fond, je crois que je n'ai jamais accepté ta mort. Je n'ai pas embauché Mila pour vous retrouver, mais pour démasquer ceux qui sont responsables des malversations dans mon entreprise. Mais quand elle m'a confié faire des recherches sur Violetta et toi, je ne l'en ai pas empêchée. J'espérais peut-être inconsciemment que mon père ait menti à propos de ta mort.

Arthur se tourne vers moi.

– Je pense qu'aujourd'hui, nous te devons tous beaucoup.

Je rougis légèrement alors que les deux hommes me regardent avec reconnaissance. Je ne sais pas quoi leur répondre.

Je n'ai fait que mon travail?

Une remarque ridicule vu l'intensité de ce que nous sommes en train de vivre. Timothy comprend mon embarras, me sourit et reporte son attention sur son demi-frère. Il pose une main sur le bras d'Arthur qui relève la tête, surpris par ce geste d'affection.

– Il faut que nous ayons une bonne discussion avec Bob, je crois. Ensemble. Il ne peut pas s'en tirer comme ça. Il faut le mettre au pied du mur pour le forcer à s'expliquer.

C'est un peu comme si cette affirmation enlevait à Arthur un poids. Il n'est plus seul face à tout ça. Il a un frère qui l'aime et qui est heureux de l'avoir retrouvé. Alors il hausse les épaules comme si, au fond, les explications de Bob n'avaient plus autant d'importance.

– Tim, je suis tellement désolé pour tout ça.
– Quoi, tout ça? Tu n'y es pour rien! s'exclame Tim.

Arthur respire douloureusement.

– Tu sais bien de quoi je parle : j'ai mal agi. J'ai mal agi envers toi et j'ai été un parfait idiot. C'est vrai que je voulais faire payer Bob à tout prix pour ce qu'il nous avait fait subir... Je voulais qu'il paye, au sens propre, comme au figuré. Je voulais qu'il souffre autant que nous avons souffert. Mais ce n'était pas la réaction à avoir et je t'ai mis dans le même sac que lui sans avoir la certitude que tu étais effectivement au courant de tout ça.

Timothy, touché par la confession de son demi-frère, le regarde avec douceur. Je comprends intimement qu'il voudrait effacer la culpabilité que ressent Arthur…

– C'est terminé, maintenant, ne pense plus à cela.
– Timothy, aujourd'hui je réalise à quel point je suis comblé de t'avoir retrouvé. Je ne sais vraiment pas ce qui m'a pris : le harcèlement, les appels anonymes, essayer de te blesser, ça ne me ressemble pas. Je ne suis pas comme ça… toute cette rage qui m'habitait… j'ai honte.
– Il ne faut pas. Ne t'inquiète de rien. Tu ne pouvais pas deviner que j'ignorais tout.
– J'étais si attaché à toi lorsque nous étions enfants… Je suis plus que soulagé de savoir que tu n'étais au courant de rien et que tu ne m'as pas oublié.

Timothy lui sourit. Un sourire lumineux.

– Ça jamais !
– Tim, tant pis pour Bob. En vérité, je croyais avoir tiré un trait sur le passé, j'ai refait ma vie il y a longtemps ! Mon beau-père m'a adopté. C'est quelqu'un de formidable qui a pris soin de moi comme si j'étais son propre fils. Je lui dois tout. Grâce à lui, j'ai grandi en étant aimé, protégé. J'ai pu suivre les études de médecine que je rêvais de faire. J'ai ma vie à moi. Mais il y a quelques mois, ma mère m'a montré une photo de Bob et toi dans la presse. Il se vantait du succès de sa compagnie, de ton implication dans une association caritative… Et je ne sais pas, j'ai vu rouge, je t'en ai voulu d'être le fils médiatisé qui marchait dans les traces de papa alors

que moi, j'étais le fils caché, celui qu'on paye pour rester dans l'ombre. Quand j'y pense, maintenant que la colère est retombée et que cette injustice qui me tenaillait s'est évaporée, tout ceci n'a au fond que très peu d'importance. Qu'est-ce que la vengeance m'apportera ? Je n'ai pas besoin de faire du mal à Bob pour me sentir bien.

– Arthur, je suis désolé de te demander ça, mais cet argent, celui que Bob t'a versé et que tu as déposé sur un compte sous l'identité d'Angela Pumpkin, tu l'as encore ?

Le jeune homme bouge sur sa chaise, mal à l'aise.

– Je n'y ai jamais touché, avoue-t-il. Je n'ai pas pu. J'en avais honte. Je pensais peut-être payer les études de ma demi-sœur avec, mais je n'aurais pas su comment lui expliquer la provenance de ces fonds. D'autant plus que notre père peut largement lui financer lui-même.

Timothy insiste.

– Et toi ? En as-tu besoin pour toi-même ?

– Oh, non ! s'exclame Arthur. J'ai de l'argent de côté.

– Bien, parfait. Cet argent n'est pas celui de mon père, ni le mien, d'ailleurs. Bob l'a détourné de B. International et il faut absolument le rendre à la société. Je ne peux pas spolier mes salariés, sans parler des risques en cas de contrôle fiscal ! Je dois le récupérer.

– Oui, bien sûr !

Arthur frémit à nouveau, presque paniqué.

– Quand je pense que je t'ai mis en danger. Pénalement parlant, je veux dire, souffle-t-il. Je n'imaginais pas que Bob irait se servir dans les caisses de ta société, te faisant du tort à toi et tes employés. Je voulais simplement t'ouvrir les yeux !

Il regarde Timothy, ébahi.

– Tu aurais pu aller en prison ! ajoute-t-il. Je n'aurais pas demandé d'argent si j'avais su.

Tim sourit amèrement.

– Mon père en avait parfaitement conscience lui, et tu vois, il n'a pas eu tes réticences… Mais il devra s'expliquer là-dessus également. Je t'avoue ne pas avoir été rassuré lorsque j'ai mis le doigt sur ce gros « trou » inexpliqué dans ma trésorerie… Mais je ne suis pas quelqu'un qui a tendance à paniquer. À chaque problème, sa solution ! Et l'essentiel est d'avoir trouvé le fin mot de l'histoire.

Timothy marque une pause avant de reprendre.

– L'argent détourné devait officiellement servir pour construire des puits au Sahel. Je vais donc lancer une enquête officielle là-bas pour prouver que les puits ne sont pas construits et ainsi justifier le retour de l'argent. Je trouverai des raisons pour expliquer l'abandon de cette action humanitaire. Enfin, la fondation caritative de B. International fera un don au profit de l'association qu'aide Mila, Enfance Sauvée.

Ainsi, cet argent servira au final à faire une bonne action ! Je suis sûr que cela fera du bien à tout le monde.

– C'est très ingénieux de ta part. Je ne sais pas comment te remercier de faire en sorte que je ne sois pas impliqué, murmure Arthur, reconnaissant.

– Ne t'inquiète pas, tu ne pouvais pas savoir. Je vais rendre cette affaire publique car cela détournera l'attention des malversations financières et des sombres secrets de mon père.

Comme Arthur, je suis aussi surprise que bouleversée par la déclaration de Tim.

Enfance Sauvée pourra lancer de nouveaux chantiers de construction d'écoles grâce à ces sommes !

Je regarde l'homme que j'aime. Il est merveilleux, tellement généreux. M'a-t-il vraiment trompée ? J'en doute de plus en plus.

Tim plante alors ses yeux dans les miens. J'y lis une chaleur et une détermination qui me rappellent nos étreintes et la passion qui anime nos corps. Je rougis tandis qu'un éclair de compréhension traverse son regard. Sa main vient trouver mon genou sous la table et le trouble m'envahit sous sa légère caresse. Je profite de cet instant de tendresse et de complicité, mais, très vite, je repense au malentendu qui pèse entre nous. Arthur, inconscient de ce qui se joue sous ses yeux et déstabilisé par le silence qui s'est installé, se racle la gorge, interrompant mes pensées. Tim, un peu plus détendu, relance la conversation en changeant de sujet :

– Arthur, ne parlons plus de ça. J'aimerais plutôt apprendre à te connaître ! Tu as dit que tu faisais médecine ? Et tu as une sœur ? Et comment se fait-il que tu parles français ?

Arthur sourit sous le flot des questions de Tim. Lui aussi se sent mieux. Cette explication entre les deux frères était nécessaire et elle leur a été salutaire.

– Je suis interne en médecine en France. Mais j'ai débuté mes études en Angleterre. Ma mère y vit maintenant avec son mari, mon beau-père. Je ne sais pas comment nous aurions fait sans lui. C'est un homme incroyable qui a un cœur immense. James Barns m'a élevé depuis mes 10 ans. Il m'a adopté quelques années plus tard. Ma mère l'a rencontré aux États-Unis, ils sont immédiatement tombés amoureux l'un de l'autre, se sont mariés et, quelques années plus tard, ma petite sœur Clara est entrée dans nos vies. Elle est encore jeune, mais nous sommes très proches ! Et pour ce qui est du français, figure-toi que c'est ta faute.

Tim, surpris, éclate de rire.

– Tu as appris une langue à cause de moi ? Voilà qui est très original !

Je suis heureuse de voir Timothy ainsi. Il a l'air si bien. Je me rends compte à quel point ce frère lui a manqué pendant toutes ces années.

– Eh bien, j'ai décidé d'apprendre le français, car quand j'étais petit, je t'entendais parler cette langue avec tes parents et cela m'attirait beaucoup. Je trouvais la musicalité des mots magnifique… Et puis sans doute qu'inconsciemment, je voulais me rapprocher de Bob et de toi, car je vous savais en France grâce aux journaux.

– Tu habites à Paris depuis longtemps ?

– Non. Quelques mois. J'ai décroché un stage il y a peu dans un hôpital parisien. C'est d'ailleurs à ce moment-là, peu de temps après mon arrivée en France, que j'ai décidé de… tu sais…

– Quoi, dit Timothy. Me harceler ?

Arthur fait une grimace, gêné. Mais je sens que ce sujet déjà ne les touche plus de la même manière et qu'ils peuvent dorénavant prendre de la distance par rapport à ce qui s'est passé. Un jour, peut-être même, plaisanteront-ils sur la curieuse manière dont ils ont renoué…

25
IL FAUT QU'ON S'EXPLIQUE

Une heure plus tard, Timothy et moi nous retrouvons debout sur le trottoir devant le café. Tim regarde son demi-frère s'éloigner dans la rue et disparaître dans la bouche de métro la plus proche. Une fois les sujets qui fâchent évacués, la conversation a été très agréable. Arthur s'est révélé drôle, de cet humour pince-sans-rire spécifique aux Britanniques. Je suis tellement heureuse pour Timothy qu'il ait pu renouer avec Arthur. Je suis sûre qu'ils vont tous les deux rapidement devenir inséparables.

Timothy tourne la tête vers moi. Son air malheureux me fait mal. Je ne sais plus où j'en suis. Ce qui s'est passé ce matin pèse entre nous. La douleur de sa trahison me submerge à nouveau, intacte. Pourtant une petite voix intérieure me susurre qu'il ne m'aurait jamais trompée. Lui aussi semble perdu. Il me regarde, inquiet. Serait-ce moi qui l'ai trahi par mon manque de confiance ?

– Rentrons, Mila, tu veux bien ? Nous devons parler.

Je ne peux pas m'empêcher de me crisper. Cette discussion me semble inévitable, pourtant j'ai peur d'affronter la vérité. Un grondement attire mon attention et je lève les yeux vers le ciel. De gros nuages noirs se sont amoncelés au-dessus de Paris et des gouttes de pluie tièdes commencent à s'écraser sur le sol. Timothy passe son bras autour de ma taille, me presse contre lui et m'attire rapidement à l'abri, sous un porche. Ce rapprochement inattendu, le contact de son corps contre le mien et son odeur me font tressaillir… Mes pensées filent à toute allure.

Est-ce qu'il m'a trompée ? Et sinon, est-il contrarié par ma réaction concernant la une du journal à scandales ?

Impossible d'en avoir la certitude. Timothy fait signe à son chauffeur stationné un peu plus loin et la berline démarre pour se ranger à notre hauteur. Quand il se gare le long du trottoir, l'orage estival éclate enfin et déverse dans la rue des trombes d'eau. Tim m'entraîne dans la voiture. Il me garde serrée contre lui pour me protéger. Une fois installés sur les sièges confortables de la voiture, je reste blottie contre lui. Il ne me repousse pas et je ne m'écarte pas non plus, mais le malaise entre nous est palpable. Je veux connaître la vérité, mais en même temps je redoute ce moment. Mon cœur bat à tout rompre. Je tremble presque. À chacun de ses mouvements, j'ai peur qu'il ne s'éloigne de moi. J'écoute son cœur dans sa poitrine. Il me semble qu'il cogne fort également. J'attends. Tim ne dit rien et je n'ose pas entamer la conversation. Le trajet est rapide et nous serons mieux chez lui pour parler. Quand nous arrivons à son hôtel particulier, il me précède à l'intérieur. Nous nous installons sur le canapé en U dans l'immense salon. Il s'assied tout près de moi et me regarde intensément.

Que vais-je apprendre ? Qu'a-t-il à me dire ?

Dehors, l'orage gronde toujours, comme un écho de mes pensées. Mon cœur bat la chamade. Que dire dans une situation pareille ? Je voudrais lui exprimer la peine que je ressens, la jalousie, la déception, la peur de le perdre aussi. Mais je ne trouve pas les mots. Je voudrais crier, pleurer, l'accuser, lui demander pourquoi. Mais je ne dis rien. J'observe ses grands yeux noirs et profonds et une bouffée d'amour me serre le cœur.

Je ne supporterai pas de le perdre…

Je me lance en baissant le regard.

– Je suis désolée d'être partie comme ça. Je n'ai pas réfléchi, quand j'ai vu cette photo, je me suis sentie trahie et…
– Mila, je t'aime… dit Tim doucement.
– Alors oui, j'ai réagi comme une enfant, je n'ai pas cherché à comprendre, je t'en voulais tellement ! Je ne comprends pas pourquoi tu ferais ça !
– Non, tu ne comprends pas, Mila, je t'aime ! dit Tim avec plus de force.

Surprise, j'arrête de parler.

– Je t'aime, Mila, répète Tim, cette fois avec tendresse. Je n'aurais jamais pu te tromper ! Tu ne le sais pas ? Tu as donc si peu confiance en moi ? En nous ?

– Je…

Encore une fois, je ne sais pas comment exprimer ce que je ressens. Je me trouve ridicule à bafouiller, ma vue se brouille et je sens les sanglots me nouer la gorge.

– Je ne comprends pas que tu aies cru ces salades. J'ai été blessé lorsque tu t'es enfuie sans même me laisser une chance de me défendre.

Je sais, mais ces images parlaient d'elles-mêmes ! Qu'aurait-il pu dire qui ne m'aurait pas blessée encore plus ?

Pourtant, Tim semble sincère. L'accent de vérité dans sa voix et ce que je connais de lui m'incitent à le croire. Tout mon être me crie que je me suis trompée, qu'il n'a pas d'aventure et que c'est moi qui ai eu tort de tomber dans le panneau et de courir loin de lui. Mais je dois comprendre ce qu'il fait sur cette photo.

– Alors que signifient ces clichés, Timothy ?

– C'est un montage, répond-il en haussant les épaules. Ce n'est pas moi sur la photo. J'ai demandé au magazine de me fournir les négatifs originaux et je compte bien te prouver que tout est faux. Tout comme ma supposée maîtresse !

– Tu me le jures ? Rien n'est vrai ? demandé-je, timidement.

– Mila ! gronde Tim en levant les yeux au ciel. Il n'y a que toi !

– Pourtant, cet homme sur la photo a la même couleur de cheveux, la même carrure que toi ! J'aurais juré pouvoir te reconnaître entre mille ! insisté-je.

– Non, tu t'es laissée avoir par les gros titres. Je n'ai même jamais vu la piscine de la photo.

– Mais la femme prétend dans l'article que tu l'as emmenée sur ton île ! Comment saurait-elle que tu as une île ? Je demande d'un ton accusateur.

C'est plus fort que moi, je veux lui faire confiance de toute mon âme, mais la jalousie me tenaille. Cette île, c'était notre endroit à nous, un souvenir que je chérissais.

– Mila, le monde entier sait que je possède une île. Cette information est publique. L'interview de cette femme est montée de toutes pièces et je ne suis pas l'homme sur la photo. Pourquoi ne veux-tu pas me croire ? Ce torchon est un ramassis de mensonges !

Qu'est-ce qui est le pire ? Qu'il m'ait trompée ou qu'il ne me pardonne jamais de ne pas lui faire confiance ?

– Mila, dit-il en serrant mes mains dans les siennes. Je n'ai jamais été avec cette fille qu'on voit sur la photo. Je ne la connais même pas ! Je ne sais pas qui elle est ! Je ne veux que toi…

Il y a tant de tendresse dans ces derniers mots que j'ai désespérément envie de le croire. J'ai envie de me fier à ces mots-là.

– Mais alors pourquoi la presse pense-t-elle qu'il s'agit de toi ?

Il fronce les sourcils, faisant visiblement un effort pour ne pas montrer la tristesse que causent mes doutes. Il s'approche de moi. J'ai un mouvement de recul. Je ne l'ai jamais vu aussi sincère... depuis qu'il m'a dit qu'il m'aimait pour la première fois.

– Mila, reprend-il. Je n'ai jamais aimé quelqu'un aussi fort de toute ma vie. Je ne pensais même pas qu'il était possible d'éprouver de tels sentiments pour une femme. Je ne t'aurais jamais fait subir quelque chose d'aussi terrible. Je ne suis pas comme ça. Je n'aurais jamais pris le risque de te perdre, de te faire du mal. Imaginer un seul instant que tu puisses sortir définitivement de ma vie me broie le cœur. Je ferai tout ce qu'il faut pour te prouver que je ne te tromperai jamais.

Je ne sais pas quoi répondre. J'ai désespérément envie de lui dire que toutes mes inquiétudes se sont envolées. Ce qu'il vient de dire me bouleverse. Je me jette dans ses bras, tous mes doutes envolés. L'émotion me submerge tandis que Timothy, soulagé, m'enlace fermement.

– Je ne te laisserai plus jamais partir, dit-il en se penchant pour m'embrasser.
– Attends, attends ! dis-je en prenant son visage dans mes mains. Est-ce que tu penses qu'il s'agit d'un coup monté ? Mais, dans ce cas-là, par qui ? Et pourquoi ? Qui a voulu te faire du mal ?

– Je n'en ai aucune idée ! Absolument aucune ! Je ne vois vraiment pas qui pourrait en tirer profit.

Il y a un moment de silence pendant lequel nous nous regardons sans rien dire. Nous nous sommes blessés l'un l'autre sans le vouloir, mais la proximité de nos corps a raison de la tension entre nous. L'impatience remplace vite nos derniers doutes et enfin ses lèvres se posent sur les miennes dans un baiser fougueux. L'ardeur et l'urgence de son étreinte me coupent le souffle et je reprends à peine mes esprits que l'interphone retentit. La voix du portier grésille dans l'appareil :

– Monsieur Beresford, un courtier vient de déposer un paquet pour vous, je vous l'apporte ?
– Oui, merci.

Timothy sort sur le palier et récupère une grande enveloppe blanche.

– Ce sont les épreuves de la photo… On va vite voir qu'elle a été truquée !

Je n'ose pas répondre.

J'ai peur de voir son dos à lui sur la photo.

Mes doutes n'ont plus l'air de le contrarier… Au contraire, il… dénoue sa cravate en me jetant soudain un regard coquin. Sans bien comprendre, je le regarde faire.

Son plan est-il de me faire l'amour pour me convaincre ?

Il est très doué pour ça, mais je ne suis pas certaine que cela règle le problème. Ses mains tirent sur la cravate qui tombe au sol, puis il s'attaque aux boutons de sa chemise qu'il défait un à un.

Non, décidément, je ne comprends pas ce qui lui prend… mais peu importe…

Mon regard remonte le long de son torse. Quel corps parfait ! Ses muscles sont finement dessinés. Il est magnifique. Je rencontre ses yeux, assombris par le désir, mais très vite mon attention est attirée par le tracé de ses abdominaux et la toison qui descend vers son pantalon. Lascivement, il tend les mains pour m'attraper et m'attirer contre lui. Je pose ma tête sur son épaule et d'un doigt trace des arabesques sur son dos. Le désir m'assaille. Ma respiration s'accélère et Timothy répond à mes caresses en mordillant mon cou. Tout son corps se tend. Puis il me murmure à l'oreille :

– Alors, on regarde ?

J'ai du mal à m'extraire de mon brouillard de désir. Dans le vague, je réponds.

– On regarde quoi ?
– La photo de mon dos, explique-t-il en extrayant deux bandes de négatifs de l'enveloppe.

Cette fois, je me réveille tout à fait. Tim met en route le projecteur et l'écran astucieusement dissimulés dans un des murs du salon avant de placer les négatifs au centre du dispositif. La photo s'affiche en grand. Et je ne peux retenir un cri !

C'est la même qu'en une du magazine.

Je chancelle et me retiens de justesse à une table basse en faisant tomber un vase. Alerté par le bruit, Timothy se retourne et affiche un sourire serein avant de se reprendre en voyant mon visage livide.

– Mais, qu'est-ce qu'il y a ?
– C'est la même photo ! dis-je d'une voix blanche.
– Non, viens plus près, tu verras.

Incapable de réfléchir, je m'approche et regarde plus attentivement. Et effectivement, le dos de la photo montre une tache au niveau de l'aisselle, comme un tatouage recouvert maladroitement de ce que je crois être du fond de teint. Je soupire de soulagement, ce n'est pas lui ! Timothy sourit, assez fier de son effet.

– Est-ce que j'ai un tatouage ? me demande-t-il en se rapprochant de moi.

Toutes mes inquiétudes se sont envolées car je connais la réponse.

Non ! La peau de mon amant est parfaitement vierge de tatouage.

Timothy se tourne pour que je puisse mieux l'observer. Je passe l'index sur la ligne de ses omoplates, puis descends vers ses hanches du bout des doigts. Délicatement, j'effleure la peau immaculée. Enhardi par ma caresse, Tim m'enlace.

– Alors, tu vois ? Ce n'est pas moi sur la photo. Tu me crois maintenant, n'est-ce pas ?

– Oui, je te crois et je m'en veux ! Je suis tellement désolée d'avoir douté de toi. Et je… je t'aime. Peux-tu me pardonner ?

– Mila, je ne cesserai jamais de t'aimer.

– Tim…

– Il ne reste plus qu'à oublier ce sordide article.

– Mais que vas-tu faire maintenant pour le magazine ? Tu ne peux pas les laisser salir ton image sans rien dire !

– Je vais leur demander de publier un démenti et des excuses. Et s'ils refusent, je leur envoie mon avocate personnelle. Une belle jeune femme coriace ! conclut-il en riant à moitié.

Coupant court à mes protestations, sa bouche saisit la mienne pour le plus torride des baisers. Puis il remballe photos et projecteur avant de m'entraîner vers le canapé, son regard fiévreux m'indiquant que ses intentions ne sont plus aussi sages. Je me presse contre cet homme magnifique. Plus aucun malentendu ne se dresse entre nous ! Timothy m'embrasse, de plus en plus avidement alors que le désir nous envahit.

Timothy défait un à un les boutons de mon chemisier pour m'en débarrasser. Je laisse mes mains parcourir sa peau brûlante, ses hanches musclées. Joueuse, je pince délicatement un téton, lui arrachant un gémissement de plaisir, puis je dépose doucement un baiser sur ses lèvres ourlées avant de lui refuser ma langue. Perfide, je trace des sillons humides le long de son cou, descends jusqu'à la ligne de ses épaules alors que mes mains reboutonnent en cachette ma chemise. Timothy ouvrant les yeux aperçoit mon manège et un sourire carnassier vient éclairer son visage. Troublée, je suspends mon geste tandis qu'il m'enlace fermement et m'accule au canapé. D'une main, il retient mes bras derrière mon dos et me susurre à l'oreille :

– Tu veux jouer, Mila ?

La chaleur de sa voix et la délicieuse menace qu'elle renferme contractent mon bas-ventre d'impatience. Me tenant prisonnière de son étreinte, Timothy s'applique à me provoquer. De sa main libre, il écarte les pans de mon haut et pose de lancinants baisers sur mon ventre, le creux de mes hanches, le renflement de ma poitrine. Il vient ensuite agacer du bout de la langue les pointes dressées de mes seins à travers la dentelle de mon soutien-gorge. C'est un supplice incroyable. Chacun de mes halètements de plaisir provoque un soupir d'approbation et une nouvelle caresse, plus poussée, plus délicieuse. Je murmure son prénom comme une litanie, l'encourageant à poursuivre son exploration :

– Tim, Tim… C'est… Oh…

Lorsque sa main remonte lentement le long de ma cuisse, tout mon corps tressaille. Des milliers de picotements suivent le chemin de sa caresse quand il effleure ma peau. J'ondule sous la pression de ses doigts, mon bassin se soulève à sa rencontre et répond à ses assauts. Chaque mouvement imprime mon corps au sien et je sens son désir poindre à travers le tissu de son pantalon.

Je ne me lasserai jamais de lui…

Encouragé par mes réactions lorsque mon bassin rencontre sa virilité, Timothy m'embrasse d'un baiser profond, intense et sensuel. Sa langue se mêle à la mienne, explore ma bouche, nous laissant pantelants de désir. Je me cambre pour lui offrir mon cou et mes seins. Quelle douce torture de ne pas pouvoir le toucher et de le provoquer en retour. Vaincu, il libère mes bras, m'enlève mon chemisier et ma jupe puis appuie son érection juste contre mon intimité achevant de me faire perdre l'esprit.

Oh, mon Dieu !

Libre, je passe mes bras autour de sa tête et l'attire à moi, scelle mes lèvres aux siennes, cherche sa langue avec avidité. Nos souffles se mélangent et une passion fiévreuse s'empare de nous. Je gémis alors que Tim, transporté, se laisse tomber contre moi, m'imposant le poids de son corps massif. Il abandonne pour un temps ma bouche pour descendre le long de mon cou pendant que ses bras puissants me serrent contre lui, me soulevant légèrement du canapé comme si je ne pesais rien.

D'une main, il conduit mes jambes écartées à l'enlacer et à s'accrocher autour de sa taille. Son érection vient frotter mon clitoris toujours protégé par mes sous-vêtements, seuls morceaux de tissus qu'il a bien voulu m'abandonner… pour l'instant.

– Mila, tu es si belle, murmure Timothy en faisant glisser ses lèvres vers le haut de ma poitrine.

Ses doigts glissent dans mon dos et s'attaquent à l'attache de mon soutien-gorge. Je sens l'air chaud de cet après-midi orageux frôler ma peau. Mes tétons se dressent. Tim en mordille un, provoquant un soubresaut de plaisir qui me fait frissonner jusqu'en bas des reins. Mes hanches bougent seules, animées par le désir. Elles viennent le heurter, l'appellent par leur mouvement à me prendre. Il frotte son pénis que je sens gonfler encore.

– J'ai envie de toi. Viens, soufflé-je en me cramponnant à ses épaules musclées.

Il me regarde et me sourit, coquin, glisse une main entre mes jambes pour vérifier mon affirmation. Je gémis, relevant le bassin pour m'ouvrir à ses doigts qui glissent à l'intérieur de moi profondément.

– Mon amour, dit-il en recommençant à faire aller et venir son index en moi.

Je m'accroche à lui alors que son pouce titille mon clitoris, son index provoquant des ondes de plaisir en moi, m'amenant doucement à l'extase. Interrompant sa caresse, il me soulève pour m'adosser au dossier du canapé. Il en profite pour faire tomber au sol son jean. Profitant qu'il se soit écarté de moi, je me débarrasse rapidement de mes sous-vêtements. Au comble du désir, je m'offre à lui, rêvant qu'il vienne se coller contre mon sexe.

– Tim, prends-moi…

Je n'ai jamais osé parler ainsi, mais la passion est plus forte que toutes mes inhibitions. Il profite du spectacle de mon corps nu, jambes écartées, mes seins se soulevant au rythme de ma respiration saccadée, les cheveux emmêlés bouclant sur mes joues et au coin de mes lèvres entrouvertes. Il a envie de moi, je le vois dans ses yeux. Il s'approche lentement alors que j'ai du mal à détacher mon regard de son membre dressé, droit et dur.

Mmm…

Timothy pose sa main à plat sur mon ventre, qui se contracte rien qu'en sentant sa peau toucher la mienne. Puis il remonte sa paume toujours ouverte vers ma poitrine, passe ses doigts entre mes seins, remonte vers mes épaules pour venir dessiner le contour de ma nuque. Je frissonne. Il se rapproche encore, se maintenant au-dessus de moi sans me toucher. Seule son érection vient cogner mon bas-ventre. Je prends son sexe en main, enroule mes doigts autour. Il grogne en fermant les yeux, la respiration hachée.

– Mila, j'aime quand tu me touches.

Serrant toujours ma prise, je fais rouler la peau dans ma paume en un lent va-et-vient. Puis je me soulève sur un coude. Ma poitrine vient se coller à son torse. Mon visage est contre le sien. Nos lèvres se frôlent sans se toucher. Ma langue parcourt sa bouche, mes lèvres taquinent les siennes. Je le mordille, l'agace.

– Fais-moi l'amour, Timothy.

En entendant ma supplique, ses yeux se rouvrent. Un désir brûlant se lit au fond de ses prunelles. Mon ardeur augmente son désir. Avidement, il suçote le bout de mes seins puis il accompagne ma main, toujours enroulée autour de son pénis, avec la sienne pour mieux guider son sexe si dur entre mes cuisses. Je m'accroche à ses fesses pour l'encourager. À peine ai-je senti le bout de son membre pousser contre l'endroit le plus sensible entre mes hanches qu'une décharge de plaisir traverse mon clitoris. Mais alors que je m'attends à ce qu'il me prenne, il s'écarte légèrement et enfonce deux doigts en moi. Je me cabre et écarte encore les genoux, bascule mon bassin pour m'ouvrir.

Encore…

Taquin, il observe le plaisir sur mon visage. Je tente d'empêcher un soupir de m'échapper – mais trop tard – alors que lentement, il insinue ses doigts en moi plus profondément.

– C'est bon, ne t'arrête pas.

Je lui abandonne tout mon corps pour l'encourager à continuer. Son membre vient battre contre mon clitoris alors que ses doigts ne cessent leurs mouvements. Je soupire encore quand je sens le bout de son gland peser contre mon ouverture. Retirant sa main, il attrape mes hanches avant de glisser son sexe le long de ma fente humide.

– Oh, oui, murmuré-je alors qu'il me pénètre.

J'ouvre encore plus les jambes pour lui laisser la voie libre. Timothy vient alors en moi avec un puissant mouvement du bassin. Je crie de plaisir. Mes doigts se crispent en bas de son dos et je le serre pour qu'il s'insinue profondément en moi. Il commence à aller et venir entre mes cuisses. Je gémis, me tordant sous lui pour le pousser à accélérer. Il tente de résister à mon impatience, mais il finit par céder et bouge en moi de plus en plus vite. Ses gémissements se font plus sourds et mon cœur bat la chamade. Chaque ondulation provoque en moi des soubresauts. Il murmure mon prénom dans mon cou.

– Mila, tu me rends fou…

Je l'embrasse. Je veux le sentir prendre possession de moi en entier. Alors qu'il entre et sort en moi, le plaisir monte toujours plus fort. Une sensation de bonheur intense se noue entre mes jambes et s'empare petit à petit de chaque millimètre carré de peau. Chaque parcelle de moi est une zone érogène qui réagit sous ses doigts comme si j'étais parcourue de milliers d'électrochocs de plaisir.

Il coulisse encore plus profondément en moi et mon corps entier se cabre. Je ne parviens pas à retenir les longs gémissements qui m'échappent. Ils se mêlent aux siens alors qu'il va et vient de plus en plus vite. L'orgasme me traverse et je me laisse transporter en gémissant son prénom. À son tour, il glisse une dernière fois en moi tandis que le plaisir le submerge.

C'était incroyable !

Mon amant, attentif à mes désirs, sait parfaitement ce qui provoque en moi une jouissance aussi intense. Comblé, il s'abandonne contre moi. Le poids de son corps, détendu maintenant, est comme une douce caresse. Je laisse mes mains courir dans son dos, descendre jusqu'à ses fesses parfaites.

– Je t'aime tant, Mila, souffle-t-il contre ma peau.
– Je t'aime aussi, Tim. Tout est incroyable avec toi…

Il me sourit et une vague de bien-être se saisit de moi. Je le serre dans mes bras. Il blottit sa tête dans mon cou et y dépose des baisers. Je soupire, heureuse.

26
UNE BELLE SURPRISE

Timothy et moi avons passé l'après-midi enlacés, explorant chaque parcelle de nos corps. Ce soir, je dois retrouver Blanche à l'*Hypnose Bar* dans le neuvième arrondissement. Un rendez-vous qu'elle m'a fixé presque à la dernière minute. À tel point que j'ai hésité à lui dire oui. Elle a vraiment dû insister. Finalement, j'ai accepté et je me suis précipitée chez moi. J'ai à peine eu le temps de prendre une douche. Je me sens bien, belle et détendue. J'ai envie que cela se voie sur moi. Alors je n'hésite pas. Ce sera rouge écarlate pour les lèvres, trait de khôl pour mettre le vert de mes yeux en valeur. Je ramasse mes cheveux en un chignon haut. Dans ma garde-robe, j'ai choisi une toilette que je mets peu. Une robe vert émeraude, tissu moulant avec imprimés psychédéliques et colorés. En me regardant dans la glace, je me dis que j'ai tort de ne pas la sortir du placard plus souvent. Pas mal du tout !

Dommage que Tim ne soit pas là ce soir! Le résultat lui aurait plu!

Mais une fois arrivée au point de rendez-vous, je reste interdite : curieusement, il n'y a personne en train d'attendre devant l'entrée. Ce qui est assez inhabituel, car cet endroit branché affiche toujours complet et il faut savoir jouer des coudes pour se faufiler à l'intérieur. Lorsque Blanche m'a proposé de la retrouver là-bas, j'ai d'ailleurs pensé qu'elle avait perdu la tête. Un vendredi soir, si nous n'étions pas sur la liste VIP, nous n'avions quasiment aucune chance d'entrer. Un videur à la mine renfrognée est planté à la porte. Je m'approche, m'attendant presque à trouver l'endroit fermé. Mais l'homme se dirige vers moi et s'incline poliment. L'effet est assez comique vu sa corpulence.

– Mila Wieser ?

J'ouvre deux yeux ronds.

Comment cet homme connaît-il mon nom ?

– Euh… oui… oui, c'est bien moi…

Il me fait alors signe de le suivre et pousse devant moi la porte close. À l'intérieur tout est sombre. Pas un bruit, pas un chat… jusqu'à ce que… les lumières s'allument subitement.

– Surpriiiise ! Joyeux anniversaire !

Je sursaute. La totalité de mes amis est là ! Je n'en reviens pas ! Je reste sans voix tandis que tous me tombent dessus pour m'embrasser et me féliciter. Blanche se dégage de la foule, hilare.

– Alors ? Tu ne t'attendais pas à ça, n'est-ce pas ?

Ça, non !

Bluffée, je ne sais plus quoi dire. D'autant plus que je suis obligée d'admettre qu'avec les derniers événements rocambolesques que nous avons traversés, Tim et moi, j'avais même oublié que je fêtais aujourd'hui mes 24 ans. Ébahie, je m'exclame :

– Mais comment as-tu fait pour organiser une fête pareille ?
– Ah, ah ! Tu es impressionnée, n'est-ce pas ? Ça fait des mois que je prépare cet événement !

Je ne me suis rendu compte de rien !

– J'étais loin d'imaginer…

Je ne finis pas ma phrase et, émue, me contente de la serrer dans mes bras.

Quelle chance d'avoir une amie pareille !

Je mets un temps fou à faire le tour de la foule d'amis qui s'est déplacée pour l'occasion. La musique est maintenant à fond et remplit les caves voûtées du bar. Une lumière violette tourbillonne, éclairant la piste de danse et les tables où sont installés les gens par groupes de connaissances. Blanche m'entraîne vers le bar.

– Allez, viens ! Célébrons ton année de plus ! Les consommations sont offertes… À VOLONTÉ !

Voilà une bonne nouvelle. J'ai besoin de quelque chose de frais pour me remettre de ces émotions. Le barman nous accueille avec un grand sourire.

– Alors, c'est vous la reine de la soirée ?

Il a l'air sympathique et très à l'aise. Il joue avec les shakers et sert des verres sans discontinuer. Je n'en reviens pas, il n'a même pas besoin de prêter attention à ce qu'il fait. Pas une goutte à côté !

– On peut dire ça comme ça. Je n'étais pas au courant.
– Ça s'est vu à votre tête !

Mince. Je devais ressembler à un merlan frit ! Bonjour la sophistication !

Il me fait une grimace comique puis me tend un cocktail rose fluo dans lequel flottent des glaçons lumineux.

– Goûtez ça, c'est une création. Je vais l'appeler « Bouche bée », dit-il en accompagnant sa réplique d'un clin d'œil.

Bien reçu, j'avais vraiment l'air de tomber des nues...

J'aspire le liquide. Fraise, mangue et quelque chose de piquant indéfinissable. Je lève mon pouce vers lui tandis que Blanche, munie également d'un verre, m'entraîne vers la piste de danse. Mais je n'ai pas très envie de me trémousser. Il manque quelqu'un. Je cherche parmi les danseurs.

Où est-il ?

Enfin, dans les éclairs de lumière, je repère une chevelure sombre que je reconnaîtrais entre mille. Timothy s'approche de moi. Sa haute stature domine la foule. Alors qu'il n'est plus qu'à quelques pas, je ne peux m'empêcher de m'extasier.

Il est beau comme un dieu.

Il a enfilé un jean qui colle à ses cuisses musclées et un polo noir qui met en valeur sa peau mate, même dans la pénombre. J'ai envie d'enlever un bouton, juste pour glisser ma main dans l'encolure et caresser le haut de son torse, ses épaules, sa peau douce. Il m'attire à lui. Son odeur, épicée, chaude, me transporte loin de la soirée, à nos ébats de l'après-midi. Il remarque mon trouble et affiche un sourire ravageur qui me fait fondre.

– Bon anniversaire, mon amour.
– Comment as-tu su ?

Il me désigne Blanche du menton.

Évidemment ! Elle n'aurait jamais pu oublier cet événement !

Je la reconnais bien là. Toujours attentive aux autres. Moi-même j'avais oublié mes 24 ans, mais elle avait tout prévu, tout planifié pour que je passe un bon moment. Alors, elle a prévenu Timothy et ils ont dû tout organiser ensemble.

– Sans lui, rien n'aurait été possible ! me crie-t-elle pour couvrir la musique. La salle que j'avais réservée a annulé hier ! Sans Tim, nous aurions dû faire la fête dans la rue !

Tim hausse les épaules, modeste.

– Je me doutais que tu préférerais cet endroit de toute façon, mon amour. C'est presque une chance que les autres aient laissé tomber. J'ai fait privatiser la salle et vous êtes donc tous mes invités ce soir !

Un des lieux les plus sélects de Paris privatisé rien que pour moi ! Évidemment que j'adore !

Je me blottis contre lui. Une question me trotte dans la tête.

– Et tu as fait tout ça pour moi malgré le fait que je me sois enfuie ce matin ?

Il me serre contre lui, lève mon visage vers le sien et me regarde amoureusement.

– Je ne t'aurais jamais abandonnée. J'ai toujours su que notre dispute était temporaire. Pour moi, il était inenvisageable de te perdre aussi bêtement, à cause d'un mensonge de la presse. Il était absolument hors de question de ne pas faire la fête avec toi, ici. J'aurais remué ciel et terre pour tout réparer entre nous.

Et heureusement, Blanche était là !

Les imaginer tous les deux en train de comploter pour me faire plaisir me touche profondément.

D'autres invités arrivent sans tarder. Tout le monde est présent ! Nils vient de rejoindre Blanche et me salue. Il la garde serrée contre lui, aux anges. Blanche rayonne, dans une magnifique petite robe de soie noire toute légère. J'aperçois également Arthur qui vient de passer la porte.

Il fait partie de la famille, à présent.

Timothy lui fait signe et il nous rejoint près du bar. Blanche et Nils le saluent. Pendant qu'ils discutent, une tête connue attire mon attention.

Camille ! Ma sœur ! Ça me fait tellement plaisir !

Je cours vers elle et lui saute dans les bras. Elle est splendide. Bronzée, les cheveux lâchés éclaircis par le soleil. Elle porte une sorte d'ensemble en lin clair asiatique. C'est simple, elle est littéralement éblouissante.

– Je ne savais même pas que tu étais rentrée du Cambodge !
– Il y a quelques heures à peine ! Je suis sur les rotules ! Mais pas question de manquer cet événement !

Depuis le début de notre conversation, un homme reste debout derrière elle, poliment. Elle se tourne vers lui.

– Au fait, je te présente Prescott.
– Enchantée.

Son dernier coup de cœur !

Je lui tends ma main. Il la serre en m'offrant son sourire immense. Il touche l'épaule de Camille et lui caresse la joue d'un doigt léger.

– Je vais te chercher quelque chose à boire, ma puce, je vous laisse un peu entre sœurs.

Je le regarde se diriger vers le barman, toujours hilare, toujours secouant ses shakers avec dextérité. Quelques têtes de femmes se tournent vers Prescott quand il passe près d'elles. Grand, châtain, les cheveux bouclés avec des reflets clairs, de grands yeux verts en amande et la peau cuivrée. Il est vraiment beau.

– Dis donc, tu ne t'ennuies pas ! Il est pas mal du tout !
– Il me plaît vraiment, répond-elle en me poussant du coude avec un petit sourire en coin. Il est génial. Je l'ai rencontré à l'occasion d'un reportage là-bas. Il est américano-cambodgien.

– Sacré mélange ! Et qu'est-ce qu'il fait dans la vie, ton super métis ?
– C'est un artiste. Il expose actuellement à New York. Peintures, photos, sculptures... Il sait tout faire !

Je serre Camille contre moi. Elle a l'air vraiment heureuse. J'espère pour elle que ça va durer. Je jette encore un regard à Prescott qui nous rejoint avec deux verres. Je la vois parfaitement avec ce genre d'hommes, un grand type classe et original. Je prends Camille par la main et l'entraîne vers mon groupe d'amis.

Si elle m'a présenté son nouveau mec, elle n'a jamais rencontré le mien !

Je claque des mains pour attirer leur attention à tous.

– Les amis, il y a quelques présentations à faire ! Camille, voici... Timothy.

Ma sœur lui tend la main et m'adresse un clin d'œil.

Je comprends ce qu'elle pense : beau gosse !

Timothy sourit à ma sœur, visiblement ravi de la rencontrer enfin. Camille se tourne vers Blanche et Nils, et s'exclame :

– Mais il y a plein de petits nouveaux, ici !
– Camille, voici donc Nils, le meilleur ami de Tim, et Arthur... dont je t'ai déjà parlé. Tout le monde, je vous

présente ma sœur Camille, pour ceux qui ne la connaissent pas encore, et Prescott, son ami.

Une fois ces politesses accomplies, nous nous apprêtons à lever nos verres quand Blanche se fige et pose sa main sur mon bras. Je la regarde, surprise.

On dirait qu'elle a vu un fantôme !

– Qu'est-ce qui t'arrive ?

Elle ne répond rien, se contente de faire un signe du menton vers l'entrée. Je tourne la tête, curieuse de voir ce qui l'a brusquement rendue muette. Je hausse les sourcils lorsque je vois qu'il ne s'agit que de Valentin. Une bouffée de joie monte.

Au contraire ! Je suis tellement heureuse qu'il soit venu !

Cela veut dire qu'il s'est remis de me savoir avec Timothy. Je vais pouvoir à nouveau passer du temps avec mon meilleur ami sans avoir à marcher sur des œufs et avoir peur de le blesser. C'est alors que je remarque qu'il n'est pas seul. Il y a une jeune femme blonde à son bras.

Encore mieux ! C'est parfait s'il a pu trouver quelqu'un ! J'ai hâte de la rencontrer !

Mais… je connais cette longue queue-de-cheval, cette silhouette élancée et parfaite…

Non !

Mon cœur manque un battement alors que la femme se colle contre Valentin et l'embrasse longuement.

Holly Dickinson et Valentin ?

27
DÉSESPÉRÉMENT SEULE

Je n'en reviens pas ! Et je ne suis pas la seule à être estomaquée. Autour de moi, ceux qui connaissent Holly regardent le couple s'avancer vers nous dans un silence de marbre provoqué par la stupeur. Puis nous nous regardons, ahuris, Tim, Blanche, Camille et moi. Je hausse les sourcils en regardant Blanche.

– Ne me regarde pas comme ça, répond-elle. Je suis la première surprise. Je ne savais même pas que Valentin viendrait. Vu ce qui s'est passé entre vous, je n'ai pas osé l'appeler pour lui proposer.

– Je plaide coupable ! avoue Camille. C'est moi qui l'ai invité. Souviens-toi, Mila, je t'avais dit que nous avions évoqué lui et moi les sentiments qu'il avait pour toi… et qui n'étaient pas réciproques, ajoute-t-elle rapidement en voyant Timothy tiquer…

Celui-ci fronce les sourcils.

Je connais cet air-là ! Serait-il jaloux ?

Je fais signe discrètement à Camille pour lui signifier qu'elle n'est pas obligée d'en reparler… Elle plaque ses deux mains sur sa bouche.

– Oups ! Pardon…
– Pas grave… grommelle Tim.

Il me serre contre lui dans un geste possessif et tendre à la fois.

– J'ai confiance en toi, Mila, et Camille ne pensait pas à mal, conclut-il, un peu radouci.
– Enfin bref, poursuit Camille. Je savais qu'il devait rentrer de New York, donc je lui ai proposé de passer, s'excuse-t-elle, penaude.

Nous nous interrompons car le couple nous a rejoints. Au début, nous sommes tous un peu mal à l'aise. Sauf Valentin, qui ne semble se rendre compte de rien. Il présente Holly à Camille et Blanche qui font exactement comme si elles ne savaient pas déjà qui elle est. Puis il s'exclame :

– Mila ! Joyeux anniversaire ! Je suis tellement content de te voir ! Comment vas-tu ?

Je me laisse embrasser, interdite. Je sens Tim un peu tendu, mais sa main dans mon dos me rassure. Quant à Holly, elle me regarde… timidement ?

Où est donc passée la pimbêche du travail ?

Elle semble tellement moins à l'aise que d'habitude ! Il n'est plus question de mots acerbes et de coups d'œil assassins. Elle me tend la joue. Pour ne pas paraître impolie, j'accepte de lui faire la bise.

– Joyeux anniversaire, Mila, me dit-elle sur un ton si bas que je ne l'entends presque pas.

Décidément, nous allons de surprise en surprise, ce soir !

Puis, elle me tend une petite boîte carrée enrubannée. Si je m'attendais à ça ! J'ouvre le paquet, dubitative. À l'intérieur, une très jolie paire de boucles d'oreilles en argent décorées de fragments de lapis-lazuli.

Mince, c'est vraiment joli !

Je la fixe, les yeux écarquillés par l'étonnement. Non seulement elle a fait l'effort de me faire un cadeau mais en plus, le bijou est tout à fait dans mon style. Je dois reconnaître qu'elle a vraiment dû chercher à me faire plaisir. Je ne peux m'empêcher de trouver cela suspicieux.

Qu'est-ce qu'elle manigance ?

– Heu… merci Holly, dis-je en bafouillant. Il ne fallait pas. Je les trouve vraiment splendides !

– Je les ai trouvées sur la Cinquième avenue à New York. Je pensais bien qu'elles te plairaient.

– C'est très gentil à toi de t'être donné tout ce mal pour me faire un cadeau.

Et en disant cela, je me rends compte que mon sourire est sincère. Voyant que je suis agréable avec elle, elle semble se détendre tout à fait. Et alors que je craignais que l'arrivée de Holly au sein de notre petit groupe ne plombe l'ambiance, tout se passe pour le mieux. Elle est… gentille. Je ne sais pas où elle a rangé son agressivité légendaire, mais cela ne semble plus être qu'un vilain souvenir. Elle sourit à tout le monde, sympathique et agréable. J'en reste sans voix. Tim partage ma surprise et me glisse à l'oreille :

– Tu vois, elle a peut-être bon fond !

– Ça reste à prouver !

Blanche me tire par la manche doucement et m'extirpe de la conversation. Elle m'entraîne de l'autre côté du bar où nous retrouvons Camille. À leur air comploteur, je comprends que nous allons débriefer ensemble ce scoop : le gentil Valentin avec Holly la pimbêche. C'est Blanche qui fait feu en premier.

– Alors, comme ça, Holly est un véritable être humain avec un cœur, comme tout le monde ?

– Eh oui, renchérit Camille. Ce n'est pas un robot glacial branché en mode arriviste comme nous le pensions ! Qui l'aurait cru !

– Laissons-lui une chance ! Nous verrons bien ! Elle a l'air de vouloir se faire pardonner... je propose, conciliante.

– C'est vrai qu'on ne dirait pas la même personne ! Valentin m'avait dit qu'il voyait quelqu'un. Mais je ne savais pas qu'il s'agissait de Holly ! reprend Camille.

– Ah bon, il t'en avait parlé ? lui demandé-je.

– Oui, comme ça... répond ma sœur.

– Pour l'avoir amenée ici, c'est que ça doit être sérieux !

Blanche, elle, est encore sous le choc.

– Vraiment, je n'en reviens pas !

Je hoche la tête.

Moi aussi, j'ai du mal à admettre la réalité de ce couple pour le moins inattendu.

– Ils ont dû se rencontrer via Enfance Sauvée, puisqu'elle s'occupe des fonds de B. International destinés à l'association et que lui y travaille.

– Alors ils ont dû faire connaissance à New York ! s'exclame Camille. Donc en fait, c'est encore assez récent ! réfléchit-elle. Une semaine ou deux ?

J'acquiesce.

– Un véritable coup de foudre, puisqu'ils ne se séparent visiblement plus !

Il s'agit bien des deux dernières personnes sur terre que je m'attendais à voir ensemble !

Nous regardons de loin Holly et Valentin discuter avec Timothy. Le bras de mon meilleur ami est passé autour de la taille de la jolie blonde, négligemment, comme s'il s'agissait déjà d'une habitude et d'une évidence. Ils rient en même temps, échangent des regards complices, renchérissent sur ce que dit l'autre.

Incroyable ! Vraiment incroyable !

Je me tourne vers mes deux copines qui, elles aussi, ne parviennent pas à détacher leurs regards du spectacle auquel nous assistons.

– En tout cas, nous devons bien reconnaître qu'ils ont l'air particulièrement bien ensemble.

– C'est vrai, et si ça la rend aimable, c'est une deuxième raison de se réjouir ! ajoute ma sœur.

– Tu vois, conclut Blanche, elle était désagréable uniquement parce qu'elle avait des vues sur Tim, je te l'avais bien dit !

Elle n'a pas tort !

Nous retournons nous joindre au groupe. Si nous restons plus longtemps à l'écart, nous nous montrerions impolies. Et puisque Holly a décidé de se montrer sous un meilleur jour, il ne faudrait pas la décourager… Soyons charitables, et puis je ne voudrais pas qu'elle croie qu'on se met à l'écart pour comploter contre elle. D'ailleurs, tout le monde semble bien s'entendre et nous passons un super moment.

Vers la fin de soirée, je m'éloigne pour aller commander une nouvelle tournée de cocktails pour tout le monde. Une main se pose sur mon épaule. Je me retourne et tombe sur Valentin qui me sourit.

– Encore bon anniversaire, Mila. Ça me fait tellement plaisir de pouvoir être là.

Je comprends ce qu'il veut dire. Lui aussi a peut-être eu peur de me perdre après m'avoir révélé ses sentiments.

A-t-il vraiment cru que je ne voudrais plus le voir à cause de ça ?

J'essaye de lui faire comprendre ce que je ressens. Pour le rassurer.

– Il aurait manqué quelqu'un d'important ce soir si tu n'avais pas été présent !

Il me sourit, soulagé. Je le suis aussi car je constate qu'il n'y a aucune gêne entre nous. Tout est redevenu comme avant.

À un grand détail blond près…

Je fais un signe du menton pour désigner Holly.

– Alors ? Tu sors avec une star, maintenant ?
– Il semblerait ! me répond-il en riant.

Il la regarde de loin avec une lueur dans les yeux qui confirme qu'il est bien tombé amoureux. Le voir ainsi me fait chaud au cœur.

– Tu es bien, avec elle ?
– Oh, oui ! souffle-t-il. Elle est super. Je n'aurais jamais cru rencontrer une femme pareille. Nous sommes tombés l'un sur l'autre lors d'une soirée caritative à New York. Un gros balourd la poursuivait de ses assiduités, et en tentant de le congédier poliment, elle m'a marché sur le pied.

Je ris.

– Sympa comme premier contact !
– Douloureux, oui ! Elle portait des talons aiguilles ! Mais les circonstances nous ont amusés. Je lui ai proposé un verre pour que le lourdaud cesse d'insister pour lui en offrir un. Elle a accepté et nous ne nous sommes plus lâchés de la soirée ! Vous vous connaissez, je crois. Vos bureaux ne doivent pas être très éloignés l'un de l'autre au siège de B. International.

Je grimace intérieurement. Il n'a pas l'air au courant que sa copine me déteste et m'a rendu la vie impossible depuis mon arrivée dans la société de Timothy. S'il l'ignore, c'est qu'elle a choisi de ne pas lui en parler.

Faire table rase, cela me convient très bien !

Si Holly veut oublier le passé, ce n'est pas à moi de raconter à Valentin combien sa nouvelle copine peut se montrer détestable. Ce serait déplacé, il a l'air si heureux… Et puis les gens changent ! Qui sait, je pourrais même apprécier la nouvelle Holly. Son cadeau est réellement une gentille attention. Peut-être qu'au fond, elle n'est pas si méchante. Juste quelqu'un qui défend ses intérêts bec et ongles. Je choisis de rester vague.

– On s'est croisées quelques fois… Mais toi ? Tu n'as pas peur de te retrouver dans tous les *tabloïds* ? Je vois d'ici les gros titres : « Valentin, l'amant caché de la célèbre Holly Dickinson. »

Il ne peut s'empêcher de rire aux éclats.

– Ne m'en parle pas ! Il y en avait un qui nous attendait à l'aéroport. Dès demain matin, je peux dire adieu à mon anonymat !

– Pourtant ce n'est pas ton genre ! Tu es vraiment conquis, n'est-ce pas ?

Il hausse les épaules en un geste d'impuissance heureuse.

– Touché en plein cœur ! Je promets de me laisser photographier sans rien dire, croix de bois, croix de fer.

– Quel changement ! Quand je pense que Camille a dû te courir après toutes ces années quand elle avait besoin d'une photo correcte pour le site d'Enfance Sauvée !

Nous rions tous les deux et repartons vers les autres, bras dessus bras dessous. Pourtant, une ombre vient teinter ce moment de bonheur, je ne suis toujours pas fixée sur le rôle exact de Holly Dickinson dans l'affaire des détournements de fonds chez B. International. Blanche pense qu'elle n'y est pour rien. Mais une petite voix me souffle que rien n'est sûr.

Pour la première fois, je croise les doigts très fort pour me tromper du tout au tout…

Je n'ai pas le loisir de prolonger ma réflexion. C'est au tour de Timothy de m'entraîner à l'écart. Il m'attire dans un coin sombre. Des bribes de souvenirs de nos corps étroitement liés me reviennent.

– Je ne t'ai pas encore donné mon cadeau ! souffle-t-il dans mon oreille.

De petits frissons me parcourent l'échine.

– Tu plaisantes ! dis-je en montrant la salle remplie de convives. Tu as privatisé un des plus beaux bars de Paris pour mes amis et moi ! Il est hors de question que tu m'offres quoi que ce soit d'autre. C'est déjà beaucoup trop !
– Trop tard ! s'exclame-t-il. Tourne-toi.

J'obéis, le cœur battant.

Que me réserve-t-il ?

Je sens ses doigts frôler ma nuque en écartant mes cheveux. Il passe un collier autour de mon cou en ponctuant chaque geste d'un baiser me procurant de délicieuses sensations. Je baisse les yeux.

Waouh !

Une magnifique émeraude brille au bout d'une délicate chaîne en or. Je me retourne, les yeux embués par tant de générosité.

– Tu es fou ! C'est… c'est magnifique.

L'émotion gagne ma voix. Il pose tendrement ses lèvres sur les miennes.

– Cette pierre, c'est pour te dire que je t'aime. Quand je l'ai vue, elle m'a fait penser à toi. Elle est unique, éclatante, exactement comme toi.

Il me serre contre lui. Une larme de bonheur roule sur ma joue. Tim plonge alors son regard dans le mien et dépose sur mes lèvres le plus doux des baisers. Main dans la main, nous rejoignons la fête.

***

La soirée s'achève trop vite à mon goût. Camille et Prescott nous ont abandonnés depuis un moment, Valentin et Holly sont restés plus longtemps mais ils se sont enfuis un peu avant minuit. Il ne reste plus que Blanche et Nils, Arthur, Timothy et moi.

Les… cinq mousquetaires.

Nous sortons du bar qui se vide. Il fait bon. Blanche et moi nous promenons lentement, papotant, tandis que Nils montre à Arthur et Timothy sa dernière acquisition : un splendide cabriolet Jaguar noir. Je pousse Blanche du coude pour lui désigner les trois garçons concentrés sur la voiture.

– Ah ! Les mecs !
– Je ne suis pas mécontente d'en profiter, figure-toi ! me répond-elle en riant.
– Ah, comme ça, mademoiselle a des goûts de luxe, maintenant ! la taquiné-je.
– Tu te moques ! Ça te va bien ! Tu as vu le pendentif accroché à ton cou ?

Je rougis en touchant la pierre précieuse. Je n'ai jamais eu un bijou aussi magnifique.

Je n'aurais même jamais cru avoir l'occasion d'en porter un jour !

– Là, c'est toi qui te moques !
– Et comment ! Pour ce qui est de la Jaguar, disons que j'apprends à apprécier les jolies choses confortables, conclut-elle.

Une sonnerie de téléphone. C'est le mien. Je laisse Blanche rejoindre les garçons et m'éloigne un peu pour prendre l'appel.

Probablement un retardataire qui veut me souhaiter mon anniversaire.

– Allo, Mila ? C'est Simon, tu vas bien ?

Flûte, Simon, l'ami de mes parents. Ce n'est pas vraiment le bon moment. Il faut que j'arrive à écourter la conversation sans être désagréable.

– Très bien et toi ? Écoute, je suis avec des copains, là.

Que me veut-il ?

– Est-ce que je peux t'aider en quelque chose, Simon ?
– C'est moi qui peux t'aider, il faut que je te voie immédiatement !

Maintenant ?

Je n'ai vraiment pas envie de passer de temps avec lui ce soir. Il est tard, ce n'est pas le moment de se lancer dans de grandes discussions. Je devine qu'il s'agit de l'affaire des détournements de fonds. C'est vrai qu'il m'a pas mal aidée jusqu'à maintenant, mais dans l'immédiat, je n'ai qu'une seule envie, regagner l'hôtel particulier de Timothy et profiter de la nuit…

Pour le remercier de son cadeau… Mmm.

En tout cas, un rendez-vous avec Simon pour parler questions juridiques ne fait absolument pas partie de mon programme. D'autant plus qu'il n'y a rien d'urgent.

– Simon, ça ne peut pas attendre au moins demain ? J'ai eu une journée harassante et j'ai très peu dormi la nuit dernière…

– Franchement, je ne pense pas que ça puisse attendre. Il faut absolument que je te voie le plus rapidement possible, me coupe-t-il… assez froidement.

Comme je ne réponds rien, il insiste.

– Je peux te rejoindre là où tu es, si tu veux… Fais-moi confiance, tu ne le regretteras pas.

Pourquoi est-il si pressé ? Ça ne peut pas être une question de vie ou de mort ! Alors pourquoi se voir là, tout de suite, dans la seconde ?

Je retiens un soupir d'exaspération. Mais je suis obligée de reconnaître qu'à chaque fois que nous nous sommes vus, ses révélations ont été fracassantes… Et son empressement m'a rendue curieuse.

C'est malin ! Maintenant, j'ai envie de savoir !

Lui ne lâche pas le morceau.

– Mila, s'il te plaît, dis-moi où tu es.
– Rue de Trévise, finis-je par lâcher.

Il a gagné. Justement, il s'exclame :

– Fantastique ! Je ne suis pas loin ! Mila, si tu peux juste t'approcher du carrefour avec la rue La Fayette, ce sera parfait, reprend-il. J'y suis dans à peine quelques secondes. Je te promets que je n'en ai pas pour longtemps. J'ai un certain nombre de choses excessivement importantes à te dire. Dès que j'ai fini, je te laisse tranquille.

Après tout, s'il n'y en a que pour une minute ou deux… Un frisson d'excitation me parcourt. Il a sûrement des révélations sur le compte de Holly. Je me prends à espérer qu'elle est innocente. Et notre dernière conversation m'avait laissée plus que perplexe. Il m'avait parlé de son rôle éventuel dans des détournements de fonds, de ce scandale étouffé, presque similaire à ce que j'ai découvert dans les comptes de B. International et dans lequel elle aurait été impliquée. Peut-être que je peux profiter de ce rendez-vous avec Simon pour lui demander des précisions à ce propos. Il avait l'air de bien connaître cette histoire. Maintenant que miss Dickinson se promène au bras de mon meilleur ami, j'ai très envie d'en savoir plus.

J'espère que Valentin ne s'est pas trompé à son propos !

Je retrouve Timothy et lui murmure :

– Simon veut me voir.
– Maintenant ? s'exclame-t-il.
– Oui, il a quelque chose d'important à me dire.
– À cette heure-ci ? Je le trouve bien insistant ce Simon ! Je lui en toucherai un mot ou deux à l'occasion.

De nouveau les sourcils froncés et l'air jaloux. Il est définitivement craquant lorsqu'il a cet air-là. Je lui plaque un bisou sur les lèvres et m'éloigne vers le coin de la rue.

– Promis, je n'en ai pas pour longtemps.

Je presse le pas pour parcourir les quelques mètres qui me séparent du carrefour. La voiture de Simon y est déjà.

Il a vraiment fait vite !

Simon met les *warnings* et sort de la voiture, la contourne pour se poster près du siège passager.

Mon Dieu qu'il a l'air sombre ! Des mauvaises nouvelles sans doute !

Je crie encore à Timothy de loin.

– Ça va être rapide, promis !

Mais à partir de ce moment, plus rien ne se déroule comme prévu. Alors que je m'approche de Simon en souriant pour le saluer, j'entends la voix d'Arthur hurler dans mon dos.

– Non, Mila !

Je me retourne. Le temps semble ralentir, comme si ma vie défilait subitement image par image. Au bout de la rue, je vois Arthur et Timothy se précipiter vers moi. Arthur n'arrête pas de crier.

– Attention ! Mila, cours !

Courir ? Mais pour quelle raison ?

Interdite, je fais face à nouveau à Simon. Simon qui a une arme dans la main.

Qu'est-ce que… ?

La situation échappe trop à ma compréhension pour que je puisse réagir. Je ne comprends rien à ce qui se passe.

Pourquoi Simon braque-t-il ce pistolet sur moi ?

Qu'est-ce qui lui prend ? Voilà tout ce que j'arrive à penser pendant qu'il m'attrape par le bras et me tire violemment vers la voiture dont il a ouvert la portière.

Je trébuche. Une douleur dans ma cheville droite. Cet électrochoc semble me réveiller et je commence soudain à me débattre. Mais Simon a déjà trop assuré sa prise autour de mon bras et je n'ai pas assez de force pour me dégager. Sans ménagement, il enfonce le canon du revolver dans mes côtes, et m'intime l'ordre de ne pas résister, ce qui me calme instantanément. Il me jette dans la voiture. La portière claque bruyamment. Je n'ai pas le temps de me ruer sur elle pour tenter de l'ouvrir, je suis trop sonnée et j'entends le petit claquement signalant que les loquets sont verrouillés.

Simon démarre en trombe. Terrorisée, je m'aperçois que je suis prise au piège alors que dans la lunette arrière de la voiture, Arthur et Timothy courent dans ma direction. Mais ils ne peuvent plus rien faire. Ils deviennent de plus en plus petits et insignifiants jusqu'à disparaître totalement.

Je suis seule. Et en danger.

VI

DERRIÈRE LE MIROIR

28
LA PEUR AU VENTRE

Le noir est presque total. Mon cœur bat encore à tout rompre. Soudain, une détonation me fait sursauter.

***

Quatre jours plus tôt.

J'ai peur. Simon conduit trop vite, son regard allant de la route à moi. Sa main droite tient le volant tandis que la gauche, imperturbable, garde le pistolet pointé dans ma direction. Je suis tétanisée. J'aimerais réagir, tenter quelque chose, mais quoi ?

Va-t-il vraiment me tirer dessus ?

Je ne peux pas le croire ! Simon ! Un ami de mes parents depuis toujours ! La même question défile en boucle dans ma tête. Pourquoi m'a-t-il enlevée ? Inlassablement, je revois Timothy et son frère Arthur courir derrière moi, tentant vainement de m'avertir du danger. Mais il était déjà trop tard, nous étions loin. Pourtant, la soirée était tellement parfaite ! Tim, le bar branché réservé pour mon anniversaire, tous mes amis. J'ai accepté sans rechigner de rencontrer Simon qui prétextait avoir des informations confidentielles à me livrer en urgence malgré l'heure tardive. Jamais je n'aurais deviné ses intentions… Comment me douter de ce qui allait se passer ? Je regarde Simon à la dérobée. Il ne reste rien d'amical chez celui que je croyais mon ami. Son visage est dur, ses yeux sont comme fous. Finalement, qui est-il en réalité ? Juste avant que Simon me pousse dans la voiture, Arthur m'a avertie du danger en me criant de fuir, et alors tout s'est précipité. Se connaissent-ils ?

Comment Arthur a-t-il su qu'il s'apprêtait à me faire du mal ?

La voiture file toujours, à une allure folle. Je n'ai aucune idée de là où nous allons ni depuis combien de temps nous roulons. Mais ce qui est sûr, c'est que, quelle que soit notre destination, nous ne nous contenterons pas, Simon et moi, d'avoir une petite discussion amicale.

Je ne veux pas mourir !

Alors que j'imagine le pire, mes pensées sont pour Tim. L'homme que j'aime. Soudain, j'ai peur de ne plus jamais le revoir, de ne plus sentir sa chaleur, de ne plus plonger mes yeux dans les siens, de ne plus effleurer son sourire du bout des doigts.

Ne pas pleurer. Respirer, réfléchir ! Bon sang, réfléchis ! Trouve quelque chose ! N'importe quoi pour te sortir de là !

La panique me gagne. Je n'ose pas bouger. Toute cette scène se déroule comme au ralenti sous mes yeux et je me sens si impuissante. Enfin, j'ai une idée, je peux tenter de lui rappeler qui je suis : la Mila qu'il a vue grandir. Je peux tenter de faire appel à ses bons sentiments pour empêcher que tout ceci ne tourne au drame, à l'irréparable.

– Simon ? Enfin, qu'est-ce qui te prend ? Je ne te reconnais pas !
– Tais-toi.

La réponse a claqué sèchement et elle est sans appel. La menace contenue dans sa voix me fait ravaler mes questions. Pour appuyer ses propos, il raffermit davantage sa prise sur la crosse de son arme toujours pointée vers moi. Tournant le volant brusquement, il accélère avant de s'engager sur les quais de la Seine. Le feu est rouge. Il n'y prête pas attention et le grille sans hésitation. Une voiture arrive rapidement sur notre droite. Je la vois se rapprocher à toute vitesse de ma vitre, et un cri m'échappe. Je ferme les yeux, attendant l'impact.

Tim, je t'aime tant, j'aurais tellement voulu te le dire une dernière fois…

Dans un crissement de pneu, la voiture pile au dernier moment pour ne pas nous emboutir. Je rouvre les yeux alors qu'un filet de sueur froide coule entre mes omoplates. Simon ne s'est même pas arrêté, inconscient de la terreur qui me submerge. Je regarde les rues défiler pour essayer de deviner son plan. Nous filons vers le sud de la capitale. Peu importe où nous nous rendons car, à ce rythme-là, nous n'arriverons jamais à destination entiers.

Il va nous tuer !

Et je n'en connaîtrai même pas les raisons. Mais alors que je crois tout perdu, j'aperçois dans le rétroviseur des lumières tournoyantes de gyrophares.

Une voiture de police !

Je me retourne pour mieux voir : la voiture de police nous suit ! Je regarde Simon pour observer sa réaction. Il jure grossièrement. Il n'a aucun moyen de s'échapper, sauf s'il décide de s'engager dans une course-poursuite. Pas d'intersection en vue, il n'y a aucune rue dans laquelle il pourrait bifurquer au dernier moment, et impossible de faire demi-tour.

Que va-t-il faire ?

Soudain résigné, il freine. Brutalement. Très brutalement. Je m'écrase presque sur le tableau de bord. Simon se met alors sur le bas-côté. En quelques secondes à peine, deux gendarmes sortent de la voiture parvenue à notre niveau.

Mais je n'ose pas encore souffler. La tension est intacte et le temps se fige.

Que va décider Simon ? Et s'il tentait le tout pour le tout en me prenant en otage ?

Je le vois hésiter. Ses yeux passent des policiers à moi, puis à l'arme entre ses mains. Soudain, tout se précipite. L'un des hommes en uniforme aperçoit le pistolet, sort son arme et hurle :

– Lâchez votre arme ! Et sortez lentement de ce véhicule les mains en l'air !

Paniqué, Simon obéit comme un automate, il ouvre la portière et fait glisser son pistolet au sol, immédiatement récupéré par le second policier resté derrière son collègue pour parler dans sa radio. L'officier qui a crié s'approche avec précaution de la portière côté conducteur et, toujours sans baisser son pistolet, saisit de l'autre main Simon qui sort lentement de la voiture. À peine l'a-t-il extrait de l'habitacle qu'il le plaque contre le capot. Le second policier arrive avec des menottes à la main. Pendant qu'il l'entrave, son collègue maintient son arme pointée sur lui, sûrement pour parer une éventuelle fuite. Enfoncée dans mon siège, j'observe l'arrestation qui n'a pris que quelques minutes. Tous mes muscles sont crispés, je n'arrive pas à bouger. Une seconde puis une troisième voiture de police nous rejoignent et un des agents ouvre finalement ma portière. Ce n'est qu'à ce moment-là que je réalise que tout est enfin fini et que je ne risque plus rien.

Gentiment, l'officier me tend la main et m'aide à descendre. Sous le choc, je mets un moment à réaliser que tout mon corps est secoué de tremblements. Je m'appuie sur lui. Les yeux dans le vide, je n'arrive plus ni à penser ni à esquisser le moindre mouvement. Autour de moi, l'agitation policière, quelques badauds curieux qui étaient dans le coin malgré l'heure tardive, les lumières de Paris, la Seine dans mon dos. J'entends un homme en uniforme dire que le commissaire arrive, un autre annoncer qu'il faut disperser la foule qui commence à s'agglutiner et installer un périmètre de sécurité. Puis tout commence à bourdonner autour de moi et des points jaunes viennent obscurcir ma vision.

Soudain, un crissement de pneu me fait sursauter. Je reconnais la Jaguar de Nils qui arrive à cent à l'heure. Elle s'arrête en travers de la route au pied du pont où la course folle de Simon a été stoppée. Toutes les portières s'ouvrent en même temps et mes amis se précipitent à l'extérieur. Tim qui conduisait, son ami Nils, Arthur et enfin Blanche, ma meilleure amie, accourent vers moi. L'officier qui me soutenait a à peine le temps de réagir que je m'élance dans les bras de Tim qui m'enlace aussitôt. Il a le souffle court et ses yeux trahissent une inquiétude mêlée de soulagement.

Saine et sauve tout contre lui !

Il murmure :

– Oh, Mila ! J'ai eu si peur, mon amour !

La tension qui m'habite s'allège un peu.

Un peu…

Je resterais bien là une éternité, serrée dans son étreinte protectrice, mais la réalité reprend vite ses droits. M'écartant un peu, j'aperçois Nils et Arthur en train de parler aux policiers, essayant de leur expliquer ce qu'il vient de se passer. Blanche s'approche de moi à son tour, mais avant qu'elle puisse dire quoi que ce soit, un homme vient vers nous.

– Bonsoir, je suis le commissaire Marceau.

Je serre la main que l'homme me tend. Tim, lui, a gardé son bras enroulé autour de mes épaules pour me soutenir. Je ne suis pas encore assez solide sur mes jambes, heureusement qu'il me porte à moitié ou je crois bien que je m'effondrerais.

– Je me doute que vous devez être secouée par ce qui s'est passé, reprend le fonctionnaire de police. Mes hommes m'ont brièvement résumé la situation. Je crois comprendre qu'il y a eu tentative d'enlèvement ?

– Je… euh… essayé-je d'expliquer.

– Bonsoir, je suis Timothy Beresford, mademoiselle Wieser est sous le choc, est-il envisageable de reporter cette discussion à demain ? demande Timothy en venant à mon secours.

– Oui, je comprends, monsieur Beresford.

Il le regarde comme s'il le connaissait – et c'est sûrement le cas – et je me rends compte que Tim est un homme extrêmement influent.

– Venez me voir demain pour faire votre déposition au commissariat, reprend le commissaire, une note de respect dans la voix.

– Nous viendrons, lui assure Timothy.

– Merci de coopérer. J'apprécie. Puis-je vous demander vos papiers ? Simple formalité.

Mes amis lui tendent les leurs. Je cherche les miens, mais je ne les ai pas sur moi. Ils sont toujours dans mon sac et celui-ci a dû tomber quand Simon m'a poussée violemment dans sa voiture. Timothy me rassure immédiatement.

– Ne t'inquiète pas, j'ai tout récupéré.

Il va me chercher mon sac dans la Jaguar et me le tend. Le commissaire Marceau attend patiemment que j'y retrouve les documents. J'essaye d'empêcher mes doigts de trembler, mais impossible. Quand je parviens enfin à les lui tendre, le commissaire s'empresse de vérifier nos identités avant de nous saluer poliment. Plus loin, j'aperçois Simon dans une fourgonnette, toujours menotté. Sentant mon regard, il se tourne vers moi. Nos yeux se croisent, puis nous nous fixons carrément. J'articule un « pourquoi ? » silencieux. Mais son regard est vide, pas la moindre trace de culpabilité. Il se détourne en haussant les épaules, presque arrogant malgré sa position inconfortable.

Je n'oublierai jamais cette vision !

Timothy me serre contre lui. Je retrouve petit à petit mes esprits et parviens à formuler mon incompréhension :

– Mais pourquoi Simon a-t-il fait ça ?

Je regarde Arthur dont les sourcils sont contractés.

– Et comment as-tu su en le voyant que j'étais en danger ? C'est vrai ! Tu t'es précipité vers moi avant même que je ne comprenne quoi que ce soit.

Arthur s'apprête à répondre, mais Tim l'interrompt.

– Allons chez moi. Nous serons plus à l'aise pour discuter de tout ce qui vient de se passer.

Puis il se penche et me soulève dans ses bras comme si je ne pesais pas plus lourd qu'une plume.

– Mademoiselle, permettez à votre prince charmant, après vous avoir secourue avec le concours de notre très aimable police nationale, de vous emmener très loin du triste sire qui a tenté de vous faire du mal.

Son humour dans un moment pareil me fait du bien. Je noue mes bras autour de son cou. Je lui adresse un sourire pâle et fais un effort pour lui répondre sur le même ton. En avisant la Jaguar de Nils, j'ironise.

– Vous avez un curieux destrier pour un prince charmant, n'est-il pas censé être blanc immaculé et porter la crinière longue et fougueuse ?

Timothy rit.

– Je retrouve ma Mila.

Nils tente de surenchérir :

– C'est parce que nous sommes venus te chercher avec toute une écurie ! Il n'y a pas moins de 550 chevaux sous ce capot et…
– Non ! l'interrompt Blanche en riant. Pas maintenant la description enflammée de ton nouveau joujou ! La dernière fois que tu as commencé, Mila s'est fait enlever !

Tim m'emporte vers la voiture et me dépose avec amour sur la banquette arrière.

***

Timothy ouvre à notre petit groupe les portes de son magnifique hôtel particulier. Blanche est pendant un instant émerveillée, à la fois par les volumes époustouflants et par la décoration imaginée par Tim. Elle détaille rapidement les différentes pièces dont Timothy a su tirer le meilleur parti, en conservant les éléments anciens : moulures, cheminée et parquet, mais sans surcharger la décoration. Murs blancs et simples. Le hall circulaire en marbre qui ouvre sur une vaste salle de réception. Les splendides meubles en bois surmontés de vases délicats remplis de bouquets de fleurs fraîches. Nous pénétrons dans le salon équipé d'un canapé confortable en U au design moderne. Blanche reste muette devant les tirages imposants de photographies en noir et blanc. Mais elle se reprend vite. L'inquiétude lui barre le front et elle ne cesse de me jeter des regards soucieux et elle n'est pas la seule. Alors que l'ambiance avant de monter en voiture s'était détendue, depuis que nous sommes ici, tout le monde se comporte avec moi comme si j'allais craquer.

Je ne vais pas m'effondrer ! Si ?

Le trajet en Jaguar, blottie contre Timothy, m'a permis de me remettre de mes émotions. Je me sens beaucoup mieux. Maintenant, je veux comprendre. Alors je pousse du coude Blanche pour lui faire signe que le pire est passé. Elle peut s'extasier tranquillement devant les splendeurs de l'hôtel particulier ! Heureuse de voir que j'ai repris le dessus, elle me fait un grand sourire et lève les deux pouces pour témoigner de son admiration pour la modeste maison de mon amoureux.

Tim invite tout le monde à s'installer sur le grand canapé dans son salon. Puis, il disparaît dans la cuisine et revient avec dans les mains un plateau sur lequel il a disposé un thé chaud pour moi et des rafraîchissements pour les autres. Il s'installe contre moi et me serre à nouveau tendrement. Je hume les effluves d'un thé blanc délicat dans lequel il a rajouté du citron et une bonne dose de miel.

– Pour répondre à ta question de tout à l'heure, Mila, me dit-il, c'est Arthur qui a donné l'alerte car, effectivement, comme tu l'as pressenti, il connaît Simon, même s'il ignorait son nom.

Je regarde le demi-frère de Timothy, interloquée. Je ne comprends rien.

Il ne connaissait pas l'identité de Simon mais il savait qu'il allait me faire du mal ? Comment est-ce possible ?

Arthur explique :

– Tu te souviens, je vous ai dit que Bob m'avait donné de l'argent et que tous les détails avaient été réglés via un émissaire ?

– Quand je pense qu'il n'a même pas pris la peine de te voir en vrai ! Oui, je me souviens... Attends, tu veux dire que cet homme, celui qui s'occupait des versements pour Bob Beresford, c'était Simon ? m'exclamé-je en faisant tout à coup le lien.

– Précisément ! confirme-t-il.

Je n'en reviens pas.

– Je l'ai reconnu immédiatement et quand j'ai vu qu'il se dirigeait vers toi, j'ai pensé qu'il te voulait du mal, qu'il y avait un problème, c'est pour ça que je t'ai crié de ne pas y aller. Je ne savais pas que tu le connaissais, pour moi, c'était un homme dangereux, un avocat véreux. J'ai pensé qu'il était là pour nettoyer derrière Bob.

Timothy prend le relais.

– Sur le coup, j'ai pensé qu'Arthur se trompait, étant donné que Simon est une vieille connaissance de ta famille. Puis tu t'es retournée, et nous avons vu qu'il était armé… J'ai essayé de te prévenir mais c'était déjà trop tard, alors je n'ai pas réfléchi, j'ai couru vers Nils pour vous suivre en voiture. Je crois bien lui avoir arraché les clés de sa Jaguar des mains… Et le temps de démarrer, ces trois-là sont montés avec moi, raconte Tim en montrant nos amis du regard. Le temps de rattraper Simon, Arthur nous a raconté comment il le connaissait et pourquoi il a pensé que tu étais en danger.

Je les regarde tous les deux. Arthur baisse la tête et semble se considérer comme responsable de ce qui vient de se passer. Je ne veux pas qu'il se sente mal à cause de tout ça.

– Arthur, si tu n'avais pas reconnu Simon, il aurait eu tout le temps de m'enlever et n'aurait pas grillé ce feu rouge tout en roulant comme un dingue ! La police ne serait pas intervenue, et qui sait où il m'aurait emmenée ! dis-je, reconnaissante.

Il me regarde, un peu étonné. Je lis de la gratitude dans ses yeux. Il a compris mon intention. Pourtant, j'ai encore des questions. Mais à mon avis, personne ici n'est en mesure d'y répondre.

– Quel est le lien exact entre Bob et Simon ? intervient Tim.

C'est exactement ce que j'étais en train de penser.

Je tente alors une hypothèse :

– Je crois me rappeler avoir interrogé Simon sur ton père. Tu sais, quand on le soupçonnait d'être derrière les détournements ? Il m'avait avoué l'avoir effectivement déjà croisé, mais en réalité, il semble qu'ils se connaissent intimement !
– Il est évident qu'il est plus que temps de rendre une petite visite à notre père, Arthur !

Arthur acquiesce. Il a l'air épuisé, au bout du rouleau. Quant à Blanche, elle bâille comme une enfant. Ce qui nous fait éclater de rire, Timothy et moi. Elle rougit en s'excusant. Tacitement, nous décidons que pour le moment, le sujet est clos.

– Que pensez-vous de faire le tour du propriétaire ? propose alors Tim. Et vous pouvez aussi rester dormir ici…

Je lève la tête vers Timothy qui dépose sur mes lèvres un doux baiser.

Je sais qu'il n'aime pas laisser les gens entrer dans son espace.

Il laisse peu de monde s'introduire dans l'endroit où il vit, alors y laisser dormir trois personnes ! Je hausse les sourcils, étonnée.

– Après ce qu'il vient de se passer, je sais que tu as besoin de ta meilleure amie, Mila, me souffle-t-il à l'oreille. Avec Nils et Arthur, cela fera deux présences chaleureuses en plus. Ce qui te fait du bien, je suis heureux de te le proposer.

Cet aveu me touche profondément. Je laisse Timothy installer tout le monde dans les chambres d'amis. Puis, il m'entraîne vers sa suite. Sans lâcher ma main, il m'attire vers le lit où nous nous effondrons, épuisés. Il m'ôte lentement mes habits, me masse doucement, comme pour apaiser les dernières tensions qui pourraient m'empêcher de me reposer. Ses mains sur moi me soulagent définitivement en un rien de temps. À l'aide de mouvements circulaires de ses pouces sur mes épaules, il dénoue les derniers points de crispation. L'air chaud de l'été qui souffle par la fenêtre entrouverte et glisse sur ma peau m'engourdit et, peu à peu, le sommeil me gagne. Quand Tim s'est assuré que je suis parfaitement bien, il me fait glisser sous les draps de soie, se met nu à son tour et vient s'allonger près de moi. Il m'attire contre son corps incroyable et me garde serrée contre lui, dans sa chaleur. Son attitude est si tendre que mes paupières se mettent à picoter. Il s'en aperçoit et essuie tendrement les petites larmes que je laisse échapper.

– Tout va bien, Mila, je suis là. Tu le sais, je ne laisserai personne te faire du mal.

– Jamais ? demandé-je d'une petite voix.

– Jamais. J'ai eu si peur de te perdre. J'aurais suivi Simon jusqu'au bout du monde pour te sauver. Je ne peux pas vivre sans toi, Mila, dit-il, la voix assombrie par l'émotion.

Il referme son étreinte et ma tête vient se poser dans le creux de son épaule que je ponctue d'un baiser. Sa déclaration résonne au plus profond de mon cœur et je réalise à cet instant que moi non plus je n'imagine pas ma vie sans lui à mes côtés. Enlacés ainsi, il laisse ses mains parcourir mon corps tandis que je lui murmure que je l'aime. Bientôt une douce langueur m'envahit.

29
FACE À FACE

La nuit a été courte. Trop courte. Autour des tasses de café, les visages sont tirés et les yeux fatigués. Il semblerait que personne n'a réussi à dormir véritablement après les événements de la veille. Blanche m'avoue qu'elle s'est réveillée en sursaut à de nombreuses reprises : elle rêvait que je me faisais enlever à nouveau et que cette fois, je disparaissais pour de bon. Je la serre contre moi pour la rassurer.

– Je te promets qu'il ne m'arrivera plus jamais ce genre d'aventures ! Simon a été arrêté et il n'y a tout de même pas un type à chaque coin de rue qui projette de me kidnapper !

Le petit déjeuner est vite avalé. Devant la table, nous nous regardons en échangeant à peine quelques mots. Dehors, le petit matin est gris et maussade, un peu comme nous. Blanche et Nils tiennent à peine debout, quant à Arthur, Tim et moi, nous pensons à notre prochain face-à-face avec Bob Beresford. Nous évoquons aussi les dépositions que nous allons devoir faire tout à l'heure. Ce qui est certain, c'est qu'à la fin de cette journée, il nous faudra avoir eu toutes nos réponses. Nils et Blanche nous abandonnent bientôt pour aller au commissariat en premier.

– Bon courage pour la confrontation avec Bob, nous lancent-ils en partant.

Arthur s'éclipse un instant. Il cherche à joindre sa mère depuis la veille et elle le rappelle enfin. Lorsqu'il revient parmi nous, il hoche la tête en direction de Timothy.

– Elle nous rejoint pour aller parler à notre père, ça ne t'ennuie pas ? Je pense que c'est important que l'explication qu'on va avoir avec Bob se déroule en sa présence.

– Tu as parfaitement raison, acquiesce Tim. Elle mérite d'entendre des excuses.

– À condition qu'il en fasse ! dit Arthur, amer.

– Tu n'as pas tort. Nous n'avons aucune idée de la réaction qu'il va avoir. Mais il a au moins intérêt à être honnête s'il veut avoir une chance que je lui pardonne un jour ! J'ai évité le scandale en organisant le retour de l'argent détourné de B. International, le couvrant ainsi en même temps que toi, mais ma générosité s'arrête là ! Tous ses mensonges et ses tromperies pour se couvrir, éloigner Violetta, t'abandonner, me cacher que tu es mon frère, prétendre que tu es mort, acheter ton silence et maintenant un enlèvement, cela va trop loin, gronde Timothy.

Il est réellement en colère. Mâchoires contractées, sourcils froncés. Il me serre à nouveau contre lui, comme s'il revivait mon rapt de la veille et cherchait à me protéger contre des fantômes malveillants.

Quelle part son père a-t-il pris dans mon enlèvement ?

– Partons maintenant, ajoute-t-il sur un ton décidé. J'ai hâte de l'entendre se justifier !

C'est effectivement la meilleure chose à faire. Attendre chez Timothy n'aurait réussi qu'à nous rendre plus nerveux encore. Je reconnais bien là mon homme : être dans l'action, ne pas se laisser guider par les événements sans rien faire.

***

Le chauffeur de Timothy est, en quelques instants, prêt à nous conduire sur place. Nous quittons Paris pour nous rendre à Neuilly-sur-Seine où vit Bob Beresford. Nous descendons tous les trois et retrouvons Violette en bas du bel hôtel particulier. Je la trouve splendide, toujours si maîtresse d'elle-même. Ses yeux noisette sont d'un calme olympien. Elle est prête à entendre ce que Bob va dire, reconnaître peut-être ou refuser d'admettre. Seul le léger tremblement de ses doigts trahit une nervosité qu'elle dissimule sinon sans peine. Je lui serre les mains en signe de soutien.

– Vous êtes adorable, Mila, mais ça ira. Arthur m'a raconté votre enlèvement, je suis contente que vous alliez bien. Je n'arrive pas à croire que Bob soit derrière tout ça, dit-elle pensivement.

Puis elle ajoute :

– Le connaissant, je crains que les garçons ne soient déçus, je ne le vois pas avouer quoi que ce soit ou montrer de quelconques remords. Mais s'il peut expliquer clairement ce qu'il a fait, déjà, ce sera bien. Une première étape. Moi je n'attends rien. Je n'ai d'ailleurs rien à retirer d'improbables demandes de pardon. J'ai reconstruit ma vie et elle est merveilleuse. Non, si je suis là, c'est uniquement pour eux.

Elle regarde les deux jeunes hommes qui discutent, animés, près de la Mercedes de Tim, et son regard se remplit d'amour.

L'amour d'une mère…

Tim et Arthur nous rejoignent et nous nous dirigeons vers le domicile de Bob Beresford.

– Il n'est jamais présent si tôt au bureau, nous assure Tim. Il sera chez lui, j'en suis certain.

Par-dessus les haies, j'aperçois un jardin bien entretenu sur lequel s'ouvre une immense baie vitrée. Une silhouette s'active à l'intérieur. Pas de doute, Bob est là. Timothy n'hésite pas une seconde. Il nous entraîne tous vers la porte d'entrée et sonne ; son geste est sans concession. Je sens qu'il est sous pression. Nous le suivons sans mot dire, le cœur battant.

Comment allons-nous être reçus ? Si toutefois nous sommes reçus…

Je suis tellement impatiente de comprendre ce qui s'est passé ! Heureusement, la porte s'ouvre sans tarder. Bob s'inscrit dans l'embrasure. D'abord neutre, son visage se fige en découvrant notre groupe.

Il ne s'attendait pas à nous voir tous sur son paillasson !

Les émotions se succèdent sur son visage : après la stupeur, je crois déceler dans ses traits une panique montante, puis de la colère et enfin de la résignation. Timothy ne lui laisse pas le temps de parler et ordonne :

– Laisse-nous entrer !

Bob Beresford, glacé, s'écarte et obéit sans même réfléchir. Tim s'engouffre à l'intérieur et nous le suivons, laissant son père planté là, la poignée de la porte toujours dans la main. Il nous suit ensuite comme un automate dans le salon, toujours muet. Timothy attaque sans plus attendre.

– Mila a été victime d'une tentative d'enlèvement, cette nuit. Et tu sembles bien en connaître l'auteur : Simon Feretti.

Bob ne bouge pas, ne dit rien. Il est sous le choc, son expression semble montrer qu'il n'était pas au courant. S'il joue la comédie, alors c'est un excellent acteur. Je n'ai jamais vu le puissant dirigeant de B. International dans cet état. Son fils insiste, la voix vibrante de colère et d'indignation.

– Il était armé. Je ne sais pas ce que vous avez comploté tous les deux, ni pourquoi, mais tu as dépassé les bornes. Il va falloir que tu t'expliques. Et immédiatement.

Bob Beresford semble comprendre l'accusation. Ses yeux s'arrondissent de surprise. Il a un nouvel éclair de colère vite remplacé par…

La résignation ? La défaite ?

Il s'assied, prend sa tête dans ses mains, s'abîme en réflexions obscures pendant que nous le regardons, puis il soupire, ses épaules s'affaissent, il sait qu'il ne pourra plus mentir désormais.

Il ne lui reste plus qu'à tout avouer.

Le simple fait que nous soyons debout devant lui, tous ensemble, prouve que nous en savons déjà trop pour qu'il essaye de s'en sortir. Il s'affale contre le dossier de son fauteuil et se met à parler.

– Simon Feretti et moi nous connaissons depuis très longtemps. Au tout début, il n'était que mon avocat. C'est lui qui m'a aidé à implanter mon entreprise en France. Il m'a été d'un grand secours sur le plan juridique : je n'étais pas familier des spécificités du droit français, qui n'a rien à voir avec le droit américain. Tout est si... administratif ici ! Sans lui, je ne m'en serais pas aussi bien sorti. J'ai pu rapidement m'installer et décrocher sans risque de gros contrats.

– Quel ami fidèle et indispensable en effet, ironise Tim.

– Ça va, lui répond son père dans un sursaut de défense. Sache qu'à l'époque, je le pensais honnête. Je n'ai pas mis dans le journal une petite annonce « cherche avocat corrompu et familier des malversations » ! Un jour, il m'a demandé de l'aider en retour... Il avait besoin d'argent. Nous étions devenus assez proches après toutes ces années et je lui en ai prêté. Nous nous voyions régulièrement, je lui faisais confiance, je ne lui ai posé aucune question.

– Comment se fait-il que je ne vous aie jamais vus ensemble ? l'interrompt Timothy.

– Simon était surtout présent dans l'entreprise pendant ces deux années où tu as... fait ton tour du monde.

– C'est une manière de présenter les choses, je cherchais à retrouver Arthur, bien vivant, encore un de tes mensonges, le plus odieux, d'ailleurs... accuse Tim.

Bob frémit sous l'intervention de son fils.

– Tu veux une explication sur Simon ? Je te la donne. Ta disparition fragilisait notre réputation, je me suis donc entouré d'autres personnes ! s'énerve-t-il.

Mais Bob se calme rapidement. La présence d'Arthur et de Violette l'empêche de continuer sur ce terrain : il ne sait pas ce que nous savons. S'il soupçonne que Tim a découvert qu'Arthur est son demi-frère, il n'en laisse rien paraître.

– Toujours est-il qu'avec le temps, nous avons préféré que notre relation reste discrète. Il m'avait aidé à réaliser quelques montages financiers que je préférais ne pas voir étaler sur la place publique. Nous avons décidé que moins les gens pourraient faire le lien entre nous, mieux nous nous porterions tous les deux, continue Bob.

Un silence se passe pendant lequel je sens à côté de moi Timothy faire un effort pour se contenir. Il finit par lâcher sèchement :

– Des montages financiers illégaux, c'est ça ? Drôle de façon de gagner de l'argent !

Bob esquisse un rictus. Je serre la main de Tim pour le retenir d'exploser. Il me rend mon étreinte avant de reprendre sur un ton plus calme.

– Tu as mis en péril la société pour t'enrichir !

Bob fait mine de ne pas relever l'animosité dans la voix de son fils.

– Non, il s'agissait de fonds personnels, ni toi ni l'entreprise ne risquiez quoi que ce soit. Je ne t'aurais jamais impliqué !

Et c'est toi qui gères le groupe depuis trois ans, tu es le mieux placé pour savoir que tout est parfait dans les comptes de B. International. La preuve, quand tu es tombé sur des mouvements de fonds louches, tu as réagi immédiatement.

– Tu le savais ?

Bob me lance un regard las.

– Il ne m'a pas fallu longtemps pour comprendre sur quoi Mila travaillait vraiment !

Un mauvais point pour ma discrétion ! Mais peu importe à présent.

Bob Beresford continue son récit.

– C'est Simon qui m'a permis de comprendre exactement ce que ton amie tramait dans les locaux de la boîte. Lorsqu'il vous a surpris ensemble à la sortie d'un restaurant, et comme Mila l'avait sollicité pour des informations concernant un montage financier, prétextant qu'il s'agissait de recherches pour l'association Enfance Sauvée, il n'a plus été dupe. Il s'est inquiété et il est venu me trouver en urgence. Nous avons recoupé nos informations : de mon côté les archives demandées auprès de nos services par mademoiselle Wieser, du sien les questions qu'elle lui avait posées… Et soudain tout est devenu d'une clarté limpide. Il n'était plus temps de cacher les mouvements de fonds. Il nous fallait un coupable. Holly était toute désignée pour remplir ce rôle, étant donné qu'elle avait contresigné tous les contrats qui avaient permis de faire sortir l'argent de l'entreprise.

C'est à moi cette fois de lui couper la parole. Je pense à Valentin, mon meilleur ami, tombé amoureux de la belle blonde.

– Holly n'y est pour rien ?
– Elle ignore tout. Elle a fait ce que je lui ai dit, sans réfléchir, en signant dans les cases que je lui indiquais, rien d'autre… Cela aurait été suffisant si vous n'étiez pas si consciencieuse. Comme vous posiez problème, on a donc pris la décision de se débarrasser de vous.

Se débarrasser de moi ?

Timothy et moi nous regardons, interloqués. Nous nous rapprochons instinctivement l'un de l'autre. Bob ne semble pas regretter le moins du monde, aucun remords, aucune excuse, juste une « décision » !

– Tu avoues avoir commandité l'enlèvement de Mila et voulu la tuer ! Je crois que je vais… commence Tim en s'approchant de lui, menaçant.
– Non ! Calme-toi, Timothy ! Je n'ai jamais rien fait d'aussi démesuré. L'idée à l'origine était de te discréditer pour que Mila s'éloigne de toi et qu'elle abandonne l'enquête. Nous avons donc recruté des acteurs, un homme qui te ressemblait et une femme blonde qui aurait pu être une de tes conquêtes. Puis nous avons envoyé ce faux scoop à la presse, explique-t-il surpris et même un peu apeuré par la force de la réaction de son fils. Mais ça n'a pas fonctionné. Je ne sais pas ce que tu as fait, mais ils ont publié un démenti et des excuses et tu t'es affiché de nouveau avec Mila.

La main de Tim se resserre autour de la mienne.

– Je tiens à Mila comme je n'ai jamais tenu à personne et tu aurais voulu qu'elle s'éloigne de moi ? Quelle sorte de père ferait cela ? demande Tim, à peine calmé.

Quand je pense à la douleur que j'ai ressentie lorsque j'ai cru qu'il m'avait effectivement trompée ! Cette fois, c'est moi qui ai du mal à me retenir.

Mais ma soif de savoir est plus forte. Aussi je préfère, plutôt que de m'emporter, poser une nouvelle question :

– Et l'enlèvement, vous l'avez décidé quand le scoop dans la presse a échoué ?
– Non ! Il n'a jamais été question de vous enlever ! Je vous assure que je n'étais pas au courant. J'ignore totalement pourquoi Simon a fait ça ! Je ne comprends pas ce qui lui a pris, réagit Bob vivement.

Il semble sincère en prétendant que seul Simon est derrière l'enlèvement. Cela n'excuse en rien ses actions, mais d'une certaine façon, je suis soulagée. Il a voulu que je quitte B. International mais il ne s'en est pas pris à moi physiquement au moins. Il ne serait pas allé jusque-là. Me concentrant à nouveau sur Tim, je constate qu'il est tout de même écœuré.

– J'imagine aussi que c'est Simon qui t'a convaincu de tromper maman avec Violetta avant de l'éloigner ? Et tu vas encore prétendre que c'est lui qui t'a conseillé de ne pas reconnaître Arthur comme ton fils, de te débarrasser de lui alors qu'il était malade, voire mourant ? Tu vas mettre aussi sur le dos de Simon trente ans de mensonges, me dire qu'inventer la mort d'Arthur est une de ses idées ? Et aujourd'hui, au lieu de chercher à réparer tes torts, tu fais tout pour camoufler la vérité, quitte à détourner des fonds de l'entreprise pour acheter le silence en nous mettant tous en danger ! C'est tout simplement révoltant… Tout ça pour conserver l'héritage des Barberin ? Est-ce que maman était seulement au courant pour toi et Violetta ? tonne-t-il.

Bob, désarçonné, nous fixe. Ses yeux passent de Violette à Arthur et osent enfin affronter le regard de Timothy. Il vient de comprendre que ses mensonges ne tiennent plus.

– Tim, tu crois connaître la vérité mais c'est plus compliqué que cela, tente-t-il d'expliquer. J'ai dû prendre des décisions que la plupart des gens considèrent comme moralement inacceptables, mais je me contente de défendre mes intérêts. J'avais un empire à protéger, et…

– Enfin, il ne s'agit pas de tes affaires, là ! Mais de maman ! D'Arthur et de Violetta, mis à la rue et sans moyens de subsistance ! s'exclame Tim en lui coupant la parole.

– Oh, il n'y avait plus grand-chose entre ta mère et moi à cette époque ! Tu étais trop jeune pour le comprendre, mais nous ne restions ensemble que pour sauver les apparences. Elle ne savait pas que Violetta était ma maîtresse, mais elle savait que j'en avais et elle l'acceptait.

– Et Arthur ?

– Si elle savait qu'il était mon fils ? Bien sûr que non ! Je ne pouvais pas le reconnaître comme mon enfant légitime mais je prenais soin de lui, de loin, mais quand même. D'ailleurs, tous ces risques financiers que j'ai pris pour faire sortir de l'argent de l'entreprise, c'était pour lui !

Timothy refuse de s'arrêter là. L'attitude de son père le choque et il cherche à le pousser dans ses derniers retranchements.

– Tu prenais soin de lui ? Ah bon ? Et ton comportement face à sa maladie lorsqu'il avait 6 ans ? Tu t'es tout simplement débarrassé de lui. Tu l'as mis à la porte et tu n'as même pas cherché à savoir s'il survivrait !

– Ce n'est pas tout à fait exact, reprend Bob.

Et en disant cela, il se tourne vers Violette, une douleur muette dans le regard.

– Je ne pouvais rien dire à l'époque de la mort de ma femme, la mère de Tim. Si ses parents avaient découvert qu'Arthur était mon fils, je craignais qu'ils me retirent l'argent dont j'avais besoin. Pour la société, mais aussi pour soigner Arthur. Alors je vous ai éloignés, moyennant une somme d'argent te permettant de t'en sortir sans que cela paraisse trop important pour une employée que l'on licencie. Vous deviez disparaître mais je n'ai pas cessé de prendre soin de vous, explique-t-il.

– De quoi parles-tu, Bob ? Tu nous as renvoyés et je n'ai plus jamais entendu parler de toi… J'ai eu très mal car j'étais vraiment amoureuse. J'avais juste assez d'argent pour tenter de démarrer une nouvelle vie mais avec Arthur malade, je ne pouvais pas payer les opérations. C'est un hôpital qui m'a contactée pour le faire rentrer dans un programme médical de recherche. Comme les soins étaient encore à l'étude, les coûts étaient pris en charge et je n'avais rien à payer, souffle Violette, alors que ces souvenirs pénibles lui reviennent.

– L'hôpital ne t'a pas contactée par hasard. Arthur ne s'est pas retrouvé sur leur liste de patients comme cela. C'est moi qui ai appelé le centre des programmes expérimentaux pour leur fournir les informations sur notre fils. Je me suis démené pour qu'il bénéficie des soins. J'ai offert de financer le programme et d'acheter du matériel à l'hôpital qui réaliserait les opérations, à condition qu'Arthur fasse partie de ce programme, répond Bob presque en chuchotant comme si l'aveu lui coûtait.

– Je n'en savais rien... dit Violette alors qu'une larme coule sur sa joue.

– J'ai demandé que mon financement soit anonyme. Je ne pouvais pas risquer que quiconque le découvre. Sans l'argent des Barberin, pas de fonds pour l'hôpital... Ça m'a coûté un fils, mais je ne regrette rien, même pas d'avoir proposé de l'argent à Arthur contre son silence ! On ne change pas une méthode qui marche, n'est-ce pas ? Et aujourd'hui, cela n'a plus d'importance... conclut Bob, d'une voix blanche.

Après ces révélations, un silence douloureux s'installe. Bob n'a pas tort, le passé est enterré et chacun a refait sa vie. Violette s'est mariée, elle vit à Londres avec son mari et leur fille Clara, elle est une auteure accomplie et reconnue.

Arthur est en fac de médecine, Tim est à la tête de B. International, et les deux frères commencent même à recréer des liens.

Peut-être même que demain, ils pourront pardonner à Bob. C'est un homme à femmes mais il n'est pas si mauvais. Qui sait ?

Je plonge mon regard dans les yeux de Tim. Il est encore un peu sous le choc mais semble apaisé, presque serein. À cet instant, je sens que tout est dit. Il est temps de partir.

30
LE TRAÎTRE

Le commissariat est agréable et clair. Le commissaire vient en personne nous accueillir et nous mène à son bureau pour prendre nos dépositions. J'apprécie qu'il ait eu la courtoisie de nous recevoir lui-même, étant donné qu'il était présent la veille, afin que je n'aie pas à expliquer une nouvelle fois les faits à une tête inconnue.

– Je vous offre un café ? propose-t-il quand nous sommes installés.

Devant notre refus, il enchaîne :

– M. Feretti a tout avoué très vite, je ne vous retiendrai pas longtemps.

Puis, le commissaire nous expose les révélations nocturnes de Simon. Il a perdu de l'argent qui n'était pas à lui. Il doit rembourser beaucoup de monde et se retrouve acculé par des personnes peu recommandables. Il avait donc prévu d'exiger une rançon contre ma libération et me faire peur pour que je stoppe des recherches qui m'auraient fatalement conduite jusqu'à lui. Tim et moi n'en revenons pas.

Tout ceci est bien loin de l'homme qui a si souvent participé à des dîners de famille chez nous !

– Les dépositions de vos amis ce matin et de M. Arthur Barns tout à l'heure ont éclairci le déroulement des événements d'hier soir. Donc si vous n'avez pas d'informations complémentaires ou de questions, je ne vois pas de raisons de vous retenir... dit finalement le commissaire Marceau.

Tim et moi décidons après un bref échange de regard de ne pas mentionner le détournement de fonds de B. International... Pas besoin d'incriminer Bob ni Arthur !

– Allez-vous le libérer à l'issue de sa garde à vue ? ne puis-je m'empêcher de demander en tremblant de le savoir à nouveau dehors.
– Rassurez-vous, mademoiselle Wieser, nous allons le déférer directement au parquet. Il n'aura plus l'occasion de s'approcher de vous.

Le reste de la déposition se déroule vite. Le commissaire a préparé tout ce qu'il pouvait pour nous permettre de rester le moins longtemps possible. Je le trouve particulièrement attentionné. Nous signons nos déclarations. Pas besoin de porter plainte, les chefs d'accusation relèvent de la procédure pénale, comme nous l'explique le commissaire. Lorsque nous en avons fini, il se lève et nous tend la main. Mais pour moi, tout n'est pas encore réglé.

J'ai besoin que Simon me regarde en face. J'ai besoin moi aussi de le regarder au fond des yeux.

– Commissaire ? Puis-je vous demander une faveur ?
– Allez-y mademoiselle. Tant que c'est légal ! plaisante-t-il.

J'hésite encore. Aurai-je le courage de l'affronter ?

– J'aimerais voir Simon Feretti.

Le commissaire et Timothy restent interdits.

– Vous comprenez, je le connais depuis si longtemps. Il m'a vue grandir. C'est trop inconcevable pour moi ce qui s'est passé hier. Pour mettre fin à tout ce cauchemar et me sentir mieux psychologiquement, je crois que j'ai besoin de le voir maintenant. Tenter de reprendre le dessus. Tenter de comprendre, me justifié-je.
– Je vous ai déjà exposé ce qu'il nous avait dit…
– Ce qui est très aimable de votre part, je sais que vous n'y êtes pas obligé. Mais j'ai besoin qu'il me dise en face pourquoi il m'a enlevée. Ce que ça lui a fait de pointer son arme sur la fille de ses amis, celle qu'il a accompagnée pour son examen au barreau.

Le commissaire reste un instant silencieux. Il pèse le pour et le contre. Ce n'est pas très protocolaire, mais après tout…

– Très bien. Je comprends votre démarche. Tant que vous ne parlez pas du fond de l'affaire, ça ne mettra pas en danger la procédure. Suivez-moi.

Timothy et moi marchons à sa suite dans les couloirs du bâtiment. Tim me serre la main et se penche à mon oreille.

– Je te trouve très courageuse, me murmure-t-il.

Je lui souris.

S'il savait comme j'ai peur !

Mais je veux être digne de cette admiration que je lis dans ses yeux et je prends sur moi pour marcher la tête haute alors que nous approchons des cellules. Le commissaire nous précède toujours et va à la rencontre du gardien pour lui expliquer la situation. Nous attendons dans le couloir. Tim ne me lâchant pas, moi le cœur battant. Enfin, le commissaire revient vers nous.

– Vous avez cinq minutes, pas plus. Monsieur Beresford, puis-je vous demander d'attendre ici votre amie ?

Je quitte à regret la présence rassurante de Timothy et suis le commissaire dans un couloir assez glauque alors même que le reste du bâtiment est plutôt agréable pour la fonction qu'il accueille. Il y a plusieurs cellules dans ce couloir : j'aperçois dans certaines des hommes, dans d'autres des femmes. La plupart dorment encore, amenés ici en cellule de dégrisement par la patrouille nocturne. Dans la toute dernière, un homme que je connais : Simon. Il est assis sur le lit dépliant fixé au mur. La tête dans les mains, je ne sais s'il se repose simplement ou bien s'il est déjà en train de regretter ce qu'il a fait. Ses lacets lui ont été retirés, ainsi que sa ceinture et sa cravate. Sans ces éléments, sa tenue a immédiatement l'air chiffonné, surtout après la longue nuit d'interrogatoire qu'il a subie.

Il me ferait presque pitié si je n'étais pas si bouleversée.

Le commissaire Marceau frappe quelques coups sur la vitre pour signaler au prisonnier qu'il a de la visite. Simon relève la tête. Je lis clairement de la surprise au fond de ses yeux lorsqu'il me découvre plantée de l'autre côté de la paroi transparente qui ferme sa cellule.

– Tu es là ! s'exclame-t-il, décontenancé.
– Oui. Je voulais te regarder en face.

Il a un bref rire sardonique.

– Au fond, ça ne m'étonne pas. Tu as toujours été une battante. T'enlever était ma dernière chance de m'en sortir. Et c'est à cause de ce fichu caractère que tu as de ne jamais rien vouloir lâcher que j'en suis arrivé à cette extrémité.

– Je ne comprends pas en quoi me menacer t'aurait aidé, lui réponds-je froidement.

– Tu m'as fait paniquer, Mila la tenace. Tu aurais fini par tout découvrir, j'en suis sûre. Alors je n'ai plus eu qu'une seule idée en tête, te faire peur pour te faire taire. Si en plus cela me permettait de rembourser l'argent que j'ai perdu, et tout recommencer une fois débarrassé de mes dettes… Tu sais ce qu'on dit, une pierre, deux coups !

Il secoue la tête et rit à nouveau mais cela sonne faux.

– J'ai eu le temps d'y réfléchir cette nuit. Je suis sûr que cela n'aurait rien donné de toute façon. C'était un mauvais calcul. Tu aurais été encore plus acharnée après. J'avais assez d'argent pour m'enfuir, j'aurais dû partir quand il était encore temps et ne jamais revenir. J'aurais évité bien des soucis !

– Comment as-tu pu me faire ça, Simon ? Que vais-je dire à mes parents quand ils apprendront ce que tu m'as fait ?

Il hausse les épaules.

– Je n'ai rien à répondre à ceci, Mila. Désolé mais sur ce point, je ne peux pas t'apporter de réponse.

– Alors nous n'avons plus rien à nous dire, n'est-ce pas ?

– J'en ai bien peur.

Je m'apprête à m'en aller et lui tourne le dos.

– Mila ! m'arrête-t-il.

Je me retourne vers cet homme qui, malgré ses sarcasmes, semble défait.

– Mila, je sais que tu auras du mal à me croire, mais je ne t'aurais jamais fait de mal, tu sais.

Est-ce de la tristesse au fond de ses yeux ? Du désespoir ?

– Je l'espère, Simon, je l'espère.

Puis je lui tourne le dos à nouveau et rejoins Timothy aussi rapidement que je peux. Heureusement, quelques minutes plus tard, je suis contre son torse musclé et rassurant, je respire son odeur que j'aime tant : poivre et épices. Cette odeur virile, cet homme qui ne flanche jamais.

Quel soulagement !

– Alors ? me demande-t-il quand je relève enfin le nez. Est-ce que ça t'a fait du bien ?

Je respire profondément, sondant les tréfonds de mon âme, tentant d'évaluer, au milieu de toutes ces émotions violentes, où j'en suis. Et je m'aperçois que je suis comme libérée d'un poids. Alors je souris, étonnée moi-même d'être si légère.

– Je crois bien que oui !

***

Installés à nouveau chez Timothy autour d'un verre de vin, dans son jardin, nous sommes tous les deux enlacés. Le soleil est revenu et l'ombre du parasol est la bienvenue. Les images du matin se sont dissipées, mais notre stupéfaction demeure. Nous avons du mal à parler, lui comme moi. Cela fait beaucoup d'informations à intégrer.

– Tu te rends compte ? finis-je par m'exclamer. Tout ce que nous ignorions encore ? C'est à peine croyable !

Tim hoche la tête.

– Je ne me serais jamais douté des détails de cette histoire. C'est pour Arthur que ça doit être difficile : il était directement concerné. Il en a appris beaucoup sur sa propre enfance ce matin ! Et sur notre père…

– J'espère qu'il va bien ! dis-je, sincèrement.

– Il avait l'air bouleversé lorsque nous l'avons quitté, se remémore Tim.

Je ne m'inquiète pas pour autant. Il devra maintenant décider s'il veut avoir une relation avec Bob qui l'a abandonné mais qui lui a aussi sauvé la vie. Recoller les morceaux de leur passé, pourquoi pas ?

– Finalement, Tim, je pense qu'on peut être soulagés.

Il me regarde, interdit.

C'est vrai que l'échange avec Bob Beresford a été assez violent et que le considérer avec optimisme peut ne pas être évident.

Et pourtant… Je pense qu'on peut aussi voir un bon côté à tout ceci. J'insiste.

– Si, si ! Écoute-moi ! Tout bien considéré, la vérité que nous venons de découvrir est bien moins terrible que toutes les suppositions que nous avions faites.

– Je t'avoue ne pas voir en quoi…

– Eh bien, pour commencer, ton père n'y est pour rien dans mon enlèvement. Ensuite, et c'est très important, il n'a pas laissé Violette et Arthur sans rien. Les soins aux États-Unis coûtent très cher et il s'est assuré qu'Arthur soit opéré. C'est probablement ce qui lui a permis de guérir.

– Je comprends ce que tu me dis, Mila, mais il les a abandonnés. Rien ne pourra le dédouaner de cette décision. Il aurait pu se battre pour son fils mais il n'a vu que l'argent. En plus, les Barberin n'auraient jamais laissé mon demi-frère sans soins. Il a surtout eu peur que sa faiblesse pour les femmes soit découverte.

– Tu as sûrement raison. C'est impardonnable. Et je comprends que tu sois choqué : ton père a fait preuve de beaucoup d'égoïsme. Il est le premier à le reconnaître : il n'est pas un saint… mais il n'est pas un monstre non plus, il a tout fait pour soigner Arthur. Au moins, maintenant, on connaît toute la vérité.

Timothy considère en silence ce que je lui dis. Il a l'air de trouver que mon raisonnement tient la route.

– Au fond, Tim, ton père n'est rien d'autre qu'un homme lâche. Et son attitude n'a rien à voir avec toi. Je veux dire, avec ce que tu es. Tu dois maintenant laisser tout ça derrière toi. Tu dois te concentrer sur toi… sur nous… finis-je, en murmurant.

Tim me regarde amoureusement et me sourit.

– Ça, ce sera facile. Tu es tellement merveilleuse. Je ne pourrai jamais te faire du mal comme mon père a pu blesser Violetta. Tu sais que ça n'arrivera pas, n'est-ce pas ? Je ne suis pas comme lui.

Je lui prends les mains.

– Je n'ai aucune inquiétude à ce propos. Tu ne seras jamais comme ton père. Tu aurais pu te venger et le dénoncer à la police pour détournement, mais tu as choisi de le protéger et Arthur aussi, de faire passer la famille en premier.
– Tu sais que je serai toujours là, que tu pourras compter sur moi… le jour où nous fonderons notre famille, si tu veux bien ?

Il a parlé de fonder NOTRE famille ?

– Oh, oui !

Je plaque mes deux mains sur mes lèvres, mais trop tard. Mon cri est sorti tout seul. Je n'y ai pas réfléchi. L'émotion si intense que j'ai ressentie en l'entendant prononcer ces mots a pris le dessus et ma réponse a jailli toute seule. Timothy rit de mon enthousiasme, il semble si heureux. Il m'attire tout contre lui et me serre dans ses bras. Troublé, il murmure dans mon cou :

– Je sais au plus profond de moi, Mila, que tu es celle que j'attendais. Je veux faire ma vie avec toi, je veux passer chaque moment à tes côtés. Ce qui nous lie est si fort que parfois je me demande si je rêve. Et alors je souhaite ne jamais me réveiller. Tout est si évident, te rencontrer, nous marier un jour et avoir des enfants aussi, dit-il d'une voix rendue rauque par l'émotion.

Mon cœur cogne dans ma poitrine. Ce que je vois dans ses yeux est si intense que j'en oublie comment respirer. Cette promesse, cette certitude que rien ne viendra jamais nous séparer, scelle notre amour. Je suis si troublée que mon regard se voile de larmes. De bonheur. D'un geste doux, Tim chasse une larme de ma joue, il me garde contre lui et me caresse doucement la nuque du bout des doigts.

– Tu es sûr que c'est ce que tu veux ?
– Bien sûr que oui… me répond-il en riant. À propos de famille, mes grands-parents viennent de rentrer de leur tour du monde. Je les ai eus au téléphone ce matin. Je leur ai parlé de toi, de Violetta, d'Arthur… J'ai hâte que tout le monde se rencontre ! Ils souhaitent organiser une fête dans leur maison, à Versailles, pour fêter leur retour. Tout le monde est invité !
– C'est fantastique ! Quelle excellente idée !

J'ai tellement hâte de rencontrer ses grands-parents !

Je sais qu'ils comptent énormément pour lui.

Timothy m'entraîne à l'intérieur alors qu'un orage s'annonce et que quelques gouttes de pluie viennent s'écraser sur les pétales des rosiers. Nous nous installons sur le canapé. Tim passe doucement ses doigts sur mes joues, mon cou, mes épaules nues.

– Nous avons traversé tant de choses ensemble déjà, Mila.
– C'est vrai. Les dernières semaines n'ont pas été très reposantes. Et surtout, que d'émotions !
– Merci d'avoir été là pour moi.
– C'est normal ! Jamais je n'aurais pu te laisser traverser ça tout seul.
– Tout le monde ne l'aurait pas fait ! Et je suis si fier de toi.

Fier de moi ? Mais pourquoi ?

Je le regarde sans comprendre.

– Bien sûr, Mila ! C'est toi qui as tout résolu ! Et si vite ! C'est impressionnant ! Sans toi, je n'aurais ni retrouvé Arthur et Violetta ni compris qui était mon père en réalité. Je t'avais embauchée pour régler un problème financier et finalement… Finalement, tu as complètement changé le cours de ma vie.

Ses lèvres se posent sur les miennes, doucement. Cette caresse provoque en moi des frissons incontrôlables.

Que sa bouche est douce !

Ses mains parcourent mon corps. Le désir qui me submerge est si fort qu'il me laisse pantelante. Timothy se débarrasse avec impatience de mes vêtements, ponctuant chaque partie dénudée de mon corps d'un baiser qui enflamme mes sens. Toujours plus aventureuse, je glisse mes mains sous sa chemise. Sa réaction ne se fait pas attendre et sans plus de cérémonie, il me conduit vers la chambre.

31
LA VIE EST BELLE

Plus tard dans l'après-midi, je retrouve Blanche et Camille pour faire du shopping. Toutes les deux sont rayonnantes.

Moi aussi !

Il me semble que toute cette histoire est déjà loin. Je cherche une tenue pour la fête prévue chez les époux Barberin, les grands-parents de Timothy. Nous entrons chez Elie Saab. Camille et Blanche essayent de m'en empêcher.

– Tu es folle ! me glisse Camille précipitamment, en jetant un œil inquiet aux vendeuses qui déjà se dirigent vers nous. On n'a pas les moyens de s'offrir quelque chose ici !

Je les pousse de force devant moi.

– Pas de discussion, les filles : Tim a déclaré que pour nous remettre de nos émotions, nous devons absolument nous faire plaisir. Ordre de M. Beresford.
– Oh, non ! s'exclame Blanche, je ne peux pas accepter !

Je ris en lui répondant.

– Mais tu n'as pas le choix : lorsqu'il m'a traînée pour faire les boutiques à Londres, moi aussi j'ai tenté de protester ! Je peux t'assurer que toutes mes supplications n'ont servi à rien, rougir encore moins ! Quand Tim a envie de faire plaisir à quelqu'un, tenter de refuser et résister ne sont rien d'autre qu'une perte de temps. Après tout, il gagne des milliards, il donne beaucoup de temps et d'argent aux ONG, tu ne peux lui reprocher d'avoir envie de faire des cadeaux à sa copine, à sa sœur ainsi qu'à sa meilleure amie !
– Pas faux, approuve Camille en sortant à nouveau pour examiner avec attention le splendide ensemble exposé dans la vitrine.

Son air, soudain sérieux et concentré, nous fait rire aux éclats, Blanche et moi. Lorsqu'elle nous rejoint, elle ajoute :

– Vu l'état de ma garde-robe, je crois que je peux affirmer que je ne suis pas loin d'être actuellement une œuvre de charité à moi toute seule !
– Que s'est-il passé ? lui demande Blanche.
– Prescott a décrété que chaque vêtement imprégné de mon odeur était une œuvre d'art. Il a tout découpé et a créé une sculpture avec. C'est magnifique. Vraiment magnifique.

Une galerie s'est déjà jetée dessus pour demander l'autorisation de l'exposer… mais mes placards sont vides !

Blanche et moi sommes prises d'un fou rire incontrôlable.

– Promis, lui dis-je, nous irons voir tes petites culottes quand elles seront en vitrine.

– Ça va ! répond-elle en me tirant une petite langue pointue. Moque-toi !

Le choix est plus que compliqué. Tout est beau. Finalement, Camille jette son dévolu sur l'ensemble de la vitrine. Un pantalon en matière fluide rose, taille haute, assorti d'une blouse de la même couleur, mais en dentelle rebrodée de sequins. Quant à moi, je craque sur une robe longue, le haut imaginé comme une blouse moulante en dentelle, retenue par des liens fins aux épaules, et la jupe, très fluide, comme une corolle ondulante de mousseline. Blanche, fidèle à sa couleur fétiche, devient folle devant un étal somptueux de robes immaculées décorées de motifs floraux. Doit-elle choisir la robe longue taille empire, la jupe bouffante ou la courte moulante ? Jusqu'à ce qu'une des conseillères de vente lui propose la robe idéale, une petite merveille en soie, courte, coupée comme dans les années 1960, mais avec de magnifiques manches longues évasées en bas et entrecoupées de dentelle transparente.

Pendant que nous essayons d'autres petites robes d'été légères et les accessoires pour les accompagner, je demande à Camille comment vont ses amours. Elle sourit.

Visiblement, elle n'attendait qu'une seule chose : que je lui pose la question !

– Prescott est génial. Il a tout pour lui ! C'est incroyable. Il me fait tellement rire.
– Tu m'étonnes ! s'exclame Blanche en repensant aux vêtements de ma sœur transformés en matière première pour œuvre d'art.

Camille fait mine de lui jeter une de ses chaussures. J'interviens :

– Raconte-moi comment vous vous êtes rencontrés. Finalement je ne le sais même pas !

Blanche, qui raffole des histoires d'amour, laisse en plan ses essayages et ses plaisanteries pour venir écouter le récit exalté de Camille.

– Eh bien, c'est juste impensable qu'il m'ait même remarquée ! Je revenais d'un reportage photo dans une tribu oubliée des montagnes du Cambodge, Phnom Kulen, la montagne sacrée des Khmers. J'ai déboulé dans le hall de l'hôtel. Je ne ressemblais à rien ! J'étais pleine de boue, les cheveux tout emmêlés. Lui, il était accoudé à la réception, il venait juste d'arriver avec ses bagages. Il a ri en me voyant. Je l'ai mal pris ; je l'ai traité d'imbécile.
– Je reconnais bien ta légendaire politesse ! s'exclame Blanche. Peut-être que piquer tes robes pour en faire une toile, c'est une vengeance !

Camille hausse deux épaules fatalistes.

– Une sculpture ! Et il a tellement de talent que je lui pardonne ! Mais vous comprendrez pourquoi je suis encore étonnée qu'il se soit accroché après une première rencontre aussi froide ! La première image qu'il a eue de moi est quand même celle d'une nana désagréable avec la tignasse en bataille. Je l'ai planté là et je suis montée me préparer pour mon reportage du soir. J'étais épuisée, mon emploi du temps était plus que chargé. Heureusement, le programme était assez light. Il s'agissait de couvrir l'inauguration d'une nouvelle galerie, dont l'artiste invité faisait don d'une œuvre pour Enfance Sauvée. C'est Valentin qui m'avait passé cette commande. Je n'avais évidemment pas pu lui refuser.

Blanche retient sa respiration.

– Laisse-moi deviner ! L'artiste en question, c'était Prescott !
– Exactement ! Sauf que j'ai mis un sacré bout de temps à le comprendre ! D'abord, je vois le même type qu'à la réception derrière le bar. J'hésite à y aller parce que je n'avais pas du tout envie de le revoir. Mais j'avais trop soif. Je l'ai pris pour le barman…

Je m'esclaffe.

– Ça ne m'étonne tellement pas de toi !
– Vas-y, rigole ! Mais il a fait exprès de ne surtout rien me dire. Il m'a laissée m'embourber… Jusqu'à ce que la directrice de la galerie intervienne, outrée que je puisse

rabrouer son artiste fétiche… Mais en fait il me draguait ! Lourdement ! Il m'a expliqué plus tard qu'il avait fait exprès d'être lourd comme un plomb parce que ça l'amusait de me voir en colère.

– Au moins, il a de la dérision ! renchérit Blanche.

Je trouve cette histoire charmante.

Je me permets d'ajouter tout de même une remarque.

– Et il ne doute pas de lui ! Il était donc si sûr que tu lui tomberais dans les bras quoi qu'il arrive ?

– Eh bien, il m'a expliqué après que, vu notre première rencontre un peu fracassante à l'hôtel, le seul et unique moyen de faire tomber mes défenses était de me désarçonner. Effectivement, quand je me suis rendu compte de ma méprise, j'ai été tellement gênée que je me suis adoucie d'un seul coup. Ensuite, nous avons discuté pendant toute la soirée. C'était amusant, la directrice de la galerie n'arrêtait pas de le fusiller du regard parce qu'il restait avec moi au lieu de parler à ses plus gros clients. Je crois qu'elle était jalouse.

Blanche rit. Évidemment, l'histoire de Camille lui plaît beaucoup ! Je me tourne vers elle.

– Et toi Blanche ? Où en es-tu avec ton chevalier servant ?

Elle rougit légèrement.

– Parfait. Tout est parfait… Opéras, restaurants incroyables… j'ai même pu dîner avec Natalie Dessay! Natalie Dessay! Vous vous rendez compte?

Nous passons encore une heure très agréable à papoter et à chercher la tenue idéale pour séduire nos hommes. Puis nous nous installons dans un petit café. Je commande un chocolat chaud. Je sens bien que Blanche retient depuis tout à l'heure ses questions. Vu sa tête, Camille aussi est au courant, mais je ne sais pas qui lui a dit.

Nous n'avons pas encore reparlé de mon enlèvement, l'heure des confidences a sonné…

Finalement, c'est Camille qui, en tant que grande sœur, prend sur elle de formuler ce qui les taraude toutes les deux.

– Tu sais, Mila, on se demandait ce qui s'était passé. Je veux dire, après l'enlèvement. Tim m'a appelée pour me raconter, je suis soulagée que tu ailles bien mais je voudrais comprendre. Si j'avais été là, je lui aurais arraché la tête à Simon!

– Tu n'aurais rien fait du tout, la police l'a arrêté et tout va bien!

– Heureusement! Il aurait eu affaire à moi, forces de l'ordre ou pas! Que comptes-tu faire, maintenant que l'affaire est complètement résolue?

Je soupire. Je suis soulagée, mais j'ai à peine eu le temps de m'en remettre, alors me projeter dans l'avenir…

– Honnêtement, je n'en sais rien. J'aurai encore sûrement d'autres missions confiées par mon cabinet d'avocats, mais j'hésite. Cette histoire a bouleversé beaucoup de choses pour moi. Je me suis quand même bien débrouillée toute seule pour déjouer les pièges au sein de B. International. Peut-être que je pourrais réfléchir pour me lancer en tant qu'indépendante… Je ne suis pas fixée. C'est plus une idée comme ça. Ce qui est sûr, c'est que pour l'instant, je n'y pense pas trop. Le mieux, c'est encore de profiter un peu de la vie après tous ces événements !

Les filles lèvent leurs tasses de café au ciel en signe d'assentiment. Nous trinquons avec nos boissons chaudes dans la bonne humeur.

– Et vous ? Quoi de prévu pour la suite des événements ? dis-je pour changer de sujet.

– Moi, je pars à Vienne ! annonce Blanche.

– Comment ça ? lui demandé-je, soudain inquiète de voir déménager ma meilleure amie. Tu veux dire que tu t'installes à Vienne définitivement ?

– Mais non, imbécile ! me taquine-t-elle. Puisque toute cette histoire a commencé quand tu m'as plantée en Autriche avant que j'aie le temps de visiter l'opéra, Nils m'y emmène ! Justice est faite et j'ai bien l'intention d'en profiter.

– Hey ! C'était pour le boulot ! Mais bon… Tu seras bien mieux accompagnée par Nils que par moi !

Nous rions toutes les trois. Je suis contente qu'elle fasse ce beau voyage. Après ce qui lui est arrivé avec Antoine, elle mérite d'être chouchoutée. Blanche à Vienne avec Nils, Camille aux anges avec Prescott, si drôle et si farfelu…

– Il n'y a pas que pour nous que tout roule ! s'exclame Camille. J'ai eu Valentin au téléphone ce matin. Pour lui et Holly, ça a l'air d'aller !

Qui l'eût cru !

Je suis d'autant plus ravie que nous avons eu, de la bouche même de Bob Beresford, la certitude que la jeune femme n'y est pour rien concernant les malversations au sein de B. International ! Je n'ose pas imaginer la scène si j'avais dû mettre en garde mon meilleur ami contre la femme dont il vient de tomber amoureux !

– Autre chose qui va t'amuser, Mila ! Il semblerait que Holly ait fini par avouer qu'elle ne t'aimait pas beaucoup au début. Valentin m'a expliqué qu'elle avait l'air carrément honteuse. Mais lui a éclaté de rire. Il l'a rassurée : il te connaît bien et il se doute que tu t'en remettras. Tu n'es pas rancunière.

C'est vrai que j'ai autre chose de plus intéressant à faire que de martyriser Holly, maintenant qu'elle regrette son attitude !

Blanche rit :

– C'est fou ! Peut-être que Holly est ta prochaine grande copine ! Quand je pense qu'on la soupçonnait de détourner

des fonds. En réalité, le coupable était Bob, aidé de Simon !
– Moi je n'en reviens pas, assure Camille. Impossible de m'en remettre ! Quand je pense que Mila et moi avons grandi avec ce type dans notre entourage ! C'était un ami de nos parents depuis si longtemps ! Pourquoi a-t-il fait ça ?

C'est vrai que lors de notre déposition, les policiers nous en ont révélé un peu plus. Les filles ne savent pas encore ce que Timothy et moi y avons appris.

– Ce que les agents m'ont raconté au commissariat, c'est que Simon avait en fait beaucoup à perdre. Il était à l'origine de nombreuses malversations permettant l'évasion fiscale d'une quantité impressionnante de fonds. En fait, ce type a détourné des millions ! Et il en doit aussi quelques-uns ! D'après ce que j'ai compris, il est criblé de dettes et ses prêteurs s'impatientent. C'est pour ça qu'il a flippé et tenté de m'enlever. Son but était de m'intimider pour que je laisse tomber mes recherches et d'obtenir une rançon pour ma libération.

Mon téléphone sonne.

Un texto de Timothy.

[Fais ta valise, mon chauffeur passe te chercher chez toi dans deux heures.]

Je me lève et empoigne les sacs contenant mes achats.

– Je vous laisse, les filles !

– Oh, déjà ? s'exclament-elles en même temps.
– Voyage surprise !

***

Nous arrivons en jet privé à Portofino. Je ne connaissais pas cette si jolie petite ville italienne, entourant de ses maisons colorées un port à l'eau turquoise. Nous parcourons, Tim et moi, les ruelles pavées qui grimpent le long de la colline sur laquelle est construite la ville. D'en haut, nous admirons les petits bateaux de pêche qui flottent dans la rade comme de minuscules coques de noix. Timothy me tient par la main et me sourit lorsque nous nous regardons.

– Je suis heureux que tu sois là avec moi. C'est agréable, n'est-ce pas ?
– Agréable ? Merveilleux, plutôt ! Je suis si bien.
– C'est toi qui es merveilleuse, me taquine-t-il. Et cette robe te va à ravir !
– En fait, c'est un cadeau de toi ! Elle vient de chez Elie Saab.
– Tu es si belle, susurre-t-il en admirant à nouveau ma tenue.

Moi aussi je l'aime, cette mini-robe noire près du corps, dont le tissu a été parsemé de dentelle lamée argent. Je me serre contre lui. Il redevient plus sérieux, mais pas moins tendre.

– Tu sais, Mila, je te l'ai déjà dit, mais toi et moi, nous deux, c'est important pour moi. Grâce à toi, je me sens enfin entier, calme, heureux.

– Ce que tu me dis me touche énormément mais j'ai quand même du mal à le croire. Tu as… tout ! Tu es beau, intelligent, drôle, attentionné…

Timothy rit aux éclats.

– Je suis ravi que tu me voies ainsi, mon amour, mais je ne pense pas être aussi parfait.
– Moi je trouve que tu l'es !
– Alors c'est l'essentiel. Je vais m'appliquer à ce que tu ne changes jamais d'avis.

Il soupire.

– Je n'en reviens pas du chemin que nous avons parcouru. Nous avons déjà traversé tant de choses ! Tu n'aurais pas été à mes côtés…
– Tu t'en serais parfaitement sorti.
– J'aurais trouvé des solutions ! Mais toute cette histoire aurait laissé des traces. Je ne sais pas pour toi, mais je trouve que ces événements nous ont comme soudés. Nous ne sommes pas ensemble depuis très longtemps, mais pourtant j'ai l'impression de faire partie de ta vie depuis toujours. Et je n'imagine plus passer un seul jour loin de toi.

Je suis profondément troublée par ces révélations et l'intensité du ton avec lequel il me les délivre.

– Toi et moi pour toujours !
– Je t'aime, Mila.

Je me blottis contre lui, émue aux larmes par sa tendresse, avant de lui souffler que moi aussi, je l'aime.

Nous passons peu de temps à l'hôtel. Juste pour déposer nos valises. Le lieu est magnifique : une grande bâtisse à la façade pourpre édifiée à flanc de montagne. Le balcon de notre suite donne directement sur la mer. La chambre est splendide. Ou plutôt, la suite prestige. Cent douze mètres carrés de charme avec vue panoramique sur la baie dans laquelle le soleil est en train de se coucher, faisant rougeoyer les vagues. Jacuzzi dans la salle de bains. Une terrasse privée suspendue au-dessus de l'eau équipée elle aussi d'un jacuzzi. Sur la table basse en marqueterie délicate, un panier de fraises et une bouteille de champagne nous attendent.

Dire qu'il va falloir patienter encore pour profiter de toutes ces merveilles !

Nous nous rendons dans un restaurant adorable, niché au bord d'une plage de sable fin. Le chef en personne nous installe sur une table dressée à l'écart sous des réverbères charmants, au bord de remparts médiévaux impressionnants. L'été finissant sent bon les fleurs sucrées, l'air est chaud, agréable. Le bruissement des vagues est apaisant. Le dîner aux chandelles est succulent, comme j'ai eu peu l'occasion d'en déguster dans ma vie.

La présentation est soignée et élégante, parsemée de fleurs comestibles aux couleurs vives. La cuisson des viandes est parfaite et les légumes de saison les accompagnent agréablement. Comme à mon habitude, je deviens totalement muette au moment du dessert. Timothy me regarde amoureusement pendant que je déguste en vraie gourmande des glaces maison à la pêche, une farandole de fondants au chocolat cœur coulant au yuzu.

Après ce moment exquis, Timothy et moi rejoignons l'hôtel les pieds dans l'eau, en longeant la plage pour atteindre le petit chemin privé qui nous conduira à la terrasse de notre chambre. Au clair de lune, Tim m'arrête et m'embrasse. Le baiser s'intensifie, ses lèvres chaudes font naître en moi des vagues de désir. Lui se presse contre moi. L'intensité de notre désir partagé nous pousse à rejoindre hâtivement l'hôtel pour apaiser une autre sorte de faim.

Parvenus sur la terrasse, Tim actionne le bouillonnement du jacuzzi. Serrés l'un contre l'autre, nous nous embrassons. Nos corps collés l'un à l'autre brûlent d'un désir intense. Il n'y a que nous, le ciel et, au loin, les vagues et leur doux murmure. Tim m'observe entre ses paupières mi-closes, s'ingénie à me provoquer en laissant ses mains presser mon dos et ma poitrine avec avidité. Je le laisse faire, glisse contre lui, enroule mes bras autour de lui, le griffe même pour l'inciter à se coller davantage à moi.

Il caresse mes seins à travers le tissu fin de ma robe en dentelle. Je ne porte pas de soutien-gorge et mes tétons se dressent. En souriant de la réaction de mon corps, il les agace, me faisant gémir. Je renverse la tête en arrière, mes jambes se dérobent. J'ai besoin de ses mains sur ma peau et de son corps contre moi, de sa respiration dans mon cou.

– J'ai envie de toi. J'ai envie de te faire l'amour ici, tout de suite, me dit-il d'une voix rauque.

Ces affirmations provoquent un frisson d'excitation. Timothy m'installe confortablement sur le rebord du jacuzzi qui forme un banc et glisse les mains sous mes jambes pour soulever mon bassin. Puis il tire sur ma petite culotte humide, m'en débarrasse et la jette au loin. Ses lèvres viennent se poser sur ma nuque qu'il parcourt de baisers avant de la mordiller. Sa main droite glisse sous ma robe, remontant le tissu, découvrant dans une lancinante caresse l'intérieur de mes cuisses. Lentement, il se met à genoux et me lance un regard avide qui me fait frémir d'impatience. Ses doigts se faufilent entre mes jambes pour venir trouver mon intimité. Chaque pression de ses doigts m'arrache un gémissement.

– Mon amour, tu es trempée.

Il insinue en moi son index et commence à y imprimer des mouvements délicieux. Son corps agenouillé devant le mien, sa respiration, ses caresses toujours plus poussées, tout me pousse au paroxysme de l'excitation.

Je le veux en moi. Je veux sentir son sexe prendre du plaisir en moi.

Timothy, sans cesser son va-et-vient, remonte en baisers le long de mes jambes, y faisant naître des électrochocs de plaisir.

– Est-ce que tu aimes ce que je te fais ? me demande-t-il en s'interrompant un instant.
– J'adore ça, dis-je précipitamment dans un souffle avant que ma respiration ne m'abandonne à nouveau.

Je me sens le corps en flamme, un désir tumultueux m'a saisie et me tord, je ne me sens pas capable de me contenir plus longtemps. Je n'ai qu'une seule envie, me jeter sur lui pour lui rendre le plaisir qu'il m'offre.

– Et ça ? dit-il sans me laisser le temps de répondre.

Il saisit mon clitoris entre ses lèvres. Sa langue vient tour à tour lécher, appuyer et tournoyer autour de mon plaisir. Chaque mouvement qu'il imprime avec sa bouche fait monter en moi une vague déferlante de sensations délicieuses. Insatiable, il goûte et explore mon sexe tandis que son doigt continue de rentrer et sortir de plus en plus vite. Son autre main vient alors caresser ma poitrine. Saisissant un téton dressé à travers le tissu de ma robe, il fait rouler le mamelon sous ses doigts dans une exquise torture. Ainsi abandonnée, je ressens chaque parcelle de mon corps, un feu liquide coule dans mes veines. Petit à petit le plaisir me submerge avant d'éclater dans une explosion de sensations qui me laisse pantelante. Je me redresse et le relève puis entoure mes jambes autour de sa taille. Son érection se frotte à moi à travers le tissu de son pantalon et j'ondule des hanches contre lui. J'entreprends de déboutonner sa chemise puis fais descendre un doigt sur le chemin de ses muscles menant à son bas-ventre. Tim me regarde, comprenant mon intention de prendre le dessus dans la bataille que se livrent nos corps. Ses mains saisissent les miennes avant que je puisse atteindre son sexe tendu sous la toile du vêtement. Il m'interroge un instant du regard, ironique.

– Tu veux jouer ?
– Tu as peur que je gagne ?
– Tu craqueras en premier. Tu me supplieras en premier.

Je ris, mutine, en ôtant tout à fait ma robe.

– Pari tenu, dis-je.

Je n'aurais probablement pas dû avoir autant confiance en moi. Tim, tout en me fixant au plus profond des yeux, une main posée sur mon épaule, se déshabille complètement de l'autre. Sa chemise tombe au sol, puis le reste de ses vêtements la rejoint bientôt. Soudain, il passe son bras sous ma nuque, saisit mes jambes puis me soulève contre son torse. Il entre alors dans le jacuzzi bouillonnant et nous plonge ainsi enlacés dans l'eau chaude. La vapeur nous entoure rapidement et Tim vient se placer en face de moi. Son pénis dressé vient effleurer mon sexe puis, écartant d'une cuisse mes jambes, il plonge en moi d'un puissant coup de reins. Intensément.

C'est si bon que j'ai l'impression une minute d'exploser.

Mais nous jouons un jeu délicieux et cruel : il se retire lentement et me retourne dos à lui. Je ferme les yeux lorsque son sexe vient toucher mes fesses nues. Il est bouillant de désir… pour moi. Et cette pensée serait presque capable de m'emmener à elle seule au septième ciel.

– Mila, j'ai tellement envie de toi.

Sa langue trace un sillon humide le long de mon cou avant de mordiller délicatement mon oreille.

– Alors prends-moi tout de suite, ne puis-je m'empêcher de gémir, espérant qu'il m'obéisse.
– Tu craques ? demande-t-il, taquin.

Je ne réponds pas, cambrant mes reins pour qu'il me pénètre dans cette position. À nouveau, d'un ample mouvement, Tim s'insinue en moi, il entame un va-et-vient dans mon sexe avant de se retirer tout à fait. Je suis au supplice.

– Dis-le, Mila. Je veux te l'entendre dire. Je veux t'entendre me supplier de venir en toi.
– Viens, murmuré-je dans un souffle. Oh, oui, s'il te plaît, viens.

Une de ses mains se glisse par-devant entre mes jambes et se referme sur mon sexe, pressant délicieusement mon clitoris.

J'aime tellement ces instants si torrides entre lui et moi !

Voyant qu'il se contente de frotter sa virilité contre le bas de mon dos sans avoir visiblement l'intention de m'en donner plus, je glisse à mon tour une main par devant entre mes jambes. En ondulant, je fais glisser son sexe entre mes cuisses et le saisis du bout des doigts. Lentement, je caresse mon clitoris avec l'extrémité de son membre, lui arrachant un grognement. Puis je le fais coulisser le long de ma fente, mais sans l'y plonger. Le savoir là, derrière moi, lui aussi au comble de l'excitation, me fait chavirer. Ayant libéré ses mains, il s'empare de ma poitrine et fait rouler mes seins contre sa paume puis du bout des doigts. Sa respiration se fait haletante. Cette fois, lui aussi n'en peut plus. Mais je me refuse encore un peu à lui, dérobant mes hanches chaque fois qu'il tente d'entrer en moi.

– Laisse-moi entrer en toi, soupire-t-il.

– Tu abandonnes ?

– Je ne tiens pas beaucoup plus longtemps que toi à ce jeu, dit-il, et sa voix rauque me fait frissonner.

Alors j'écarte encore un peu les jambes. Une de ses mains vient se poser sur mon cou tandis que l'autre saisit ma hanche et s'y agrippe fermement. Puis, poussant avec vigueur, il s'enfonce à nouveau en moi. Son membre dur me remplit. Tim reste un moment immobile et gémit de plaisir. Mais incapable de tenir plus longtemps en place, je commence à remuer des hanches pour le faire coulisser en moi.

– Tim !

Je creuse encore mes reins pour qu'il puisse s'enfoncer plus profondément. Ses mains saisissent les miennes pour les plaquer au rebord du jacuzzi. Il me domine de toute sa carrure et nos corps s'imbriquent si parfaitement. C'est si bon…

Puis il se retire, à peine, avant de me prendre à nouveau, lentement, puis plus vite, plus fort.

– Mila, répète-t-il à chaque coup de boutoir.

Je gémis, mêlant ma voix au bruit des bulles qui éclatent autour de nos corps. Timothy continue à aller et venir en moi, son rythme calé sur le mouvement de mon bassin. Bientôt les sensations m'échappent. Avide, je tente de bouger sous lui pour le pousser à accélérer mais, sûr de la meilleure manière de m'amener à une jouissance intense, il résiste à mon impatience en me maintenant contre lui pour m'immobiliser et me soumettre à son mouvement régulier, profond et implacable.

Recevant ce va-et-vient puissant, je laisse l'orgasme monter. L'une de ses mains descend entre mes cuisses pour caresser mon clitoris. Le plaisir est trop intense, trop bon, trop bouleversant alors que son sexe me pilonne. Inlassablement, le plaisir m'envahit, hérisse chaque parcelle de ma peau. Timothy ne fait que me pousser plus loin dans le plaisir. La pression de ses doigts sur mon clitoris est délicieuse, parfaite, et je perds la tête, gémissant plus fort encore. Son sexe entre et sort plus vite, plus profond, et je le sens grossir en moi tandis que son bassin vient frapper mes fesses plus fort encore. Mais soudain, il s'arrête et se retire.

– Je veux te voir jouir, gronde-t-il.

Il me retourne face à lui. Son corps musclé est tendu par la rage de son désir. Mue par une soudaine impulsion, j'enroule mes doigts autour de son membre dressé. J'imprime docilement un mouvement de haut en bas le long de son sexe. Renversant sa tête en arrière, il gémit. Sa respiration s'accélère, obéissant au rythme de ma main. Puis, m'approchant au plus près de lui, j'avance son sexe entre mes cuisses écartées avant d'enrouler une jambe autour de sa hanche. Il se penche pour me soulever tout à fait et me pénètre à nouveau. Ses mains viennent sous mes fesses. Ses lèvres se pressent contre les miennes et y boivent ma respiration qui se dérobe. Son regard me remplit d'amour.

Timothy glisse délicieusement entre mes cuisses, il me pénètre, impose un mouvement rapide et profond, allant et venant sans discontinuer, si dur que je me sens totalement prise et conquise. Enfin, l'orgasme nous emporte. Je sens sa jouissance accompagner la mienne. Mes bras et mes jambes l'enserrent alors qu'il se laisse enfin aller contre moi, détendu.

C'est alors seulement que nous nous apercevons que l'eau du jacuzzi a inondé la terrasse à cause de nos mouvements. Nous rions, amusés par la puissance de ce désir qui nous a coupés du reste du monde. Timothy s'écarte légèrement de moi pour me soulever contre son torse. Il me porte hors du jacuzzi et vient m'allonger délicatement sur le lit toujours intact de notre chambre. Il blottit sa tête dans mon cou et nous restons immobiles un long moment, bercés par le murmure des vagues toutes proches tandis que le sommeil nous gagne.

32
LA PROPOSITION

Dans le jet qui nous ramène à Paris, je ne peux m'empêcher de revivre les souvenirs de notre étreinte sur la terrasse de la chambre d'hôtel. Il s'avère qu'un jacuzzi offre bien des possibilités… Rêveuse, je passe le trajet à observer mon amant les yeux mi-clos tandis que des flashs de la nuit me reviennent par vague. La puissance de son corps, la lueur gourmande dans ses yeux, la sensation de sa peau chaude contre moi, ses mains sur ma peau, le plaisir que nous avons partagé…

À peine arrivés, nous nous rendons à son hôtel particulier. Le temps de nous changer et de profiter de la douche à deux, il est l'heure d'aller chez ses grands-parents, la soirée ne va pas tarder à commencer. J'ai tellement hâte de les rencontrer ! Leur maison est située juste à côté du potager du roi dans le quartier Saint-Louis à Versailles. Le chauffeur de Timothy nous dépose devant la grille en fer forgé noire. Elle est ouverte pour que les invités puissent entrer librement. Et lorsque nous entrons dans l'enceinte de la propriété, je reste sans voix.

Les lieux sont somptueux.

Le parc est immense, impeccablement tenu, et les imposants platanes qu'on devine centenaires, lui donnent une âme et un cachet incroyable. La lumière douce et reposante, filtrée par les branchages, tombe sur les parterres de fleurs organisés à la française selon la plus pure tradition adoptée par André Le Nôtre, jardinier royal, pour le château de Versailles. Mais dans le fond de la propriété, derrière la maison, les grands-parents de Timothy ont fait un autre choix, très judicieux. Petit à petit, le jardin devient plus sauvage et des buissons colorés de fleurs des champs habillent le mur de pierre qui vient séparer le domaine de ceux des voisins.

Tim m'entraîne pour me faire visiter la maison dans laquelle il a passé une grande partie de son enfance lorsque son père Bob était absent… C'est-à-dire, la plupart du temps. Pour l'instant, il n'y a personne. Il semblerait que nous soyons les premiers. De l'extérieur, la bâtisse a déjà quelque chose d'impressionnant : tout en pierre de Saint-Leu, matière fascinante utilisée pour la construction du Versailles de Louis XIV, avec ses reflets blonds dans le soleil. La maison, ou plutôt le petit manoir, s'élève sur quatre étages, une tourelle fixée sur le côté y ajoute un charme supplémentaire.

Nous y accédons par un petit perron. L'intérieur est décoré avec un charme feutré, tapis moelleux au sol, grand salon double accueillant un piano à queue. Les escaliers s'enfoncent dans la tourelle aperçue de l'extérieur. Timothy m'entraîne à sa suite, presque en courant, heureux de me faire visiter les chambres spacieuses et claires. Tout en haut, il pousse une porte qui ouvre sur une chambre aux murs sur lesquels ont été tendus des lés de tissus précieux.

– La chambre de mon enfance ! s'exclame-t-il. Viens !

Son enthousiasme à me faire partager son passé me saisit au plus profond de mon cœur. Dans cette chambre – qui n'a quasiment pas changé, m'explique-t-il – je l'imagine jouant sur le tapis, dormant dans le lit douillet après qu'on lui a lu une histoire. Je le regarde, ce bel homme sincère et fort qu'il est devenu.

Comme ses grands-parents doivent être fiers de lui !

Puis une autre image vient remplacer celle de lui enfant. Je vois un berceau, un mobile jouant une douce musique tandis que Tim et moi, enlacés l'un contre l'autre, sommes penchés au-dessus et qu'un gazouillis de bébé se fait entendre. Muette d'émotion, je regarde l'homme que j'aime et vois dans ses yeux que lui aussi pense à la famille que nous voulons construire un jour. La tendresse de l'instant se dissipe quand un bruit en bas nous fait détourner la tête.

– Tim, tu es là ?

Une voix de femme, probablement sa grand-mère. Nous descendons au rez-de-chaussée à toute vitesse. C'est bien elle. Une belle femme aux cheveux blancs impeccablement roulés en un chignon épais aux reflets argentés. Elle est très classe, avec une jupe crayon qui met en valeur une silhouette incroyablement svelte et sportive pour son âge. Elle m'adresse un sourire immense en m'ouvrant les bras.

– Vous devez être Mila ?

Je lui souris, alors qu'elle m'attire contre elle pour m'embrasser avec joie sur les deux joues.

Quelle gentillesse ! C'est merveilleux de se sentir accueillie ainsi !

Une tête émerge de la cuisine. Le grand-père de Timothy.

– Bonjour les jeunes ! Venez donc là, je viens juste de déboucher un vin incroyable !

Nous le suivons et nous retrouvons chacun avec un verre rempli d'un liquide rouge tirant sur le brique. La couleur ne laisse aucun doute : il s'agit d'un vin qui a passé suffisamment de temps dans une cave pour mûrir et livrer tous ses arômes. Les invités tardant à arriver, nous nous installons autour de la table immense, sous le lustre de cristal, pour déguster ce nectar. Les grands-parents de Timothy semblent si heureux de me rencontrer. Nous passons un agréable moment, eux à raconter leurs souvenirs communs, moi à les écouter avec bonheur, ne pouvant m'empêcher d'être émue de découvrir un pan du passé de Timothy. C'est la première fois que je le vois heureux en famille, j'ai réellement l'impression qu'il m'ouvre son cœur, son âme. Et je comprends ce que cela représente pour lui, maintenant, de pouvoir imaginer retrouver un jour cette ambiance. Construire ça avec moi. Une grande famille pleine de joie de vivre dans une belle maison résonnant de rires, de courses, avec des enfants dissimulés derrière les arbres pour de folles parties de cache-cache.

Des exclamations à l'extérieur me tirent de mes songes. Nous sortons tous pour accueillir les arrivants. Devant la maison, un buffet est dressé sous des lampions de couleurs. Blanche et Nils, Camille et Prescott, Valentin et Holly, Arthur venu avec Violette, tout le monde est là ! Ainsi que deux personnes que je n'ai jamais vues. Timothy m'entraîne vers elles. Son demi-frère se tourne vers la jeune fille et l'homme d'une cinquantaine d'années qui l'accompagnent.

– Mila, Timothy, je vous présente Clara, ma petite sœur, et James Barns, mon père adoptif.

Je leur tends la main, ravie qu'ils aient été conviés également et de pouvoir ainsi les rencontrer.

– Je suis si heureuse de vous connaître, leur dis-je en anglais.

Nous discutons un peu, revenant brièvement sur les derniers événements, mais sans nous attarder non plus : nous sommes là pour passer un bon moment ensemble, pas pour ressasser des souvenirs désagréables. Ils sont tous les deux parfaitement charmants. James Barns est un bel homme aux cheveux poivre et sel et aux yeux bleus. Il dégage un charme tout à fait britannique. Je souris en le voyant couver Violette du regard. Ils semblent très épris l'un de l'autre. Quant à Clara, c'est une jolie jeune fille brune aux yeux bleu myosotis qui rit à tout et tout le temps, gracieuse, communicative, pleine de fraîcheur.

Autour des petits fours, nous faisons tous connaissance et l'ambiance est très joyeuse. Les grands-parents de Timothy, Edmond et Adèle Barberin, mettent tout le monde à l'aise. Les petits fours sont absolument divins et les boissons rafraîchissantes. Cette soirée est particulièrement réussie et je suis heureuse que ma sœur et mes amies partagent avec moi ce moment. Je trouve très délicat de la part des grands-parents de Tim de les avoir fait tous venir, afin que je me sente à l'aise et que je comprenne bien qu'à partir de maintenant, ma famille et mes amis sont les bienvenus. En revanche, Timothy et moi ne nous attendions certainement pas à nous retrouver nez à nez avec Bob !

Si je m'étais imaginé qu'il serait parmi les invités !

Désireux de tirer un trait sur le passé, nous accueillons tous avec politesse le père de Timothy et Arthur. S'il a fait la démarche de se déplacer, c'est qu'il a conscience du comportement qu'il a eu et souhaite réparer les choses avec ses fils, se réintégrer à ce qui est, au fond, sa famille. Créer des liens avec Arthur et obtenir son pardon ne seront pas faciles. Et le regard que lui lance Timothy est plus que réservé. On sent d'ailleurs qu'il est gêné.

Ce qui est le minimum.

Bob essaie vraiment de faire amende honorable. Je regarde à nouveau Timothy. C'est à lui de décider, Arthur ne fera pas un pas vers Bob si son frère le rejette. Finalement, Tim se montre cordial avec lui, décidé par les remords sincères qui se lisent sur le visage de Bob Beresford. Ce dernier ne reste qu'un moment, mais sa présence augure d'un avenir plus positif. Cela prendra du temps, je le sais, mais je suis heureuse que Tim ait choisi de ne pas rejeter son père. Reste à savoir si Arthur lui donnera aussi une place dans sa vie. Le fils rejeté a paru un peu déstabilisé, mais une fois son père parti, il s'est détendu et a avoué à Tim qu'il était content que Bob soit venu et qu'il cherche enfin à savoir qui il est.

Je crois qu'apprendre que son père, même s'il l'a abandonné, a payé anonymement ses frais d'hôpital et ne l'a pas laissé sans soins, a changé sa vision de l'homme. Et puisque Tim semble aussi penser que Bob n'est pas irrécupérable, Arthur est disposé à lui laisser une place dans sa vie. Les deux frères semblent très proches. Tim vient juste de le retrouver et de renouer avec son père et, sans le savoir, j'ai aidé à réunir cette famille dont je fais moi-même maintenant un peu partie. Je suis si heureuse que cela se passe bien. Je quitte la discussion engagée avec Blanche et Camille à ce sujet pour retrouver les deux hommes.

– Mila ! dit Timothy en m'accueillant, tout sourire. Tu tombes bien. Nous allons avoir besoin de tes conseils juridiques ! Arthur et moi sommes en train de réfléchir à ce que nous pourrions monter comme type de projet. Nous avons très envie de travailler ensemble. Tu nous aideras ?

– Évidemment ! Avec plaisir !

– Et moi ? Je peux me joindre au *brainstorming* ? demande Nils en nous rejoignant.

Cela me fait chaud au cœur de voir tout le monde s'entendre si bien. Nils, Timothy, Arthur et Valentin, qui est médecin aussi et avec lequel il se trouve nécessairement beaucoup de points communs. Autre chose me soulage aussi énormément : Timothy et Valentin ne sont plus du tout rivaux. Tout est parfaitement clair entre nous trois. Tim est l'homme qui partage ma vie et Valentin est mon meilleur ami.

Tout ceci est un peu grâce à Holly, je suis bien obligée de le reconnaître.

En séduisant Valentin, elle lui a permis de passer à autre chose et la déception de mon refus a été vite oubliée, nous permettant de retrouver toute la saveur de notre ancienne amitié. Quant à Holly, elle se montre désormais gentille avec moi. Toute agressivité envolée, elle couve Valentin des yeux et Timothy semble lui être devenu complètement indifférent.

Je préfère !

Camille vient me chercher et m'extrait de la conversation concernant la possibilité d'un futur centre médical gratuit à destination des populations défavorisées.

– Viens, les parents sont là !

Mes parents aussi ont été invités ? Ils ne m'ont rien dit lorsque je les ai eus au téléphone ce matin !

Je suis ravie de cette surprise, d'autant plus que je ne les vois pas souvent : ils habitent Guéthary depuis quelques années et viennent rarement à Paris. Je vais pouvoir leur présenter Timothy, dont je leur ai évidemment beaucoup parlé ! Je l'attrape par la main et l'entraîne vers l'entrée du parc où j'ai aperçu mes parents. Nous tombons dans les bras les uns des autres, puis, très fière, je me tourne vers Timothy pour faire les présentations.

– Timothy, voici Jacques et Gabrielle, mes parents.

Ils se saluent en souriant.

– Je ne savais pas que vous seriez là ! Vous êtes des cachottiers ! Nous nous sommes parlé il y a quelques heures ! En fait, vous étiez sur le point de prendre la route !

Ils rient tous les deux.

– Nous voulions te faire la surprise. Mais même sans cette fête nous aurions fait le voyage jusque chez toi.

Ils sont soudain très sérieux. Mon père plonge ses yeux dans les miens, une once de culpabilité dans la voix :

– Ce qui s'est passé avec Simon, c'est… Mon Dieu, quelle trahison. Nous avons été tellement choqués ! Je suis tellement désolé qu'il s'en soit pris à toi ; désolé de n'avoir pas pu te protéger de lui. Heureusement que lorsque Camille nous a appelés, la police avait déjà arrêté ce malade mental, sinon je crois que ta mère aurait fait une attaque. Me concernant, il vaut mieux pour lui qu'il soit entre quatre murs… que cela le protège au moins de ma colère. Je serai au premier rang lors de son procès. Fraude fiscale et tentative d'enlèvement, il va faire un long séjour en prison.
– J'ai eu très peur papa, mais ça va maintenant. Je suis allée le voir au commissariat, tu sais. Il n'a plus rien de l'ami que tu connaissais, c'est terminé. Ne pensons plus à lui ! Et puis Tim était là pour me soutenir, ajouté-je.

Mon père me serre une nouvelle fois contre lui. Puis il prend la main de Tim et la place dans la mienne. Une façon de nous donner sa bénédiction et de dire que nos destins sont liés. Mon homme a l'air très ému. Cette rencontre et ce geste signifient beaucoup pour lui et cela me touche profondément. Camille nous rejoint, accompagnée de Prescott qu'elle présente à son tour à nos parents. Original, fidèle à lui-même, il baise la main de notre mère et adresse un salut humoristique à notre père. Il ne leur en faut pas plus pour tomber sous le charme. Nous laissons les deux hommes discuter avec nos parents et j'entraîne Camille à l'écart.

– Tu savais que papa et maman allaient être présents ?

– Oui, me répond-elle, énigmatique.

– Mais comment les grands-parents de Timothy ont-ils pu contacter mes amis et ma famille ? Je ne pensais pas voir tout le monde ce soir !

– C'est moi qui ai tout organisé.

Évidemment !

– Mais pourquoi ?

– Tu verras bien… répond-elle, mystérieuse.

Je me tourne vers Tim. Justement il me regarde et ses yeux capturent intensément les miens pour ne plus les lâcher. Je crois bien que le temps s'arrête ou s'accélère, mélangeant tout ce qui nous entoure dans un camaïeu de couleurs et de sons diffus. Tout ce que je sais, c'est qu'à ce moment-là, plus rien ne compte que lui et moi. Je le vois s'approcher, prendre doucement mes mains et m'attirer au centre des convives. Sans que je comprenne exactement pourquoi, mon cœur bat la chamade et mon esprit refuse de fonctionner.

Il attire l'attention de tous.

– Pardon de vous déranger pendant ce moment si agréable, mais j'ai une annonce à faire.

Timothy se tourne alors à nouveau vers moi et, soudain, s'agenouille.

Il ne va tout de même pas… ? Si ?

Mes jambes se mettent à trembler et mon cœur cogne si fort dans ma poitrine que j'ai un instant l'impression qu'il va s'échapper.

– Mila Wieser, veux-tu m'épouser ?

C'est à cet instant que la réalité me revient et que tout se remet à bouger normalement. J'ai les joues en feu et mes sens se brouillent alors qu'il sort de la poche intérieure de sa veste une petite boîte en velours noir. Il l'ouvre. À l'intérieur, sur son coussin en satin sombre, une magnifique bague brille de mille feux. Timothy saisit ma main gauche et glisse à mon annulaire un magnifique solitaire taillé forme princesse et fixé sur un anneau en platine. Abasourdie, j'observe entre deux larmes le diamant scintiller à mon doigt, puis l'homme agenouillé devant moi, si beau, si parfait que je n'arrive pas à y croire. Il me sourit :

– Mila, prends ton temps, mais j'adorerais tout de même savoir ce que tu comptes me répondre.

Mais oui !

– Oui ! Bien sûr que oui ! dis-je alors consciente que tout le monde attend ma réponse.

Je me jette dans les bras de Tim qui s'est relevé à temps pour m'y recevoir. Je suis si émue que je parviens à peine à lui glisser à l'oreille combien cette soirée est la plus belle de ma vie. Je voudrais lui dire que je l'aime, que nous serons ensemble jusqu'à la fin des temps, que le jour où je l'ai rencontré, tout a changé et que rien ne pourra ébranler ce qui nous lie, mais au fond je sais qu'il pense la même chose.

Là, tout contre lui, je n'ai jamais été aussi heureuse.

Entendant un raclement de gorge, que je reconnais être celui de mon père, je me détache de Tim pour recevoir comme il se doit ses félicitations. Puis commence le défilé de nos proches, ils ne cachent pas leur surprise, mais ils sont surtout très heureux et se précipitent pour nous féliciter et nous embrasser tous les deux. L'euphorie est à son comble quand la nuit tombe sur le parc.

Le noir est presque total. Mon cœur bat encore à tout rompre. Soudain, une détonation me fait sursauter.

Un feu d'artifice éclate, boules de lumière dorées et colorées qui traduisent parfaitement l'explosion de joie dans mon cœur. Le travail de l'équipe pyrotechnique est incroyable. Je vois au loin mes parents, ébahis d'assister ainsi en plein cœur de Versailles, dans cette demeure somptueuse, à ce spectacle imaginé rien que pour nous.

Quelle générosité de la part des grands-parents de Timothy !

Quelle joie d'être ainsi tous réunis, tous à l'abri. Et je sais que maintenant, tout ira bien, pour Blanche et Nils, pour Camille et Arthur… et pour Timothy et moi. Je lève la tête vers lui. Son beau visage à la mâchoire carrée, ses grands yeux noirs si profonds sont si incroyablement séduisants dans la lumière scintillante venue du ciel. Il sent mon regard posé sur lui, baisse les yeux vers moi et toute sa tendresse m'enveloppe.

– Je t'aime plus que tout, Mila, murmure-t-il avant de poser ses lèvres sur les miennes pour un étourdissant baiser.

La nuit explose de lumières. Quelle paix ! Dans les bras de Timothy, je me laisse aller à penser à notre avenir. Il commence maintenant. Je regarde autour de moi cette famille enfin réunie et je sais que tous seront là aux grandes étapes de la vie que nous allons construire à deux. Ses grands-parents, Arthur, Violette, James et Clara, et même Bob, Camille, Blanche, Valentin, mes parents… Ils seront tous là le jour de notre mariage, lorsque nos enfants viendront au monde. Nos enfants, cela sonne si merveilleusement quand je le dis à haute voix… Je les imagine déjà gambader dans ce parc splendide. Je sens que Timothy ne me quitte pas du regard. Je lui souris. Et son sourire complice m'assure qu'il partage mes rêves…

Timothy, je suis toute à toi. À toi pour la vie…

FIN

Déjà parus dans la même collection

À lui, corps et âme – volumes 1 et 2, Olivia Dean
Cent facettes de Mr Diamonds – volumes 1 et 2, Emma Green
Toi + moi – volume 1 : *L'un contre l'autre*, Emma Green
Toi + moi – volume 2 : *Envers et contre tout*, Emma Green
Toi + moi – volume 3 : *Seuls contre tous*, Emma Green
Tout pour lui – volumes 1 et 2, Megan Harold
Mr Fire et moi – volumes 1 et 2, Lucy K. Jones
Mords-moi ! Sienna Lloyd
Possédée, Lisa Swann
Ordonne-moi ! – volume 1, Chloe Wilkox
Aime-moi. Corps et âme, Kate B. Jacobson
Je te veux – volume 1, Heather L. Powell
Je te veux. Pour toujours – volume 2, Heather L. Powell
Soumets-moi ! Si tu l'oses… – volume 1, Nina Marx
Soumets-moi ! Plus encore… – volume 2, Nina Marx
Désire-moi ! – volume 1, Hannah Taylor
Tes ordres sont mes désirs – volume 1, Phoebe P. Campbell
Déshabillez-moi ! – volume 1, June Moore

À paraître

Call me Baby – volume 1, Emma M. Green (février 2015)
Étreinte – volume 1, June Moore (février 2015)
Ordonne-moi ! – volume 2, Chloe Wilkox (février 2015)
Désire-moi ! – volume 2, Hannah Taylor (février 2015)
Déshabillez-moi ! – volume 2, June Moore (mars 2015)
Envoûte-moi – volume 1, Lucy K. Jones (mars 2015)
Tes ordres sont mes désirs – volume 2,
Phoebe P. Campbell (mars 2015)
Mon milliardaire, mon mariage et moi, Mina Shepard
(avril 2015)
Soumets-moi ! Sans limites… – volume 3, Nina Marx
(avril 2015)
Étreinte – volume 2, June Moore (avril 2015)

Auteure : Anna Chastel

Édisource

100, rue Petit, 75019 Paris

Imprimé par FINIDR – Lipova cp. 1965 – 73701 Cesky Tesin,

République tchèque

Dépôt légal : janvier 2015 – Achevé d'imprimer : janvier 2015

ISBN : 978-2-37126-022-1

N° Sofédis : S556580